U0941478

LESS

THAN

ONE

浙江出版联合集团
浙江文艺出版社

目 录

纪念父亲和母亲

纪念卡尔·雷·普罗弗

心并不死去，当我们以为它应会死去。

——切斯瓦夫·米沃什《献给 N. N. 的哀歌》

小于一

1

跟一般失败比较,试图回忆过去就像试图把握存在的意义。两者都使你感到像 个婴儿在抓篮球:手掌不断滑走。

我对我的生活的记忆,少之又少,能记得的,又都微不足道。那些我现在回忆起来使我感兴趣的思想,其重要性大多数应归功于产生它们的时刻。如果不是这样,则它们无疑都已被别人更好地表达过了。一位作家的传记,是他的语言的转折。例如,我记得,在我十岁或十一岁的时候,想到马克思的名言“存在决定意识”,觉得只有在意识学习掌握疏离的艺术时,这个说法才是真的;之后,意识便独立自主,并可以决定和忽略存在。在那种年龄,这不啻是一个发现——却说不上值得记录,因为这肯定已被别人更好地阐述过了。“存在决定意识”是精神楔形文字的完美例子,至于谁首先破译它其实并不重要。

因此我写这篇文章并不是为了纠正记录(根本没有这样的记录,即使有,也是微不足道的,因而也是未被歪曲的),而主要是为了一个平常理由,也即作家为什么写作——刺激语言或被语言刺激,并且这一回是被一门外语。我所记得的那么一点点,又因为用英语来回忆而缩得更小了。

首先，我最好还是相信我的出生证，上面写明我 1940 年 5 月 24 日生于俄罗斯列宁格勒，尽管我厌恶用这个名字来称呼这座城市。很久以前，普通人都仅仅用“彼得”——来自彼得堡——这个诨号来称呼它。有两行旧谚：

老彼得摩擦
人民的两肋。

在民族经验中，这座城市肯定是列宁格勒无疑；在其内容的日益粗俗化中，它愈来愈成为列宁格勒。此外，作为一个词，“列宁格勒”对俄罗斯人的耳朵来说，听起来已经中立如“建筑”或“香肠”。然而我宁愿称它“彼得”，因为我尚能记得这座城市看上去还不像“列宁格勒”时的样子——就在战争刚结束之后。偏灰、暗绿色的建筑物表面留下一个个弹孔；空荡、没有尽头的街道，没几个过路人，车辆也少；一种因此而来的近乎饥饿的表情，有着更明确的，如果你喜欢，也可以说更高贵的面貌。一张清瘦、坚硬的面孔，其河流那深奥莫测的闪烁反映在其空洞的窗口的眼睛里。既然是一个幸存者，就不应以列宁来命名。

在那些庄严的布满痘疤的建筑物表面背后——在旧钢琴、破地毯、沉重铜框里蒙尘的油画、围城期间被铁炉消耗掉的家具残余（尤其是椅子）中间——一种微弱的生命正开始发出微光。我记得，当我上学途中经过这些建筑物正面时，我完全沉浸于想象在那些有鼓起的旧墙纸的房间里，到底正发生什么事情。我必须说，从这些建筑物正面和门廊——古典的、现代的、折中的，连同它们的廊柱、半露柱和涂上厚厚泥灰的神秘动物和人物的头像——从它们的装饰和支撑阳台的女像柱，从它们入口处壁龛里的躯干雕像，我所学到的关于我们这个世界的历史，要比后来从任何书本学到的多。希腊、罗马、埃及——它们全都在那里，全都在轰炸期间吃了炮弹。从那条流向波罗的海的灰色、反射的河流和河流里偶尔一艘在急湍中挣扎的拖船，我学到的关于无限和禁欲的知识，要比从数学或芝诺那里学到的多。

所有这一切，都与列宁无关，而我想，大概在我上一年级的时候，我就已经开始鄙视他了，与其说是因为他的政治哲学或实践——我七岁的时候对此几乎一无所知——不如说是因为他那无所不在的画像，这些画像充斥于几乎所有课本、所有教室墙壁、邮票、钞票等，描绘他一生不同年龄和阶段的形象。有婴孩列宁，金黄色鬈发，看上去像一个小天使。然后是二十多岁和三十多岁的列宁，秃头、紧张，脸上那个毫无意义的表情可以被误解为任何东西，就说有目标吧。这张面孔在某种程度上萦绕在每一个俄罗斯人脑中，并暗示某种标准的人类面孔，因为它完全缺乏任何特征。（也许恰恰因为这张面孔没有任何特征，所以它暗示诸多可能性。）然后是稍老的列宁，头更秃，留楔形胡须，穿三件式暗色套装，有时候微笑，但大多数时候是站在某辆装甲车上或某次党代表大会讲台上向“群众”发表演说，一只手伸向空中。

尚有一些变体：列宁戴工作帽，翻领上别着一朵康乃馨；穿马甲，坐在书房里写作或阅读；坐在湖边树墩上，草拟他的《四月提纲》；或其他荒谬的户外活动。最后是列宁穿着一件准军事夹克坐在花园长凳上，旁边是斯大林，后者是唯一将要在无所不在的印刷画像上超过列宁的人。不过，那时斯大林还活力充沛，而列宁已经死了，仅仅是因为这点，他便是“好”的，因为他属于过去——即是说，得到历史和自然的赞助。而斯大林则仅仅得到自然的赞助，或者，反过来说也可以。

我想，学会忽略这些画像是我切断电源的第一课，我尝试疏离的第一步。接着还有很多；事实上，我的余生都可以被视为不停地在回避生命中那些最纠缠不休的方面。我必须说，在这个方向上，我走得颇远；也许太远了。任何表示重复的东西，都变成一种损害，因而必须铲除。这包括文字措辞、树林、某些类型的人，有时候甚至包括肉体痛苦；这影响了我的很多关系。在一定程度上，我得感激列宁。只要是大量的，我便立即把它视为宣传。我想，这个态度，演变成某种可怕的加速度，穿过各种事件的灌木丛，也连带伴随着某种肤浅。

我一刻也不相信性格的所有线索都可追溯至童年。约三代俄罗斯人都住在集体公寓和逼仄的房间里，我们父母做爱时，我们都假装在熟睡。然后是战争、饥饿，缺席或断手残脚的父亲，欲火中烧的母亲，学校的官方谎言和家中的非官方谎言。严酷的冬天，丑陋的衣服，在夏令营把我们尿湿的床单拿出来示众，以及在别人面前重提这类事情。然后红旗会在夏令营桅杆上招展。那又怎样？所有这些童年的军事化，所有这些胁迫性的愚蠢行为和性欲紧张（十岁时，我们全都对女教师想入非非）都没有对我们的伦理学或美学——或我们爱和受苦的能力产生太大影响。我回忆这些事情，不是因为我觉得它们对潜意识很重要，当然更不是出于对童年的怀旧。我回忆它们是因为我从未这样回忆过，是因为我想让这些事情多少能留存下来——至少在纸上。还因为回顾比其相反更有益。明天就是不如昨天有吸引力。基于某种理由，过去不像未来那样辐射如此巨大的单调。未来因为其大量，所以是宣传。杂草亦然。

意识的真正历史,开始于人们的第一个谎言。我碰巧记得我自己的。那是在一个学校图书馆,那时我必须填写借书证。第五个空栏当然是“民族”。我七岁,很清楚我是犹太人,但我对服务员说我不知道。她半信半疑地笑着说,你可以回家向父母问个清楚。我没有再回去那个图书馆,尽管我后来成为很多别的图书馆的会员,它们也都必须填写相同的申请表。我不羞于自己是犹太人,也不害怕承认是犹太人。在班级花名册上,我们的姓名、父母姓名、家庭地址和民族都有详尽记录,老师在课间休息时,总会时不时“忘记”教室书桌上那本花名册。于是,我们会像秃鹰一样,扑向那木簿子;我们班上所有人都知道我是犹太人。但是七岁男童们都做不好反犹者。此外,按我的年龄计,我算是颇为强壮的,而那时最重要的还是拳头大小。我羞于“犹太人”这个词本身——在俄语里念作“耶夫雷”——不管它的内涵是什么。

一个词的命运,取决于其不同的上下文,取决于其使用频率。在俄语印刷品中,“耶夫雷”出现的频率之少,如同美国英语中的“纵膈”或“狭巷”。事实上,它还拥有某种类似于四字粗口或性病名称的地位。七岁时,你的词汇量证明足以知道这个词的稀罕性,而把自己与它等同起来是绝对不愉快的;不管怎么着,它与你的音韵感背道而驰。我记得,我总是觉得“犹太佬”的俄语对等词——念作“zhyd”(发音与安德烈·纪德相近)——听起来顺耳多了:它显然是冒犯性的,因而是无意义的,没有充满各种影射。在俄语中,一个单音节词作用不大。一旦加上后缀或字尾或前缀,那些羽毛就会飞起来。这一切并不意味着我在那个幼嫩的年龄就因自己是犹太人而受苦;而只不过是说,我第一个谎言与我的身份有关。

这不是坏的开始。至于反犹本身,我并不太在乎,因为它主要来自教师们:它似乎是他们在我们生活中扮演消极角色不可或缺的,必须像低分数一样对待它。如果我是罗马天主教徒,我就会希望他们大多数人下地狱。确实,有些老师比另一些老师好,但既然他们都是我们当前生活中的主人,我们才懒得去区分他们呢。他们也不想对他们这些小奴隶作出区分,并且哪怕是最热烈的反犹言论也含有一种非个人的惯性。不知怎的,我永远无法认真对待任何针对我的口头攻击,尤其是来自年龄组别如此不同的教师。我猜,父母用来咒骂我的那些话,很好地锻炼了我。此外,有些老师自己也是犹太人,而我害怕他们一点也不逊于我害怕那些纯种的俄国人。

这只是自我修剪的一个例子而已,这种自我修剪(再加上语言本身,在那里,动词和名词自由地更换位置,只要你有胆量这样做)在我们身上培养了一种如此强大的矛盾心理,以至于十年内我们的意志力就变得跟一根海草差不多。四年的军队生涯(男子十九岁就要应征入伍),完成向国家彻底投降的程序。顺从将同时变成第一和第二天性。

如果你有头脑,你肯定会设法智胜这个制度,包括发明各种绕道,安排与上司做隐蔽交易,堆积谎言,以及调动各种或明或暗的裙带关系。这将成为一份全职工作。然而你不断意识到你编织的网是一张谎言网,并且不管你有多大程度的成功或有多大程度的幽默感,你都会鄙视自己。这正是该制度的终极胜利:无论你痛击它或加入它,你都同样感到有罪。国家信仰是——如同谚语所说的——没有任何恶是不含一点儿善的,而且可能相反亦然。

我想,矛盾心理是我国的主要特征。没有任何一个俄罗斯刽子手不担心自己有一天也变成受害者,也没有任何最软心肠的受害者不承认(哪怕仅仅是对自己承认)自己有一种设法把自己变成刽子手的精神能力。我们当下的历史为两者提供了足够的机会。此中有某种智慧。你甚至会觉得,这矛盾心理即是智慧,觉得生命本身既不是好也不是坏,而是任意的。也许我们的文学如此瞩目地强调善,是因为善受到如此巨大的挑战。如果这种强调仅仅是双重思想,那就好办多了;但它使本能受不了。我想,这种矛盾心理,正是自己拿不出什么东西的东欧集团,准备强加给全世界的"福音"。而世界似乎已准备好接受它。

撇开世界的命运不谈,一个男孩与自己眼前的命运作斗争的唯一途径,将是偏离轨道。这是很难做到的,因为你父母不允许,也因为你自己也很害怕那未知之数。最重要的是,因为它使你不同于大多数人,而你从吃母乳开始就知道大多数人是对的。一定程度的不在乎是必要的,而我就很不在乎。当我回想我十五岁辍学时,那与其说是一种有意识的选择,不如说是一种本能反应。我只是受不了我们班里某些嘴脸而已——某些同学的嘴脸,但主要是老师的嘴脸。于是某个冬天早上,没有明显的理由,我在上到半堂课时站起来,作我这次肥皂剧式的退场,穿过学校大门,很清楚自己再也不会回来。至于那一刻我最强烈的情绪,我记得只不过是一种对自己的笼统厌恶感,厌恶自己太年轻,让那么多事情对我指手画脚。另外,还有那种模糊的快感,逃走的快感,望着满街没有尽头的阳光的快感。

最主要的方面,我想,是这种外部的改变。在一个中央集权化的国家,所有的房间看上去都一样:我们校长的办公室,完全是我约五年后开始出入的审讯室的翻版。同样是木嵌板、桌子、椅子——木匠们的乐园。同样是我们那些奠基者列宁、斯大林、政治局成员的肖像,还有马克西姆·高尔基(苏联文学的奠基人),如果是在学校;或费利克斯·捷尔任斯基(苏联秘密警察的创始人),如果是在审讯室。

不过,捷尔任斯基——“铁费利克斯”或宣传机器所称的“革命骑士”——也常常会装饰校长的墙,因为这个人已从克格勃的高处悄悄进入教育系统。还有我们教室那些拉毛粉饰墙,连同与眼睛齐平处的蓝色横纹,那蓝色横纹准确无误地贯穿全国,如同一条无穷的公分母线:在大堂、医院、工厂、监狱、集体公寓的走廊。我没有遇见它的唯一地方,是农民的木屋。

这种装饰不仅疯狂,而且无所不在,而我一生中不知有多少次发觉自己机械地盯着这道两英寸宽的蓝纹,有时候把它当作海平线,有时候当作虚无本身的体现。它太抽象了,谈不上有任何意义。一堵墙从地板到与你眼睛齐平处,涂着老鼠灰或绿漆,而这道蓝纹就在它上面,蓝纹上则是处女般纯洁的白灰泥粉刷。没有人问为什么它会在那里。也没有人能够回答。它只是在那里,一条边界线,灰与白、下与上之间的一道分隔线。它们本身不是颜色,而是颜色的暗示,也许唯一能够扰乱它们的,就只有一些替代性的棕色块:门。紧闭的,半掩的。透过那半掩的门,你可以看见另一个房间,同样被分配了灰与白,中间一道蓝纹。再加上一幅列宁画像和一张世界地图。

离开那个卡夫卡式的宇宙实在是件快事,尽管那个时候——或貌似如此——我就已经知道自己是在拿五十换半百。我知道我想进入的任何其他建筑物,看上去都将完全相同,因为,不管怎样,建筑物都是我们注定要继续活动的场所。不过,我仍感到我必须走。家里经济情况很严峻:我们几乎是靠母亲的工资生存的,因为父亲在遵照某项认为犹太人在军队中不应拥有重要军阶的纯洁规定而退伍之后,一直找不到工作。当然,没有我的贡献,父母也能把生活勉强维持下去;他们宁愿我完成学业。我知道这点,然而我对自己说,我必须帮助家里。这几乎是一个谎言,但这看上去要好些,况且那时我已经学会了喜欢谎言,而喜欢谎言又恰恰是因为这个“几乎”——它锐化真理的轮廓:毕竟,真理结束于谎言开始之处。这就是一个男孩在学校里学到的,而事实证明它要比代数有用。

2

不管是什么——谎言、真理,或最有可能的,两者的混杂——导致我作出这个决定,我都对它怀着无比感激,因为这似乎是我的第一个自由行动。这是一种本能行动,一次退席。它与理性没有什么关系。我知道这点,因为自此之后我就一直都在退席,且愈来愈频密。不见得就是因为沉闷或感到有一个陷阱张开大口;我常常退出完美的配制,一点不少于我常常退出可怕的配制。不管你碰巧占据的是什么位置,只要它有一点儿正派的痕迹,你都可以肯定有一天某个人会走进来宣称那是他的,或更糟糕,要你跟他分享。这时你要么为这个位置而力争,要么离开它。碰巧我更喜欢后者。绝不是因为我不会力争,而纯粹是因为我对自己感到恶心:想办法夺取某样吸引其他人的东西,表明你这个选择本身含有某种粗俗。至于是你先得到那位置,这一点并不重要。实际上先占得某个位置更糟,因为那些紧跟而来的人永远拥有比你那部分地满足的胃口更强大的胃口。

这之后,我常常后悔我那个举动,尤其是当我看到以前的同学们都在体制内活得那么好的时候。然而我知道某些他们不知道的事情。事实上,我也在出人头地,只不过是朝着相反方向,走到某个更远的地方。

我特别感到高兴的是,我竟然追上了真正处于无产阶段的“工人阶级”,那时它还未开始朝着50年代末期的中产阶级转化。我在工厂打交道的,是真正的“无产阶级”,那时我十五岁,开始当一个铣床操作员。马克思会一眼就认出他们。他们——或者应该说“我们”——全都住在集体公寓里,四个或不止四个人一个房间,常常是三代同堂,轮流睡觉,像鲨鱼那样喝酒,互相争吵或在公共厨房内或早上在公共厕所前排队时与邻居争吵,以垂死的决心打他们的女人,在斯大林暴死时或在看电影时当众痛哭流涕,而且满口粗话,其频率之高使得譬如“飞机”这种常用词会使一个过路人觉得是一种隐含深意的淫秽语——而在代表埃及或别的什么国家而举行的公开集会上,则会变成灰色而冷漠的人头之海,或举手的森林。

工厂全是砖砌的,庞大,直接来自工业革命。它建于19世纪末,“彼得”的居民都把它称为“军械库”:它生产大炮。我开始在那里工作时,它还生产农用机械和空气压缩机。不过,根据覆盖几乎一切与俄罗斯重工业有关的事物的那七重秘密面纱,该工厂也有一个代号:“671邮箱”。然而我想,那秘密与其说是用来愚弄某个外国情报机构,不如说是用来维持某种准军事纪律,而这纪律是确保产量稳定性的唯一法门。不管是用于哪一面,失败都是明显的。

那些机器都是过时的;百分之九十是作为第二次世界大战之后的赔偿而从德国运来的。我记得那整座充满异国情调的铸铁动物园,那些动物都刻有辛辛那提、卡尔顿、弗里茨·维尔纳、西门子与舒克特等名字。计划都是可怕的;隔不久就会来一道要求生产某件东西的急令,这急令会使你好不容易试图建立某种工作节奏、某种程序的努力乱成一团。待每季(也即每三个月)结束,当计划就要告吹时,管理部门就会发出冲杀令,动员所有的人手来做一项工作,该计划就会遭到一场暴风骤雨的袭击。一旦发生什么故障,都没有备用零件,于是就会召来一群通常是半醉的笨伯来施魔术。那件金属品送抵时,将充满一个个焊口。实际上每个人在星期一都会宿醉,更别说发薪日之后那天早晨。

市足球队或国家足球队输球之后那天,产量就会骤降。没人想干活,大家都在谈论细节和球员,因为俄罗斯固然有种种大国情结,但尚有巨大的小国情结。这主要是国民生活中央集权化的结果。因此也才有官方报纸和电台那些正面的、"肯定生命"的胡诌,哪怕是在描述一次地震时也不例外;它们从不告诉你有关受害者的任何消息,而只是味歌颂其他城市和其他加盟共和国兄弟般的关心,歌颂他们向灾区提供帐篷和睡袋。或者,如果是一场霍乱流行病,你可能只会在读到有关新疫苗的发明见证我们最新伟大医学成就的报道时才碰巧知道。

整件事会显得非常怪诞,如果不是因为我必须非常早就起床,匆匆用乏味的茶水把早餐冲下肚,跑步去赶有轨电车,把我这颗浆果添加到悬在踏脚板上那一簇簇暗灰色的人类葡萄中去,驶过蓝中带粉红的水彩似的城市,直奔我们工厂入口那间狗窝似的木门房。那入口处有两个守卫检查我们的证章,入口的正面装饰着镶了胶合板的古典半露方柱。我注意到,监狱、精神病院和集中营的入口,都是同样的风格:全都带着古典或巴罗克式柱廊的痕迹。算得上似模似样。在我的车间里,天花板下不同深浅程度的灰色交织着,压气软管在地板上,在积着一层重油、闪烁着所有彩虹颜色的坑坑洼洼中发出咝咝声。到十点的时候,这座金属丛林便全面运作起来,尖声吼叫着,未来的防空炮的炮管便像长颈鹿脱臼的脖子高昂在半空中。

我总是羡慕19世纪那些人物,他们总能够回顾并辨别他们生命中、成长中的地标。某个事件会成为一个转折点、一个不同阶段的标记。我说的是作家;但我想到的是某些类型的人,他们有能力以理性的态度对待自己的生命,分开看待事物,如果不是清晰地。我也明白,这种现象应不仅局限于19世纪。然而我的生命一直都由文学来代表。要么是因为我的思想有某种基本缺陷,要么是因为生命本身那种流动、无定形的本质,总之,我一直都无法辨别任何地标,更别说浮标了。如果有任何像地标的东西,那也是我自己无法承认的东西——死亡。在某种意义上,从来没有童年这回事。这些归类——童年、成年、成熟——在我看来似乎非常怪异,而如果我在谈话中偶尔使用它们,我自己总是暗中把它们当成是借来的。

我猜,这个小小的、后来稍大的躯壳里,总有某个"我",而在躯壳外则围绕着正在发生的"一切"。在躯壳里,那个被称作"我"的实体,则永远不变,也永远没有停止观察外边发生的事情。我不是试图暗示里面有珍珠。我想说的是,时间的流逝并不怎么影响那个实体。获得低分,操作一台铣床,在审讯时遭毒打,或在教室里大谈卡利马科斯[①],在本质上是一样的。这就是为什么当你长大成人,发现你正在应付被假设要由成年人处理的任务时,你不能不感到有点惊骇。一个孩子对父母控制他感到不满,与一个成年人面对责任时的恐慌,在本质上是一样的。你不是这些人之中的任何一个;你也许是小于"一"个。

显然,这有一部分是由你的专业造成的。如果你是在银行业,或如

① 卡利马科斯(公元前305—前240):古希腊学者、诗人。(以下译注如无特别说明,则均为译者所加,不再逐一标注。)

果你驾驶飞机,你会知道在你有了相当的专业知识之后,你多多少少可确保获利或安全着陆。而在写作这件事情上,你累积的并不是专业知识而是没有把握。它只不过是技艺的另一个名称。在这个领域,专业知识意味着末日,青春期和成熟之类的概念混杂不清,恐慌是最常见的心态。因此,如果我诉诸编年纪事或诉诸任何暗示线性程序的东西,那我就是在撒谎。一所学校是一家工厂是一首诗是一座监狱是学术是沉闷,时不时有恐慌掠过。

唯一不同之处是,那工厂隔壁是一家医院,那医院隔壁是全俄罗斯最著名的监狱,叫作十字①②。那家医院的停尸间正是我辞掉军械库工作之后干活的地方,因为我想当医生。在我改变主意并开始写起诗来之后不久,十字监狱便向我敞开它的牢房。当我在那家工厂干活时,我可以看到墙头外的医院。当我在医院切割和缝合尸体时,我可以看到十字监狱放风场里囚犯们在走动;有时候他们想办法把信扔到墙头外,于是我把信捡起来寄走。由于这种紧邻的地形学,也由于有那个躯壳包围着,因此这些地方、职位、罪犯、工人、看守和医生都彼此融为一体,于是我再也搞不清楚到底是我想起某人在十字监狱那个熨斗形放风场里来回踱步,还是我本人在那里走动。此外,工厂和监狱都是大约同时兴建的,表面上它们难以区别;这家看上去就像那家的翼部。

因此,对我来说试图在这篇文章里保持连续性是没有意义的。生命对我来说绝不是一系列清晰标记的转折,而是滚雪球,愈滚,一个地方(或一个时候)就愈像另一个。例如,我记得 1945 年母亲和我怎样在

① 十字监狱有九百九十九间牢房。——原注

② 十字监狱一般称为克列斯特监狱。

列宁格勒附近某个火车站等候一列火车。战争刚结束，两千万俄罗斯人在大陆各地的临时坟墓里腐烂，其他被战争分散的人，则纷纷回家或回所剩无几的家。那火车站是一幅原始混乱的画面。人群像疯狂的蝗虫围攻运输牲畜的火车；他们爬上车厢顶，互相挤逼，如此等等。基于某种原因，我的眼睛看到一个秃头、跛脚的老人，拐着一条木腿，试图爬上这节或那节车厢，但每次都被已经悬在踏脚板上的人推下来。火车开始移动，那老人还在单脚跳着追火车。有一回他竟然抓住了一节车厢的门柄，接着，我看见走道里一个女人举起一个水壶，把滚水直接淋在那个老人的秃顶上。那老人倒下——一千条腿的布朗运动吞噬了他，他就这样从我的视野里消失了。

这很残忍，没错，但这个残忍的例子接着便在我头脑里与二十年后的一个故事，一群曾与德国侵略军勾结的通敌者——所谓的“polizei”（警察）——被捕的故事融合在一起。报纸有报道。共有六七个老人。他们的首领的名字当然是古雷维茨或金茨堡——即是说，他是一个犹太人，不管一个犹太人与纳粹勾结是多么难以想象。他们全都获程度不同的刑期。那个犹太人当然是死刑。有人告诉我，在执行死刑的那天早上，他被带离牢房，押往行刑队在等待着的监狱放风场时，监狱看守主管问他：“对了，顺便问一下，古雷维茨（或金茨堡），你有什么遗愿?”“遗愿?”那人说，“我不知道……我想撒尿……”于是那主管回答：“没问题，你稍后可以撒尿。”对我来说，这两个故事是相同的；然而如果第二个故事是纯粹的民间传说，那就更恶劣，尽管我不认为那是民间传说。我知道数百个类似的故事，也许不止数百。然而它们融为一体。

使我的工厂与我的学校不同的，并不是我在工厂里或学校里干了些什么,也不是我在这两个不同时期内想了些什么,而是我上课或上班时从路上望见的学校和工厂的外表。说到底,外表就是一切。同样的白痴式命运降临在千百万人身上。这种本身已经是单调的存在,被中央集权化国家简化成划一的严厉。剩下可看的,就是面孔、天气、建筑物;还有,人们使用的语言。

我有一个舅舅,是共产党员,现在我才知道,他是一个非常棒的工程师。在战争期间,他为共产党同志们建造防空洞;战前和战后他建造桥梁。那些防空洞和桥梁现在都还存在着。当父亲与母亲为钱的事情而争吵时,他总是嘲弄我那个舅舅,因为母亲总是把她这个工程师兄弟当作过可靠和稳定生活的榜样,而我则多多少少地自动鄙视他。不过,他有大量藏书。我想,他不怎么读书,但在当时——现在也仍然如此——苏联中产阶级都赶时髦,订购新版百科全书、经典著作等。他简直把我羡慕疯了。我记得,有一次我站在他座椅背后,盯着他的后脑勺,心想要是我把他杀了,这些书将全属于我,因为他当时还未结婚,没有子女。我常常拿他书架上的书,甚至做了一把钥匙,用来开一个很高的玻璃面书柜,柜里有四大卷革命前出版的《男人和女人》。

这是一部浩繁的插图本百科全书,现在我仍认为,我有关禁果是什么滋味的基本知识,都是拜它所赐。如果一般来说色情描写是一种能造成勃起的无生命物,那么值得注意的是,在斯大林的俄罗斯那种禁忌的气氛中,你可以被那幅百分之百清白的社会主义现实主义油画《加入共青团》刺激得欲火烧身,该油画广泛复制,装饰几乎每一间教室。油画的众多人物中,有一个年轻的金发女郎,坐在椅子上,双腿交叉得很开,以至有两三英寸的大腿暴露无遗。使我疯狂并在梦中纠缠我的,与其说是她那一点儿大腿,不如说是它与她一身暗褐色衣服构成的强烈对比。

也就是在那个时候,我学会不相信一切有关潜意识的噪音。我想,我从未以象征符号做过梦——我总是看到真实事物:乳房、臀部、女人内衣。关于后者,当时对我们男孩来说,它有一种奇怪的深意。我记得,在课堂上,有人会从一排桌子下一路爬到老师桌子前,带着唯一的目标——查看那天她衣服下穿着什么颜色的内裤。完成了他的考察后,他会用戏剧性的低语向其他同学宣布:“浅紫色。”

简言之,我们并没有因为我们的幻想而太不安——我们有太多现实要应付。我在别处说过,俄罗斯人——至少我那一代——从不求助于精神病医生。首先,精神病医生本来就不多。此外,精神病治疗是国家的财产。我们知道有精神病治疗记录并不是什么好事。它随时可能产生与预期中相反的结果。但不管怎样,我们习惯于处理自己的问题,留意我们头脑内部发生了什么事,而不必求助于外部。极权主义有某种好处,就是向个人暗示他自己有一个垂直式的等级制,意识高居其上。因此我们监视我们内部正在发生什么事;我们几乎向我们的意识报告我们的本能。然后我们惩罚自己。当我们弄明白这种惩罚与我们发现的内部那个下流坯不相称时,我们便求助于酒精,喝得烂醉如泥。

我觉得这个制度是有效的,而且消耗的现金也较少。不是我觉得压抑比自由好;我只是相信压抑机制是人类心灵固有的,如同释放机制。此外,觉得你自己是一个下流坯也比把你自己想象成堕落天使更谦逊,最终也更准确。我有非常好的理由这样想,因为在我度过三十二年的那个国家,通奸和看电影是仅有的自由活动形式。再加上艺术。

尽管如此,我仍感到自己是爱国的。这是一个孩子的正常的爱国主义,一种具有强烈军事色彩的爱国主义。我崇拜飞机和战舰,对我来说没有什么比空军的黄蓝军旗更美丽的了,它看上去就像一个打开的降落伞伞体,螺旋桨就在中央。我爱飞机,直到最近之前还密切留意航空业的发展。随着火箭的来临,我便放弃了,我的爱好变成对涡轮螺旋桨式飞机的怀旧。(我知道并非只有我一个人怀旧:我那九岁的儿子曾说,长大后他要摧毁所有涡轮螺旋桨式飞机,恢复双翼飞机。)至于海军,我是父亲真正的儿子,十四岁便申请入读一所潜艇学院。我通过了所有的考试,但由于第五段——民族——我进不了,我对海军外套——两排金纽扣酷似灯光渐远的夜街——的非理性的爱,依然是单恋。

生活的视觉效果,对我来说恐怕永远比其内容重要。例如,早在我读萨缪尔·贝克特的任何文字之前,我就爱上了他的一张照片。至于军队,坐牢使我免除了应征入伍,因此我对军队制服的热恋也永远只能是精神上的。在我看来,监狱要比军队好多了。首先,在监狱里,没有人会教你去恨那个遥远的“潜在”敌人。在监狱里,你的敌人不是抽象的;他是具体而可摸的。即是说,对你的敌人来说,你永远是可摸的。也许“敌人”一词太强烈。在监狱里,敌人这个概念已经被严重驯化,你要应付的事情都变得凡俗而实际。毕竟,我的看守和邻居与我的老师或那些我在工厂当学徒期间羞辱我的工人没有任何不同。

换句话说,我憎恨的重心,并没有被打发到某个乌有的外国资本主义之乡;它甚至不是憎恨。从我在学校的时候就开始萌生的那一点儿该死的谅解之苗,也就是宽恕所有人之苗,在监狱里茁壮成长。我想我甚至不恨我的克格勃审问者:我甚至倾向于不把他们当回事(他们是无用之人,要养家活口,等等)。我一点也无法证明其合理性的,是那些管理国家的人,而这也许是因为我未曾接近过他们。说到敌人,在牢房里,你有一个最直接的敌人:空间的缺乏。监狱的公式,乃是空间的缺乏由时间的过剩来弥补。这才是真正使你心烦的，即是说，你根本没有胜算。监狱意味着缺乏选择，而在监狱里你的未来是可以像用望远镜那样精确预测的，这才是真正使你疯狂的。即便如此，监狱也要比军队庄严地要求你去对付地球另一边或近一些的人好得多。

在苏联军队里服役，一般是三到四年，而我从未遇见过一个其心灵未曾被军队那服从的约束衣摧残过的人。也许除了在军队乐队演奏的音乐家和两个我交往不深的人，这两个人于 1956 年在匈牙利饮弹自杀，他们在匈牙利都是坦克指挥官。是军队最终使你成为一个公民；没有军队你仍然有机会继续做一个人类，不管这机会多么渺茫。如果我的过去有任何可以自豪的理由，那就是我变成一个罪犯，而不是一个士兵。即使错失了讲军事行话的机会——这是最使我发愁的——我仍然获得了讲罪犯黑话的慷慨补偿。

不过，战舰和飞机依然美丽，并且每一年它们的数目不断增加。在 1945 年，街头充斥着"史蒂倍克"卡车和吉普车，车门和车盖都有一颗白星——我们根据租借形式从美国获得的硬件。在 1972 年，我们自己开始向世界各地出售这种东西了。如果说那个时期的生活水平提高了百分之十五至百分之二十的话，武器生产则可以说提高了百分之数万。它还会继续上升，因为它几乎就是我们那个国家仅有的真家伙，唯一可感知的先进领域。还因为军队勒索——即是说，不断增加军备产量，而在这个极权国家这是绝对可容忍的——可以摧毁任何一个试图维持平衡的民主国家敌人的经济。增加军力并非愚蠢：这是现有的最佳工具，可用来限制你的对手的经济，而在克里姆林宫他们非常清楚这点。任何寻求世界统治权的人都会这样做。其他选择要么行不通（经济竞争），要么太可怕（实际使用军事装置）。

此外，军队是农民心目中的秩序。对一个普通人来说，再没有比看到他的同伴接受站在列宁陵墓顶的政治局常委检阅更令人感到安慰的了。我猜，他们肯定没想过站在一个神圣遗体的陵墓顶含有亵渎成分。我猜，他们这样做是要维持一种延续性，而这些站在陵墓顶的人物的可悲之处是，他们实际上是加入那个木乃伊的行列，藐视时间。这场面，你要么在电视直播上看见它，要么看见它作为一张劣质照片在官方报纸中数以百万计地繁殖。如同古罗马人通过把殖民地的大街永远定为南北向，来使自己与帝国中心建立联系，俄罗斯人也通过这些照片来检查他们的稳定性和可预测性。

我在工厂上班时，我们会在午休时间走进工厂的院子；有些人会坐下来打开包着的三明治，另一些人会抽烟或玩排球。那里有一个小花圃，用标准的木栅栏围起来。这是一排二十英寸高的板条，彼此间隔两英寸，由一条涂成绿色的横木板条连接起来。它落满尘埃和煤烟，就像那个四方形花圃里皱缩、枯萎的花一样。无论你去到这个帝国哪个地方，你都会看到这种栅栏。它是预制构件的，但即使是用人手做的，也总是按照指定好的设计。有一次我去中亚，去撒马尔罕；我正准备好要欣赏那些绿松石穹顶，欣赏穆斯林学校和宣礼塔不可思议的装饰。它们都在那里。接着，我看见了那道栅栏，连同它那白痴式的节奏，我心一沉，东方就此消失。那道窄栅栏的缩小比例的、梳把似的重复性，立即消灭了那工厂院子与成吉思汗古代活动中心之间的空间——以及时间。

再也没有比这些木板更远离大自然的了，尽管它们被白痴似的涂上了暗示大自然的绿色。这些木板，政府部门的铁栏杆，每一座城市每一条街道上每一群经过的民众身上所穿的那不可避免的军服式卡其色,每一份早报里永恒的铸钢车间照片和电台里持续不断的柴可夫斯基——这些东西会把你驱向疯狂,除非你学会把自己关掉。苏联电视上没有商业广告;在节目间歇中会有些列宁照片,或关于诸如“春天”、“秋天”之类的所谓摄影练习曲。再加上滔滔不绝的“轻”音乐,它永远没有作曲家,而是扬声器自己生产的。

那时,我还不知道所有这一切都是理性和进步时代的结果,大批量生产时代的结果;我把它归因于国家,以及部分地归因于这个会追求任何不需要想象力的东西的民族本身。不过,我想我不算完全错。在一个中央集权化的国家,难道不是更容易行使和散布启蒙与文化吗? 在理论上,一个统治者比一个代表更有机会接近完美(不管怎样,他是这样宣称的)。这是卢梭说过的。很可惜,它在俄罗斯行不通。这个国家,拥有无穷字尾变化的语言,能够表达人类心灵最细微的差别,连同拥有难以置信的伦理敏感度(其历史的好结果,那历史在别的情况下都是悲剧性的),因而也具备拥有一个文化上、精神上的乐园,成为文明真正载体的一切必要条件。然而它却变成一座单调的地狱,连同其破烂的物质主义教条和可怜的消费主义盲动。

然而,我这一代多少能够幸免。我们从战后的瓦砾下冒出来,当时国家正忙于修补自己的皮肤,顾不上好好看管我们。我们进学校,而不管学校教给我们的是些什么崇高的垃圾,不幸和贫困都随处可见。你不能用一页《真理报》遮盖废墟。空洞的窗子向我们张开大口,如同骷髅的眼窝,而我们虽然很小,却能感知到悲剧。确实,我们无法把自己与废墟联系起来,但这不见得是必要的:废墟散发的味道足以中止欢笑。然后我们会颇无脑地恢复欢笑——可那毕竟是一种恢复。在战后那些年份,我们感知到空气中有一种奇怪的紧张;某种无形的东西,几乎像鬼魂。而我们年轻,我们是小孩。物品数量非常有限,但由于不知道还有别的什么,所以我们不在乎。自行车很残旧,都是战前制造的,拥有一个足球已被认为是中产阶级了。我们所穿的外衣和内裤是母亲用父亲的制服和补过的内裤改做的。西格蒙德·弗洛伊德退下吧。所以,我们并没有培养拥有物件的趣味。我们后来可以拥有的东西都是劣质又难看的。不知怎的,我们喜欢关于事物的看法多于事物本身,尽管当我们望着镜子时,我们并不太喜欢我们所见的形象。

我们从来没有一个自己的房间供我们把女孩诱进来,我们的女孩也没有房间。我们的风流韵事几乎都是散步和谈话的韵事;如果按英里收费,那一定是天文数字。旧仓库、工业区的河堤、潮湿的公园里僵硬的长凳和公共建筑物寒冷的入口——这些就是我们最初的精神极乐的标准背景。我们从未享受过所谓的“物质刺激”。意识形态上的刺激,即使对幼儿园孩子来说也是笑料。如果有人出卖自己,那也不是为了物品或舒适;没这类东西。他出卖是因为内在匮乏,而他自己知道这点。没有供应,纯粹只有需求。

如果我们作出伦理选择,这些选择与其说是基于直接的现实,不如说是基于源自虚构作品的道德标准。我们是热忱的读者,我们陷入对我们所读东西的依赖。书籍,也许是因为它们在形式上给人一种已成定局的感觉,因此以其绝对权力控制我们。狄更斯要比斯大林或贝利亚真实多了。而小说对我们的行为模式和谈话模式的影响,比什么都要巨大,我们百分之九十的谈话都是关于小说的。这往往变成一种恶性循环,但我们不想打破它。

在伦理学上,这一代人是俄罗斯历史上最嗜书的世代之一,这真要感谢上帝。个人关系可能会因喜欢海明威胜过福克纳而闹翻;那个万神殿的等级制,是我们真正的中央委员会。它开始时是普通的知识累积,但很快就变成了我们最重要的工作,为此一切都可以牺牲。书籍成为第一和唯一的现实,而现实本身则被认为要么是荒谬的要么是讨厌的。跟别人相比,表面上我们的生活都是不及格或作弊的。但是想想吧,那种漠视文学中宣扬的标准的存在,是低等的,因而也是不值得去费心的。我们这样想,而我想我们是对的。

我们直觉的偏好,是读书而不是行动。难怪我们的实际生活多多少少是一塌糊涂的。即使我们之中那些能够穿过"高等教育"——连同其不可避免地要向现行制度说空头话和卑躬屈膝——那层层密林而取得成功的人,最终也逃不过文学施加的良心不安,再也维持不下去。结果我们都打些零工,做下人或编辑——或某种无脑的活儿,例如刻墓碑铭文、画蓝图、翻译科技文章、做会计、书籍装订、X 光显影。有时我们会突然出现在彼此寓所的门前,一只手拿着一瓶酒,另一只手拿着糖果或花或小吃,彻夜地谈话、闲扯、大骂楼上官员的白痴行为、猜想我们之中谁会先死。但现在我必须搁下代名词"我们"。

没有人比这些人更懂得文学和历史,没有人可用俄语写出比他们更好的作品,没有人比他们更深刻地鄙视我们的时代。对这些人来说,文明不仅仅意味着每日的面包和每夜的拥抱。与看上去的相反,这不是另一个迷茫的一代。这是唯一一代找到自己的俄罗斯人,对他们来说,乔托和曼德尔施塔姆比他们自身的命运更迫切。他们不修边幅,但仍能保持优雅,受过他们最接近的大师无声之手的指点,他们像兔子一样奔跑,逃离无所不在的国家猎犬,以及更加无所不在的狐狸,他们衰弱,变老,但依然保持对那叫作“文明”的不存在(或只存在于他们秃顶的头脑里)的事物的热爱。无望地与世界其他地方隔绝,他们觉得至少那个世界跟他们一样;现在他们知道那个世界跟别人一样,只不过别人打扮得更好。在我写这篇文章的时候,我闭上眼睛,几乎可以看见他们站在他们那些破损的厨房里,手里拿着杯子,扮出反讽的怪相。“好了,好了……”他们咧嘴而笑,“自由、平等、博爱……为什么没人加上文化?”

记忆,我想,是一个替代物,替代我们在愉快的进化过程中永远失去的那条尾巴。它指引我们的运动,包括迁徙。除此之外,在回想过程中尚有某种东西明显是返祖性的,原因之一是该过程从来不是线性的。还有,你记得愈多,也许你就愈接近死亡。

果真如此,则你的记忆结结巴巴并不是坏事。然而,更常见的情况是,它盘绕,退缩,朝着四面摆开去,如同尾巴那样;你的叙述也应是如此,哪怕冒着无关宏旨或沉闷的危险。毕竟,沉闷乃是存在的最普遍特征,而你会搞不懂,为什么它在如此努力追求现实主义的 19 世纪散文中,竟会有如此可怜的表现。

但是,即使一个作家设备齐全,在纸上模仿心灵最微妙的波动,想要全面复制那条尾巴的螺旋式辉煌的努力也依然白费,因为进化不是没有原因的。在多年之后回顾往事,会把往事简化至完全抹掉的程度。没有什么可使它们恢复过来,哪怕是以绕来绕去的字母构成的手写文字。如果那条尾巴碰巧落在俄罗斯某地背后,这种努力就更加白费了。

但如果印刷文字只是遗忘的一个标志,那也还好。悲哀的事实是,文字同样不足以描述现实。至少这是我的印象,也即任何来自俄罗斯王国的经验,哪怕是以照相式的精准度描绘,一旦换成英语来描述,就会一下子弹开,不能在其表面上留下任何可见的痕迹。当然,一个文明的记忆,不能变成,或许也不应变成另一个文明的记忆。但是,当语言不足以复制另一种文化的负面现实时,将造成最糟糕的同义反复。

历史无疑注定要重复自身:毕竟,历史如同人,没有很多选择。但是,当你在与弥漫于诸如俄罗斯这样一个陌生王国的特殊语义学打交道时,至少有一点你是可以告慰自己的,也即意识到自己正变成什么东西的受害者。你会被自己的概念性和分析性习惯累垮——即是说,用语言来解剖经验,从而使你的心灵无法得益于你的直觉。因为,一个清晰的概念固然美,但它永远意味着意义的简化,把松散的两端切掉。而松散的两端在现象世界却是最重要的,因为它们互相交织。

这篇文章本身证明我远远不是在指责英语的不足;我也不是在哀叹以英语为母语的人心灵处于休眠状态。我只是遗憾一个事实,也即一个碰巧被俄罗斯人占有的关于"恶"的高级概念,竟然因为有一种错综复杂的句法而被拒绝进入意识。你不禁纳闷,我们之中有多少人可以回想起一个直言不讳的"恶"跨过门槛说:"嗨,我是恶。你好吗?"

不过,如果这一切都有一种挽歌气息,它更多是因为这篇文章的体裁而不是其内容,其内容应该是狂怒才对。当然,两者都不能产生过去的意义;挽歌至少不会创造新现实。不管什么人发明多么精巧的结构来捕捉自己的尾巴,他最终只会得到满网的鱼但没有水。这使他的船慢下来并开始打转。而这足以引起晕眩或使他诉诸挽歌的音调。或把鱼扔回水里。

* * *

很久以前,有一个小男孩。他生活在世界上最不公正的国家。那国家被一群生物统治，这群生物用所有的人类标准来看，应被视为退化的生物。但没人作如是想。

还有一个城市。地球表面上最美丽的城市。有一条巨大的灰河，悬挂在其遥远的底部之上，如同巨大的灰天悬挂在那条灰河之上。那条灰河沿岸耸立着宏伟的宫殿，其正面的装饰是如此美丽，如果那个小男孩站在右岸，那左岸看上去就像一个叫作文明的巨大软体动物的压印。那文明已不存在了。

清早，当天空还闪耀着群星时，那小男孩起床，在喝了一杯茶和吃了一个蛋之后，便沿着那条白雪覆盖的花岗岩河岸奔向学校，一路上陪伴他的，是收音机宣布的炼钢新纪录，紧跟他的，是军队合唱团向领袖高唱的赞歌，那领袖的画像就挂在小男孩还温暖着的睡床边的墙上。

那条宽阔的河呈白色，冻结着，如同一个大陆的舌头伸入寂静，那座大桥向暗色的蓝天弓起，如同一个钢铁上颚。如果小男孩有额外的两分钟，他会在冰上滑行，再走二三十步，来到河面中央。这时候他只想着鱼在厚冰下干什么。接着，他会停下来，转身一百八十度，跑回去，一口气奔向学校入口。他会冲入大堂，把帽子和外衣扔到一个挂钩上，然后飞也似的跑上楼梯，进入教室。

那是一间大教室，有三排桌子，教师座椅背后的墙上挂着领袖的画像，一张有两个半球的地图，只有一个半球是合法的。小男孩坐下来，打开公文包，把钢笔和笔记本摆在桌面上，抬起头，准备听胡说八道。

1979 年

哀泣的缪斯

当父亲知道女儿要在圣彼得堡一家杂志发表一辑诗时,他把她叫到面前,对她说,虽然他不反对她写诗,但他敦促她"不要玷污一个受尊敬的好名字",而要她使用笔名。女儿同意,而这就是她不以安娜·戈连科而以"安娜·阿赫玛托娃"进入俄罗斯文坛的原因。

这种默许的理由,既不是对所选择的职业和她的实际才能没有把握,也不是预期分裂的身份可为作家带来什么利益,而纯粹只是为了"保住面子",因为在属于贵族的家庭中——而戈连科氏是一个贵族家庭——文学这个职业一般被视为有点儿不得体,适合那些出身较卑微、没有更好途径获取名声的人。

不过,父亲的要求依然有点儿言过其实。毕竟,戈连科氏并不是王族。但话说回来,该家族住在皇村,那是皇室夏宫,这种地形学可能影响了戈连科。然而对十七岁的女儿来说,那地方却有不同的深意。皇村是皇村中学的所在地,其花园在一百年前曾"粗心大意地培养了"年轻的普希金。

至于笔名本身的选择,则与安娜·戈连科母亲的娘家有关,其祖先可追溯至金帐汗国最后一个可汗:成吉思汗的后裔阿赫马特·汗。"我是成吉思汗的后代,"她常常不无带点自豪地说;而对俄罗斯人的耳朵来说,"阿赫玛托娃"有明显的东方味道,确切地说,鞑靼味道。不过,她并不是要有异国情调，原因之一是有鞑靼言外之音的名字在俄罗斯只会带来偏见而不是好奇。

不过，安娜·阿赫玛托娃的五个开音“a”，依然产生一种催眠效应，并使这个姓名的主人牢固地占据俄罗斯诗歌字母的首位。可以说，这是她第一行成功的诗；以其听觉上的不可避免性而易于记诵，而“阿赫”与其说是得到情绪的赞助，不如说是得到历史的赞助。这在很大程度上告诉你，这个十七岁女孩耳朵的直觉和质素有多高；她在首次发表作品之后不久，便开始用安娜·阿赫玛托娃签署她的书信和法律文件。这个笔名的选择，以其源自声音和时间之混合的身份所包含的暗示，而变成预言性的选择。

安娜·阿赫玛托娃属于那样一个范畴的诗人，他们既没有家谱学也没有可辨识的“发展”。她属于那种就这么简单地“发生”的诗人，他们带着一种早就建立的措辞和他们自己的独特感受力来到世界上。她一出现就装备齐全，从来不与任何人有相似之处。也许更意味深长的是，她的无数模仿者没有一个可以写出哪怕一首令人信服的阿赫玛托娃式模仿作品；他们最终更多是彼此相似，而不是与她相似。

这表明阿赫玛托娃的语言，是一种比风格上的敏锐计算更难以把握的东西的产物，使我们有必要把布封那个著名说法的第二部分升级为“自我”。[①]

除了上述实体[②]的诸多常见的神圣层面之外，就阿赫玛托娃而言，它的独特性还获得她实际美貌的确保。她的美貌无疑是惊人的。五英

---

① 布封的著名说法是“风格即人”。布罗茨基这里是说应改为“风格即自我”。

② 即“自我”。

尺十一英寸，黑发，皮肤白皙，淡灰绿色眼珠如同雪豹眼，身体苗条且难以置信地柔软，从阿梅代奥·莫迪利亚尼开始，她在半个世纪中被无数艺术家画素描、画油画、铸造、雕刻和拍照。至于题献给她的诗，其数目大概要比她自己的作品集还多。

这一切都证明，那个自我的可见部分是颇为惊人的；至于那个自我的同样完美的隐藏部分，则见诸她那把两者糅合起来的作品。

这种糅合的主要特征，是高贵和克制。阿赫玛托娃是讲究韵律严谨、节奏准确和句子简短的诗人。她的句法简单，没有从句，而从句那格言式的回旋是大部分俄罗斯文学的惯用手段；事实上，她的句法之简朴酷似英语。从她创作最初，直到生命尽头，她总是无比清晰和连贯。在她的同代人当中，她是一个简·奥斯汀。不管怎样，如果她的言语是黑暗的，那也不是由她的语法造成的。

在一个诗歌的技术实验如此普遍的年代，她是公然非前卫的。如果有什么区别的话，她的手段也是明显地类似于本世纪初掀起俄罗斯诗歌——如同其他地方的诗歌——创新浪潮的象征主义四行诗节，这种四行诗节像野草一样无处不在。然而这种看得见的类同，是阿赫玛托娃刻意保持的：她不是通过它来简化她的任务，而是使之更难成功。她干脆就是要直话直说，而不是拐弯抹角或发明规则。简言之，她要她的诗歌保持一些外观。

没有什么像古典诗歌那样暴露诗人的弱点，这就是为什么古典诗歌遭到如此普遍的回避。要写出一两行看上去意想不到而又不产生滑稽效果或因袭别人的诗，是一件极其复杂的活计。严谨韵律带来的因袭嫌疑，是最令人苦恼的，无论你用了多少具体而实际的细节来过度饱和你的诗行，你都难以不受束缚。阿赫玛托娃听上去如此独立，是因为从一开始她就知道如何利用这个敌人。

她的绝招是使内容像拼贴画那样多样化。她常常只在一个诗节内,就覆盖各种似乎不相关的事物。当别人像她那样谈论感情重力时,他们往往连篇累牍如醋栗开花,并且将“把左手套戴在右手上”[1]——这会影响呼吸,而呼吸是诗的韵律——这个动作加以大肆发挥,使我们忘记其初衷。换句话说,因袭在这里变成从属于不同描写对象之间的落差,事实上为不同描写对象提供了一个公分母;它不再是一个形式,而是变成语言风格的一个基准。

因袭,以及事物的多样性本身,迟早总要发生这种情况——而在俄语诗歌中,它是由阿赫玛托娃做到的;或者更确切地说,是由那个贴着她的名字的自我做到的。你不禁要想,虽然那个自我的内部听到了语言自身通过节奏来传达的这些不同物体的相近性,但是那个自我的外部实际上却是从她的实际高度的有利位置看到这种相近性的。她无非是把已经联结在一起的撮合起来而已:在语言中以及在她的生活环境中,如果不是像人们所说的在天堂里。

是以,她的措辞才如此高贵,因为她并没有宣称对她的发现拥有主权。她的节奏不是强硬的,她的韵律不是强求的。有时候她在一节诗的最后一行或倒数第二行掉了一两个音节,以便制造哽咽的效果,或制造由情绪紧张引起的不自觉的笨拙的效果。但她最远也仅止于此,因为她在古典诗范围内得心应手,从而表明她的狂喜和启示都不需要不寻常的形式处理,表明它们并不比她那些使用过这类韵律的前辈更伟大。

---

① “把左手套戴在右手上”是阿赫玛托娃的名句。

这当然不完全对。没有人像一个诗人那样对过去融会贯通,仅仅出于担心发明已经发明过的东西,他就有理由这样做。(顺便一提,这就是为什么一个诗人常常被视为“走在时代前面”,因为时代总是忙于重弹陈词滥调。)因此,不管一个诗人打算说什么,在讲话的当下,他永远知道他继承了该题材。往昔的伟大文学不仅通过其质素,而且还通过其主题先例使你谦虚。一个诗人谈起自己的悲伤时表现得很克制的理由是,就悲伤而言,他是一个永世流浪的犹太人。在这个意义上,阿赫玛托娃是俄罗斯诗歌中的彼得堡传统的地道产物,该传统的奠基者们本身都有欧洲古典主义及其罗马和希腊源头作后盾。此外,他们也都是贵族。

如果说阿赫玛托娃是有节制的,至少部分原因是她把其前辈的遗产带进本世纪的诗歌。显然,这无非是对他们的一种致敬,因为恰恰是那笔遗产使她成为本世纪的诗人。她无非是带着她的狂喜和启示,把自己视为他们的信末的附言,他们对他们的生活的记录的附言。他们的生活是悲剧性的,他们的信息也是。如果那附言看上去很黑暗,那是因为那信息被充分地吸取了。如果说她从不尖叫或从不在自己头上撒满灰,那是因为他们不这样做。

这就是她初出道时的线索和钥匙。她最初的诗集都取得巨大成功,既受批评家称赞,也受公众欢迎。一般来说,对一个诗人的作品的反应,应是最后考虑,因为那是诗人的最后考虑。然而,阿赫玛托娃的成功在这点上是瞩目的,如果我们把这成功的时间,尤其是把她第二本和第三本诗集的时间列入考虑,就能得出这个结论。一本是 1914 年(第一次世界大战爆发),一本是 1917 年(俄国十月革命)。另一方面,也许正是这震耳欲聋的世界大事背景的雷声,使这位年轻诗人的私人颤音变得更加易辨认和有活力。再次,在这个意义上,这个诗歌生涯的开始,包含了对它要经历的半世纪历程的预言。使预言感加强的是,对当时俄罗斯人的耳朵来说,那世界大事的雷声混合了象征主义者们无休止且颇无意义的闪烁其词。最终,这两种声音都收缩了,并合并成新时代那充满威胁的无条理的嗡嗡声,而阿赫玛托娃注定要在其余生针对这嗡嗡声发言。

这些早期诗集(《黄昏集》、《念珠集》和《白鸟集》)主要处理一般早期诗集必然会有的情绪:处理爱情的情绪。这些诗集中的作品,有一种日记式的亲密性和直接性;它们描写的,不会多于一次实际或心理的事件,并且都很短——最多是十六至二十行。因此,它们一下子就可以被人背诵下来,而它们确实被一代代俄罗斯人背诵下来——至今仍然如此。

不过,既不是这些诗的浓缩,也不是它们的题材使读者的记忆想占有它们;这类特点对一个有经验的读者来说都是颇熟悉的。对读者来说,新鲜的是一种感受力的形式,它自然地显现于作者对主题的处理中。这些诗中受伤的女主人公被嫉妒或愧疚所出卖或折磨,她的诉说更多的是自责而不是愤怒,更明显的是宽恕而不是指摘,是祈祷而不是尖叫。她展示19世纪俄罗斯散文的所有情感微妙性和心理复杂性,以及那个世纪的诗歌教给她的所有尊严。除了这些之外,还有大量的反讽和超脱,它们完全是她的,并且是她的形而上学的产物而非表达无奈的捷径。

不用说,对她的读者而言,这些特质似乎既是信手拈来又是非常适时的。相比其他艺术,诗歌更加是一种情感教育形式,而被阿赫玛托娃的读者熟读的那些诗行,都能够在新时代的粗俗汹涌而至的背景下抚慰心灵。对个人戏剧事件的形而上学的理解,增加我们渡过历史戏剧难关的机会。正因为如此,公众才如此不自觉地紧贴这些诗,而不只是因为他们着迷于她诗作中那警句式的美。那是一种本能反应;那是自我保护的本能,因为历史的大溃败正变得愈来愈听得见。

不管怎样,阿赫玛托娃清晰地听见了它。《白鸟集》中浓烈的个人抒情性染上了那注定将成为她个人标记的音调:受控的恐怖的音调。这个机制,是为了抑制一种浪漫气质的情绪,该气质一旦应用于道德恐惧,其效果证明是同样出色的。后者愈来愈与前者交织在一起,直到它们最后变成一种情绪上的同义反复,而《白鸟集》则标志着这个程序的开始。随着这本诗集的出现,俄罗斯诗歌碰上了"真正的、非日历的20世纪",又没有在撞击时解体。

至少可以说,阿赫玛托娃似乎比她大多数同代人都做了更好的准备来迎接这个时刻。此外,到俄国革命的时候,她已经二十八岁了:即是说,不是年轻得足以相信它,也不是年老得无资格替它辩护。更有甚者,她是一个女人,这同样使她不大可能赞美或谴责这个事件。她也不愿意把社会秩序的改变当作邀请她放松她的韵律和联想链来接受。因为艺术不模仿生活,哪怕仅仅出于担心陈词滥调。她依然忠实于自己的措辞,忠实于私人音色,忠实于通过个人心灵的棱镜来折射生活而不是反映生活。唯一例外是细节的选择,以前细节在诗中的角色,乃是把注意力从一个充满情感想象力的问题移开,而现在细节的选择则开始变得愈来愈不是一种安慰,使该问题本身显得无足轻重。

她并不拒绝革命:顽强抵抗的姿态同样不适合她。用当今的惯用语来说,她内化了它。她只是把它当成它原本的样子:一场可怕的民族造反运动,它意味着每个个体的悲伤的大大增加。她理解这点,不仅仅因为她自己那一份代价太高,而且最重要的是,通过她的技艺来理解。诗人是天生的民主主义者,不只是因为他处境的岌岌可危,而是因为他为整个民族服务,并使用其语言。悲剧亦然,因此两者才会如此暗合。阿赫玛托娃的诗歌总是倾向于俗语,倾向于民歌用词,她能够比当时那些努力推动文学计划和其他计划的人更加全面地认同人民:她只要认出悲伤就够了。

此外,说她认同人民,无异于引入一种因其不可避免的多余而从未发生过的合理化。她是那整体的一部分,而笔名则进一步加强了她的无阶级性。再说,她永远鄙视"诗人"这个词所包含的优越性气息。"我不明白这些大词,"她曾说过,"诗人、台球。"这不是谦虚;这是她对自己的存在保持清醒认识的结果。坚持不懈地在她的诗歌中以爱情为主题,表明她亲近普通人。如果她有什么不同于她的公众的话,那就是她的伦理学不受历史调整的影响。

除此之外,她与大家没有什么不同。再者,时代本身并没有为多种多样留下余地。如果她的诗不完全是"人民之声",那是因为一个民族从来不以一个声音说话。但她的声音也不是精英的声音,仅就它丝毫没有俄罗斯知识分子独有的那种民粹主义怀旧情绪就能说明这一点。在差不多这个时候,为了对抗历史施加的痛苦的非人格性,她使用了"我们",这个代名词被拓宽至它的语言学极限——不是被她本人,而是其他讲俄语的人。由于未来的性质,这个"我们"将被普遍接受,其使用者[①]的权威将不断增强。

① 这里"使用者"为单数,指阿赫玛托娃。

不管怎样,在阿赫玛托娃写于第一次世界大战和俄国革命时期的“市民”诗与写于整整三十年后的第二次世界大战期间的那些诗之间,心理上并没有什么差别。事实上,如果没有诗后的日期,诸如《祈祷》之类的诗也完全可以当作是在本世纪俄罗斯历史上任何时刻写的,只要该时刻符合该诗特有的标题。不过,这除了证明她的艺术细胞膜的敏感之外,还证明过去这八十年的历史性质多少有点儿简化了诗人的工作。它简化到了这种程度,以至一位诗人竟会舍一行包含预言可能性的诗,而取对一个事实或感觉作清楚的描述。

因此,阿赫玛托娃诗歌总体上,尤其是在那个时期,才有这种主格特征。她不仅很清楚她处理的情绪和感觉是相当普通的,而且很清楚时间忠实于其重复的天性,会把它们变成普遍。她意识到历史如同其对象,选择是有限的。然而,更重要的是,那些“市民”诗只是她总体抒情诗激流夹带的碎片罢了,这实际上使得“市民”诗的“我们”与那个较频密、充满感情的“我”没有什么差别。由于两者的重叠,这两个代名词都获得了愈来愈逼真的效果。由于那激流的名字是“爱情”,因此这些有关祖国和时代的诗都充满了几乎是不适当的亲密性;同样地,那些有关情绪本身的诗,则获得某种史诗音质。后者意味着那激流的扩大。

晚年的阿赫玛托娃总是愤怒于批评者和学者试图把她的重要性局限于她在本世纪 10 年代的爱情诗。她无疑是对的,因为后来四十年间的作品不仅在数量上而且在质量上都超过最初十年。不过,我们仍可以理解那些学者和批评家,因为在 1922 年之后,直到 1966 年她逝世,阿赫玛托娃根本就无法出版一本属于自己的书,他们只能被迫去讨论已出版的。然而,那些学者和批评家被早期的阿赫玛托娃所吸引,也许还有另一个理由,较不明显,或较不为那些学者和批评家理解。

在我们的一生中,时间用各种语言来跟人说话:用天真、爱、信仰、经验、历史、疲劳、犬儒、愧疚、颓废等的语言。其中,爱的语言显然是通用语。它的词汇吸取所有其他语言,它的谈吐满足一个主体,不管该主体多么无生命力。还有,在这样谈吐之后,一个主体获得了一种传教士式的、几乎神圣的度量单位,既呼应了我们对我们的激情对象的感觉,也呼应了基督教《圣经》关于上帝是什么的说法。爱在本质上是无限对有限所持的一种态度。相反则构成了信仰或诗歌。

阿赫玛托娃的爱情诗当然首先只是诗。除了别的东西,它们具有一种酷似长篇小说的特质,读者可享有一段美妙时光去详细分析它们的女主人公的种种苦恼和折磨。(有些人就是这样做的,并且在这些诗的基础上,公众发热的想象力还进一步使它们的作者与亚历山大·勃洛克——那个时期最著名的诗人——以及与皇帝陛下本人发生"罗曼蒂克的关系",尽管她是一个远比前者更好的诗人,而且比后者高了整整六英寸。)半自画像、半戴面具,它们的第一人称叙述者会以剧场的致命性扩张一出实际戏剧,以此探索她本人的可能极限和痛苦的可能极限。较快乐的状态也会成为同样的探索对象。简言之,现实主义被用作通往形而上学目的地的运输工具。不过,如果不是因为处理上述情绪的诗数量如此之多,则这一切只能说是活化了爱情诗的传统而已。

这个数量既拒绝传记式分析,也拒绝弗洛伊德式分析,因为它超越了受话者的具体性,把他们变成作者说话的借口。艺术与性爱的共同点是,两者都是我们的创造能量的升华,而这使它们都没有等级制。阿赫玛托娃早期爱情诗的这种近乎怪癖的持续,与其说是激情的反复出现,不如说是祈祷的频率。相应地,不管这些诗的叙述者(想象的叙述者或真实的叙述者）多么不同，它们都展示一种风格上颇大的相似性，因为爱情这种内容都习惯于限制其形式花样。这同样适合于信仰。毕竟，适合于真正强烈情绪的表达形式，就只有这么多；说穿了，跟仪式差不多。

阿赫玛托娃诗中的爱情主题一再重现，不是源自实际牵涉，而是源自有限对无限的乡愁。对她来说，爱情实际上变成了一种语言，一种密码，一种用来记录时间的信息或者至少用来传达时间的信息的音调；只不过，她以这种方式更能听清楚那些信息罢了。因为最使这位诗人感兴趣的，并不是她自己的生活，而恰恰是时间和时间的单调对人类心灵产生的影响，尤其是对她自己的措辞产生的影响。如果她后来愤怒于批评家想把她简化成她的早期作品的企图，那也不是因为她不喜欢那个惯常地害相思病的女孩的形象，而是因为后来为了使无限之单调变得更听得见，她的措辞以及伴随着这措辞的密码都已经发生了重大转变。

事实上，这在《公元 1921 年》中已颇为明显——它是她的第五本诗集，从技术上说也是她最后一本诗集。在其中一些诗里，那单调与作者的声音的合并达到这样的程度，以至她必须锐化细节或意象的具体性，以便挽救它们，同样也是挽救她的心灵，使它们免受韵律那非人性的中立之害。它们的交融，或者更确切些，前者屈从于后者，则是稍后的事。与此同时，她设法挽救她自己的存在观念，以免被作诗法供应给她的那些观念所取代：因为作诗法对时间的认识远远多于人类愿意承认的。

近距离暴露给这种知识，或者更准确地说，暴露给这种重组后的时间记忆，会造成过度的精神加速，使得对来自实际现实的见解失去新颖性，如果不是失去重力。没有任何诗人可以弥合这个豁口，但一位按良心办事的诗人也许可以降低他的音高,或压抑他的措辞,以使用轻描淡写的态度对待他与真实生活的疏离。这样做有时候是基于纯粹的美学目的:使自己的声音不那样戏剧性,不那么像美声唱法。不过,更常见的是,这种伪装,再次是为了保持清醒,而阿赫玛托娃,一位讲究严谨韵律的诗人,使用这种伪装恰恰是为了保持清醒。但她愈是这样做,她的声音就愈是不可阻挡地接近时间本身那非个性的音调,直到它们合并成某种东西,让你一试图猜测是谁隐藏在这个代名词"我"背后,就会不寒而栗——例如在她的《北方挽歌》里。

发生在代名词中的事情,也发生在其他词类中,它们会在由作诗法提供的对时间的看法中消退或耸现。阿赫玛托娃是一位非常具体的诗人,但意象愈是具体,就愈是因伴随的韵律而变得即兴。没有任何诗是仅仅为了讲故事而写的,如同没有任何人是为了讣文而活。所谓诗中的音乐,在本质上乃是时间被重组达到这样的程度,使得诗的内容被置于一种在语言上不可避免的、可记忆的聚焦中。

换句话说,声音是时间在诗中的所在地,是一个背景,在这个背景的衬托下,内容获得一种立体感。阿赫玛托娃诗歌的力量,来自她有能力传达这音乐那非个性化的史诗力度,而这力度超过与其实际内容的匹配,尤其是 20 年代之后。她的乐器法对她的主题产生的效果,类似于某个习惯于被迫面对墙壁的人,突然被迫面对地平线。

上述特点,是一个阿赫玛托娃的外国读者应牢记的,因为那地平线在翻译中消失了,只在纸上留下引人入胜但单向度的内容。另一方面,外国读者也许可获得一个事实的安慰,也即这位诗人的本国读者也同样被迫以一种非常歪曲的方式来对待她的作品。翻译与审查的共同点是,两者都在"什么是可能的"原则上运作,而且必须指出的是,语言障碍可以高如国家设置的障碍。不管怎样,阿赫玛托娃被两者包围着,仅有前者出现坍塌的迹象。

《公元1921年》是她最后的诗集:在接下来的四十年中,她没有出版过自己的著作。在战后时期,从技术上说,有过两本她的薄诗集,主要重刊少数早期抒情诗,加上真正的爱国战争诗和歌颂和平来临的劣作。这些劣作是为了争取儿子从劳改营释放出来而写的,不过他还是在里面度过了十八年。这两本书绝不能称为她自己的,因为诗都是由国营出版社的编辑挑选的,其目的是使公众(尤其是外国公众)相信阿赫玛托娃仍活着,很好,很忠诚。它们总共约五十首,与她在那四十年间的作品根本没有任何共同点。

对一位具有阿赫玛托娃这等高度的诗人来说,这意味着被活埋,然后用一两块木板来给那坟堆做记号。她的不见天日,是多种力量的结果,主要是历史,其主要特点是粗俗,其直接代理是国家。早在这1921年,新国家可能就已经与阿赫玛托娃闹不和了,她的第一位丈夫、诗人尼古拉·古米廖夫遭其安全部队处死,据说是由国家元首弗拉基米尔·列宁亲自下令杀的。新国家是一种教条的、以眼还眼的心态的副产品,它无法期望从阿赫玛托娃那里得到什么,除了复仇,尤其是考虑到她那以自传笔触写作的著名倾向。

可以说,这就是这个国家的逻辑,这逻辑又被接下来十五年间她整个圈子被摧毁所加强(这个圈子包括她最亲密的朋友、诗人弗拉基米尔·纳尔布特[①]和奥斯普·曼德尔施塔姆),并以她的儿子列夫·古米廖夫和第三任丈夫、艺术史家尼古拉·普宁的被捕而达到高潮,普宁很

---

① 弗拉基米尔·纳尔布特(1888—1938):乌克兰裔俄国诗人,阿克梅派成员。

快就死于狱中。接着,第二次世界大战爆发了。

战前这十五年也许是俄罗斯整个历史上最黑暗的时期,无疑也是阿赫玛托娃一生中最黑暗的时期。正是这个时期提供的材料,或者更准确地说,这个时期灭掉的人命,使她最终赢得了"哀泣的缪斯"这个称号。这个时期干脆以纪念诗的频率取代爱情诗的频率。以前,她乞灵于死亡,以死亡来作为这种或那种感情紧张的解决办法,现在死亡变得太真实了,使得任何感情都显得微不足道。它从修辞变成无辞可修。

如果她仍能继续写作,那是因为作诗法吸纳了死亡,也因为她为自己幸存下来而内疚。构成她那组《献给死者的花环》的诗,无非是企图让那些弃她而去的死者来消化或至少加入作诗法。不是她试图使死者"不朽":他们大多数都已经是俄罗斯文学的骄傲,因而已经足以使自己不朽了。她无非是试图管理存在的无意义,这存在因为其意义的源头突然被摧毁而对她张开大口;她无非是试图使无限与一个个熟悉的影子栖居在一起,以此来驯化那应受谴责的无限。此外,跟死者说话是阻止言语沦为哀号的唯一途径。

然而,哀号的元素在阿赫玛托娃这个时期和稍后的诗中却是颇听得见的。它们要么以独具一格的过度押韵的面目出现,要么以一句非推论诗行的面目出现,后者常常插入到在别的情况下连贯的叙述中。然而,那些直接写某个死者的诗,都完全没有这类东西,仿佛作者不想以其极端感情来冒犯听她说话的死者。不用说,这种拒绝利用这个终极机会来把她自己强加于死者的态度,是与她的抒情诗实践一致的。但是,在继续把死者当成活人来跟他们说话,在不调整她的措辞来适合"这个场合"的同时,她还拒绝另一个利用死者的机会,也即不像每一个诗人都在死者或天使中寻求的那样,把他们当成理想、绝对的对话者。

作为一个主题,死亡是诗人伦理的绝佳试金石。这种“纪念”体裁常常被用于行使自怜或作形而上学之旅,隐含生者下意识地觉得自己优越于死者,大多数人(生者)优越于少数人(死者)。阿赫玛托娃完全不是这样。她使她的死者特殊化而不是普遍化,因为她为少数人而写,这使她在任何情况下都较容易认同他们。她无非是继续把他们当成她认识的个人,而她亦能感到,他们不愿意被用作通往某个目的地的出发点,不管那个目的地多么壮观。

很自然地,这类诗是不能发表或出版的,甚至也不能写下来再重新打字。他们只可以被作者本人和另外约七个人背熟,因为她也不能信任自己的记忆。时不时地,她会私下会见某个人,然后请他或她背熟这辑诗或那辑诗,作为一种库存手段。这种谨慎绝非过度:人们会因为比在一片纸上写几行字更小的事情而永远消失。此外,她更担心的是儿子的生命而不是自己的生命,他在劳改营里,而她绝望地努力了十八年,试图使他获释。在一小片纸上写几行字可能要付出惨重代价,更多是对他而不是对她,因为她能失去的,就只剩下希望,也许还有理智。

然而,要是当局发现她的《安魂曲》,则母子的死期就近了。这是一个组诗,描写一个女人的苦难,她儿子被捕,她在监狱墙下排队等待把一个包裹送给他,并奔波于国家各机构办公室,想打探他的下落。看来,这一回她真是自传性的了,然而《安魂曲》的力量在于阿赫玛托娃的经历太普遍了。这支安魂曲哀悼的是哀悼者:失去儿子的母亲,变成寡妇的妻子,有时候两者集于一身,例如作者本人即是如此。这是一个合唱队在主人公面前死亡的悲剧。

《安魂曲》的各种声音所表达的同情的程度,只能用作者本人的东正教信仰来解释;而使这组诗达至尖锐和几乎难以承受的抒情性的那种理解和宽恕的程度,则只能由她的心、她的自我和这个自我的时间感之独特性来解释。没有任何信条可以帮助理解,更别说宽恕,更别说熬过了由那个政权一手造成的这种双重寡妇身份,她儿子的这种命运,她被消音和排斥的这四十年。没有任何安娜·戈连科可以吞忍得了。安娜·阿赫玛托娃做到了,仿佛当她使用这个笔名时,她已经知道将来要发生什么似的。

在某些历史时期,只有诗歌有能力处理现实,把它压缩成某种可把握的东西,某种在别的情况下难以被心灵保存的东西。在这个意义上,可以说是整个民族都使用了阿赫玛托娃这个笔名——这解释了她的广受欢迎,而且更重要的是,这使她可以替这个民族说话,以及把这个民族不知道的事情告诉它。从根本上说,她是一位人类关系的诗人:爱惜、紧张、切断。她展现了这种演变,首先是通过个人心灵这个棱镜,然后是将就着通过历史这个棱镜。不管怎样,你能够利用的光学方法大概就这么多。

这两种视角,透过作诗法而愈益清晰,因为作诗法无非是语言内部一个装着时间的容器。因此,顺便一提,她才有能力宽恕——因为宽恕并不是一种由信条所认定的美德,而是世俗意义上和形而上学意义上的时间的财产。这也是为什么她的诗歌不管发表与否,都能留存下来:因为作诗法,因为这些诗充满了上述两种意义的时间。它们能留存下来是因为语言比国家古老,也因为作诗法永远比历史更长久。事实上,它根本不需要历史,而只需要一个诗人,而阿赫玛托娃正是这样一个诗人。

1982 年

钟摆之歌

1

康斯坦丁·卡瓦菲斯1863年生于埃及亚历山大，七十年后在那里死于喉癌。他并无重大事件的一生，应会使新批评派最严格的批评家感到高兴。卡瓦菲斯是一个富裕商人家庭的第九个孩子，这个家庭的繁荣随着他父亲的逝世而迅速衰落。九岁时，这位未来的诗人前往卡瓦菲斯父子公司设有分公司的英国，又于十六岁时返回亚历山大。他是在希腊正教的宗教背景下长大的。有一阵子，他曾就读于亚历山大一间商校——赫尔墨斯学校，有些资料告诉我们，他在那里时，对古典文学和历史研究更感兴趣，而非经商之道。不过，这可能只是诗人传记中常见的陈腔滥调而已。

1882年，卡瓦菲斯十九岁时，亚历山大爆发一场反欧洲运动，酿成许多流血（至少就那个世纪的标准而言），英国出动海军报复，炮轰该城市。由于卡瓦菲斯与母亲刚于不久前去了君士坦丁堡，因此他错过了目击也许是他一生中发生于亚历山大的唯一重大历史事件的机会。接下去的三年，他是在君士坦丁堡度过的——这三年对他的发展很重要。正是在君士坦丁堡，他持续了好几年的个人生活日记停止了——最后记录是“亚历山大”。也是在这里，据说他有了第一次同性恋经验。二十八岁的时候，卡瓦菲斯找到第一份工作，在公共工程部水利局做临时职员。这个临时职位，最终成了堪称永久性的职位：他做了三十年，偶尔在亚历山大股票交易所当经纪人，赚取外快。

卡瓦菲斯懂古代及现代希腊语、拉丁语、阿拉伯语和法语；他读原版意大利语的但丁，最早的诗作则是用英语写的。但是，如果卡瓦菲斯受过任何文学上的影响——埃德蒙·基利在《卡瓦菲斯的亚历山大》一书中指出某些英国浪漫主义诗人的影响——那也仅限于他的诗歌发展阶段，这个阶段按基利的解释，已被诗人自己从其“正典”中剔除了。至于后期，卡瓦菲斯对古希腊时期[①]被称为“模拟真人真事”的滑稽剧（或干脆称为“模拟”）的处理和他对墓志铭的使用，已完全属于他自己，这使得基利做出明智之举，没有引我们进入《帕拉丁选集》[②]的迷雾中去稽查一番。

卡瓦菲斯无重大事件的一生，扩展至他从未出版过自己的诗集。他生活在亚历山大，写诗（偶尔印在散页上，作为印数严格限定的小册子或单面印刷品），在咖啡馆跟当地或来访的文人交谈，玩牌，赌马，去男同性恋妓院，有时也上教堂。

我相信卡瓦菲斯的诗歌至少有五个英译本。最成功的译本，是蕾·达尔温的译本[③]和埃德蒙·基利与菲利普·谢拉德两位先生的合译本[④]，后者的精装本是希英对照的。由于翻译界几乎不存在或完全不

---

① 古希腊时期：指公元前776年至公元前323年亚历山大大帝去世这个时期。

②《帕拉丁选集》：又名《希腊选集》，收有大量墓志铭诗篇。

③《卡瓦菲斯诗歌全集》（哈考特·布雷斯·乔万诺维奇出版社，1966年）。——原注

④《C. P. 卡瓦菲斯：诗集》，乔治·萨瓦迪斯编（普林斯顿大学出版社，1975年）。——原注

存在合作，因此译者们有时会不知不觉地复制别人的努力。但是，读者可能会受益于这种复制，在某种程度上，诗人本身也可能会受益。至少就卡瓦菲斯而言是这样的，尽管在各自以简白作为翻译目标时，两个译本之间有颇多相似之处。根据这个目标来判断，基利与谢拉德的译本无疑更胜一筹。不过，很幸运的是，卡瓦菲斯的诗，押韵的不足一半，并且大部分都是他的早期作品。

每个诗人在翻译中都有所失，卡瓦菲斯也不例外。例外的是，他也有所得。他有所得，不仅因为他是一位颇爱说教的诗人，而且因为早在1900年至1910年，他就开始在诗中剔除诗歌的一切繁复表达手法——丰富的意象、明喻、炫耀的格律，还有上面已经提到的押韵。这是一种成熟的简练，而为了进一步达到简练，卡瓦菲斯诉诸“贫乏”的手段，使用原始意义的文字。因此，他把翡翠称为“绿”，把身体描写成“年轻而美丽”。这种技巧源自卡瓦菲斯明白到语言不是认知的工具而是同化的工具，明白到人类是一个天生的小市民，使用语言的目的就像他使用住房和衣物一样。诗歌似乎是唯一能够击败语言的武器——利用语言自己的手段。

卡瓦菲斯使用“贫乏”的形容词，制造了意料不到的效果，它建立某种精神上的同义反复，松开读者的想象力；而较精细的意象或明喻则会抓住那想象力或使那想象力局限于意象所取得的成就。基于这些理由，从逻辑上讲，翻译卡瓦菲斯几乎是朝诗人所走的方向迈出下一步——这也可能是卡瓦菲斯本人希望走的一步。

也许，他不必走这一步：仅是他对隐喻的处理，就足以使他在他停下来的地方停下来，甚至更早就停下来。卡瓦菲斯做了一件简单的事。

隐喻通常由两个因素构成：描写的对象（I. A. 理查兹把它称为“主旨”）和与描写对象发生意象上或仅仅是语法上的联系的对象（“载体”）。[①] 第二部分通常包含的暗示，为作者提供了实际上无穷发展的可能性。这就是一首诗发生作用的方式。卡瓦菲斯所做的，是几乎从他的诗人生涯的最初，就直接跳到第二部分：在他诗人生涯的其余时间里，他专心发展和详细阐述第二部分那些暗示性的概念，而懒得返回第一部分，因第一部分已被假设是不言自明的。那个“载体”，就是亚历山大；“主旨”就是人生。

2

《卡瓦菲斯的亚历山大》有一个副题，称为“一个进行中的神话的研究”。虽然“进行中的神话”这一说法是乔治·塞弗里斯发明的，但是如果把它称为“一个进行中的隐喻的研究”也未尝不可。神话通常是前古希腊时期的特性，而如果我们考虑到卡瓦菲斯本人对包括他的同胞和外国人在内的众多文人就各种希腊主题所持的陈腐观点——神话和英雄的创造、民族主义热情等——的看法，则“神话”一词似乎是一个难以令人满意的选择。

卡瓦菲斯的亚历山大并不完全是约克纳帕塔法县[②]，也不是蒂尔伯里镇[③]或斯普恩河[④]。它首先是一个邋遢和荒凉的地方，处于这样一个衰落阶段，也即日常的腐朽特征把遗憾的情绪也削弱了。可以说，1869 年苏伊士运河的启用，使亚历山大黯然失色的程度，甚于罗马人

① 如在“世界是舞台”中，主旨是世界，载体是舞台。

② 约克纳帕塔法县：美国小说家威廉·福克纳小说中虚构的地名。

③ 蒂尔伯里镇：美国诗人 E. A. 罗宾逊诗中虚构的地名。

④ 斯普恩河：美国诗人 E. L. 马斯特斯诗中虚构的地名。

的统治、基督教的兴起和阿拉伯人的征服全部加在一起:亚历山大商业存在的主要来源——船运,大部分转移到塞得港。不过,卡瓦菲斯倒是可以将这种变化,视为一千八百年前克娄巴特拉最后一批船在亚克兴战役后从同一条路线逃跑那个遥远时代的回声。

他自称是历史诗人,基利的书则代表了某种考古学努力。不过,我们不应忘记,“历史”这个词同样适用于民族努力和私人生活。两者都包含记忆、记录和解释。《卡瓦菲斯的亚历山大》是某种向上发掘的考古学,因为基利是在处理一个想象中的城市的各种地层;他以最谨慎的态度工作,因为他明白这些地层很容易混淆。基利至少清楚地区分了五种地层:实际的城市、隐喻的城市、感官的城市、神话中的亚历山大和古希腊世界[①]。他最后制作了一个图表,指明每首诗属于哪个类别。这本书是对想象中的亚历山大的绝佳指南,就像 E. M. 福斯特那本著作是真实的亚历山大的绝佳指南。(福斯特的书是献给卡瓦菲斯的,他还是第一个把卡瓦菲斯介绍给英语读者的人。)

基利的发现很有帮助,他的方法也很有帮助;而如果我们不同意他的某些结论,那是因为这个现象以前大于、现在也依然大于他的发现所能解释的。然而,对这个现象的规模的理解,却有赖于基利作为卡瓦菲斯作品的译者的出色表现。如果基利在这本书中没有谈及某些事,很大程度是因为他已在翻译中做了。

无可避免地,历史写作——尤其是古历史写作——的主要特征之一,是风格化的含糊性,这种风格化的含糊性要么是由大量互相矛盾的

① 古希腊世界:指公元前 323 年亚历山大大帝去世后至公元前 1 世纪的希腊化世界。

证据造成的,要么是由各自对证据作出毋庸置疑却又互相矛盾的评估造成的。希罗多德和修昔底德他们自己,有时候听起来就像后来那些喜欢使用悖论的人,更别提塔西陀了。换句话说,含糊是力求客观的一个不可避免的副产品,而力求客观是自浪漫主义以来每个或多或少严肃的诗人一直致力的。我们知道,作为一个风格独特的诗人,卡瓦菲斯已经在朝着这个方向走了;我们还知道他钟情于历史。

到本世纪初,卡瓦菲斯已获得那个客观的、尽管适当地含糊的冷淡语调,他将在接下去的三十年间使用这种不带感情的语调。他的历史感,更确切地说,他的阅读品味,支配了他,并为他提供了一个面具。他读的是人,更是诗人。在这方面,卡瓦菲斯是一座希腊人、罗马人和拜占庭人(尤其是普塞路斯)的图书馆。他尤其是一个集与公元前最后三个世纪和公元最初四个世纪这个时期希腊—罗马互相影响有关的文件和铭文于一身的人。正是前者的中立节奏和后者高度形式化的感染力,造就了卡瓦菲斯风格独特的用语,造就了这种介于记录与墓志铭之间的混合物。这类措辞,无论是应用于他的"历史诗"或应用于严格的抒情题材,都会创造一种奇怪的真实性的效果,把他的狂喜和幻想从啰唆中拯救出来,使最朴素的言辞也染上了克制的色彩。在卡瓦菲斯笔下,感伤的陈腔滥调和惯技变成——很像他那些"贫乏"的形容词——一个面具。

当你讨论一个诗人时,划分各种界线总是令人不快的,但基利的考古学需要这种划分。基利向我们介绍卡瓦菲斯时,卡瓦菲斯大约已找到了他的声音和他的主题。那时,卡瓦菲斯已年过四十,对很多事情已拿定了主意,尤其是对实际的城市亚历山大,他已决定留在那里。基利很有说服力地论及卡瓦菲斯作出这个决定之困难。除了六七首不相关的诗外，这个“实际上”的城市并没有在卡瓦菲斯二百二十首正典诗作中浮现。最早显露的是“隐喻”的或神话的城市。这正好证明基利的论点，因为乌托邦思想，哪怕是当它转向过去时，也往往暗示现在难以忍受的性质，卡瓦菲斯的情况正是如此。那个地方愈是邋遢和荒凉，你想使它显得有生气的愿望就愈是强烈。很难说卡瓦菲斯决定留在亚历山大是有某种极端希腊的东西在起作用（仿佛他已选择了听任命运把他安排在那里；选择了与平民百姓为伍），而阻止我们这样说的，是卡瓦菲斯本人对神话化的厌恶；也许还有读者方面明白到每一种选择在根本上都是对自由的一种逃避。

卡瓦菲斯决定留下来的另一个可能解释是，他不太喜欢自己，不认为自己配得上生活在一个更好的地方。不管他的理由是什么，他想象中的亚历山大存在着，生动如那个实际的城市。艺术是存在的另一种形式，不过，这句话的重点落在“存在”这个词上，它是创造过程，既非逃避现实也非美化现实。无论如何，卡瓦菲斯的情况不是美化，他在作品中对整个感官城市的处理就足以证明这一点。

他是一个同性恋者，他对这个主题的坦率处理，不仅如同基利所称的那样，用他那个时代的标准来衡量是超前的，而且用现在的标准来衡量也是超前的。把他的思想与传统上存在于地中海东部的态度联系起来，是没有帮助或完全没有帮助的；古希腊世界与这位诗人生活其中的实际社会之间的差距太大了。如果那个实际的城市的道德气候暗示需要某些掩饰技巧的话，则有关托勒密王朝的辉煌的回忆，就应该有某种值得自豪的夸耀才对。两种策略对卡瓦菲斯来说都是不可接受的，因为他首先是一位沉思的诗人，还因为两种态度都多多少少不能与爱的感情兼容。

最好的抒情诗,百分之九十是性事后写的,就像卡瓦菲斯的抒情诗。不管他的诗歌题材是什么,它们总是在回顾中写的。同性恋本身要求作出比异性恋更多的自我分析。我相信,同性恋的原罪概念,比异性恋的原罪概念更复杂:至少,异性恋者仍有一种可能性,就是通过结婚或其他被社会接受的忠诚形式,来进行即时的赎罪。同性恋的心理,就像任何少数族裔的心理一样,是明显地微妙和矛盾的:它把一个人的脆弱性扩大至产生一种精神上的一百八十度转弯的程度,之后便可以发动攻势。可以说,同性恋是感官极大化的一种形式,这种极大化是如此彻底地吸取和消耗掉　个人的理性和情感功能,以至结果很可能变成 T. S. 艾略特所称的“有感觉的思想”。同性恋者对生命的看法,最终可能比异性恋者更多面。从理论上说,这样的看法为一个人提供了写诗的理想动机,尽管就卡瓦菲斯而言,这个动机无非是一个借口。

在艺术中,重要的当然不是一个人的性别归属,而是如何理解性别归属。只有肤浅的或有偏见的批评家,才会把卡瓦菲斯的诗简单地贴上“同性恋”的标签,或把它们简化成他的“享乐主义倾向”的例子。卡瓦菲斯的爱情诗,是基于与他的历史诗同样的精神写的。由于他的回顾式性质,我们甚至会觉得“快乐”——卡瓦菲斯用来指他回忆中的性接触时最常用的一个词——也是“贫乏”的,这与实际的亚历山大是某种宏伟的东西的贫乏剩余物(诚如基利所描述的),几乎如出一辙。这些抒情诗中的主角,往往是一个孤独、渐老的人,他鄙视自己的外形,这外形被时间损毁了,同样也是时间改变了他生命中很多其他重要的事情。

一个人唯一可以用来对付时间的工具,是记忆,而使卡瓦菲斯如此与众不同的，正是他那独一无二的、感官的历史记忆。爱的机制暗示感官与精神之间存在某个桥梁，有时达到神化的程度；来生的概念不仅暗含于我们的结合中，而且暗含于我们的分离中。颇具悖论意味的是，卡瓦菲斯的诗在处理那种古希腊式的“特别爱情”，以及附带地触及一般的沉思和渴望时，都是企图（或不如说，承认难以）复活曾经爱过的影子。或者：照片。

对卡瓦菲斯的批评，一般倾向于驯化他的视角，把他的无助当成超脱，把他的怪诞当成反讽。卡瓦菲斯的爱情诗，并不是“悲剧性”的，而是可怕的，因为悲剧处理既成事实，恐怖却是想象力的产物（不管它是指向未来还是指向过去）。他的丧失感比他的获得感更强烈，恰恰是因为分离是一种比相聚更持久的经验。卡瓦菲斯几乎令人觉得他在纸上比在现实中更享受感官快乐，因为在现实中仅仅是犯罪感和压抑就提供了强烈的克制。像《在时间改变他们之前》和《秘密的事情》这些诗，代表着一种把苏珊·桑塔格“生是一部电影，死是一张照片”的说法完全颠倒过来的态度。换一个角度讲，卡瓦菲斯的享乐主义倾向，如果真有这么回事，本身也被他的历史感左右，因为历史除了暗示其他事情外，还暗示不可逆转性。也可以说，如果卡瓦菲斯的历史诗不是向享乐主义倾斜的话，它们就会变成纯粹的轶事。

* * *

这种双重技巧发生作用的最佳例子之一，是那首有关恺撒里翁的诗。恺撒里翁是克娄巴特拉十五岁的儿子，名义上是托勒密王朝最后一个国王，他在“被征服的亚历山大”遭罗马人奉屋大维皇帝之命处死。有一天晚上，叙述者在某本历史书中发现恺撒里翁的名字，便陷入对这位少年的幻想，在脑中“自由地想象他”，是“如此彻底地”，以至在该诗结尾，当恺撒里翁被处死时，我们几乎把他被处死视为他被强奸。于是，“被征服的亚历山大”这几个字便获得了一个额外的深度：痛苦地承认个人的丧失。

卡瓦菲斯与其说是结合感官与历史，不如说是把感官与历史等同起来。他跟读者（和他自己）讲古典希腊爱神——世界的统治者——的故事。在卡瓦菲斯的口中，这故事听起来令人信服，并因为他的历史诗专注于古希腊世界的衰落而更加令人信服。他作为个人，把古希腊世界的衰落这一处境反映在微型画中，或镜中。仿佛他在处理他的微型画时难以达到精确似的，卡瓦菲斯为我们建造了一个亚历山大及毗邻的古希腊世界的大模型。这是一幅壁画，而如果它看上去是碎片式的，一部分原因是它反映其创造者，大部分原因则是处于低潮时期的古希腊世界在政治上和文化上都是碎片式的。随着亚历山大大帝的死亡，它开始坍塌，接着几个世纪的战争、冲突和诸如此类的事情则不断使它分崩离析，就像各种矛盾撕碎一个人的精神。唯一使这些不同民族和地域的杂乱碎片维系在一起的力量，是伟大的希腊语言；卡瓦菲斯也可以如此形容自己的一生。也许我们在卡瓦菲斯诗中听到的最坦率的声音，是他以一种高度强烈的迷人语调，列出希腊生活方式的种种美妙——享乐主义、艺术、智者派哲学，以及“尤其是我们伟大的希腊语言”。

3

导致古希腊世界终结的，并不是罗马的征服，而是罗马本身落入基督教手中那一天。在卡瓦菲斯诗歌中，异教世界与基督教世界之间的互相作用，是他的众多主题中唯一没有被基利的书充分论及的。不过，这并不难理解，因为这个主题本身就值得写一本书。把卡瓦菲斯缩减为一个对基督教感到不安的同性恋者，会过分简单化。在这方面，他并不觉得异教更舒服。他有足够的敏感，知道他生来血脉中就混合了这两种东西——而且生来就进入这种混合。如果他感到这种紧张，那并不是任何一方的错，而是两方的错：他的问题，不是同等忠诚的问题。至少在表面上他是一个基督徒；他总是戴十字架，在受难节进教堂，并在临终时接受最后的仪式。也许，骨子里他也是一个基督徒：他最强烈的反讽，是针对基督教的主要罪恶之一——假宗教之名的不宽容。但是，作为读者，对我们来说最重要的当然不是卡瓦菲斯的宗教归属，而是他处理两种宗教的混合的方式——而卡瓦菲斯的方式既不是基督教的，也不是异教的。

在基督教创立前的时代结束之际（尽管人们无论是否被警告救世主即将来临或被警告灭顶之灾逼近，都不倒计时间），亚历山大是各种宗教信条和意识形态的市集，其中包括犹太教、当地科普特教派、新柏拉图主义，当然还有新来的基督教。多神教和一神教在这座城市是熟悉的问题，这座城市是我们文明史上第一个真正的学院——缪斯馆——的地点。如果我们把一个信仰与另一个信仰并置在一起，肯定会脱离具体环境，而具体环境正是亚历山大人认为最重要的，直至有一天他们被告知，最重要的是选择其中一个。他们不喜欢这样做，卡瓦菲斯也不喜欢。当卡瓦菲斯使用“异教”和“基督教”这些词时，我们不应忘记，就像他没有忘记，它们是近似值、集合词、公分母；不应忘记分子才是文明之关键。

在他的历史诗中,卡瓦菲斯使用了基利所称的“普通”隐喻,也即建基于政治象征主义的隐喻(就像在《大流士》和《等待野蛮人》等诗中);而这是卡瓦菲斯在翻译中几乎有所得的另一个理由。政治本身是一种元语言,一种精神制服,而卡瓦菲斯与大多数现代诗人不同,他非常善于解开这制服的纽扣。“正典”中,有七首关于叛教者尤里安的诗——考虑到尤里安统治期短暂(三年),这七首诗的数目是相当多的。卡瓦菲斯对尤里安感兴趣,一定有某种理由,而基利的解释似乎不够充分。尤里安从小是个基督徒,但当他登上皇位后,他便试图重新把异教立为国教。虽然国教这一理念表明尤里安的基督教倾向,但是他以颇不同的方式着手这件事:他不迫害基督徒,也不试图使他们改变信仰。他仅仅使基督教失去国家支持,以及派遣他的圣贤们去跟基督教牧师们公开辩论。

在这些有节制的口头较量中,牧师们经常成为输家,一部分原因是当时的教义中充满教条上的矛盾,另一部分原因是相对于他们的对手,牧师们往往没有做好辩论的心理准备,他们只是一味假设基督教教条更优越。不管怎样,尤里安对他所称的“加利利教”是宽容的,并把其“三位一体”看成是希腊多神教和犹太一神教的倒退的混合。尤里安所做的仅有一件可被视为迫害的事,是要求归还在他的前任们统治期间被基督徒侵占的某些异教寺庙,并禁止基督徒在学校游说他人改变信仰。“那些污蔑诸神的人,不应被允许教导青年人,或解释荷马、赫西俄德、狄摩西尼、修昔底德和希罗多德等崇拜诸神的作者的著作。让他们在他们自己的加利利教堂里解释《马太福音》和《路加福音》。”

基督徒还没有他们自己的文学,并且整体上还没有太多可以对抗尤里安的论据,于是他们抨击他,而他们所抨击的恰恰是他对待他们的宽容,他们称他是希律、食肉稻草人、大谎言家,有着魔鬼般的狡猾,不公开迫害人,从而瞒骗天真的人。不管尤里安真正追求的是什么,卡瓦菲斯显然对这个罗马皇帝处理问题的方式感兴趣。卡瓦菲斯似乎把尤里安视为一个试图保留两种形而上学的可能性的人,不是通过作出选择,而是通过在两种可能性之间建立联系,并充分利用两者。这肯定是处理宗教问题的理性态度,但尤里安毕竟是政客。考虑到该问题所涉之深广和可能造成的后果,他的企图实在是一种英雄式的举动。如果我们不怕被指责为理想化的话,真可以把尤里安称为一个伟大的灵魂,他痴迷于这样一种认识,也即异教和基督教本身都有不足,并且如果分开来看,两者都不能使人的精神力量发挥到极致。总是存在着一些折磨人的残余,总有某种局部的真空感,造成一种罪恶感,而且这还是最好的情况。事实上,两者都不能解决人的精神不安,而世上又没有一种可以使我们把两者结合而不招惹谴责的信条,也许除了斯多葛派或存在主义(存在主义也可以视为一种由基督教赞助的斯多葛派)。

一个感官上的极端主义者,也可以说,一个精神上的极端主义者,是不能被这种解决方法所满足的,但他可以听之任之。不过,无论怎样听之任之,最重要的与其说是对什么听之任之,不如说是因什么听之任之。如果明白到卡瓦菲斯并不是在异教与基督教之间作出选择,而是像一个钟摆在两者之间摆动,则我们对卡瓦菲斯的诗歌将有更透彻的理解。不过,钟摆迟早会明白钟座加诸它的限制。钟摆无法超越四壁,然而它瞥见了外部世界,并认识到它是从属的,明白到它被迫摆动的两个方向是注定的,并且这两个方向受制于——如果不是为了——进行中的时间。

因此才有那种挥之不去的厌倦语调，这种语调使得卡瓦菲斯那带有享乐-斯多葛颤音的声音听起来如此迷人。使它更迷人的是，我们明白到我们是站在卡瓦菲斯这一边的，明白到我们认识他的处境，即使这处境只是在一首讲述一个异教徒被一种假宗教之名的基督教制度同化的诗中。我想到《如果真的死了》这首诗，它讲述蒂亚纳的异教预言家阿波罗尼奥，他只小基督三十岁，以显示奇迹闻名，为人民治病，其死亡没有记录，还有，他跟基督不一样，他会写作。

1977 年

一座改名城市的指南

以影像的形式占有世界，恰恰是重新体验真实事物的不真实性和遥远性。

——苏珊·桑塔格《论摄影》

芬兰站是旅客进出这座恰好位于涅瓦河畔的城市的五个铁路终点站之一，芬兰站前耸立着一座纪念碑，纪念一个人，他的名字正是这座城市现时的名字。事实上，列宁格勒每一个火车站都有一座这个人的纪念碑，要么是火车站前的一个全身雕像，要么是火车站内的一个巨型半身雕像。但是芬兰站前的纪念碑是独一无二的。重要的不是雕像本身，因为列宁同志仍是以通常的半浪漫风格塑造的，一只手伸入空中，大概是在对群众发表演说；重要的是那个基座。因为列宁同志是站在一辆装甲车顶上发表演说的。雕像是以当今流行于西方的早期构成主义风格塑造而成的；大体上，用石头来雕塑装甲车这个理念，含有某种心理加速、雕塑家有点儿走在时代前面的意味。就我所知，这是全世界仅有的一座为某个站在装甲车上的男人而建的纪念碑。单是这一点，它就是一个新社会的象征了。旧社会总是由马背上的男人来代表。

够相称的是，顺流而下约两英里，在河岸对面，耸立着一座纪念碑，纪念一个自这座城市奠基之日起就以他命名的人：彼得大帝。这座纪念碑无人不知，被称作“青铜骑士”，它的屹立不动仅有它被拍照的次数可以匹比。这是一座令人印象深刻的纪念碑，约二十英尺高，是艾蒂安-莫里斯·法尔孔奈[①]最出色的作品，他是由狄德罗和伏尔泰向纪念碑赞助者叶卡捷琳娜大帝推荐的。在从卡累利阿地峡拖来的巨形花岗岩的顶上，高高耸立着彼得大帝，左手驾驭着那匹象征着俄罗斯的后腿直立的骏马，右手伸向北方。

由于两人都被用来命名这座城市，这使人不单只想比较他们的纪念碑，而且想比较他们的直接环境。那站在装甲车上的男人左边，是当地党委半古典风格的建筑物和臭名昭著的“十字”——俄罗斯最大的监狱。在他右边，是炮兵学院；而如果你顺着他的手所指的方向望去，你会看到河左岸上的革命后最高建筑物——列宁格勒的克格勃总部。至于那青铜骑士，他右边也有一个军事机构——海军部；然而，他左边却是参议院，现在是国家历史档案馆，他的手则指向河对面那所他建立的大学，后来那个在装甲车顶上的男人曾在那里受过一点教育。

因此，这座有二百七十六年历史的城市，有两个名字，一个本名，一个化名，而总的来说其居民基本上两者都不用。当然，在信封上或身份证上，他们写“列宁格勒”，但在平时谈话中他们宁愿称它为“彼得”。这种名字选择，与他们的政治倾向毫无关系；问题在于“列宁格勒”和“彼得堡”在发音上都有点儿别扭，并且不管怎样，人们总是爱用别号来称呼他们的居住地——那是更大程度的家常化。“列宁”肯定不行，仅就它是那个男人的姓（而且还是化名的姓）而言就已经不合适了；“彼得”则似乎是最自然的选择。首先，这座城市已被这样称呼了两百

① 艾蒂安-莫里斯·法尔孔奈(1716—1791)：法国雕塑家。

年了。还有,彼得一世的精神在这里弥漫的程度,依然甚于新时代的味道。此外,由于这个皇帝的真名在俄语中是“彼奥特尔”,因此“彼得”暗示某种外国性,听起来也较协调——因为这座城市有某种明显的外国和疏远气氛:它那些欧洲式建筑,也许还有它的地点本身,也即位于那条流入有敌意的公海的北方之河的三角洲中。换句话说,在一个如此熟悉的世界的边缘。

俄罗斯是一个非常大陆性的国家;其地块占世界天空的六分之一。在这块土地边缘建造一座城市,甚至更进一步,宣布它是国家首都,这个想法被彼得一世的同代人视为至少是失策的。俄罗斯本身那个子宫般温暖的,且传统得近乎怪癖的,患幽闭恐惧症的世界,在波罗的海的彻骨寒风中发抖。彼得改革的反对之声是令人生畏的,尤其是涅瓦河三角洲的土地实在糟糕。它们是低地和沼泽;而为了在它们上面建设,地面必须加固。附近有大量木材,但没有伐木的志愿者,更别说把木头打进地里了。

但是对这座城市,彼得有他的远见,而且是不止于这座城市的远见:他看到俄罗斯把脸转向世界。在他的时代的脉络里,这意味着西方,而这座城市注定要成为——用当时访问俄罗斯的一位欧洲作家的话说——开向欧洲的窗口。实际上,彼得想要一个大门,并且要它半掩着。与他那些俄国皇帝宝座上的前任和后继者都不同,这个六英尺半高的君主没有患上传统的俄罗斯恶疾——对欧洲的自卑情结。他不想模仿欧洲:他要让俄罗斯成为欧洲,如同他自己是欧洲人,至少部分是欧洲人。自童年起,他的很多亲密朋友和同伴,以及他与之开战的主要敌人,都是欧洲人;他花了一年多时间在欧洲工作、旅行,以及实际上生活在那里;后来又频频访问欧洲。对他来说,西方不是未知领域。他是一个头脑清醒的人,尽管有可怕的酗酒习惯;他把他涉足的每一个国家——包括他自己的国家——都视为只不过是空间的延续。在一定程度上,对他来说,地理远比历史真实,而他最珍爱的方向是北方和西方。

总的来说,他爱上空间,尤其是爱上大海。他要俄罗斯有一支海军,于是这个其同代人所称的“木匠沙皇”用自己的双手,以他在荷兰和英国船坞工作时获得的技能,建造这支海军的第一艘船(现时陈列于海军博物馆)。因此他对这座城市的远见是颇不同凡响的。他要这座城市成为俄罗斯舰队的海港;成为一座抗拒瑞典人的堡垒,瑞典人围攻这些海岸——他的国家的北方要塞——已有数个世纪。与此同时,他想使这座城市成为新俄罗斯的精神中心:理性、科学、教育、知识的中心。对他来说,这些都是远见的元素和有意识的目标,而不是之后那些时期的军事扩张的副产品。

当一个有远见的人碰巧是一个皇帝时,他便会无情地行动。彼得一世为了实现其工程而诉诸的手段,最好也只能被定义为征用。他对所有的事物和所有的人课税,强迫他的子民与土地作斗争。在彼得统治时期,一名俄罗斯皇帝的子民,选择有限,差不多是要么应征入伍,要么被派去建造圣彼得堡,并且很难说哪一个选择更致命。数以万计的人在涅瓦河三角洲的沼泽中变成无名鬼魂,这个三角洲的岛屿享有类似于今天古拉格群岛的声誉。不同之处是,在 18 世纪,你知道你在建造什么,而且最后还有机会获得临终圣礼,以及墓头有一个木十字架。

也许,彼得没有别的办法去确保工程的执行。直到他在位之前,俄罗斯除了战争,几乎不知道中央集权,且从来未曾以一个总实体行动过。未来的“青铜骑士”为了完成工程而采取的普遍胁迫,首次把全国统一起来,并催生了俄罗斯极权主义,其果实的味道并不比其种子好。

大量会诱发以大量的方式解决，而无论是从教育角度看还是从历史本身看，彼得都没有准备好以任何别的办法解决。他对待人民的方式，与他对待那块他要用来建造他的未来首都的土地的方式完全一样。这个既是木匠又是领航员的统治者，在设计他的城市时只用一种工具：直尺。铺展在他面前的空间是彻底平坦的，水平的，而他有充足理由把它当作一张地图来看待，而地图只要一条直线就足够了。如果这座城市有什么是曲线的，那也不是因为特别规划，而是因为他是一个草率的手艺人，其手指有时会滑出那把直尺的边缘，铅笔也跟着滑出。他那些诚惶诚恐的部下也是如此。

实际上，这座城市与其说是坐落在被建筑工人打入地下的木桩上，不如说是坐落在建筑工人的骨头上。在某种程度上，旧世界任何其他地方也差不多如此；但话说回来，历史会小心照料不愉快的记忆。圣彼得堡碰巧太年轻了，不足以建立安慰人的神话学；每逢天灾人祸发生，你便可以在人群中发现一张脸，苍白，好像饿极了，看不出年龄，眼睛深陷，呈白色，一动不动，并听到一声低语："我说呀，这地方受了诅咒！"你会战栗，但过了一会儿，当你试图再看一眼那个说话人时，那张脸已消失了。你的眼睛将徒劳地搜寻那无目的地慢慢蠕动的人群，人群挪近：你将什么也看不到，除了冷漠的过路人，以及透过那斜斜的雨的面纱，看到帝国大厦群雄伟的轮廓。这座城市的建筑透视图的几何学，最适合永远找不到事物。

但整体而言，这样一种情绪是有其逻辑的，也即认为大自然有一天会回来，夺回它那一度屈从于人类的袭击并被篡夺的财产。这种情绪源自那蹂躏这座城市的漫长洪灾史，源自这座城市可触摸地、有形地接近大海。虽然麻烦永远不会多于涅瓦河跃出其花岗岩的约束衣，但是亲眼看到大团大团铅似的乌云从波罗的海直扑这座城市,不能不使居民厌极了那不管怎样都永远挥之不去的提心吊胆。有时候,特别是在深秋,这种天气,连带其强风、暴雨和涅瓦河水溢出其河堤,会持续好几个星期。虽然什么也没有改变,但仅仅是时间这个因素就会令你觉得它还会恶化下去。在这样的日子里,你会想起这座城市周围没有筑堤防护,想起你实际上被这支由各运河和支流组成的第五纵队包围着;想起你实际上是住在一座岛上,它是一百零一座岛中的一座;想起那滔滔巨浪是你在电影中——又或者是在梦中?——看到的诸如此类,诸如此类的;于是你扭开收音机,收听下次天气预报。天气预报通常都显得积极和乐观。

但这种情绪的主要原因,是大海本身。说也奇怪,虽然今天俄罗斯积累了庞大的海军力量,但是大海这个概念对一般民众来说依然有点儿陌生。民间传说和官方宣传以一种含糊,尽管也许是积极的浪漫方式来处理这个主题。对普通人来说,大海主要是与黑海、休假、南方、度假胜地,也许还有棕榈树联系起来。在歌中和诗中最常遇到的修饰词是“辽阔”、“湛蓝”、“美丽”。有时候你会遇到“粗糙”,但往往那上下文其他部分也很粗糙。自由、开放的空间、离开这鬼地方之类的概念,都被本能地压抑着,然后以相反的面目浮现,就是怕水,怕溺死。仅就此而言,这座位于涅瓦河三角洲的城市,是对民族心灵的挑战,并合理地获得“自己祖国里的外国人”这一由尼古拉·果戈理授予的称号。如果不是外国人,至少也是水手。可以说,彼得一世已实现其目标:这座城市变成了一个海港,而且不只是实际意义上,还是形而上学意义上的。在俄罗斯任何地方,思想都没有如此乐意与现实分离:俄罗斯文学正是随着圣彼得堡的崛起而确立的。

也许彼得确实计划要建造一座新阿姆斯特丹，但是其结果与那座荷兰城市毫无共通之处，如同它与以前哈得孙河边那座名字相同的城市[①]没有任何共通之处。但后者是向上发展，前者则是向水平线扩散；不过，规模则是一样的。因为单是河的宽度就要求不同的建筑尺度。

在彼得之后那些时代，他们开始营造不是单幢的建筑，而是整体建筑群，或更准确地说，建筑风景。到那时为止，俄罗斯尚未被欧洲建筑风格影响过，现在它打开水闸，于是巴罗克风格和古典主义一拥而入，淹没了圣彼得堡的街道和河堤。管风琴似的圆柱森林耸起，以它们那欧几里得几何的凯旋仪式，沿着那无止境的宫殿正面排列了数英里之远。从 18 世纪后半叶至 19 世纪头二十五年，这座城市成为意大利和法国的顶尖建筑师、雕塑家和装潢家的真正游猎场。为获得它的帝国外貌，这座城市可谓巨细靡遗到了极点：河流和运河的花岗岩护墙，它们的铸铁护栅每一个弯曲处的精巧琢磨就能说明一切。同样说明一切的是沙皇家族和贵族那些宫殿和乡村宅邸的内部寝室的装饰，这些装饰的多样性和精致性近乎令人厌恶。然而不管建筑师们的建筑标准是什么——凡尔赛宫、枫丹白露宫等——结果明白无误总是俄罗斯式的，因为建筑师在决定把另一翼放置在哪里时，他往往听命于空间的过于充足，而非他那位常常是无知但财大气粗的委托人反复无常的意志。当你从彼得保罗要塞的特鲁别茨科伊棱堡眺望涅瓦河全景，或芬兰湾旁的大瀑布时，你会获得一种奇怪的感觉，觉得不是俄罗斯试图赶上欧洲文明，而是后者通过某个幻灯机被放大并投射到一个由空间和水组成的巨大屏幕上。

---

① 指纽约，纽约以前叫作新阿姆斯特丹。

归根结底,这座城市及其辉煌的迅速增长,应首先归因于水的无所不在。十二英里长的涅瓦河从城市正中央分岔,连同其二十五条大大小小的盘绕的运河,为这座城市提供了数量如此多的镜子,使自恋变得不可避免。城市每一秒都被数千平方英尺奔波的银色汞合金反映着,仿佛它正被其河流拍摄着,河流则把其连续镜头排入芬兰湾,芬兰湾在阳光灿烂的日子看上去就像这些令人目眩的影像的贮藏库。难怪有时候这座城市使人觉得像一个十足的自我主义者,正心无旁骛地凝视自己的样貌。确实,在这种地方,你更多是注意建筑表面而不是人面;但石头无能力自我生殖。这些半露方柱、柱廊和门廊的无穷尽的、疯狂的繁殖,暗示了这种具有城市特征的自恋的本质,暗示这样一种可能性,也即至少在这个无生命的世界里水也许可被视为时间的一种浓缩形式。

但是,也许这座陀思妥耶夫斯基所称的“预先计划的城市”,更多不是被其运河和河流反映,而是被俄罗斯文学反映。因为水仅能谈论表面,而且还是外露的表面。对这座城市实际内部和精神内部的描写,对这座城市对其人民和他们的内心世界的影响的描写,几乎从城市奠基日开始就成为俄罗斯文学的主要题材。从技术上讲,俄罗斯文学是在这里,在涅瓦河畔诞生的。如果就像俗语所说的,所有俄罗斯作家都是“从果戈理的《外套》里出来”的,那么值得记住的是,这件外套从那个可怜公务员身上被抢走的地方,不是别处,正是19世纪初的圣彼得堡。不过,俄罗斯文学的音调,却是由普希金的《青铜骑士》定下的,其主人公是某个部门的职员,在他心爱的人被洪水冲走之后,他指控那座骑马的皇帝雕像玩忽职守(没有筑堤坝),当他看见愤怒的彼得骑着马跃上人行道追赶他,要把他这个冒犯者踩死在地面上时,他便疯了。

(当然,如果不是这首长诗本身的重要性,它完全有可能只是一则关于一个小人物反抗专横权力的简单故事,或关于被迫害妄想狂、下意识对超我等的简单故事。这首诗是有史以来赞美这座城市的最杰出诗篇,除了奥斯普·曼德尔施塔姆的诗之外,曼德尔施塔姆在普希金死于决斗一百年之后,实际上被一脚踩死在了帝国的地面上。)

不管怎样,至19世纪初,圣彼得堡已经是俄罗斯文学的首都,这个事实与宫廷设在这里没有什么关系。毕竟,宫廷设在莫斯科长达数百年,但莫斯科却几乎没出产什么东西。这股创造力突然爆发的理由,再次主要是地理意义上的。那时候,在俄罗斯生活的脉络中,圣彼得堡的崛起与发现新大陆差不多:它使当时有思想的人有机会仿佛从外部反省自身和全民族。换句话说,这座城市为他们提供了把这个国家客体化的可能性。从外部进行的批评是最有效的,这个概念即使在今天也极受欢迎。接着,在这座城市的另类——至少是视觉上的——乌托邦特点的加强下,它给那些首先拿起羽毛笔的人灌输了一种意识,觉得他们所宣称的东西具有几乎无可置疑的权威。如果说每一个作家都必须疏离自己的经验才能对之加以评论,那么可以说,这座城市提供了这种疏离服务,省去了他们一段旅程。

这些作家出身贵族、士绅和神职人员,用经济阶层划分来说,他们全都属于中产阶级:所有地方的文学之存在,几乎全赖这个阶级。除了两三个例外,他们全都靠写作维生,也即生活寒酸得足以无需解释或疑惑就能理解那些生活最悲惨者的苦难和上层阶级的显赫。后者对他们的吸引力少得多,因为不说别的,单是向上爬的机会就少得多。结果,我们有了一幅对真实、内在的圣彼得堡的颇全面、近乎立体感的画面,因为穷人构成了现实的主要部分;小人物总是举目皆是。此外,小人物周遭的直接环境愈是完美，他们就愈是显得碍眼和不协调。难怪他们——退休军官、贫困寡妇、被抢劫的公务员、饥饿的新闻记者、被凌辱的文员、患肺结核的学生，等等——在古典风格柱廊这一无可挑剔的乌托邦背景的衬托下，全都在作家们的脑中萦绕不去，而俄罗斯散文开篇都泛滥着他们的形象。

这些人物在纸上出现的频率如此之高，把他们放在纸上的作家数目如此之多，他们对他们的材料的精通和材料本身——文字——达到如此程度，以至不久这座城市便发生了奇怪的事情。承认这些无可救药地由语言反映的事物的过程，包括充斥其中的道德判断，已变成认同这些被反映的事物的过程。如同常常发生在镜前的人身上那样，这座城市开始陷入对文学提供的三维形象的依赖。不是说这座城市作出的调整不够（确实是远远不够！）；但是如同任何自恋者都有固有的不安全感，这座城市亦开始愈来愈专注地凝视那面镜子，那是俄罗斯作家们拿着——用司汤达的话来说——穿过圣彼得堡居民的街道、院子和破旧的寓所的镜子。偶尔，被反映者甚至会试图纠正或干脆粉碎那个反映，而鉴于几乎所有的作家都住在这座城市，因此完成这件工作要容易得多。到 19 世纪中叶时，这两样东西合并了：俄罗斯文学赶上了现实，它达到如此程度，以至哪怕是今天，当你想起圣彼得堡时，你竟不能区别虚构与现实。对一个其历史仅有两百七十六年的地方来说，这有点匪夷所思。今天，导游会带你去看陀思妥耶夫斯基受审的警察第三局旧址，以及他笔下的人物拉斯柯尔尼科夫用斧头砍死那个当铺老妇的房子。

19 世纪文学在塑造这座城市的形象中所扮演的角色尤其重要，因为这是圣彼得堡宫殿和大使馆逐渐演变成俄罗斯官僚中心、政治中心、军事中心和最终演变成工业中心的世纪。建筑开始失去其完美的——达到荒谬的程度——抽象特色,并随着每一座新建筑而恶化。这与其说是由转向功能主义(它只是营利的高贵名称罢了)造成的,不如说是由普遍的美学堕落造成的。除了叶卡捷琳娜大帝外,彼得的继承者们几乎没有任何远见,也不懂得他的远见。他们全都试图推广他的欧洲版,并且做得颇为彻底;但在 19 世纪,欧洲根本就不值得模仿。从一个皇帝到另一个皇帝,衰落愈来愈明显;唯一为新冒险挽回面子的,是这样一种必要性,也即新冒险都调整自身以适应它们伟大的先驱。当然,今天就连尼古拉一世时代的军营式风格,可能也会使一个深思的审美家感到心头温暖,因为它很好地传达了那个时代的精神。但整体而言,用这种俄罗斯方式执行普鲁士军事式社会理想,加上古典建筑群中夹杂着大量笨拙的公寓楼,产生了一种颇令人沮丧的效果。接着,维多利亚式结婚蛋糕和灵车便来了;到 19 世纪最后二十五年,这座一开始就从历史跃进到未来的城市,有些部分看上去活像一个普通的北欧布尔乔亚。

这是一点也不奇怪的。如果文学批评家别林斯基在 19 世纪 30 年代宣称“彼得堡比所有美国城市更具独特性,因为它是一个古老国家里的新城市;因此它是新希望,是这个国家奇妙的未来”,那么四分之一世纪之后,陀思妥耶夫斯基就会讽刺地回答说:“这是一座庞大的现代化酒店的建筑——它的效率已经具体化,它的美国风格,数以百计的房间;再清楚不过的是,我们也有铁路,我们也突然变得像高效率的民族了。”

用“美国风格”来称呼圣彼得堡历史上的资本主义时代,也许有点儿牵强;但视觉上与欧洲的相似性却是颇为惊人的。况且,并非只是银行和合股公司的门面以其巨象似的坚固性匹比它们在柏林和伦敦的同类物；一个像埃利塞夫兄弟食品店（它还完整保存着，而且运作良好，原因之一是今天可扩充的食品并不多）这样的地方的内部装饰，可轻易与巴黎的福雄媲美。真相是，每一种“主义”都是在一种其规模大到足以嘲弄民族身份的程度上传播；资本主义也不例外。这座城市正在蓬勃发展；人力资源从帝国四面八方涌来；男性人口比女性人口多一倍，卖淫业繁荣，孤儿院泛滥；港湾里的水因出口俄罗斯谷物的船只而翻腾，如同今天它因船只把谷物从国外运来俄罗斯而翻腾。它是一座国际城市，有很大的法国人、德国人、荷兰人和英国人聚居地，更别说外交官和商人了。普希金借“青铜骑士”之口说出的预言“所有旌旗都将以客人身份来探访我们”如假包装地实现了。如果在19世纪，对西方的模仿肤浅如贵族阶层的化妆和时装（“这些俄国猴子！”一名法国贵族在冬宫出席一次舞会之后叫道，“他们学得多快！他们已胜过我们的宫廷！”），那么19世纪的圣彼得堡连同其暴发户资产阶级、上流社会、花柳社会等，已变得够西化，甚至可以对欧洲怀有一定程度的轻蔑了。

然而，这种主要见诸文学中的轻蔑，与传统俄罗斯的恐外症没有什么关系，恐外症常常以论证东正教优于天主教的面目出现。这种轻蔑更多是这座城市对自身的反应，是自称的理想主义对商业现实的反应；是审美家对资产阶级的反应。至于东正教对西方基督教，这事儿从来不成气候，因为那些大教堂和教堂都是由同一批建造宫殿的建筑师设计的。因此除非你踏入教堂的地下室，否则你根本就难以确定它们属于哪些教派，除非你注意穹顶的十字架形状；而这座城市实际上没有葱头形圆顶。不过，在那轻蔑中，仍有某种宗教因素。

对人类状况的每一种批评，都包含批评者意识到有另一种更高层次的角度，一种更好的秩序。俄罗斯审美史是这样一种情形，以至圣彼得堡建筑群，包括教堂，都是——而且依然是——被视为最接近于可能体现这样一种秩序。不管怎样，一个在这座城市活得够久的人，注定要把美德与比例联系起来。这是一个古老的希腊观念；但在这北方天空下，它却获得了一种特殊权威，体现出一种处境艰难的精神，并且至少可以说，使得一个艺术家非常注意形式。这种影响在俄罗斯诗歌，或者——以其诞生地来称呼——彼得堡诗歌中尤其明显。两百五十年来，这个流派从罗蒙诺索夫到杰尔查文到普希金及其同代精英（巴拉丁斯基、维亚泽姆斯基、杰利维格），到阿克梅派——本世纪的阿赫玛托娃和曼德尔施塔姆——都一直是存在于它被设想的那个标志下：古典主义的标志。

然而，普希金在《青铜骑士》中对这座城市的赞美诗与陀思妥耶夫斯基在《地下室手记》中的发声相距不足五十年。后者说："住在彼得堡是一种不幸，它是世界上最抽象和预先计划的地方。"如此短的间隔只能用这样一个事实来解释，也即这座城市的发展步伐实际上不是步伐：它从一开始就是加速度。这个其人口在1700年是零的地方，在1900年达到一百五十万。在别处要一百年才能做到的事情，在这里被压缩在数十年内。时间获得了某个神话般的特质，因为神话乃是创造的神话。工业蓬勃发展，城市周围迅猛地升起的烟囱呼应它那些柱廊。俄罗斯帝国芭蕾舞团在珀蒂帕[①]监制和安娜·巴甫洛娃主演下，仅用了二十年时间就发展出了将芭蕾舞作为交响曲结构的概念——一个注定要征服世界的概念。每年约有三千艘悬挂外国旗的船驶入圣彼得堡

① 珀蒂帕（1818—1910）：法国芭蕾舞演员、老师和编舞家。

海港，而在1906年，将有十多个政党在叫作“杜马”的未来俄罗斯议会开会，“杜马”在俄语里的意思是“思想”（回顾起来，它的成就使得它的英语发音“Dooma”有一种特别不祥之感①）。前缀“圣”从这座城市的名字中消失了——逐渐地，但合理地；随着第一次世界大战爆发，由于反德情绪，这个城市的名字被俄罗斯化了，“彼得堡”变成了“彼得格勒”。这座城市那一度完全可感可触的理念，其亮光在不断浓密起来的经济之网和蛊惑人心的公民宣传之中渐渐失色。换句话说，这座青铜骑士的城市以一座普通大都市的姿态，昂首阔步奔入未来，践踏其小人物并把他们推向前。有一天，一列火车抵达芬兰站，一个小个子男人从车厢里出来，爬上了一部装甲车的顶盖。

这次抵达，对这个民族是一场灾难，对这座城市却是一次拯救。因为它的发展突然完全停下来，如同整个国家的经济生活。这座城市冻结了，仿佛在即将来临的时代之前陷入绝对哑默的迷惑中，不愿意加入。甚至可以说，应当在这里为列宁同志立纪念碑，因为他使圣彼得堡免于成为地球村低劣的一员和免于蒙上成为他的政府所在地的耻辱：1918年，他把俄罗斯首都迁回莫斯科。

仅是这次迁都的重要性，列宁就可与彼得相提并论。然而，列宁本人不大可能会同意这座城市以他来命名，因为别的不说，他在这座城市度过的时间大约只有两年。如果由他来决定，他会更愿意选择莫斯科或俄罗斯任何其他地方。此外，他对大海并不太在乎：他是一个大陆人，而且还是一个城市居民。而如果他对彼得格勒感到不舒服的话，有一部分原因是大海，尽管他警惕的不是洪水，而是英国海军。

---

① Dooma的发音和字形都有“末日”或“毁灭”之意。

也许，他与彼得一世只有两个共通点：对欧洲的认识和残酷无情。不过，虽然兴趣广泛、能量充沛、其宏伟设计只能算是业余的彼得要么是文艺复兴人的升级版，要么是其过时版，但列宁却是他的时代的地道产物：一个心胸狭窄的革命者，有着典型的小资产阶级偏执狂权力欲，而权力本身亦是一个极其资产阶级的概念。

因此列宁去彼得堡，因为彼得堡正是他所认为的地方：权力。为了权力，他愿意去任何其他地方，如果他认为那地方有权力（而事实上他这样做了：住在瑞士时，他曾在苏黎世试过同样的事情）。简言之，他是这样一批最早的人之一，对他们来说，地理学是一门政治科学。但问题在于，彼得堡从来不是权力中心，哪怕在尼古拉一世当政的最反动时期也不是。每一个君主政体都依靠这样一个传统的封建原则，也即在教会支持下心甘情愿地屈从或顺从一个人的统治。毕竟，无论是屈从或顺从，都是一种意志，如同投票一样。可列宁的主要理念却是操纵意志本身，控制心灵；而这对彼得堡来说是新闻。因为彼得堡无非是帝国统治的所在地，而不是这个民族的思想或政治中心，而这是因为按定义，民族意志是无法被地方化的。社会是一个有机体，它产生其组织的种种形式，如同树木产生彼此间的距离，尽管过路人把这称作“森林”。权力这个概念，也即国家控制社会组织，乃是一种自相矛盾的说法，如同来了一个伐木者。这座城市糅合建筑的雄伟与网络状的官僚传统，这本身就是对权力理念的嘲弄。宫殿的真相，尤其是冬天宫殿的真相是，并非所有的房间都有人住。要是列宁在这座城市里多待一阵子，他的国家理念也许会变得稍微谦卑些。但是从三十岁起，他在外国居住了近十六年，主要是在德国和瑞士，构筑他的政治理论。他只重返过彼得堡一次，那是1905年，他待了三个月，试图组织工人对抗沙皇政府，但很快就被迫去国，重新过他那在咖啡馆谈论政治、下棋、读马克思著作的生活。这不能帮助他变得少些怪癖：失败很少能扩大视野。

1917年，列宁在瑞士从一个过路人口中得知沙皇退位，于是与一群追随者登上了一列由德国总参谋部提供的密封式火车，驶往彼得堡，该参谋部要依靠这些绅士在俄罗斯境内承担第五纵队的任务。那个在1917年从芬兰站下火车的人，当时四十七岁，而这次抵达可以说是他最后的赌注：他要么赢，要么面临叛国控罪。除了一千二百万德国马克之外，他唯一的行李是世界社会主义革命之梦，这场革命一旦在俄罗斯引发，将产生连锁反应；还有另一个梦，就是成为俄罗斯国家元首，以便落实他的第一个梦。在这次驶向分兰站的十六年颠簸的漫长旅程上，两个梦整合成一个有点像梦魇的权力概念；但是，在爬上装甲车时，他并不知道只有一个梦是注定要成真的。

因此，与其说是列宁来彼得堡获取权力，不如说是权力这个理念早就抓住了他，现在正把他带去彼得堡。历史书上所说的"伟大的社会主义十月革命"事实上是一场不折不扣的政变，而且还是一场不流血的政变。在讯号发出之后——"阿芙乐尔"号巡洋舰的船头炮发射了一门空炮——一排新成立的赤卫队便走进冬宫，逮捕了无所事事的临时政府的大批部长，后者正徒劳地试图看守沙皇退位后的俄罗斯。赤卫队没有遇到任何反抗；他们强奸了一半守卫皇宫的女性，并洗劫了皇宫里的各个房间。为此，两名赤卫队员被枪杀，另一个溺死在酒窖里。皇宫广场唯一的枪战，包括身体倒下和探照灯在天空中划过，是发生在谢尔盖·爱森斯坦的电影里。

也许是有鉴于10月25日晚上那场运动平淡无奇，这座城市在官方宣传中才被称为"革命的摇篮"。它继续做摇篮，一个空摇篮，并颇为享受这种地位。在一定程度上,这座城市躲过了革命的大屠杀。普希金说:“上帝不准我们看见俄罗斯人的灾难、无意义和无情。”而彼得堡没看见。内战在周围和全国肆虐,一道可怖的裂缝撕开了这个民族,把它分裂成两个互相敌视的阵营;但在这里,在涅瓦河岸,两百年来第一次,安宁主宰一切,青草开始从空荡荡的广场的鹅卵石缝里和人行道的石板间长出来。饥饿导致很多人死亡,还有契卡(克格勃的原名);但是除此之外,这座城市没人打扰,自映自照。

随着首都迁回莫斯科,这个国家亦退回其子宫般、恐闭症和恐外症的状态,彼得堡由于没处可退,便陷于停顿——仿佛被拍了摆着19世纪姿态的照片。在内战后那数十年间,它没有怎么改变:有些新建筑,但主要在郊外工业区。此外,总房屋政策是所谓的聚合,也即让赤贫者与优裕者住在一起。因此如果某个家庭自己拥有一个三室公寓,它就必须挤进一个房间,让别的家庭搬进另外的房间。因此这个城市的内部变得比任何时候都更陀思妥耶夫斯基式,而表面则剥落和吸取尘埃,如同被时代晒黑了的皮肤。

安静,不动,这座城市耸立着,看着四季的流逝。在彼得堡,一切都可以改变,除了它的天气。还有它的光。那是北极光,苍白而扩散,那是一种记忆和眼睛以不寻常的敏锐在其中活动的光。在这光中,并且由于街道的直接性和长度,一个走路者的思想会走得比他的目的地还远,而一个有正常视力的人可以在一英里外分辨驶来的公共汽车的号码或跟在他后面的盯梢者的年龄。一个生于这座城市的人,至少在其青年时代花于走路的时间绝不逊于一个真正的贝都因人。并不是因为缺乏汽车或汽车太贵(有一个出色的公共交通系统),或因为要在食品店门口排半英里的长龙,而是因为在这片天空下,沿着这条巨大灰色河流那褐色的花岗岩堤岸走路,本身就是一种生命的延伸和远视的锻炼。在不断流动、离去的河水旁那花岗岩路面的粒状岩理中,有什么东西往你的鞋底徐徐渗入一种几乎是感官式的走路的欲望。从海上吹来的、散发海藻味道的逆风,治愈了很多被谎言、绝望和无能为力过度饱和了的心灵。如果这构成奴役的共谋,那么奴隶也许是可以原谅的。

在这座城市,忍受孤独似乎要比任何其他地方容易得多:因为这座城市本身就是孤独的。一种奇怪的安慰来自一个看法,也即这些石头与现在没有关系,与未来就更没有关系了。那些表面愈是进入 20 世纪,它们看上去就愈是过分讲究,根本就无视新时代和新时代的问题。唯一使它们与现在打交道的事物,是气候,而它们在深秋或过早来临的春天及其夹雪阵雨和令人迷失方向的鲁莽暴风这类恶劣气候中最是感到自在。或者——在死寂的冬天,当宫殿和官邸披着沉重的雪饰品和雪围巾高高地耸现在冻结的河流上空,如同穿上厚大的皮褛,包裹得严严实实,只露出眉头的老态龙钟的帝国权贵的时候。当一月的落日那深红色圆球以其金液涂抹它们那威尼斯风格的窗户,一个被冻坏了的过桥人会突然明白彼得竖立这些墙时心中想到什么:一面用来映照一个孤独星球的巨镜。他一边呵气,一边几乎可怜起那些圆柱来,因为那些圆柱赤裸裸的,有着多利斯式发型,仿佛是被俘虏来,赶入这残忍的天寒地冻,这齐膝高的积雪里。

温度计愈是降低,这座城市看上去就愈是抽象。摄氏零下二十五度已够冷的了,但是气温还在不断下跌,仿佛收拾了人民、河流和建筑物之后,还要把理念、抽象概念也埋掉。随着白烟在屋顶上飘浮,沿河一带的建筑物看上去愈来愈像一列开往永恒的列车陷在那里动弹不得。公园和游乐场的树木看上去就像学校的人类肺脏图,树上的鸦巢如同一个个小黑洞。而在远方,海军部大楼尖顶的金针总是像一束逆光,努力要麻痹云层的内容。并且,你永远搞不懂谁在那个背景下更不协调:今日的小人物或他们那些乘坐塞满保镖的黑色轿车匆匆驶过的强大主人。至少可以说,两者都使人感到很不舒服。

即便是在30年代末,当本地工业终于开始赶上革命前的生产水平时,人口也没有显著增长;总是在接近两百万水平的某处浮动。事实上,由于内战、20年代的移民和30年代的“大清洗”,历史悠久的家庭(那些在彼得堡居住了两代人或以上的家庭),其百分比不断在下降。接着便是第二次世界大战和漫长的九百日围城,围城导致近一百万人死亡,被饿死和被炸死的数目几乎一样多。围城是这座城市历史上最悲剧性的一页,而我想,就是在那个时候,“列宁格勒”这个名字终于被幸存的居民采纳下来,几乎是作为对死者的追念;要跟墓碑雕饰争辩是困难的。这座城市好像突然老了很多;仿佛历史终于承认它的存在,并决定以她一贯变态的方式处罚这个地方:堆积尸体。三十三年后的今天,不管怎样重新油漆和粉刷,这座征服不了的城市的天花板和表面,看上去依然保存着其居民最后一口气和最后一瞥留下的锈斑似的印迹。又或者,那只是油漆和灰泥质量太差罢了。

今天,这座城市的人口约为五百万;在早上八点,过度拥挤的无轨电车、公共汽车和有轨电车辘辘驶过无数的桥,把黑压压的人类藤壶运往工厂和办公室。房屋政策已从“聚合”改为在郊区建造新房屋,其风格与世界上所有的房屋相同,在本地被称为“兵营屋”。真应该给本市当今的父老们记一大功,他们实际上完整地保存了这座城市的主体。这里没有摩天大楼,没有交叉往来的高速公路。俄罗斯有一个建筑上的理由对“铁幕”的存在表示感激,感激它帮助她保留了一个视觉身份。如今,当你收到一张明信片,你得花一会儿时间猜测它是从委内瑞拉的加拉加斯,还是从波兰的华沙寄来的。

并不是本市父老们不喜欢用玻璃和水泥把自己不朽化;但不知怎的,他们不敢。虽然他们竭尽全力,但他们也被这座城市的魅力所迷,于是他们能做的,只是在这里那里竖起一座现代酒店,一切都是由外国(芬兰)建筑师来做——当然,除了电话和供电线路:后者只由俄罗斯技术来完成。通常,这些酒店都是专门服务外国游客的,他们通常都是芬兰人自己,因为芬兰邻近列宁格勒。

居民以近一百座电影院和十来家剧院、歌剧院和芭蕾舞剧院来娱乐自己;还有两座庞大的足球运动场,而本市则养了两支职业足球队和一支冰上曲棍球队。总的来说,体育运动得到官方实质性的认可,并且这里的人们都知道,最热情的冰上曲棍球迷住在克里姆林宫。但是列宁格勒的主要消遣就像俄罗斯所有地方一样,乃是“瓶子”。就酒精消耗量而言,这座城市堪称俄罗斯的窗口,而且是敞开的。早上九点,看到酒鬼的频率要比看到出租车高得多。在杂货店的酒类部,你总会看到两个男人,脸上露出那悠闲但机敏的表情:他们正在寻找“第三个”,与他们摊分一瓶酒的价钱和内容。价钱就在收钱员那里摊分——内容则在最靠近的出入口。在那些出入口的半黑暗中,摊分的艺术达到其极致,把一瓶伏特加均分为三份,一滴不剩。奇异、意想不到但有时候延续终生的友谊会发源于这里,当然还有最令人毛骨悚然的犯罪。虽然官方宣传在口头上和印刷物上谴责酗酒,但是国家继续出售伏特加并加价,因为“瓶子”乃是国家最大的收入来源:一瓶成本五戈比,售价则是五卢布。这意味着利润为百分之九千九百。

但喝酒习惯对居住在海边的人来说并非稀罕。列宁格勒人最大的特色是:坏牙(因为在围城期间缺乏维生素)、发咝音辅音很清晰、自嘲,以及对这个国家其他地方表现出某种程度的傲慢。在精神上,这座城市依然是首都;它与莫斯科的关系就像佛罗伦萨与罗马或波士顿与华盛顿的关系。如同陀思妥耶夫斯基笔下的某些人物,列宁格勒从“不被承认”、受排斥中获得某种骄傲和某种几乎是感官的快乐;然而它又非常清楚地意识到,对每一个其母语是俄语的人来说,这座城市比世界上任何可听到俄语的地方都更真实。

因为还有第二个彼得堡,由诗歌和俄罗斯散文构成的彼得堡。散文被一读再读,诗歌被背诵,原因之一是苏联学童如果想毕业就得背诵它们。正是这种背诵,确保了这座城市在未来的地位和位置——只要俄语依然存在——并把苏联学童转变成俄罗斯人民。

学年一般结束于五月底白夜抵达这座城市的时候,这些白夜将在整个六月份持续。白夜是指太阳只离开天空一两个小时的夜晚,这种现象在北纬地区是很常见的。那是这座城市最神奇的时刻,你可以在凌晨两点读书写作而不需要灯光,建筑物没有阴影,屋顶环绕着金光,看上去就像一套脆弱的瓷器。周围是如此安静,你几乎可以听见一支汤匙在芬兰掉落的叮当声。天空染上了透明的粉红色,亮得河流那浅蓝色的水彩几乎无法反映它。那些桥则被吊起,仿佛三角洲中的诸岛屿松开它们的手,并开始慢慢漂流,拐入主流,朝着波罗的海游去。在这样的夜晚,很难睡得着觉,因为光太猛,也因为任何梦都比不上这种现实。人不会投下阴影,像水。

1979 年

在但丁的阴影下

与人生不同，一件艺术作品从来不是被视为理所当然的：它永远被置于与其前辈和先行者的比较之下审视。伟大艺术作品的阴魂在诗歌中尤为明显，因为诗歌的词语远不如它们代表的观念那样易变。

因此，每一位诗人的努力的一个重要部分，往往牵涉到与这些阴影的辩论，他能够感觉他们或冷或热的呼吸就在他的脖子上，或被文学评论业引导到这种感觉。“经典”施加如此大的压力，有时候会造成言辞瘫痪。而鉴于心灵有能力产生对未来的消极看法，远胜于有能力处理这样的前景，因此往往有一种倾向，就是把这个局面视为绝路。在这类情况下，天生的无知以至伪造的纯真似乎都是赐福，因为这使你把所有这类幽灵都斥为无稽之谈，并仅仅基于你对自己的实际舞台风度的感觉而“歌唱”（最好是以自由诗）。

然而，把这样的局面视为绝路，往往不是暴露勇气的缺乏，而是想象力的贫困。如果一个诗人寿命够长，他将学会如何应付这类干早期（不管其来源），用它们来服务于自己的目的。未来的难以承受要比现在的难以承受容易面对，原因之一是人类的深谋远虑要比未来可以带来的任何东西都更具毁灭性。

欧金尼奥·蒙塔莱今年八十一岁了，并已把很多未来——他自己的和别人的——留在背后。他的传记中只有两样东西可算是瞩目的：一是他曾在第一次世界大战期间服役，在意大利军队里任步兵军官，一是他在 1975 年获得诺贝尔文学奖。在这两个事件之间，你可能会看到他在苦练，想当一个歌剧演唱家（他有很好的美声唱法潜力）；看到他反对法西斯政权（他一开始就这样，并最终导致他丢掉佛罗伦萨维雍索斯图书馆馆长的职位）、写文章、编辑小杂志、在约三十年间为《晚邮报》“第三页”报道音乐和其他文化活动，以及从事六十年的诗歌创作。感谢上帝，他的生活如此平静无事。

自浪漫主义作家以来，我们已习惯于那样一些诗人的传记，他们骇人的生涯有时候短如他们的贡献。在这个脉络下，蒙塔莱是某种时代错置，而他对诗歌的贡献的幅度则如时代错置般地伟大。他是阿波利奈尔、T. S. 艾略特和曼德尔施塔姆的同代人，但他并非只是在编年上属于那一代人。这些作家每位都在各自的文学中带来一次质变，蒙塔莱也是如此，但他的任务堪称最艰巨。

虽然讲英语的诗人读一位法国人（譬如说拉福格）往往是偶然的，但是一个意大利人读一位法国人却是基于地理上的必要性。阿尔卑斯山脉过去一直是文明向北的单程路线，现在却是各种文学上的主义的双向公路！鬼魂似的，严重地挤拥（遮蔽）你的操作。任何意大利诗人要迈出新的一步，他都必须扛起由过去和现在的交通所累积的货物，而对蒙塔莱来说，处理现在的货物也许更轻松些。

除了与法国人邻近之外，本世纪头二十年意大利诗歌的处境与其他欧洲文学相差无几。我的意思是说，存在着一种美学膨胀，它是由浪漫主义诗学（不管是自然主义版还是象征主义版）的绝对主宰引起的。当时意大利诗坛的两个主要人物——“强者”加布里埃莱·邓南遮和马里内蒂——无非是以各自的方式显示那膨胀。邓南遮把膨胀的和谐推至极端(和最高)程度,马里内蒂和其他未来主义者则追求相反的,肢解那和谐。两者从事的,都是一场用手段反对手段的战争;即是说,一种有条件的、以被囚禁的美学为特征的反应,一种感受力。现在似乎明白不过的是,要等到下一代的三位诗人朱塞佩·翁加雷蒂、翁贝托·萨巴和欧金尼奥·蒙塔莱崛起,意大利语言才产生一种现代抒情性。

在精神奥德赛中,没有伊萨卡岛,[①]甚至言辞也只是一种运输工具。蒙塔莱是一个形而上学的现实主义者,对极端浓缩的意象有明显偏好,他通过把他所称的“宫廷的”与“平凡的”之并置,而做到了创造自己的诗歌用语;这种用语也可以定义为“苦涩新风格”(与但丁的处方相反,该处方统治意大利诗歌超过六百年)。蒙塔莱成就最瞩目的一面,乃是他仍能在那“甜美新风格”的控制下向前推进。事实上,蒙塔莱远非松脱这种控制,而是在意象和词汇方面不断地指涉或意释那位伟大的佛罗伦萨人。他的隐含典故,是批评家有时候指责他晦涩的原因之一。但指涉和意释是任何文明化的论述的自然因素(没有它们或摆脱它们,则论述就只能是姿态),尤其是在意大利文化传统范围内。仅举两个例子,米开朗琪罗和拉斐尔都是《神曲》的热心解释者。一件艺术作品的其中一个目标,是创造依赖者;悖论在于,艺术家愈是欠债,就愈是富有。

蒙塔莱在出版于1925年的第一部诗集《乌贼骨》中就展露的成熟性,使人更难以阐述他的发展。在这里,他已经颠覆了意大利十一音节

---

① 精神奥德赛:意为精神探索、精神苦旅。伊萨卡岛是奥德修斯的家乡。此句意思是说,精神探索没有归路。

诗行那无所不在的音乐,采用了一种刻意单调的语调,这语调偶尔会因为添加音步而变得刺耳,或因为省去音步而变得哑默——这是他为了避免作诗法的惯性而使用的很多技巧之一。如果你想起蒙塔莱的直接前辈(而他们之中最闪亮的人物肯定是邓南遮),你就会发现,在风格上,蒙塔莱不欠任何人的债——或者说,他在诗中一跃而起反对每个人,因为争论是传承的形式之一。

这种通过拒绝来延续的做法,在蒙塔莱对押韵的运用中尤为明显。押韵除了具有某种语言学呼应功能,某种向语言致敬的功能外,还赋予诗人的陈述一种不可避免感。虽然好处多多,但是押韵格式(或就此而言,任何格式)的重复性质却造成了过度陈述的危险,更别说使读者与过去疏远。为防止这一点,蒙塔莱常常在同一首诗里从押韵转向无押韵。他对过度风格化的拒绝,显然既是伦理的又是美学的——证明一首诗乃是一个形式,用来体现伦理与美学之间最可能紧密的互相作用。

可悲的是,这种互相作用往往是翻译中失去的东西。不过,尽管他那“脊椎动物的密实性”(用他最具洞见的批评家格劳科·坎邦的话说)失去了,但是蒙塔莱仍很好地在翻译中保存了下来。通过不可避免地陷入另一种调性,翻译——由于其解释性的本质——以某种方式追上了原文,因为它澄清了那些可能被作者视为不证自明因而被原文读者忽略了的东西。虽然那微妙、考虑周到的音乐大部分失去了,但美国读者在理解其意义方面有一个优势,并且较有可能不在英语中重复意大利读者对晦涩的指控。就目前这本诗集而言,唯一的遗憾是脚注中没有包括对原诗中押韵格式和格律的说明。毕竟,脚注正是文明保存下来的地方。

也许“发展”这个词不适用于蒙塔莱这种感受力的诗人,因为别的不说，它暗示了一种线性进程；诗学思维向来有一种合成特质，并且使用了——如同蒙塔莱自己在其中一首诗中所表达的——某种“蝙蝠雷达”技术，也即思想以三百六十度的幅度运转。还有，在任何特定时间内，一个诗人都占有整个语言；例如，他对某个古词的偏爱是由他的题材或他的神经决定的，而不是由一种预设的风格化程式决定的。句法、诗节设计等也是如此。六十年来，蒙塔莱能够把他的诗歌维持在一个风格高原上，这种高度就连在翻译中也能感觉到。

我相信，《新诗》是蒙塔莱的第六个英译本。但跟以前那些想使读者对诗人整个生涯有一个全面概念的译本不同，这个译本只包括过去十年间写的诗，因而刚好碰上了蒙塔莱的最新（1971）诗集《萨图拉》。[①]虽然把它们视为诗人的终极作品是无知的，但是——由于作者的年纪和它们统一的主题，也即他妻子的逝世——它们依然在某种程度上传达了一种定局的气息。因为死亡作为一个主题，永远产生一幅自画像。

在诗歌中，如同在其他形式的论述中，受话者之重要性不亚于说话者。《新诗》的叙述者专心致志，企图估计自己与他的“对话者”之间的距离，然后推测“她”如果在场的话会作出的反应。他的话必然会指向的沉默，更多地隐含于回答的方式中，而这不是人类想象力负担得起的——这个事实赋予蒙塔莱的“她”毋庸置疑的优越性。在这方面，蒙塔莱既不像 T. S. 艾略特也不像托马斯·哈代，两位常常被拿来与他比较的诗人，而更像“新罕布什尔时期”的罗伯特·弗洛斯特，尤其是弗洛斯特关于女人是用男人的肋骨（心的昵称）做成的看法，意思是既不

① 《新诗》包括《萨图拉》。

是要被爱，也不是要来爱，又不是要被判断，而是要成为“汝之判官”。然而，与弗洛斯特不同，蒙塔莱处理的是一种“既成事实”的优越性——不在场的优越性——而这在他身上激起的，与其说是一种内疚感，不如说是一种分离感：他在这些诗中的第一人称叙述者被放逐到“外时间”[①]。

因此，这是一种死亡在其中扮演了特殊角色的情诗，类似于死亡在《神曲》中或在彼特拉克致劳拉女士的十四行诗中扮演的角色：领路人的角色。但是在这里，沿着相同的路线行进的是一个不同的人；他的讲话与神圣的期待没有任何关系。蒙塔莱在《新诗》中展示的，是想象力的那种黏着力，是抢在死亡之前的那种迫切感，因为这样一来他也许就可以在抵达阴魂的王国并发现“基尔罗伊在此”时，认出他自己的笔迹。[②]

然而在这些诗中没有对死亡的变态着迷，没有假声；诗人在这里所谈的，乃是这样一种不在场，它使自己被感知，而且是以跟“她”曾经用来显现“她的”在场完全相同的细微语言和细微感觉——亲密性的语言——来使自己被感知的。所以这些诗采用了极端私人的音调：以它们的韵律学，以它们对细节的选择。这个声音，是一个男人跟自己说话，常常是喁喁低语，它总的来说是蒙塔莱诗歌最显而易见的特点。但这一回，个人音调受到一个事实的加强，也即诗人的第一人称叙述者所谈的，都是真实的他和真实的她曾经知道的事物——鞋拔子、手提箱、

---

① “外时间”：相对于“外空间”。

② “基尔罗伊在此”是第二次世界大战期间美国士兵在世界各地墙壁上留下的涂鸦。这个隐喻原本的意思是说，我们来到某个地方看到那笔迹时，就知道别人已经来过。布罗茨基在这里的意思是，蒙塔莱赶在死前写下这类话，死后便有可能认出自己先前留下的笔迹。

他们曾经住过的酒店的名字、共同认识的朋友、两人都读过的书籍。从这类实物中,以及从亲密言语的惯性中,出现了一种私人神话学,它逐渐获得了与任何神话学相称的所有特色,包括超现实视域、变形等。在这神话学中,有的不是某种有女性胸脯的斯芬克司,而是“她”的形象,只是少了她的眼镜:这是减法的超现实主义,而正是这种对题材或调性产生影响的减法,赋予了这部诗集统一性。

死亡向来是一首“天真”之歌,而不是经验之歌。从其生涯的开始,蒙塔莱就表明他偏爱歌而不是自白。一首歌虽然不如自白那样明白,但也较不可重复;丧失也正是如此。在一生的过程中,心理上的添置物变得比房地产更真实。再也没有比一个孤寡的男人诉诸挽歌更动人的了:

> 与你手挽手,我曾走下至少一百万级台阶,
> 而现在你不在这里了,每一步都张开一个虚空。
> 即便如此,我们漫长的旅程也是短暂的。
> 我的旅程仍在继续,尽管我已不用再去操心
> 联系、预订、行李,
> 不用再去对那些相信所见即是真实的人
> 感到失望。
>
> 我曾走下几百万级台阶,与你手挽手,
> 当然,不是因为有了四只眼睛就看得更清楚。
> 我走下它们是因为我知道

虽然昏暗模糊

但你的才是真正的眼睛。

除了其他考虑外,这里指涉的继续孤身走下台阶,呼应了《神曲》中的某种东西。《齐妮娅Ⅰ》和《齐妮娅Ⅱ》,以及《1971年日记》和《1972年日记》,这些构成本集子的诗,充满了对但丁的指涉。有时候指涉包括单个词,有时候整首诗都是呼应——例如《齐妮娅Ⅰ》第十三首,它呼应了《炼狱篇》第二十一首歌的结尾,那是该诗章最骇人的场面。但成为蒙塔莱诗学和人类智慧的标志的,是他那颇荒凉的、近乎耗尽的、下降的音调。毕竟,他是在跟一个与他共度多年时光的女人说话:他很了解她,知道她不会欣赏悲剧性的颤音。他显然知道,他是在往沉默里说话;他诗中的停顿暗示了那虚空的接近,这虚空被写得有点儿熟悉——如果不是实际上有人居住——这是因为他相信"她"可能就在那里的某处。正是对她的在场的感知,阻止他诉诸表现主义的技巧、精致的意象、高调的警句,诸如此类。她这个死者也会讨厌言辞上的浮夸。蒙塔莱已经够老了,深谙古典式的"伟大"诗行,不管其想法多么洁净,都是奉承观众,因而基本上是自我服务的,而他非常清楚他是在对谁和对哪里说话。

在这样的不在场的情况下,艺术变得谦卑。不管我们的智力多么进步,我们依然非常容易重新陷入那个浪漫主义的(因此也是现实主义的)概念,也即"艺术模仿生活"。如果艺术做了任何这类事情,那这工作也是为了反映少数几个存在因素,这少数几个因素超越"生活",把生活扩展至其终端点以外——这工作常常被误认为是艺术或艺术家本人对不朽的探求。换句话说,艺术"模仿"死亡而不是生活;也就是说,艺术模仿那个生活没有为其提供任何概念的王国:艺术明白自己的短暂性,于是试图驯养尽可能长的版本的时间。毕竟,使艺术有别于生活的,乃是艺术有能力生产出比人类内部互相作用所能提供的更高级的抒情。也因此,才有了诗歌与来世这个概念的契合——如果不是由诗歌发明了来世这个概念的话。

《新诗》提供了一种用语,具有品质上的新颖性。它基本上是蒙塔莱本人的用语,但其中一些源自翻译行为,翻译的有限手段反而提高了原作的质朴。这本诗集累计的效果是惊人的,与其说是因为《新诗》中描绘的心灵在世界文学中没有先例,不如说是因为它清楚表明,这样的心理状态无法在英语原创作品中表达。至于"为什么"这个问题,则只会使理由变得更模糊,因为即便是在蒙塔莱的意大利原文中,这样的心理状态也陌生得足以使他获得例外诗人的美誉。

毕竟,诗歌本身即是一种翻译;或换一个方式说,诗歌是心灵被用语言翻译出来的诸多方面之一。与其说诗歌是艺术的一种形式,不如说艺术是诗歌常常借用的一种形式。在本质上,诗歌是观念的表达,是把那个观念译入语言遗产——毕竟,语言是最便利的工具。然而,尽管这个工具在使观念复杂化和深化方面极具价值——有时候揭示了比本意更丰富的东西,在最可喜的情况下,能与观念融合——但是每一个多少有点经验的诗人都知道,还有多少东西因这个工具而未被触及,又有多少东西因这个工具而受损害。

这表明诗歌基于某种未明的原因,还是与语言格格不入或抗拒语言的,不管是意大利语、英语或斯瓦希里语;表明人类心灵由于具有合成本质,因而是无限地优越于任何我们必然要使用的语言的(尽管有屈折变化的语言机遇要好些)。至少可以说,如果心灵有自己的舌头,则它与诗歌语言之间的距离就会接近于诗歌语言与会话体意大利语之间的距离。蒙塔莱的用语缩短了上述两种距离。

《新诗》应一读再读多次,如果不是为了分析的缘故——分析的功能是使一首诗回到其立体感的源头,即它存在于诗人心中的样子——也是为了这个微妙、私语却又坚定的斯多葛式声音,它告诉我们,世界不是随着一声大爆炸或一声呜咽而终结,而是随着一个说话、停顿然后又再说话的男人而终结。当你有了这样的长寿,反高潮就不再仅仅是另一种技巧。

这本诗集显然是一种独白;当对话者不在场时,就不可能不是如此,而在诗歌中情况差不多都是如此。然而,独白作为一种主要技巧这个理念,有一部分是源自“不在场的诗歌”,这“不在场的诗歌”是自象征主义以来最伟大的文学运动的另一个名称——一场在20至30年代进入欧洲尤其是进入意大利的运动——也即“隐逸派”。以下这首诗,是诗集的开篇,它可以说是这场运动的基本条件之证词,且本身也是这场运动的胜利。(“你”在意大利语中是第二人称的亲密叫法。)

“你”的使用

被我误导,
批评家断言我的“你”
已变成标准用法,认为要不是
因为我这个过失,他们就会知道
我身上的众多其实是一,

只不过被镜子繁殖成无数。
麻烦在于,一旦落入网里
鸟儿并不知道它是它自己
还是它太多的复制品之一。

蒙塔莱于1927年从家乡热那亚迁往佛罗伦萨,并于30年代末加入隐逸派运动。当时隐逸派的主要人物是朱塞佩·翁加雷蒂,他也许太把马拉美"掷骰子"的美学当成一回事了。然而,为了充分地了解隐逸派的本质,值得不只把参与这场运动的人考虑在内,而且把整个意大利景观——而这就是"领袖"①——考虑在内。在较大程度上,隐逸派是意大利知识界对本世纪30年代和40年代意大利政治局势的反应,并可视为一种针对法西斯主义的文化自卫行为——就诗歌而言,是语言自卫。至少,忽视隐逸派这一点,将会像人们常常过于强调这一点一样简单化。

虽然当时的意大利政权对艺术的态度,远不如俄罗斯政权和德国政权那样肉食性,但是人们对意大利政权与意大利文化传统的格格不入感,却要比那两个国家更强烈和难以忍受。这几乎是一个规则,也即为了在极权主义压力下生存,艺术应发展出与那个压力强度成正比的密度。整个意大利文化史提供了一部分这方面所需的实质;剩下的工作则交给了隐逸派诗人,尽管该名字一点也没有这方面的暗示。对于那些强调文学苦行主义、语言压缩,重视词语及其头韵力量、声音对抗——或不如说,压倒——意义和诸如此类的诗人来说,还有什么比冗

① "领袖":这里指墨索里尼。

赘的宣传和国家赞助版的未来主义更令人作呕的呢?

蒙塔莱以作为这个流派最困难的诗人闻名,而他不用说要比翁加雷蒂或萨尔瓦托雷·夸西莫多更困难——在他更复杂这个意义上。但是,尽管他的作品充满弦外之音、缄默、联想的融合或联想的暗示,还有隐蔽的指涉、以微观细节替代一般陈述、省略的言辞等,可也正是他写出了《希特勒的春天》,其开头是:

蜉蝣的密集白云疯狂地
围着无血色的街灯旋转,在低墙上盘绕,
给地面铺上一块毛毯,毛毯上一只脚踩下
如踩碎撒落的糖……

一只脚踩碎蜉蝣尸体如同踩碎撒落的糖,这个意象传达了如此单调、不动声色的不安和恐怖,以至当他在约十四行之后说

……而潮水继续吞食
海岸线,再也没人更无可指责

(莫里斯·英格利希　英译)

时,听起来就像抒情。这些诗行很难使人想起隐逸派,这象征主义的苦行变体。现实要求更实质性的回应,而第二次世界大战则带来“去隐逸化”。不过,“隐逸派”标签依然紧附在蒙塔莱背上,而自此之后,他便被认为是一个“晦涩”诗人。但是每当我们听到“晦涩”,便也是我们停下来想想“清晰”这个概念的时候,因为“清晰”通常依靠已知的东西或

合意的东西,或者更糟糕,记得的东西。在这个意义上,则愈是晦涩愈好。也是在这个意义上,蒙塔莱的诗歌依然在继续捍卫文化,这一回是针对一个远远更加无所不在的敌人:

> 今天的人,已继承了一个神经系统,它无法承受当前的生活环境。在等待明天的人诞生的同时,今天的人对这些改变的环境的反应不是站起来面对它们,或努力抵制它们的打击,而是变成群众。

这段话摘录自蒙塔莱的散文集《诗人在我们的时代》,他把这本集了称为"笔记的拼贴"。这些散文是发表在不同时间和不同地点的随笔、书评、访谈等的摘录。这本书的重要性远远超越它投射在诗人自己的进展上的侧光,如果它确实在投射这样的侧光的话。蒙塔莱似乎是最不愿意披露自己内心思想进展的人,更别说"他的技艺的秘密"了。他是一个私隐的人,他宁愿把公共生活当作他审视的题材,而不是相反。《诗人在我们的时代》这本书所关注的,恰恰是这种审视的结果,其重点落在"我们的时代"而不是"诗人"。

这些散文一方面缺乏编年顺序,另一方面语言扼要清晰,从而为这本书提供一种诊断或裁决的意味。病人或被告是文明,它"相信自己是在走,而事实上是被一条传送带带着走",但是鉴于诗人知道自己是这文明的肉中之肉,因此既没有包含治疗也没有包含康复。《诗人在我们的时代》事实上是这样一个人的令人沮丧、略显爱挑剔的证词,他似乎没有继承人,除了"甚至无能力思考自己命运的假设中的未来立体声人"。这一视域,在我们这个磁带录音的时代无疑显得落伍,并且暴露了是一个欧洲人在讲话这个事实。然而,很难确定蒙塔莱的哪一个视域更可怕——这个或以下这个,它来自《小遗嘱》,这是一首可以轻易跟叶芝《第二次降临》匹比的诗:

……我只有这彩虹
留给你,作为遗嘱
证明一种备受争论的信仰,
一种比火炉中的硬木
燃烧得更慢的希望。
请把它的粉末保存在你那带镜小粉盒里,
当所有灯盏熄灭,
萨达纳舞曲变成地狱,
而幽灵般的路西法
降落在泰晤士河、哈得孙河或塞纳河
一个船头上——
拍击他因竭力而半断的
沥青翅膀,对你说:时候到了。

(锡德·科尔曼　英译)

不过,遗嘱有一个好处是,它暗示有个未来。与哲学家或社会思想家不同,诗人思考未来是出于职业上对其受众的关注或对艺术的必死性的意识。第二个理由在《诗人在我们的时代》中扮演较大的角色,因为“艺术中的内容正在缩减,恰如个体之间的差异正在缩减”。这个集子里的文章,凡是听上去不像讽刺或挽歌的,都是那些关于文字艺术的:

> 仍然有一个希望,也即文字的艺术,这一无可救药的语义艺术,迟早将会使它的影响被感到,即便是在那些宣称免除了对真理的认同和对真理的表现之责任的艺术中也仍能被感到。

这是蒙塔莱对文字的艺术所能作出的最积极的断言了。然而对文字的艺术,他也不放过它,并作出以下评论:

> 属于一个再也不能相信任何东西的世代,这对于任何深信这种虚无的终极高贵性或深信这种虚无需要某种神秘性的人来说,也许是一件值得骄傲的事,但它不可以成为任何人的这样一个借口,也即仅仅为了使自己有一种风格而把这种虚无转变成对生命的似是而非的肯定。

援引蒙塔莱是一件诱惑人又危险的事,因为这很容易变成一份全职工作。意大利人有他们对待未来的方式,从莱奥纳多[①]到马里内蒂。不过,这种诱惑与其说是来自蒙塔莱言论的警句特质以至预言特质,不如说是来自他的语调,单是这语调就使你相信他的发声,因为它是如此完全没有焦虑。它具有某种反复出现的气氛,如同海水漫上海岸,或透镜中光的不断折射。当一个人活得像他这么长久时,“真实与理想的暂时相遇”就会变得够频密,使诗人既可以发展与理想的亲密性,又可以预言其面貌的可能变化。对艺术家来说,这些变化也许是测量时间的仅有明智尺度。

---

① 莱奥纳多:即莱奥纳多·达·芬奇。

这两本书几乎同时出版,是颇为引人瞩目的;它们似乎合并了。最终,《诗人在我们的时代》成了《新诗》的第一人称叙述者所栖居的"外时间"的最恰当的图示。再次,这与《神曲》正好相反,在《神曲》中,这个世界被称为"那个领域"。对蒙塔莱的第一人称叙述者来说,"她"的不在场是可触可摸的,就如同对但丁的第一人称叙述者来说,"她"的在场是可触可摸的。在这个来世中,存在的重复性质反过来类似于但丁环绕着"先作为人死去然后身体才死去"[①]的人走动。《诗人在我们的时代》为我们提供了一幅素描——而素描总是多多少少比油画更可信——描绘那个过度拥挤的螺旋式风景,里面充满着这样一些正在死去却还活着的生命。

这本书听上去不是太"意大利",尽管这个古老文明在很大程度上促成了这位老文人的成就。用"欧洲"和"国际"这两个词来形容蒙塔莱,也同样显得像"普遍"这个词的令人厌倦的委婉语。蒙塔莱是这样一位作家,他的语言的神秘性源自他精神上的自治;因此《新诗》和《诗人在我们的时代》都是书籍成为仅仅是书籍之前的东西:灵魂的编年史。不是后者需要任何书籍。《新诗》最后一首是:

结论

我指示,而这似乎不大可能,
我文学上的后裔(如果
我有任何后裔),堆起篝火

---

① 语出奥登《阿喀琉斯的盾牌》一诗。

销毁与我的生活、行动、非行动
有关的一切。
我不是莱奥帕尔迪，我可烧的
已所剩无几，①
以百分比来生活
已经够艰难。我以百分之五的
份额生活；别增加
剂量。然而
不雨则已，雨则倾盆。

1977年

① 意大利诗人莱奥帕尔迪早逝，反过来说，可烧的东西还有很多。

论独裁

疾病与死亡也许是独裁者与其子民唯一的共同点。仅就此而言,一个民族可以因受一个老人统治而得益。这不是说一个人意识到自己的必死性就一定会使自己变得聪明或老练,而是说,一个独裁者用于思考譬如其新陈代谢的时间乃是窃取自国家事务的时间。国内和国际的平静是与困扰你的党第一书记或你的终身总统的恶疾之数目成正比的。即使他有足够的洞察力去学习每种疾病中固有的冷酷无情这门额外艺术,他通常也会颇为踌躇,不会贸然把这种学来的知识拿去应用于他的宫廷阴谋或外交政策,原因之一是他本能地寻求恢复他早前的健康状况或干脆相信他会完全康复。

就独裁者来说,思考灵魂的时间总是被用于策划维持现状。这是因为一个处于他那种位置的人是不会在现在、历史和不朽之间作出区分的,三者皆为了他自己和全部人口的方便而被国家宣传融为一体。他紧紧抓住权力就像任何老人紧紧抓住养老金或存款。有时候一些似乎是高层清洗异己的举动总是被全国视为企图维持稳定,而全国正是为了稳定才首先让独裁制度建立起来的。

金字塔的稳定是很少依赖其尖顶的,然而却是那尖顶吸引我们的注意力。不一会儿观赏者的眼睛便因其难以忍受的完美外形而疲倦了,于是要求改变。然而,当改变来了以后,却总是更糟。至少可以说,一个老人为了避免对于他那种年龄来说尤其难受的羞辱和不安而斗争，是完全可以预期的。他在那场斗争中可能会很血腥和卑鄙，却不会影响金字塔的内部结构或其外部阴影。而他斗争的对象，他的死对头们，受到他的恶毒对待却是应得的，原因之一是从年龄差别的角度看，他们的野心犯了同义反复。因为政治即是几何式的纯粹，它拥抱弱肉强食的丛林法则。

在那尖顶上，只有供一个人占据的空间，而他最好是年纪老迈，因为老人从不假装自己是天使。老迈的独裁者的唯一目的是维持其地位，他的惑众言论和伪善并不要求其子民必须相信或必须广为传播。而怀有真实或虚假的热情和献身精神的年轻新贵到头来往往会提高公众的犬儒主义水平。回顾人类历史，我们可以很有把握地说，犬儒主义是社会进步的最佳码尺。

因为新独裁者总是采取新牌的伪善和残暴。有些更热衷于残暴，另一些则更热衷于伪善。想想 20 世纪那些独裁者吧。他们总是以不止一种的方式来鞭挞他们的前任，并且又一次使公民意想不到以及又一次使旁观者大跌眼镜。一位人类学家（并且还是一位极端高傲的人类学家）会对这种发展怀着极大兴趣，因为它拓宽了我们对人类这个物种的看法。然而，必须指出，上述程序既拜科技的进步和人口的总增长所赐，也有赖于个别独裁者的独特邪恶。

今日，每一种新的社会政治体制，不论是民主的还是极权的，都已进一步远离个人主义精神，而走向群众的一呼百应。个人存在的独特性这一理念已被匿名性取代。个人往往不是死于刀剑，而是死于阴茎，并且，无论一个国家多么小，它都需要或者说逐渐屈从于中央计划。这种事情很容易繁殖出各种形式的专制制度，而独裁者们自己则可被视为电脑的一个个淘汰版。

但是，如果他们仅仅是电脑淘汰版的话，那也不太坏。问题在于，独裁者有能力采购新的、尖端的电脑，并致力于为它们配备人员。淘汰型硬件使用先进配件的例子多的是，例如希特勒诉诸扩音器，又如斯大林利用电话监听系统铲除政治局里的异己。

人们变成独裁者不是因为他们拥有独裁的天赋，也不是因为纯粹的机遇。如果一个人拥有这样的天赋，他通常会取捷径，成为家族独裁者，而真正的独裁者却是以害羞闻名的，并且不是非常有趣的家庭男人。独裁者的工具是政党（或军阶，它有着与政党相似的结构），因为，如果你要达到某种东西的尖顶，你就得拥有某种具备垂直地形的东西。

值得注意的是，一个政党不同于一座山，或者更准确些，不同于一座摩天大厦，它实质上是一种由精神上或其他方面的失业者发明的虚构的现实。他们来到世上，发现其有形的现实，摩天大厦和山，已完全被占领。因此，他们的选择处于等待旧制度的空隙与创造他们自己的另一种新制度之间。后者更合他们的胃口，因为做起来更划算，仅是他们可以立即动手干起来就能说明这一点。创建一个政党本身就是一种职业，并且还是一种要专心致志的职业。它显然不会立即见效；可是这种劳动并不辛苦，并且这个抱负虽然前后不一致，但存在着大量的精神安慰。

为了掩饰其纯粹的人口统计学起源，一个政党通常会发展自己的意识形态和神话。一般来说，新现实总是根据旧现实的形象创造的，模仿现存的结构。这种技巧既遮掩缺乏想象力，又为整个事业增添某种真实的气氛。顺便一提，这就是他们之中有很多人欣赏现实主义艺术的原因。整体而言，想象力的缺席比在场更真实。政党纲领的单调沉闷及其领导人那种乏味而无甚可观的外表吸引了群众,他们把它视为他们自己的反映。在人口过剩的时代,恶(以及善)变得与其对象一样地平庸。要成为独裁者,最好是变得沉闷。

而他们人沉闷,生活也沉闷。他们唯一的奖赏是在往上爬时获得的:看着对手被超过、推开、降级。在本世纪初政党林立的时候,尚有额外的快乐,例如派发粗制滥造的宣传小册子,或躲避警察的监视;此外尚有在秘密大会上发表热情的演讲的快乐或用政党的金钱到瑞士阿尔卑斯山或法国里维埃拉休养的快乐。现在这一切已一去不复返了:迫切问题、假胡子、马克思主义研究。只剩下等待晋升的游戏、永无休止的繁文缛节、文书工作、寻找可靠的伙伴。就连小心你的舌头的那种战栗亦不复存在,因为显然已经没有任何值得你那些装满窃听器的墙壁去留意的东西了。

使人爬到顶尖的,是时间的缓慢消逝,他们的唯一安慰是时间赋予这一事业的真实感:费时即是真实。即使在反对派的基层中,党内晋升也是缓慢的;至于执政党,则一点也不用焦急,并且经过半个世纪的主导统治之后,它本身也已具备分配时间的能力。当然,就维多利亚时代意义上的理想而言,一党制与现代的政治多元主义并无多大区别。不过,加入当前唯一的政党所需的不诚实度,仍然要多于平均数。

然而,不管你多么机灵,也不管你的记录多么无可挑剔,你都不大可能在六十岁之前进入政治局。在这种年纪,生命已是绝对不可逆转的了,而如果一个人握住权力的缰绳,他只会把拳头攥紧至断气为止。一个六十岁的人不大可能去尝试任何有政治经济风险的事情。他知道他只剩下十来年时间,而他的快乐主要与美食和科技有关:精致的食谱,外国香烟,还有外国汽车。他是一个维持现状的人,而这在外交上是有利可图的,因为他的导弹储藏量正在稳步增长;但维持现状在国内却是难以忍受的,因为不做事即意味着使当前局势恶化。尽管他的死对头可能会利用后者,他却宁愿消灭他们而不愿着手进行任何改革,因为一个人总是对使他取得成功的那个体制怀有一点儿眷恋之情。

良好的独裁制度的长度一般是十五年,至多二十年。超过这个长度,将无一例外地滑入兽性。接着,你也许就可以获得见诸发动战争或国内恐怖或两者兼而有之的那种显赫权势。幸运的是,自然规律发挥其威力,有时候及时地假那些死对头之手,即是说,在你的老人决定制造一些可怖事情使自己不朽之前动手。那些其实已一点也不年轻的年轻干部从底下往上挤,把他推进了纯粹时间的蓝色彼岸。因为在抵达尖顶之后,那是唯一可以继续下去的途径。然而,自然规律常常要亲自动手,且会遭到国家安全机关和独裁者私人医疗队这两者的负隅反抗。外国医生们被请进来把你的老人钓出他沉没下去的衰老的深渊。有时候他们的人道救援努力(因为他们的政府本身也极有兴趣去维持这种现状)成功得足以使这位伟人去重新对他们各自的国家发出死亡威胁。

最后,两方面都放弃了;机关也许比医生更加不想如此,因为就一个即将受来临的变动影响的等级制而言,医药的地位较次要。但是就连机关最后也对那位它们肯定要比其活得更长久的主人厌倦了,而当保镖把脸孔别过去,死神便拿着镰刀、锤子和铡刀溜了进来。翌晨,全国人民不是被准时的公鸡吵醒,而是被扩音器喷涌而出的一浪浪肖邦《葬礼进行曲》吵醒。然后是按军事规格举行的葬礼,马匹拖着炮车,前面有一队士兵捧着红色小垫,上面摆满了以前用于装饰独裁者外衣的奖章和勋章,如同一只获奖的狗胸前挂满了牌子。因为这就是他的本色:一只跑赢的获奖狗。而如果全国人民一如时常会有的那样哀悼他的亡故,他们的眼泪也是输钱的赌博者的眼泪:全国哀悼其失去的时间。然后政治局成员露面了,扛起那覆盖着国旗的棺材:这是他们唯一共有的分母。

当他们抬着死去的分母时,照相机便咔嚓作响,外宾和本国人民屏息凝视那些神秘莫测的面孔,试图找出哪个是继承人。死者可能自负得留下一份政治遗嘱,但它是绝对不会公开的。继承人的决定要由政治局的一次闭门(即是说,向全国人民闭门)会议悄悄作出。也即是绝密的。秘密性乃是党的一项古老的烦恼,呼应其人口统计学起源,呼应其光荣的非法往昔。那些面孔则什么也没有披露。

他们把这件事做得格外成功,因为没有什么可以披露的。因为情况只会更加一样。那位新人只会在外形上与那位老人有所不同。在精神和别的方面,他注定要成为那具死尸的彻头彻尾的翻版。这也许就是最大的秘密。想想吧,党的人事变动是我们所拥有的最接近复活的事情。当然,重复令人厌烦,但是如果你秘密地重复事情,仍可能很有趣。

然而,最有趣的事情莫过于明白到这些人之中任何一个都有可能成为独裁者,明白到导致这种不确定和混乱的原因无非是供过于求而已,明白到我们不是在与某个人的独裁打交道而是在与一个政党的独裁打交道,这个政党已经使独裁者的产量达到与工业同步的水平。考虑到个人主义投降的速度是如此之快,不能不说这个党一般来说是十分精明的,具体来说又是十分机灵的。换句话说,今天“谁将成为谁”这一猜谜游戏,其浪漫和陈旧就如棒接球游戏,只有自由选举出来的人才会去沉溺于玩它。鹰钩状侧面像、山羊胡子或铁锹式胡须、海象似的或牙刷似的八字须的时代早已过去了;不久之后就连粗眉也要一去不复返。

不过，这些乏味、灰沉、无特征的面孔仍有某种使人难以释怀的东西：他们看上去跟谁都一样，这使他们给人一种几乎是地下的感觉；他们像草叶一样彼此雷同。那视觉上的冗赘为"人民政府"的原则提供了某种额外的深度：由谁也不是的人的统治。不过，由谁也不是的人统治是一种远远更为无所不在的独裁，因为谁也不是的人看上去像每个人。他们以不止一种的方式代表人民，这就是为什么他们不操心选举。设想在譬如说中国这个十亿人口的国家推行"一人一票"的选举制度的可能结果，这对想象力来说是一件颇为艰巨的任务：这会产生什么样的议会，又将有多少千万的人构成少数派。

本世纪初政党的勃兴是人口过剩的先声，这也是为什么今天它们表现得如此出色。当个人主义者取笑它们的时候，它们大肆扩张非个性化，而现在个人主义者再也笑不出来了。然而，目标既不是党自己的胜利，也不是某个官僚的胜利。没错，他们走在时代前面，但时代前面还有很多东西，尤其是还有很多人。目标是要方便他们在这个没得扩张的世界上进行数字式的扩张，而达到这个目标的唯一途径是把每一个活着的人非个性化和官僚化。因为生命本身也是一个公分母；这已足以成为用更具体的方式建构存在的前提。

而一个独裁制度正是这样：为你建构你的生命。它这样做的时候总是尽量一丝不苟，显然比一个民主政体做得好多了。还有，它是为你好而这样做的，因为在人群中展示个人主义可能是有害的：首先对那个展示个人主义的人有害；但是你也得顾及他身边那些人。这就是由党领导的国家连同它的安全局、精神病院、警察以及公民的忠心的意义所在。不过，所有这些发明仍然不够：它的梦想乃是要使每个人都成为他自己的官僚。而这个梦想成真的日子看来就快到了。因为个人存在的官僚化开始于政治思考,而这是不会因有了一个袖珍计算机便停下来的。

由是之故,如果你在独裁者的葬礼上仍然感到哀伤,那主要是出于自传的理由,还因为这种离去使你对“往日好时光”的缅怀更加具体。毕竟,那个人也是老派产品,那时人们仍然看得出他们说的与他们做的之间的区别。如果他在史书上不值得多于一行,那就更好了:他只不过是没有为了被写一大段而让其子民的血溅个够罢了。他的情妇们都有些发胖,并且不多。他写得很少,也不画画或玩任何一种乐器;他也没有推行新式家具。他是一个简简单单的独裁者,然而最大的民主国家的领导人都想尽办法要跟他握手。简言之,他不捣乱。而当我们早晨打开我们的窗户时,发现眼前的地平线仍然不是垂直的,那要部分地归功于他。

由于他的职业的属性,没有人知道他真正想什么。很可能连他自己也不知道。这倒适合做一篇很好的墓志铭,除了芬兰人所讲的有关他们的终身总统乌尔霍·吉科宁的一段轶闻,那段轶闻的开头是:“如果我死了……”

1980 年

文明的孩子

基于某种奇怪的理由，“诗人之死”这个说法听上去总是有点儿比“诗人之生”更具体。也许这是因为“生”和“诗人”作为词语，其正面含混性几乎是同义的。而“死”——即便作为一个词——则差不多如同诗人自己的作品例如一首诗那样地明确，因为一首诗的主要特征是最后一行。不管一件艺术作品包含什么，它都会奔向结局，而结局确定诗的形式，并拒绝复活。在一首诗的最后一行之后，接下去便什么也没有了，除了文学批评。因此，当我们读一个诗人，我们便参与他或他的作品的死亡。就曼德尔施塔姆而言，我们参与两者。

一件艺术作品，永远是要比其创造者更持久。把柏拉图的话稍加改造，我们可以说，写诗也是练习死亡。但是，除了纯粹语言学上的必要性之外，促使你写作的，与其说是操心你那会消亡的肉体，不如说是迫切需要使你的世界——你的个人文明——的某些事物可以免于陷入你自己那非语义学的延续性。艺术不是更好的存在，而是另类的存在；它不是为了逃避现实，而是相反，为了激活现实。它是一个心灵，寻觅肉体但找到词语。就曼德尔施塔姆而言，词语碰巧是俄语的词语。

也许，对一个心灵来说，没有更好的去处了：俄语是一种屈折变化非常大的语言。意思是说，你会发现名词可以轻易地坐在句尾，而这个名词（或形容词，或动词）的字尾会根据性、数和格的不同而产生各种变化。所有这一切,会在你以任何特定文字表达某个观念时,使该观念具有立体感,有时候还会锐化和发展该观念。这方面的最佳范例是曼德尔施塔姆对他诗歌中一个重要主题的处理,这个重要主题就是时间。

再也没有比把某种分析工具应用于合成现象更奇怪的了;例如,用英语谈论一位俄语诗人。然而在谈论曼德尔施塔姆时,在俄语中应用这样的工具并不容易些。诗歌是整个俄语的最高成果,分析它即意味着要分散焦点。分析曼德尔施塔姆更是如此,因为他在俄语诗歌脉络中是一个极其孤独的人物,而恰恰是他的焦点的强度形成了他的孤立。文学批评只有在批评家在同一个心理学和语言学观察层面上运作的时候才有意义。现在的情况是,要谈论曼德尔施塔姆,不管是用俄语还是英语,都只能严格地“从下面”来谈论。

分析的劣势,在谈到主题这个概念时就立即显露出来,不管是时间、爱情还是死亡的主题。诗歌首先是一门关于指涉、暗示、语言相似性和形象相似性的艺术。在智人与写作人之间有一条巨大的鸿沟,因为对作家来说,主题这个概念如果出现,也是以综合上述技术和工具的结果而出现的。写作实际上是一个存在过程;它是为自己的目的而使用思维,它消耗概念、主题,诸如此类,而不是相反。是语言口授一首诗,而这就是语言的声音,我们以缪斯或灵感这类绰号来称呼这个声音。因此,与其谈论曼德尔施塔姆诗歌中的时间主题,不如谈论时间本身的在场——既作为一个实体也作为一个主题的在场,原因之一是不管怎样,时间在一首诗内部都有一个位置,它就是音顿。

正是因为我们非常清楚这点,曼德尔施塔姆才从来不像歌德那样惊呼“瞬间啊,请你停一停! 你是这么美!”,而只是试图扩展他的音顿。更有甚者,他这样做在很大程度上不是因为这个瞬间特别美或缺乏美;他的关注点(因而也是他的技术)是很不同的。青年曼德尔施塔姆在其最初两本诗集中试图传达的,是一种过度饱和的存在感,而他选择以描绘超负荷的时间来作为他的媒介。曼德尔施塔姆那个时期的诗歌利用了词语本身的所有语音力量和暗示力量,来表达时间流逝那放慢、黏滞的感觉。由于他成功了(而他总是成功的),其结果是读者意识到词语,以至词语的字母——尤其是元音——都几乎是时间可感可触的载体。

另一方面,他并不是痴迷地摸索,追寻逝去的日子,试图重新捕获和重新考虑过去。曼德尔施塔姆在诗中很少回望;他永远立足当下——立足于瞬间,并使瞬间继续下去、逗留下去,超越其自然的极限。过去,无论是个人的还是历史的过去,则都已经得到词语本身的词源学的小心照料。但不管他对时间的处理多么不像普鲁斯特,他的诗歌的密度倒是有点像那个伟大法国人的散文。在一定程度上,那是相同的总体战,相同的正面进攻——但在曼德尔施塔姆那里,是进攻当下,因而调动的资源之性质是不同的。例如,必须着重指出,每当曼德尔施塔姆碰巧处理时间这个主题时,他几乎总是诉诸一种重音顿的诗歌,在节奏上或内容上呼应六音步诗行。通常是从抑扬格五音步诗行降为亚历山大格式诗行,并且总有一处是对荷马两部史诗其中一部的意释或直接指涉。通常,这种诗会设置在某处海边,在夏末,直接或间接地使人联想起古希腊背景。这,有一部分是因为传统上俄语诗歌把克里米亚和黑海视为仅有的与希腊世界近似的地方,因为这些地方——陶里达和攸克辛海[①]——曾是希腊世界的外围。例如《金色的蜜流倾泻得如

① 这两处地名分别是克里米亚和黑海的旧称。

此缓慢……》、《失眠。荷马。绷紧地膨胀的风帆……》和《有林中的黄鹂和元音持久的长度》等诗，其中有这么几行：

……然而自然一年一度
浸透在冗长中，如同在荷马格律中。
那个日子打哈欠如同呵出一个音顿……

这种希腊回声的重要性是多方面的。乍看，它像一个纯粹的技术问题，但关键在于，亚历山大格式诗行是六音步诗行的最近亲，单是使用音顿就能说明这点。说到亲戚，一切缪斯之母是摩涅莫绪涅，也即记忆女神，而一首诗（不管是短诗还是史诗）必须被记忆才能留存下来。六音步诗行是一种出色的记忆工具，原因之一是它非常累赘，不同于任何听众，包括荷马的听众的口语。因此，通过在另一件记忆工具中——即是说，他的亚历山大格式诗行中——指涉这件记忆工具，曼德尔施塔姆除了创造一条近乎可感可知的时间隧道之外，还创造了戏中戏、音顿中的音顿、间歇中的间歇的效果。毕竟，这是时间的一种形式，如果不是时间的意义：如果时间不因此停止，至少也被聚焦了。

不是说曼德尔施塔姆有意识地、深思熟虑地这样做。也不是说这是他写诗时的主要目的。他是在写诗（通常写的是别的东西）时不假思索地、以从句的方式这样做的，而绝不是为了达到这点而写诗。他的诗不是主题诗。俄语诗歌总的来说不是十分讲究主题。它的基本技术是拐弯抹角，从不同角度接近主题。直截了当处理题材，是英语诗歌的显著特征，但在俄语诗歌中它只是在这行或那行中演练一下，诗人接着便继续朝别的东西去了；它很少构成一整首诗。主题和概念，不管它们重要与否,都只是材料,如同词语,而它们总是在那里。语言为它们全部命了名,而诗人是精通语言的人。

希腊总是在那里,罗马也是,还有《圣经》中的朱迪亚和基督教。曼德尔施塔姆在诗中处理我们文明中这些基石的方式,约略相当于时间本身会处理它们的方式:作为一个整体——以及整体地处理。宣称曼德尔施塔姆是两种意识形态其中一种(尤其是后者)的能手,不仅会缩小他,而且会歪曲他的历史视角,或者说他的历史风景。从主题上讲,曼德尔施塔姆的诗歌重复了我们文明的发展:它向北流动,但是这条水流中各条平行的支流从一开始就彼此交织。到了20年代,罗马主题逐渐赶超了希腊和《圣经》指涉,这主要是因为诗人愈来愈认同"一个诗人对一个帝国"这个原型式处境。不过,形成这种态度的,除了当时俄罗斯环境中纯粹政治的方面之外,主要还是曼德尔施塔姆本人对自己作品与当代文学其他作品关系的评估,以及与全国的道德气候和知识问题的关系的评估。正是后者的道德堕落和精神堕落表明了这种帝国规模。然而这只是主题上的赶超,而不是取代。即使在最具罗马式的《哀歌》中——作者明显引用了流亡中的奥维德的诗——我们也可以追踪到某种赫西俄德式的家长式音调,暗示整件事情是透过某个多少有点希腊式的棱镜观看的。

哀歌

我精通离别这门伟大技艺,
在披头散发的深夜的恳求中。
牛群嚼口粮时的那些拖延,

守望的城市眼睑的最后紧闭。
而我敬畏午夜雄鸡的高鸣，
当我背负旅人冤枉的重袋，
噙着泪水凝视远方，
而女人的哀诉是缪斯的歌声。

谁能从听见生离这个词
探知其中包含的死别，
公鸡的惊叫好像是预兆，
当烛光扭曲店堂的柱廊；
为何在某个新生活、新时代的黎明，
当牛群在围栏里嚼口粮，
那只警醒的雄鸡，新生活的预报员，
会在城墙上扑拍破损的翅膀。

而我爱慕精纺纱线的行为：
梭子穿引，纺锤嗡嗡；
看那年轻赤足的德莉娅[1]，比天鹅的绒毛
还勇敢，看她如何直接滑入你的怀抱！
啊，我们生命那可悲的粗糙布料，
我们欢乐的语言多么寒酸。

---

① 德莉娅：古罗马诗人提布卢斯在诗中对其情人的称呼。贺拉斯、奥维德、普希金等诗人的诗中也曾经用“德莉娅”称呼某位女性。据曼德尔施塔姆夫人回忆，“德莉娅”也是曼氏对一位女性的称呼。

发生过的事情，变成后来发生的事情的破旧模型。
然而认出的瞬间又是多么地甜蜜！

那又何妨：一个透明小形状
像一张松鼠皮铺展在
干净的瓷碟上；一个女孩子俯身
把那蜡细看，想知道是什么意思。
我们的聪明并不适合思忖幽界。
蜡之于女人就像那钢的闪亮之于男人：
我们的运气全在战争中，对女人
运气是在算命时遭遇死亡。

（约瑟夫·布罗茨基译[①]）

后来，在30年代所谓的沃罗涅日时期，当所有这些主题——包括罗马和基督教——让位给赤裸裸的生存恐怖这个“主题”和一种可怕的精神加速度时，那些领域的互相作用、互相依赖的格局，便变得甚至更加明显和密集。

不是说曼德尔施塔姆是一个“文明化”的诗人；不如说，他是为文明和属于文明的诗人。有一次他被要求解释他所属的文学运动阿克梅派的定义，他回答说：“对一种世界文化的乡愁。”这种有关一种世界文化的概念，是俄罗斯独有的。由于其地点（既非东方也非西方）及其不完美的历史的缘故，俄罗斯总是怀着某种文化自卑感，至少对西方是如

① 凡注有“约瑟夫·布罗茨基译”的，表示由布罗茨基亲自翻译成英语，其余则是由本文的英语译者翻译。

此。在这自卑感中,产生了“那边”有某个文化整体的设想,以及随之而来在知识上对来自那个方向的任何东西的如饥似渴的吸取。这,在一定程度上是希腊精神的俄国版,而曼德尔施塔姆关于普希金那“希腊精神式的苍白”的评论,并非随便说说。

这一俄罗斯式希腊精神的纵膈,是圣彼得堡。也许,曼德尔施塔姆对这种所谓世界文化的态度的最佳象征,可能是圣彼得堡海军部大楼那个严格古典主义的柱廊,该大楼装饰着吹号天使壁画,有着金色尖顶,尖顶上有一艘帆船的侧影。为了更好地理解他的诗歌,英语读者也许需要明白曼德尔施塔姆是一个犹太人,生活在俄罗斯帝国的首都,帝国的主导宗教是东正教,其政治结构在本质上是拜占庭式的,其字母则是由两名希腊僧人发明的。从历史角度讲,在圣彼得堡最能强烈感受到这种有机混合,而在曼德尔施塔姆那短暂人生剩余的日子里,这座城市变成了他“熟悉如泪水”的末世论壁龛。

然而,这短暂人生已足够使这个地方不朽,而如果他的诗歌有时候被称为“彼得堡派”,那么可以说,有不止一个理由把这个定义视为既是准确的,又是恭维的。准确,因为彼得堡除了是帝国的行政首都之外,还是其精神中心,而在本世纪初,那股潮流的各组成部分开始在那里汇合,如同它们在曼德尔施塔姆诗中汇合。恭维,因为这位诗人和这座城市都通过彼此对抗而在意义上得益。如果西方是雅典,则彼得堡在本世纪头十多年便是亚历山大。彼得堡被启蒙运动某些温柔的灵魂称为“欧洲的窗口”,后来被陀思妥耶夫斯基称为“最发明的城市”,它坐落在温哥华的纬度上,在一条宽阔如曼哈顿与新泽西之间的哈得孙河的河流入口处,曾经具有并且依然具有碰巧由疯狂导致的那种美丽——或试图掩藏这疯狂的那种美丽。古典主义从未有过如此充裕的空间,那些不断被一个又一个俄罗斯君主请来的意大利建筑师都非常清楚这点。沙皇、沙皇家人、贵族、大使馆和暴发户居住的岸边宫殿的正面那数不尽的巨大、无限、垂直的白柱,被那条反映的河流带往波罗的海。在帝国的主要大道——涅瓦大道——有各种教堂,宣扬各种教义。那些没有尽头、宽敞的大街充满双轮马车、新引进的汽车、衣着入时的悠闲人群、一流的精品店、糖果糕点店,等等。那些无比宽阔的广场,竖立着前代统治者骑马的雕像和比纳尔逊纪念柱更高的凯旋柱。众多出版社、杂志、报纸、政党(比当代美国还多)、剧院、餐馆、吉卜赛人。所有这一切都被伯纳姆树林①似的砖砌工厂烟囱所包围,并被北半球天空那块潮湿、灰色、广泛铺开的毛毯所覆盖。一场战争失败了,另一场——世界大战——一触即发,而你是一个犹太小男孩,心中充满着俄语抑扬格五音步诗行。

在这种以庞大规模体现完美秩序的环境中,抑扬格节奏自然如鹅卵石。彼得堡是俄罗斯诗歌的摇篮,更有甚者,是其作诗法的摇篮。有关高贵的结构这个理念,绝对是土产的,且不管其内容的质量(有时候恰恰是针对其质量,这创造了一种可怕的落差感——与其说是表明作者,不如说是表明诗本身对所描述的现象的评估)。整件事开始于一个世纪前,而曼德尔施塔姆在其第一本诗集《石头》中使用严谨格律,显然使人想起普希金及其同代精英。然而,再次,这不是某种有意识选择的结果,也不是表明曼德尔施塔姆的风格被俄罗斯诗歌先前或当代进程所预先决定。

回声的存在,是任何好音响的首要特征,而曼德尔施塔姆无非是为

① 伯纳姆树林:苏格兰的一处树林,语出莎剧《麦克白》。

他的前辈们建造一个大穹顶罢了。这大穹顶下最显著的声音属于杰尔查文、巴拉丁斯基和巴丘什科夫。然而,在很大程度上,他我行我素,而不管任何现成的用语——尤其是当代用语。他有太多东西要说了,根本就顾不上操心他在风格上的独特性。但正是他这种超负荷的质量使他那在别的情况下常规的诗歌变得独特。

表面上,他的诗与主导整个文坛的象征主义者们的作品并无多大差别:他使用颇为常规的韵脚、标准的诗节设计,诗的长度也颇普通——从十六行到二十四行不等。但通过使用这些卑微的交通工具,他却把读者运往比那些自称为俄罗斯象征主义者的诗人要远得多的地方,后者其实是一些因为含糊所以舒适的玄学家。作为一场运动,象征主义无疑是最后一场伟大运动(不仅仅是在俄罗斯);然而诗歌是一种极其个人主义的艺术,它讨厌主义。象征主义的诗歌产量之卷帙浩繁和纯洁无瑕,就如同这场运动的入会人数和条件。这种腾空而起是如此没有基础,以致研究生、军校学生和文员都感到受诱惑,到本世纪初,该类型已经被损害至变成文字通胀的程度,有点儿像今天美国自由诗的局面。接着,不用说,作为一种反应,贬值随之而来,贴上了未来主义、构成主义、意象主义诸如此类的标签。不过,它们无非是主义与主义打架,技巧与技巧争锋。只有两位诗人,曼德尔施塔姆和茨维塔耶娃能拿出有质量的新内容,而他们的命运则以可怖的方式反映他们精神自治的程度。

在诗歌中,如同在其他领域,精神优越性永远在物质水平上受争论。我们禁不住要想,正是与象征主义者们的分歧(并非完全没有反犹的弦外之音)包含了曼德尔施塔姆的未来的萌芽。我指的,与其说是格奥尔基·伊万诺夫在1917年对曼德尔施塔姆诗歌的嘲笑,该嘲笑又被

30年代的官方排斥所承接,不如说是曼德尔施塔姆日益脱离任何形式的大批量生产,尤其是语言上和心理上。结果是这样一种效应,也即一个声音愈是清晰,听上去就愈是不和谐。没有合唱团喜欢它,于是这种美学孤立获得了物理维度。当一个人创造了自己的世界,他便成为一个陌生的身体,所有的法律都针对它:重力、压缩、排斥、歼灭。

曼德尔施塔姆的世界大得足以引来所有这些东西。我不认为,如果俄罗斯选择了一条不同的历史道路,他的命运会有太大差别。他的世界太自治,难以合并。况且,俄罗斯走了她所走的道路,而对其诗学发展本身就非常快速的曼德尔施塔姆来说,那个方向只能带来一样东西——可怕的加速度。这种加速度首先影响他诗歌的性格。他诗歌那崇高性、沉思性、有音顿的流动变成了迅捷、猝然、啪嗒响的运动。他的诗歌变成一种高速和暴露神经、有时候隐秘的诗歌,带着多少有点缩略的句法,以无数飞跃越过不言自明的东西。然而,以这种方式,它反而变得比以前任何时候更具歌唱性,不是吟游诗人似的歌唱而是鸟儿似的歌唱,带着刺耳、难以预料的措辞和音高,有点像金翅雀的颤音。

并且像那只鸟,他成为所有各种石头的目标,它们被他的祖国拿来慷慨地掷向他。不是说曼德尔施塔姆反对发生在俄罗斯的政治转变。他的尺度感和他的反讽足以让他明白整件事的史诗性质。此外,他是一个异教徒般欢欣的人,况且,哀鸣的声调又已经完全被象征主义运动篡夺了。还有,自本世纪初以来,空气中充满了关于重新划分世界的流言,以至当革命爆发时,几乎所有的人都把发生的事情当作向往的事情。曼德尔施塔姆对事件的反应也许是唯一清醒的反应,这些事件震撼世界,使很多有思想的头脑都感到眩晕:

好吧，让我们试试那笨重的，那愚拙的，
那吱吱叫地转动的车轮……

（摘自《自由的微光》）

但是石头已在疾飞，那只鸟也是。它们的共同轨道被诗人的遗孀充分地记录在回忆录里，总共有两大卷。这些书不仅是他的诗歌的指南，尽管它们确实也是指南。但任何诗人，不管他写多少，充其量也只在他的诗中表达了他生命的现实的十分之一，不管是从实际上讲还是从统计上讲。其余的，一般都是包裹在黑暗中；如果有任何同代人的证词保留下来，也总是包含巨大的真空，更别说不同的视角扭曲被谈论的对象。

奥斯普·曼德尔施塔姆遗孀的回忆录小心处理的，正是这个，正是那十分之九。它们照亮黑暗，填补真空，消除扭曲。净结果接近于一次复活，除了一点，也即一切杀死他、活得比他长久、继续存在并大受欢迎的事情，也在这些书页中转世，再演一遍。由于这些材料的毁灭性力量，诗人的遗孀以拆除一颗炸弹那样的谨小慎微来重新创造这些人事。由于这种精确度和由于一个事实，也即有人通过他的诗歌，通过他生命的行为和通过他死亡的质量来铸造伟大的散文，因此我们会立即就明白——即使未读过曼德尔施塔姆一行诗——在这些书页中被回忆的确是一位伟大诗人：因为针对他的邪恶之数量和能量是如此巨大。

不过，必须指出，曼德尔施塔姆对一种新历史处境的态度并不是公然的敌意。总的来说，他认为这只是生存现实的一种较严酷的形式，只是质量上的新挑战。自浪漫派以来，我们就有一个关于诗人挑战独裁者的概念。但是，如果曾经有过这样一个时候的话，这种行动如今也是绝对荒谬的：独裁者已不再使你有机会跟他单挑。我们与我们的主人之间的距离,只能由后者来缩短,但这种情况极少发生。诗人惹麻烦是因为他在语言上,间接地说也是在心理上的优越性,而不是因为他的政治立场。一首歌是语言抗命的一种形式,其声音对很多东西产生怀疑,而不是只对一个具体的政治体制:它质疑整个生存秩序。而它的敌对者的数量也按比例增长。

认为是那首反斯大林的诗招致曼德尔施塔姆的厄运,这未免太简单化了。这首诗,虽然具有毁灭性力量,但它只是曼德尔施塔姆处理这个并不算新的时代的主题的副产品罢了。就此而言,在同年(1933 年)较早时写的《阿里奥斯托》一诗中,有更毁灭性的句子:"权力是可恶的,如同理发师的手指……"尚有很多其他的。然而我认为,这些掴耳光的评论本身并不足以引来歼灭法则。如果他仅仅是一个政治诗人或这里那里溢入政治的抒情诗人,那把横扫俄罗斯各地的铁扫帚可能就会错过他。毕竟,他已接到警告,而他可以像别人那样从警告中得到教训。然而他没有,因为他那自我保存的本能,早已让位给他的美学。是曼德尔施塔姆诗歌中那巨大的抒情张力使他远离同代人,并使他成为他的时代的孤儿——"全苏联规模上的无家可归状态"。因为抒情是语言的伦理学,而这种抒情优越于人类互相作用所能产生的任何成就,不管用来衡量这成就的标准是什么——正是这优越性产生一件艺术作品并使它流传下去。这就是为什么那把其目标是对全部人口进行精神阉割的铁扫帚不可能错过他。

这是一个纯粹两极化的例子。毕竟,歌是重构的时间,对此哑默的空间一向怀着敌意。前者由曼德尔施塔姆代表,后者则选择国家作为武器。奥斯普·曼德尔施塔姆 1938 年死于一个集中营,这个死亡地点有某种可怕的逻辑:在符拉迪沃斯托克附近,那里正是国家拥有的空间的最深处。这约略是从彼得堡所能去的俄罗斯境内最远的地方。而就抒情而言,下面是你在诗歌中能去的最高处(这首诗是纪念一个据说死于瑞典的女人奥尔加·瓦克塞尔,它是曼德尔施塔姆住在沃罗涅日时写的;曼德尔施塔姆在经历一次精神崩溃之后,从乌拉尔山脉附近的前流放地转移到沃罗涅日)。仅仅四行:

……圆眉的僵硬燕子(a)
从坟墓飞(b)向我
来告诉我它们已休息够了,在它们(a)
那斯德哥尔摩冷床(b)。

不妨想象一种有交韵(abab)的四音步抑扬抑格。

这个诗节是重构时间的完美典型。首先,语言本身是过去的产物。这些僵硬的燕子的归来,既暗示它们的存在具有反复出现的特点,也暗示这个明喻本身具有反复出现的特点,不管是作为一种亲密思想还是作为一个说出的片语。还有,"飞……向我"暗示春天,暗示季节的重返。"告诉我它们已休息够了"也暗示过去:因其未被照料而不完美的过去。最后一行兜了一个大圈又回来,因为定语"斯德哥尔摩"暴露了所隐藏的对汉斯·克里斯蒂安·安徒生的童话故事的影射:一只受伤的燕子在鼹鼠洞里过冬,然后康复,飞回家。每个俄罗斯学童都知道这个故事。这个有意识的记忆过程,证明是深深根植于潜意识记忆中的,并创造一种如此穿透力的悲伤感,仿佛我们听到的不是一个受苦的人,而是他受伤的心灵本身的声音。这种声音肯定与一切冲突,甚至与它的媒介的——也即诗人的——生命冲突。这仿佛是奥德修斯把自己绑在桅杆上抗拒他的灵魂的召唤；这——而不只是曼德尔施塔姆已婚这个事实——就是为什么他在这里如此省略。

他在俄罗斯诗歌中工作了三十年，而只要俄罗斯语言存在，他的成果就会持续下去。它肯定会比那个国家的现政权和任何后来的政权都更长久，既因为它的抒情，也因为它的深度。很坦白地说，我未见过世界诗歌中有任何东西，其启示力量可以跟以下来自《无名士兵之诗》的四行诗匹比，这首诗写于他死前一年：

一团阿拉伯式的糟和乱，
速度之光磨成一束——
带着它那斜斜的脚底，
一线光平衡在我的视网膜上……

这里几乎没有语法，但这不是现代派的技巧，而是一种难以置信的心灵加速度的结果，这种加速度在别的时候促成了约伯和耶利米的突破。这种速度之磨，既是一幅自画像，也是对天体物理学的一种难以置信的洞见。他所听到的背后那"匆促的接近"并不是什么"飞驰的马车"而是他那个"狼狗的世纪"，而他不断奔跑，直到有了空间。当空间结束时，他便撞到了时间。

即是说，我们。这个代名词不仅指代他的俄语读者，也指代他的英语读者。也许他比本世纪任何人都更加是一位文明的诗人：他为那给他灵感的文明作出贡献。我们甚至可以说，早在他遭遇死亡之前，他就已经是文明的一部分了。当然，他是一个俄罗斯人，但这跟乔托是意大利人差不多。文明是不同文化被一个精神公因子激活的总和，而文明的主要载体——从隐喻角度和实际意义上说——是翻译。希腊柱廊漫游至苔原生长的高纬度地区,就是一种翻译。

他的生,以及他的死,是这文明的一个结果。诗人的伦理态度,事实上还有诗人的性情,都是由诗人的美学决定和塑造的。这就是为什么诗人总是发现自己始终与社会现实格格不入,他们的死亡率则表明那现实把它自己与文明隔开的距离。翻译的质量也可作如是观。

曼德尔施塔姆是一个以秩序和牺牲这些原则为基础的文明的孩子,并成为两者的化身;因此,如果我们预期他的翻译者至少有某种表面的相似性,那是不算过分的。在生产一种回声时所投入的严苛看上去可能令人生畏,但这种严苛本身就是向那种对世界文化的乡愁的致敬,因为正是对世界文化的乡愁驱动和塑造原作。曼德尔施塔姆诗歌形式的诸方面,实际上并非某种落后的诗学的产物,而是前面所说的柱廊的一根根柱。移除它们不仅是把你自己的"建筑"夷为一堆瓦砾和棚屋,而且是在诗人为什么而活和为什么而死这些问题上说谎。

翻译即是寻求对等,而不是寻找替代。翻译要求风格上的(如果不是心理上的)同质。例如,适合于翻译曼德尔施塔姆诗歌的风格上的用语,是后期叶芝的用语(他在主题上与叶芝也有颇多共通之处)。麻烦当然是在于,一个能够精通这类用语的人——如果存在这样的人的话——无疑将会写自己的诗,而不会去绞尽脑汁弄翻译(况且,翻译待遇并不好)。但是,除了技术熟练以至心理同质之外,一位曼德尔施塔姆诗歌翻译者应具备或发展的最重要东西,是对文明怀有一种相同的感情。

曼德尔施塔姆是最高意义上的讲究形式的诗人。对他来说,一首诗开始于声音,开始于他所称的"响亮地铸造的形式之状"。若没有这个概念,则哪怕是对他的意象的最准确翻译,也会沦为一种刺激性的阅读。“在俄罗斯,只有我一个人用声音工作,而周围全是一些低劣者的乱涂乱抹,”曼德尔施塔姆在《第四散文》中如此谈到自己。这是带着愤怒和尊严说的,说这话的诗人深明他的创作来源决定了他的创作方法。

期望一位翻译者亦步亦趋将是徒劳和不合理的:诗人用以和赖以创作的那个声音注定是独一无二的。然而,反映在诗歌韵律中的音质、音高和速度却是可接近的。不应忘记,诗歌韵律本身就是精神强度,没有任何东西可以替代这些精神强度。它们甚至不能替代彼此,更别说被自由诗替代了。韵律的不同是呼吸和心跳的不同。韵式的不同是大脑功能的不同。用漫不经心的态度处理它们,最好的时候是渎圣,最坏的时候是肢解或谋杀。无论如何,那是一种心智犯罪,为此,其肇事者——尤其是如果他没被抓到的话——将付出智力速度退化的代价。对读者来说,则是购买一个谎言。

然而,为生产一个得体的回声而投入的严苛,实在太高了。这严苛过度地束缚个性。呼吁使用“我们自己时代的诗歌工具”则未免太刺耳了。于是翻译者都迫不及待地寻找替代物。之所以发生这种情况,主要是因为这类翻译者本身通常是诗人,而他们自己的个性对他们来说是最宝贝的。他们的个性观根本就排除牺牲的可能性,而牺牲则是个性成熟的基本特征(也是任何——甚至技术——翻译的主要基本要求)。净结果是,一首曼德尔施塔姆的诗在视觉上和在肌理上类似于某首愚笨的聂鲁达诗歌或某首乌尔都语诗或斯瓦希里语诗。如果它存活下来,那也是因为其意象或其张力在读者眼中获得某种人种学的意义。“我不懂为什么曼德尔施塔姆被视为一位伟大诗人,”已故的 W. H. 奥登说,“我所见到的译本无法使我信服。”

这是一点也不奇怪的。在现有的译本中,我们遇到一种绝对不带感情的产品,某种现代文字艺术的公分母。如果它们仅仅是坏译本,那也不至于这么坏。因为坏译本恰恰因其坏而刺激读者的想象力,并引发一种想突破文本或想抽离文本的愿望:它们刺激读者的直觉。就手头这些译本而言,这种可能性实际上被排除:这些译本烙下自以为是的、难以忍受的风格上的地方主义的印记;对它们,你能给予的唯一乐观评价是这种低质艺术是一个无可置疑的标志,标志着一种极其远离颓废的文化。

总的来说,俄罗斯诗歌,尤其是曼德尔施塔姆的诗歌,不应被当成一个穷亲戚来对待。俄罗斯语言及其文学,尤其是其诗歌,是那个国家拥有的最好东西。然而,并不是对曼德尔施塔姆的声誉或俄罗斯的声誉的关注,使人对他的诗歌在英语中所受的对待感到不寒而栗,而是这样一种感觉,觉得这是在抢夺英语文化,降低英语文化自身的标准,躲避精神挑战。“好吧,”一个美国青年诗人或诗歌读者在细读了这些诗集之后也许会下结论说,“同样的事情又在俄罗斯重复一遍。”但那里发生的事情一点也不相同。除了其隐喻外,俄罗斯诗歌树立了一个道德纯粹性和坚定性的典范,并在很大程度上反映于保存所谓古典形式而又不给内容带来任何损害。这正是她与其西方姐妹差别之处,尽管这样说绝不是要判断这种差别对谁更有利。然而,这是一种差别,而单单是出于纯粹的人种学理由,那种特质就应在翻译中保存下来,而不是被强行纳入某种普通模子。

一首诗是某种必要性的结果:它是不可避免的,其形式也是不可避免的。诚如诗人的遗孀娜杰日达·曼德尔施塔姆在其《莫扎特与萨列里》(这篇文章是任何对创造活动的心理学感兴趣的人的必读物)中所说的:“必要性不是一种强迫性,也不是决定论的咒语,而是不同时代之间的联结,如果从先辈那里承接下来的火炬还未被踩灭的话。”当然,必要性是不能被模仿的;但是翻译者如果不顾被时间照亮和圣化的形式,那他无异于踩灭那火炬。替此种做法辩护的理论的唯一可取之处,是它们的作者因在报刊上发表他们的观点而赚了钱。

仿佛意识到人的理解功能和感觉功能的脆弱性和背叛性似的,一首诗于是针对人类记忆。为此,它采用一个形式,该形式本质上是一种有助于记忆的工具,使我们在我们整个身体其他部分都放弃时,大脑仍可以保存一个世界——并把保存任务简化。记忆通常是最后才离去的,仿佛它努力要保存对离去本身的记录似的。因此一首诗也许是最后离开一个人呢喃的双唇的遗言。谁也不会期望一位英语母语读者在那最后时刻呢喃一位俄语诗人的诗。但如果他呢喃一些奥登或叶芝或弗洛斯特的东西,那他也要比现时这些曼德尔施塔姆的译者更接近于曼德尔施塔姆的原作。

换句话说,英语世界仍未听到这个充满着爱、恐怖、记忆、文化和信仰的神经质、高调、纯粹的声音——一个也许是颤抖的声音,如同一根在疾风中燃烧的火柴,却是绝对不可扑灭的。在其主人离去之后仍留存下来的声音。你不禁想说,他是一位现代的奥尔菲斯:被送往地狱,再也回不来,他的遗孀则在地球六分之一的陆地上躲来躲去,提着里面卷着他的诗歌的炖锅,在夜里记诵它们,唯恐被那些带着搜捕证的愤怒女神发现。这些就是我们的变形记,我们的神话。

1977 年

娜杰日达·曼德尔施塔姆（1899—1980）：讣文

在其八十一年的生命中，娜杰日达·曼德尔施塔姆有十九年时间成为本世纪俄罗斯最伟大诗人奥斯普·曼德尔施塔姆的妻子，然后有四十二年时间成为他的寡妇。其余时间是童年和青年时代。在受教育的圈子里，尤其是在文人中，成为一个伟人的寡妇就足以提供一个身份。这在俄罗斯尤然，因为那个政权在30年代和40年代制造作家的寡妇的效率如此之高，以至到了60年代中期，她们的数目已够组织一个工会。

“娜佳是最幸运的寡妇，”安娜·阿赫玛托娃曾这样说过，因为她知道大约在那时，奥斯普·曼德尔施塔姆已获得举世承认。不用说，这句话的焦点，是她那位同行诗人，不过虽然她说得一点不错，但这却是局外人的观点。到了这种承认开始抵达的时候，曼德尔施塔姆夫人已经六十多岁了，健康岌岌可危，生活拮据。此外，尽管有了这种举世承认，但并不包括那个传说中“占整个地球六分之一陆地”的国家，也即俄罗斯本身。在她身后，是已经二十载的寡妇生活、彻底的匮乏、使任何个人丧失相形失色的大战，以及作为一个人民的敌人的妻子，整天诚惶诚恐，担心随时会被国家安全局特务抓走。接下来发生的任何事情，除了死亡外，都可以说是暂时喘息。

我正是在那个时候第一次见到她。那是 1962 年冬天，在普斯科夫，我与两位朋友去那里参观当地教堂（在我看来，它们是那个帝国最好的教堂）。安娜·阿赫玛托娃得知我们打算去那个城市，便建议我们去探访娜杰日达·曼德尔施塔姆，她在当地一家教育机构教英语。阿赫玛托娃还让我们带给她几本书。那是我第一次听到她的名字：我根本不知道她的存在。

她住在一个集体公寓小单元里，有两个房间。第一个房间住着一个女人，其名字非常有反讽意味，叫作涅茨维塔耶娃（意思是“非茨维塔耶娃”），另一个房间则是曼德尔施塔姆夫人的。它只有八平方米大，相当于美国一个普通厕所间。大部分空间都被一张铸铁制的双人床占据了；还有两张藤椅、一个带有一面小镜的衣柜，以及一张多用途床边桌，桌上摆着碟子，碟子上有晚餐的剩菜，碟子边是一册翻开的平装本《刺猬与狐狸》，以赛亚·伯林著。在这个小间里出现这本红封面书，以及她在听到门铃时竟然不赶紧把它藏在枕头下这个事实，恰恰意味着：暂时喘息的开始。

原来，这本书是阿赫玛托娃寄给她的，后者在差不多半个世纪中一直是曼德尔施塔姆夫妇最亲密的朋友：最初是他们两人的，后来是娜杰日达一人的。阿赫玛托娃本人当过两次寡妇（第一任丈夫、诗人尼古拉·古米廖夫于 1921 年被契卡——克格勃的原名——枪杀；第二次，艺术史家尼古拉·普宁死在属于同一个机构的集中营里），她以每一种可能的方式帮助娜杰日达·曼德尔施塔姆，在战争岁月里实际上还救了娜杰日达，一是把她偷偷送往有一些作家在那里避难的塔什干，一是与她分享她每日的口粮。即使两个丈夫被该政权杀害，即使儿子在集中营里受苦已有十八年，阿赫玛托娃在一定程度上依然过得比娜杰日达·曼德尔施塔姆好些,原因之一是,毕竟当局还是勉强承认她是一位作家,允许她住在列宁格勒和莫斯科。而对人民的敌人的妻子,大城市根本就是禁区。

数十年间,这个女人都在逃亡中,奔波于庞大帝国的穷乡僻壤,在一个新地方刚安顿下来,一见到危险信号就又立即起程。作为不存在的人的身份,逐渐成为她的第二天性。她是一个小个子女人,瘦削,随着光阴流逝,她日益枯萎,仿佛要把自己变成某种无重量的东西似的,某种可以在出逃时刻轻易装入袋子里的东西。同样地,她实际上没有财物:没有家具,没有艺术品,没有藏书。那些书,哪怕是外文书,都不会在她手中停留太久:在读完或匆匆浏览之后,它们将被传到某个人手中——这也是书籍应当被对待的方式。在她最富裕的日子里,也即 60 年代末 70 年代初,她位于莫斯科郊区那个单间寓所里最昂贵的物件,是厨房墙壁上的一个布谷鸟自鸣钟。窃贼在这里会感到失望;还有那些带着搜捕令的人。

在西方出版她两卷回忆录[①]之后的"富裕"日子里,那个厨房成了名副其实的朝圣之所。几乎每隔一夜,在俄罗斯后斯大林时代还幸存下来的或新生人口中的最有才智者,就会围坐在那张长木桌前,它要比普斯科夫那个床架大十倍。她几乎让人觉得,她准备补偿数十年的贱民生活。不过,我怀疑她是否有这个想法,而且不知为什么,我记忆更深的是她在普斯科夫那个小房间;或坐在阿赫玛托娃列宁格勒寓所一张长沙发的边缘,她会一次又一次从普斯科夫非法来到那寓所;或从什

① 《怀一线希望》和《被放弃的希望》,皆由雅典娜神殿出版社分别于 1970 年和 1973 年出版,马克斯·海沃德英译。——原注

克洛夫斯基的莫斯科寓所走廊深处出现,她在有了自己的寓所之前曾在那里小住过。也许我对这些记忆更深,是因为她作为一个被社会遗弃者、一个逃亡者或奥斯普·曼德尔施塔姆在一首诗中所说的“乞丐朋友”显得更自然,而她在生命其余日子里也一直维持这个形象。

想到她在六十五岁的时候写那两部回忆录,不禁使人心惊。在曼德尔施塔姆家中,奥斯普才是作家,她不是。如果她在那两部回忆录之前写过任何东西,那也是给朋友写信或向最高法院提出上诉。她也不是像某些人那样,在退休安度晚年时回忆漫长而多变故的一生。因为,她那六十五年并非完全正常。在苏联刑事制度中有一个条款特别规定在某些集中营服刑一年等于三年,这不是没有道理的。基于同样的理由,本世纪很多俄罗斯人的生命差不多像《圣经》中的家长那么长——而她与那些《圣经》中的家长多了一个共同点:献身于正义。

然而,并非仅仅是献身于正义促使她在六十五岁时坐下来利用她暂时喘息的时间来写这些书。使这些书得以问世的,是一种重演,也即独力把曾经在俄罗斯文学史上发生过的事情如实重演一次。我想到的是19世纪下半叶伟大俄罗斯散文的崛起。那散文,仿佛从天而降,仿佛有果而没有可追踪的因,但事实上只是19世纪俄罗斯诗歌的副产品。它为所有后来的俄语写作定了调,而最好的俄罗斯小说都可被视为那个世纪头二十五年俄罗斯诗歌所展示的心理微妙性和词汇微妙性的遥远回声和精细阐述。“大多数陀思妥耶夫斯基的人物,”安娜·阿赫玛托娃曾说,“都是变老了的普希金主人公、变老了的奥涅金,如此等等。”

诗歌永远先于散文,在娜杰日达·曼德尔施塔姆生命中也是如此,并且以不止一种的方式。作为一位作家,以及作为一个人,她是两位诗人的产物,她的生命与他们无可阻挡地联结在一起:奥斯普·曼德尔施塔姆和安娜·阿赫玛托娃。而且,不仅因为第一个是她丈夫,第二个是她终生的朋友。毕竟,四十年的寡妇身份可以使最快乐的回忆变得黯淡(而就这宗婚姻而言,快乐回忆可谓少之又少,原因之一是这宗婚姻刚好碰上国家的经济荒废时期,这经济荒废是由革命、内战和最早那些五年计划造成的)。同样地,有那么一些年,她完全没有跟阿赫玛托娃见面,而在信中诉说心事又是根本不可能的。一般来说,纸是危险的。加强那条婚姻纽带和友谊纽带的,是一种技术性:即必须把原本可以写在纸上的东西,也就是两位诗人的诗作,都铭刻在记忆中。

在那个阿赫玛托娃所称的“前谷登堡时代”做这种事情的,肯定并非只有娜杰日达·曼德尔施塔姆一人。然而,日日夜夜反复背诵死去的丈夫的文字,显然不只是关系到愈来愈理解它们,而且关系到复活他本人的声音,也即他独有的语调,关系到他一种不管多么瞬息即逝的存在感,关系到明白他履行了那个“无论好坏”的协议中他应承担的部分,尤其是后半部分。同样的情况,也发生在她背诵本人常常不在场的阿赫玛托娃的诗歌的时候,因为背诵机制一旦启动,便不想停下来。同样的情况也发生在其他作者、某些理念、某些伦理原则上——发生在所有那些不能以别的方式保存下来的事情上。

渐渐地,这些事情在她身上增长。如果有什么东西可以替代爱,那就是记忆。因此,背诵即是恢复亲密性。渐渐地,两位诗人的作品变成她的思维,变成她的身份。它们不仅为她提供了观察层面或视域角度;更重要的是,它们成为她的语言准则。因此当她着手写她的回忆录时,她必然会以他们的句子来衡量——那时已经不知不觉地、本能地衡量——她的句子。她的文字的清晰和无情,一方面反映了她的思想特点,另一方面在风格上也是塑造那思想的诗歌的必然后果。诗歌在本质上是语言的最高形式,这最高形式已因为她背诵丈夫的诗行而成为她的血肉,而她的回忆录在内容上和风格上,无非是这最高形式的附笔。

借用 W. H. 奥登的话来说,伟大的诗歌把她"痛"入散文。确实是这样,因为那两位诗人的遗产只能用散文来发展或细说。在诗歌中,追随他们的,只能是模仿者。这种事情已经发生过。换句话说,娜杰日达·曼德尔施塔姆的散文是语言本身唯一可以用来避免呆滞的媒介。同样地,它也是那个被两位诗人对语言的使用所塑造的心灵可利用的唯一媒介。因此,她的书并非仅仅是回忆录和两位伟大诗人的生活之指南,尽管它们非常出色地发挥了这类功能;这两本书还阐述这个民族的意识。至少,是这个民族的意识中可以抄写一份的那一部分。

因此,这种阐述导致对那个制度的控诉,就一点也不奇怪了。曼德尔施塔姆夫人这两部书实际上相当于在人间对她的时代及其文学进行末日审判——使这审判更有理的是,正是这个时代着手去建造人间乐园。同样一点不奇怪的是,克里姆林宫墙内墙外都不喜欢这些回忆录,尤其是第二部。我必须说,当局的反应要比知识界更诚实:当局只是把拥有这些书列为违法,违者会受处罚。至于知识界,尤其是莫斯科知识界,则因为娜杰日达·曼德尔施塔姆指控其中很多著名和不那么著名的人物事实上与当局合谋而陷入实际骚动,于是乎,她厨房里的人流立即显著地退潮。

有些人发表公开或半公开信,有些人做出不再握手的愤怒决定,友谊和婚姻因为争论她把这个或那个人视为告密者到底是对了还是错了而破裂。一位著名的异见分子抖动山羊胡子宣称:“她在我们整代人身上拉屎”;另一些人则赶紧跑去他们的乡间别墅关起门来写反回忆录。这已经是70年代初,约六年后,同一批人将因为索尔仁尼琴对犹太人的态度而发生同样严重的分歧。

文学界的意识中存在着某种东西,它难以忍受某个人的道德权威。他们默默接受存在着党第一书记或“元首”,如同默默接受存在着必要之恶,但他们会热烈地质疑一位先知。可以说,之所以如此,是因为被人告知你是一个奴隶,要比被人告知在道德上你是零更好消受些。毕竟,一只跌倒的狗不应被踢。然而,先知踢一只跌倒的狗,不是要干掉它,而是要使它站起来。对这些踢的抗拒,也即对一位作家的断言和指控的质疑,不是出于对真相的求知,而是出于知识界对奴役状态的沾沾自喜。因此,对文学界来说更无法忍受的是,那权威竟然不仅是道德上的,而且是文化上的——在娜杰日达·曼德尔施塔姆的例子中就是如此。

在这里,我想冒险再进一步。现实本身根本不值一提。是观念把现实提升为意义。而观念中存在着等级制(相应地,意义也存在着等级制),那些通过最精致和最敏感的棱镜获得的观念,居等级制之首。精致度和敏感度是由它们唯一的供应源传输给那个棱镜的:由文化,由文明,其主要工具是语言。因此,通过这样一个棱镜——获取它是人类的一个目标——来评估现实,是最准确的,也许甚至是最公正的。(可能随着上述说法而来的“不公平!”和“精英!”的呐喊,尤其是来自本地校园的呐喊,可以置之不理,因为文化当然是“精英”的,在知识领域奉行民主原则只会引向把智慧等同于白痴。)

正是拥有这个由20世纪俄罗斯最出色的诗歌提供的棱镜,而不是她的悲伤规模的独一无二性,使得娜杰日达·曼德尔施塔姆就她那一块现实作出的声明如此无可置疑。认为受苦能创造伟大艺术,这乃是一种可恶的谬误。受苦使人盲目,使人耳聋,使人毁灭,且常常使人死亡。奥斯普·曼德尔施塔姆在革命之前就是一位伟大诗人。还有安娜·阿赫玛托娃,还有玛琳娜·茨维塔耶娃。即使本世纪发生在俄罗斯的历史事件没有发生过,他们也会成为他们所成为的:因为他们有天赋。基本上,才能并不需要历史。

如果没有革命和接下去发生的其他一切,娜杰日达·曼德尔施塔姆会不会成为她所成为的?可能不会,因为她是在1919年认识她未来的丈夫的。但这个问题本身无关紧要;它使我们陷入可能性法则和历史决定论法则的阴暗领域。毕竟,她并不是因为本世纪俄罗斯发生的事情,才成为她所成为的人,反而是她不顾发生这些事情,而成为她所成为的。诡辩家的手指肯定会指出,从历史决定论观点看,“不顾”与“因为”乃是同义。那么关于历史决定论就暂且打住吧,如果它如此在意人类某个“不顾”的语义学的话。

不过,却有一个很好的理由。也即,一个弱不禁风的六十五岁女人,竟然有能力放慢,如果不是在长远意义上阻挠,整个民族的文化解体。她的回忆录已不只是她的时代的证词;它们是在良心和文化之光下观照历史。在这光照下,历史畏缩,个人则意识到自己的选择:要么寻找那光源,要么对他本人犯下人类学罪。

她并没有想到要如此堂皇,也不是仅仅要报复那个制度。对她来说,这是一件私事,一件涉及她的性情、她的身份和塑造这个身份的东西的事。实际上,她的身份是由文化、由文化最好的产物塑造的:她丈夫的诗作。她试图保存的,并不是关于他的记忆,而是这些诗作。她在四十二年间成为的,并不是他的寡妇,而是这些诗的寡妇。当然,她爱他,但爱本身就是最精英的激情。它只有在文化脉络中才获得其立体感,因为它在心灵中所占的空间,远远多于在床上所占的空间。在那个脉络之外,它便平淡如单向度的小说。她是文化的寡妇,而我想,她最后爱她丈夫远甚于她最初嫁给他。这可能就是为什么她这两本书的读者觉得它们如此难以忘怀。因为这个,也因为现代世界与文明面对面时的地位亦可以称为守寡。

如果她缺少任何东西,那是谦虚。在这方面,她跟她那两位诗人可谓大不相同。但话说回来,他们有他们的艺术,而他们的成就的品质为他们提供足够的满意,使他们谦虚,或假装谦虚。她极其可怕地固执己见、绝对、躁动、乖戾、孤僻;她很多想法是半生不熟或只是在道听途说基础上发展起来的。简言之,她有很多取胜之道,这,如果我们考虑到她在现实中和后来在想象中要应付的人物之规模,是一点也不令人吃惊的。最后,她的不宽容把很多人吓跑了,但这对她来说算不了什么,因为她已厌倦于奉承,厌倦于被罗伯特·麦克纳马拉[①]和威利·费希尔[②](鲁道夫·阿贝尔上校的真名)喜欢。她只想死在床上,并且在某种程度上她期待死,因为“到那里我又可以跟奥斯普在一起了”。“不,”阿赫玛托娃听到这句话之后说,“你大错特错了。到那里现在是轮到我跟奥斯普在一起了。”

---

① 罗伯特·麦克纳马拉(1916—2009):曾任美国国防部长和世界银行行长。

② 威利·费希尔(1903—1971):苏联情报官员。

她的愿望成真了，她死在她的床上。这对她那一代俄罗斯人来说不是一件小事。无疑，将有些人冒出来高呼她误解她的时代，说她落在那列奔向未来的历史火车背后。嗯，就像她那一代几乎所有的俄罗斯人一样，她太清楚那列奔向未来的火车会停在集中营或毒气室。她很幸运，她错过了它；我们很幸运，她把路线告诉了我们。我最后一次见到她，是 1972 年 5 月 30 日在莫斯科，在她那个厨房里。那是下午晚段，她坐着，抽烟，在角落，在由那个高橱柜投向墙上的深浓阴影里。那阴影是如此深浓，你只能看到她的香烟的微燃和那双穿透性的眼睛。其余——方形披巾下她那细小皱缩的身子，她的双手，她那张苍白的椭圆形脸，她那灰烬似的白发——全都被黑暗吞没。她看上去就像一个巨大篝火的残余，像一小撮余烬，如果你摸一摸它，就会被灼伤。

1981 年

自然力

除了空气、土壤、水和火之外,金钱是人类必须与之最经常打交道的自然力之一。这是今日,在陀思妥耶夫斯基逝世一百年之后,他的小说依然保持相关性的一个原因,如果不是主要原因。考虑到现代世界的经济航向,也即生活标准的普遍贫困和无差别,这位作家可以说是一个先知式现象。因为在与未来打交道时避免犯错误的最佳途径,乃是通过贫穷或犯罪这个棱镜来认识它。在一定程度上,陀思妥耶夫斯基两个棱镜都使用。

陀思妥耶夫斯基狂热的仰慕者伊丽莎白·施塔肯施奈德,是彼得堡的一名社交花,在19世纪70至80年代,她的屋子是文人、要求拥有普选权的女子、政客、艺术家等人物的名副其实的沙龙。她在日记中写到1880年的陀思妥耶夫斯基,这也是作家死前一年:

> ……但他是一个小资产阶级,没错,小资产阶级。不是上流社会,也不是神职人员,不是商人,也不是像艺术家或学者那样的怪人,而是如假包换的小资产阶级。然而,这个小资产阶级是最深刻的思想家和天才作家……如今他常常出入于贵族阶级的宅邸,甚至上流权贵的宅邸。当然,他举止庄重,然而他身上的小资产阶级特性始终流淌着。它可以在某些特征中被看到,在私人谈话中,但

> 尤其是在他的著作中流露出来……在他对大资本的描写中，他总是把六千卢布视为一笔巨款。

这当然不是完全准确的：在《白痴》中，比六千卢布大得多的数目飞入纳斯塔西亚·菲利波芙娜的火炉。另一方面，在世界文学上最令人心碎的一个场面中——没有任何读者的良心在经历这个场面之后还能保持完整——《卡拉马佐夫兄弟》中的斯涅吉辽夫上尉把不多于两百卢布的钱踩入积雪堆里。然而，重点在于，那六千卢布（相当于现在的两万美元）在当时可以购买一年的体面生活。

施塔肯施奈德夫人是她那个时代的社会阶层划分的产物，她所称的小资产阶级，在今天若按年收入而不是社会从属关系来定义，被称为中产阶级。换句话说，上述数目既不是大富亦不是赤贫，而是可忍受的人类状况：可使你活得像人的状况。六千卢布是中等、正常生存的货币表述，而如果需要成为小资产阶级才懂得这个事实，那么让我们向小资产阶级致敬。

因为正常、像人样的生存，是大多数人类渴求的目标。因此，一个把六千卢布当成一笔巨款的作家，也就是在一个与大多数人相同的物质和心理层面上运作的作家，即是说，他以生活本身的普遍方式来处理生活，因为，如同自然程序，人类生活的引力作用都是朝着中等方向运动的。相应地，一个属于社会阶梯较上层或较下层的作家，总会多多少少扭曲生存的画面，因为，不管是在较上层还是在较下层，他都会从一个过于尖锐的角度来看那画面。从上层或下层批评社会（社会是生活的昵称）也许可产生伟大读物；但那只是充当内线，使你可以尽一份道德责任罢了。

再者，一位中产阶级作家自己的地位，刚好岌岌可危到足以带着相当的敏锐观察下层发生的事情。相对而言，上层的处境，因其实际位置较高，反而缺乏巨大的魅力。至少，从数字上说，一位中产阶级作家处理更多样的苦难，也因此吸引更多读者。不管怎样，这是陀思妥耶夫斯基赢得广泛读者群的原因之一，梅尔维尔、巴尔扎克、哈代、卡夫卡、乔伊斯、福克纳也是如此。看来，六千卢布的等值，可确保有伟大的文学。

然而，重点在于，取得这笔钱，其难度远远高于取得数百万或身无分文，原因很简单，追求基准的人总是多于追求极端的人。获得上述数目，以及获得上述数目的一半或十分之一，所涉及的人类心灵挣扎，远远多于任何致富计划或任何形式的苦行主义。事实上，所涉及的数目愈小，人们为获得它而投入的情绪就愈大。这么说来，其拿手好戏是处理人类心灵种种错综复杂关系的陀思妥耶夫斯基，把六千卢布视为一笔巨款，其理由就再明显不过了。对他来说，这意味着一大笔人类投资，一大笔细微差别，一大笔文学。简言之，这与其说是货真价实的钱，不如说是形而上学的钱。

几乎没有例外地，他的小说描写的都是生活在狭窄环境中的人。这种素材本身，确保令人废寝忘食的阅读。然而，使陀思妥耶夫斯基变成伟大作家的，既不是他的题材那不可避免的错综复杂，甚至也不是他心灵独特的深度和他同情的能力，而是他所使用的工具，或毋宁说，他所使用的材料的组织，也即俄罗斯语言。

就错综复杂而言，其名词常常自鸣得意地坐在句尾、其主要力量不在于陈述而在于从句的俄语，是极其便利的。这不是你们那“不是/就是”的分析性语言——这是“尽管”的语言。如同一张钞票换成零钱，每一个陈述的意念在俄语中立即蘑菇似的迅速扩散，发展成其对立面，而其句法最爱表达的莫过于怀疑和自贬。俄语的多音节特性(一个词平均有三至四个音节)所揭示的由一个词覆盖的现象所包含的自然、原始的力量,远胜于任何理性分析所能揭示的,而一个作家有时候不是发展其思想,而是撞见并干脆陶醉于那个词的悦耳内容,从而转变话题,朝着一个意料不到的方向运动。而在陀思妥耶夫斯基的作品中,我们目睹题材的形而上学与语言的形而上学之间一种非同寻常的摩擦力,其强度近乎施虐狂。

他最充分地利用俄语的不规则语法。他的句子有一种发烧、歇斯底里、乖僻的步速,它们的词汇学内容几乎是美文、口语和官僚语言的疯狂大杂烩。确实,他绝非悠闲地写作。就像他的人物一样,他写作是为了糊口:永远有债主或最后限期在等待他。不过,对一个受最后限期困扰的作家来说,他的离题是非同寻常的,而这些离题,我敢说,更多是由语言引起的,而不是由情节的要求引起的。读他,你不能不想到,意识流不是源自意识,而是源自一个词,这个词改变或重新定位你的意识。

不,他不是语言的受害者;但他对人类心灵的处理显然太寻根问底了,根本谈不上是他宣称自己所属的俄罗斯东正教,而这种处理的质量之高,主要受惠于句法而不是信条。每一个写作生涯,都起始于个人对成圣、对自我改进的追求。迟早,通常很早,一个人便会发现他的笔完成的东西远远多于他的灵魂。这个发现,常常会在一个人内部创造一种难以忍受的分裂,并且部分地造成了文学在某些不明就里的人群中享受的神灵附体的声誉。可以说,这也蛮好,因为六翼天使所失几乎总是凡人所得。此外,无论走哪个极端,本身都是沉闷的,而在一位好作家那里,我们永远听到高天与排水沟的对话。如果一个人或其手稿没有因此而毁掉(像果戈理的《死魂灵》第二部),则这种分裂恰恰创造了一位作家,因而他的工作也就变成了使他的笔追上他的灵魂。

这就是陀思妥耶夫斯基的全部秘密,除了他的笔把他的灵魂推至他的信条也即俄罗斯东正教的边界以外。因为成为一个作家总是意味着成为一个新教徒,或者至少可以说,意味着奉行新教徒对人的看法。虽然无论是在俄罗斯东正教还是罗马天主教中,人被全能的上帝或他的教会评判,但是在清教中,却是人使自己接受相当于最后审判的个人审判。在这样做的时候,他对自己比造物主对他,甚至比教会对他更无情,原因之一是他比两者之中任何一方都更了解他自己(他作如此想),于是不想原谅,或者更确切地说,无法原谅。鉴于没有任何作家只为自己的教区写作,因此一个文学人物及其行为就应得到公平审判。调查愈是彻底,就愈是逼真,而逼真是作家首先追求的东西。在文学中,神恩算不了什么;这就是为什么陀思妥耶夫斯基的圣人浑身发臭。

当然,他是“高尚事业”也即基督教事业的伟大捍卫者。但是,想想吧,再也没有比他更好的魔鬼辩护人了。他秉承古典主义的原则,认为在你摆出你的理由之前,无论你觉得自己多么正确或正义,你都必须列举对立面的所有理由。并不是说在列举这些理由的过程中你会被对立面说服,而是列举本身就是一种无比全神贯注的过程。你最终不一定就会脱离你原本的立场,但是在替魔鬼列举完所有理由之后,再说出你的信条的格言,这时你已经是带着怀旧而不是带着热情来说了。这个列举过程本身也增加了逼真性。

但是这位作家的主人公在读者面前以近乎加尔文主义的固执裸露他们的灵魂,并非只是为了逼真性。尚有某种东西迫使陀思妥耶夫斯基把他们的生活从里到外翻出来,摊开他们肮脏的精神亚麻布的每一个褶层和每一条皱纹；并且这也不是为了追求真理。因为他的调查结果所显示的，不止是真理；它们暴露了生活的织物，而这织物是褴褛的。那股迫使他这样做的力量，是他的语言那无所不吃的杂食性，它最终达到了这样的程度，就连上帝、人、现实、罪责、死亡、无限、拯救、空气、土壤、水、火、金钱也无法满足它；于是它扑向自己。

1980 年

涛声①

由于文明是有限的，因此每个文明的生命中都会有中心停止维系的时刻。这些时候，使中心不至于分崩离析的，并非军团，而是语言。罗马如此，罗马之前的古希腊也是如此。这些时候，维系的工作落到来自外省、来自外围的人身上。与流行看法相反，外围不是世界终结之处——而恰恰是世界铺开之处。这影响语言不亚于影响眼睛。

德里克·沃尔科特生于圣卢西亚岛，在"太阳，厌倦于帝国，于是衰落"的地区。然而，在这太阳衰落的时候，它为之加热的种族和文化的坩埚，远大于赤道以北任何熔炉。这位诗人所来自的地方，是真正的原生巴别塔；然而，英语是其语言。如果有时候沃尔科特用克里奥耳方言写作，那也不是为了展示他的风格肌肉，或为了扩大他的读众，而是为了向他孩提时也即他以螺旋形攀登那座高塔之前所讲的语言致敬。

诗人的真实传记，如同鸟儿的传记，几乎都是相同的——他们真正的数据，是他们发声的方式。一个诗人的传记是在他的元音和咝音中，在他的格律、韵脚和隐喻中。作为对存在的奇迹的见证，一个人的著作在某种意义上永远是一部福音书，其文句改变作家信仰的程度，远比改变他的读者的信仰更为剧烈。在诗人那里，词语的选择总是比故事情

---

① 本文原为德里克·沃尔科特《加勒比海之诗》的序言（限定版俱乐部，1983）。——原注

节更显著;这就是为什么最好的诗人一想到有人正在写他们的传记,就惶恐不安。如果要了解沃尔科特的本源,则这本诗选就是最佳指南。这里是他笔下一个人物讲述自己,而这也完全可以视为作者本人的自画像:

我只是一个热爱大海的红种黑人,
我受过良好的殖民地教育,
我身上有荷兰、黑人和英国血统,
所以我要么不是任何人,要么是一个民族。

这首轻松活泼的四行诗,告诉我们有关作者的信息,真确如一首歌告诉你那里有一只鸟儿——省去你望出窗外。那方言的"热爱"[①]告诉我们,当他说他自己是一个"红种黑人"时,他是实话实说。"良好的殖民地教育"很有可能指的是西印度群岛大学,沃尔科特1953年从那里毕业,尽管这行诗中所蕴含的远不止于此,这点我们后面还要谈。至少可以说,我们从中既听到对优等民族典型的语言风格的不屑,又听到原居民对接受那种教育所感到的自豪。说"荷兰",是因为沃尔科特确实有一半荷兰一半英国血统。不过,鉴于那个王国的性质,我们想到的更多是语言而不是血统。如果不是——或者说除了——"荷兰(语)",也完全有可能是法语、印度语、克里奥耳方言、斯瓦希里语、日语、带有某个拉美国家名称的西班牙语,如此等等——你在摇篮里或街头听到的任何东西。但重要的是,有英语。

① 这里love是第三人称动词,原应在词尾加"s",没加表示说话者没有文化,不按语法,或使用当地习惯用语。

第三行“我身上有英国(语)”出现的方式,其微妙性是瞩目的。在“我有荷兰”之后,沃尔科特扔进了“黑人”,把整行诗送入爵士乐式的遽降,这样一来,当它向上升至“和英国(语)”时,我们便获得了一种无比的自豪感,应该说是一种宏伟感,它被“英国(语)”(English)和“我身上”(in me)之间这种切分音的强烈颠簸所加强。他的声音带着不大情愿的谦逊,然而又带着确信的节奏,爬上了“有英国(语)”(having English)这个高度,而正是从这个高度,诗人释放了他在“我要么不是任何人,要么是一个民族”那慷慨激昂的力量。这个声明所包含的尊严和骇人的语言表达力量,是与他以其名义说话的那个王国和围绕着那个王国的海洋之无限性成正比的。当你听到这样的声音时,你就心照:世界铺开。当作者说他“热爱大海”[①]时,就是这个意思。

在近四十年中,沃尔科特一直都在忙个不休,忙于热爱这大海,而这大海两边的批评家把他称为“西印度群岛诗人”或“来自加勒比海的黑人诗人”。这些定义之短视和误导,就如同把救世主称为加利利人。这个比喻是贴切的,原因之一是每一种简化的倾向,都源自同一种对无限的恐惧心态;而一涉及对无限的胃口,诗歌常常胜于信条。这些旨在把这位诗人变成地方性作家的企图,很明显是思维上以及精神上的怯懦,我们还可以进一步说,这怯懦是因为批评界不愿意承认这位伟大的英语诗人是一个黑人。这也可以归因于耳轮彻底爆裂,或视网膜排满咸肉片。不过,最仁慈的解释当然是地理知识的贫乏。

因为西印度群岛是一个庞大的群岛,大约是希腊群岛的五倍。如果诗歌仅仅由题材来定义,则沃尔科特先生的材料就要比那个以爱奥

① 见上页注。

尼亚方言写诗的吟游诗人优越五倍,后者也同样热爱大海。事实上,如果说有一个诗人与沃尔科特有颇多共同点的话,那将不是任何英语诗人,而是《伊利亚特》和《奥德赛》的作者,要不就是《物性论》的作者。因为沃尔科特的描述力量是真正史诗式的;不过,使他免于相应之冗长的,乃是那个王国缺乏实际历史和他对英语分寸的把握,而英语的感受力本身就是一部历史。

沃尔科特的诗歌之所以如此富于共鸣和立体感,除了他本人独一无二的才能之外,恰恰还因为这部"历史"的变故是够多的:因为语言本身就是一个史诗式的装置。这位诗人触及的一切,都激起呈蘑菇状扩散的反响和眼界,如同磁波,其音质是心理的,其含意是回声式的。当然,在他那个王国,也即西印度群岛,可触及的东西非常多——单单是自然王国本身,就提供了大量的新鲜材料。但这里不妨举个例子,说明这位诗人如何处理最常见的诗歌题材——月亮——并使它自己说话:

> 慢慢地我的身体生长一个声音,
> 慢慢地我变成
> 一个钟,
> 一个椭圆形、无实质的元音,
> 我生长,一只猫头鹰,
> 一个光晕,白色的火。
>
> (摘自《变形记,我/月亮》)

不妨再看看他本人如何讲述这个最不可触摸的诗歌题材——或毋宁

说,看看是什么使他讲述它:

一个月亮气球般从无线电站升起。哦,
镜子,那里一代人渴望
白色,渴望坦率,没回报。

(摘自《另一种生命》)

这种心理上的头韵法几乎强迫读者去看“月亮”(moon)一词中那两个“o”,它不仅暗示这个景色反复出现的性质,而且也暗示了观月的重复特性。后者是一种人类现象,对这位诗人来说更意味深长,而他对观月者和观月理由的描述,则以真正天文学等式来使黑色椭圆形等同于白色椭圆形而震惊读者。[①] 我们在这里感到,月亮的两个“o”已经通过气球(balloon)的两个“l”而发生突变,变成“哦,镜子”(O mirror)中的两个“r”,而这两个“r”充分体现它们作为子音的美德,代表着“抗拒反映”(*r*esisting *r*eflection);我们还感到,应因此而受责备的,既不是自然,也不是人,而是语言和时间。正是语言和时间的冗赘,而不是作者的选择,造成了这种黑与白的等式——这等式很好地照顾到诗人生下来就置身的种族两极分化,而这照顾远远不是批评家能做到的,尽管他们宣称自己不偏不倚。

简单地说,虽然在种族问题上作自我维护,无疑将使他的敌人和拥戴者都感到快慰,但是沃尔科特不这样做,而是认同他那个等式的两边都共享的语言之“无实质的元音”。再次,这个选择所包含的智慧,与

① 黑色椭圆形指引诗第一行末尾大写的“O”(哦),白色椭圆形指月亮本身。

其说是他自己的智慧,不如说是他的语言的智慧——或更准确些,语言的字母的智慧:白纸黑字的智慧。他无非是一支意识到自己的移动的笔,正是这种自我意识迫使他的诗行变成生动的滔滔雄辩:

贞女与猿,侍女与坏心肠的摩尔人,
他们不朽的配对至今还在把我们这世界分成两半。
他是你献祭的野兽,号叫着,被用棒驱赶,
一头被纠缠在血淋淋丝带中的黑公牛。
然而,无论那藏红色落日般的缠头巾上
包裹着什么样的愤怒,他那种族的、豹般黑的复仇,
那使她的寝室搏动着生麝香、流着汗的,
并不是月亮形的剑,
而是月亮那变化的恐怖,
绝对性被腐蚀的恐怖,
如同一个白色水果
被抚弄得烂熟但加倍地甜美。

(摘自《山羊与猴子》)

这就是"良好的殖民地教育"所指的;这就是"我身上有英国(语)"所意味的一切。沃尔科特同样有权宣称他身上有希腊语、拉丁语、意大利语、德语、西班牙语、俄语、法语:因为荷马、卢克莱修、奥维德、但丁、里尔克、马查多、洛尔迦、聂鲁达、阿赫玛托娃、曼德尔施塔姆、帕斯捷尔纳克、波德莱尔、瓦莱里、阿波利奈尔的缘故。这些都不是影响——它们是他血液中的细胞,不亚于莎士比亚或爱德华·托马斯是他血液中

的细胞，因为诗歌是世界文化的精华。而如果世界文化在因被尿尿而发育不全的树林中更可感可触，而树林中有“一条泥泞小路蜿蜒如疾逃的蛇”的话，那就让我们为泥泞小路欢呼吧。

而这也正是沃尔科特的抒情主人公所做的。他是那个其中心日益变空的文明的唯一守护者，站在这条泥泞小路上观看“鱼儿扑通一声，制造一圈圈涟漪/把宽阔的海港”与上空“如烧剩边缘的纸般卷曲的云联结”，与“那从杆到杆一路歌唱/戏仿远景的电话线”联结。在尖锐视力方面，这位诗人很像约瑟夫·班克斯①，不同之处是当他把目光锁定在一株“被自己的露珠锈着”的植物或某个物体上时，他完成了没有任何博物学家能够完成的事情——使它们生机勃勃地活起来。无疑，那个王国需要这视力，不亚于诗人为了在那个王国生存下来而需要它。不管怎样，那个王国给予报答，于是有了这样的句子：

那河鼠慢慢地拿起它的芦苇笔
悠闲地涂写起来，那白鹭
在泥块上踩出它的象形文字……

这不只是在命名乐园里的事物——就连命名乐园里的事物也是稍后的事情。沃尔科特的诗歌是亚当式的，因为他和他的世界都已离开那乐园——他，因为品尝了知识的果实；他的世界，因为政治历史。

“啊，美丽的第三世界！”他在别处惊叹，还有更多东西包含在这惊叹中，而不只是简单的痛苦或恼怒。这是语言对远不只是纯粹的局部

① 约瑟夫·班克斯(1743—1820)：英国博物学家。

神经故障和想象力故障的评论；是语义学对无意义而广阔的现实的回答，这现实之衣衫褴褛是史诗式的。废弃、杂草丛生的停机坪，退休公务员破旧不堪的大宅，覆盖着波状铁皮的棚屋，发出噗噗声、如同“康拉德小说中的残迹”的单排气管近岸船只，逃出废品墓场、撑着骨架咔嚓咔嚓驶过金字塔式公寓楼的四轮驱动汽车尸身，无助或腐败的政客和取代他们、乱喊着垃圾革命的新一代无知好斗者，如同“有着熨平的鳍的鲨鱼/用剃刀的龇牙咧嘴把我们这些小鱼苗撕掉”；那是一个“你绞尽脑汁才找到一本书”的王国，在那里，如果你扭开收音机，你可能会听到一艘白色游轮的船长坚持某个遭飓风袭击的岛屿无论如何必须重开免税店，那里“穷人依然是穷人，不管他们干什么屁活”，那里你给那个王国所获得的待遇下结论，说“我们戴着镣铐，但镣铐使我们团结，/现在谁有钱，那很好，谁完蛋，那就完蛋呗”，那里“在他们之外是火光照耀的红树沼泽，/朱鹭在为印邮票做练习”①。

不管是接受还是拒绝，殖民地遗产在西印度群岛依然维持一种令人着迷的存在。沃尔科特寻求祛魅，但既不是通过陷入对不存在的过去的“胡乱怀旧”，也不是通过使自己在离去的主人的文化中增加一个刻度（于此，他首先就不适合，因为他的才华太洋溢了）。他的行动是基于这样一个信仰，也即语言比其主人或其仆人都要伟大，而诗歌作为语言的最高形式是两者自我改进的工具；也就是说，语言是获得一种超越阶级、种族、自我等樊笼的身份的途径。这只是简单的常识而已；这也是可能有的最有效的社会改革方案。但话说回来，诗歌是最民主的艺术——它永远从零开始。在某种意义上，诗人确实像一只鸟儿，无论

① 朱鹭是特立尼达和哥巴多的官方象征，并多次成为邮票图像。

栖息在什么树枝上,它都可以鸣啭,希望有听众,哪怕听众只是一群树叶。

关于这些"树叶"——这些生命——无论是哑默或沙沙作响,枯萎或一动不动,关于他们的无能和屈从,沃尔科特对他们的了解都足以使你从包含下列诗句的书页上斜眼向外望一望:

> 悲哀的是重罪犯对那刮破的墙的爱,
> 美丽的是旧毛巾的耗尽,
> 而凹陷的平底深锅的耐性
> 看上去致命地滑稽……

于是你把视线移回来,一下子读到:

> ……我知道一块餐巾折叠的样式有多深刻,
> 当它出自一个头发将渐白的女人之手……

虽然这种了解有着令人沮丧的精确,但它完全没有现代主义的绝望(这绝望往往隐瞒你那成问题的优越感),并且是以一种平淡如其来源的语调传达的。使沃尔科特的诗歌免于升上歇斯底里高调的,乃是他这样一个信念:

> ……那把我们当作对象的时间,繁殖
> 我们天生的孤独感……

并导致以下的“异端邪说”：

……上帝的孤独感在他最小的创造物里移动。

不管是这里还是在热带，都没有“树叶”愿意听到这类事情，这就是为什么他们很少为这只鸟儿的歌声鼓掌。接着甚至注定要有更大的寂然无声：

所有史诗都随着树叶吹走，
随着褐色纸上精心的计算吹开，
这些是仅有的史诗：树叶……

反应的缺席发生在很多诗人身上，而且以很多方式，净结果就是因果之间那个臭名昭著的均势——或同义反复：无声。就沃尔科特而言，使他免于摆出一个超出合适的悲剧姿态的，并非他的野心，而是他的谦逊，这谦逊把他和这些“树叶”装订成一本结实的书：“……然而我是谁……在那一千人的脚下，他们全速奔向他们唯一的名字的惊呼：索特尔[①]！……”

沃尔科特既不是传统主义者，也不是现代主义者。任何现有的主义和随之而来的主义者都不适合他。他不属于任何“群”：加勒比海没有什么群，除了鱼群。你会情不自禁要把他称为形而上学的现实主义

① 索特尔：意为“跃下者”。引诗来自《另一种生命》，诗中写到1651年格林纳达的加勒比印第安人在英军包围下，跳崖自杀。那座悬崖后来被称作索特尔山，意为“跃下者之山”。

者,但话说回来,现实主义本来就是形而上学的,相反亦然。此外,那会有点儿散文味。他可以是自然主义的、表现主义的、超现实主义的、意象主义的、隐逸派的、自白派的——随便你怎么说。他把北半球能提供的所有文体用语都吸纳尽了,如同鲸鱼吸纳浮游生物或画笔吸纳调色板上的颜料;现在他自成一家,并且是大家。

他在韵律和体裁方面的多才多艺令人羡慕。然而,总的来说,他侧重于一种抒情性的独白和侧重于叙述。这,加上写组诗的倾向,再加上他的诗剧,都再次表明这位诗人的史诗气质,而现在也许是从这个角度来看待他的时候了。在将近四十年中,他那些有节奏地跳动和不歇不懈的诗歌,如滔天巨浪般不断地抵达英语,凝结成一个诗歌群岛,没有这个群岛,现代文学的地图实际上将与墙纸没有什么差别。他给予我们的,不只是他自己或“一个世界”;他给予我们一种无限感,这种无限感既体现于语言中,也体现于总是起伏在他诗里的海洋中:作为它们的背景或前景,作为它们的题材,或作为它们的韵律。

换一个角度说,这些诗体现了无限的两个版本的融合:语言与海洋。不应忘记,这两大元素的共同父母是时间。如果进化理论,尤其是进化理论中认为我们来自大海的那部分说法站得住脚的话,那么可以说,德里克·沃尔科特的诗歌在主题上和风格上就是人类最高和最符合逻辑的进化。他出生在这个外围,在英语与大西洋的交叉点,无疑是幸运的,两者夹着滔滔巨浪抵达这里,都只是为了向后反冲。同样的运动模式——涌向海岸然后退回地平线——都在沃尔科特的诗歌中、思想中和生命中持续着。

不妨打开这本书,读一读“……铁灰色的海港/张开在一只海鸥锈迹斑斑的铰链上”,听一听“……天空的窗户格格作响/在突然倒挡的变速器上”，请打起精神，因为“在这个句子结束时，就会开始下雨。/在雨的边缘，一张帆……”这就是西印度群岛，这就是那个一度在其对历史的一无所知中把快帆船的灯笼误为隧道尽头的灯光——那实际是隧道入口的灯光——并为此付出惨重代价的王国。这类事情经常发生，不仅发生在群岛身上，而且发生在个人身上；在这个意义上，每个人都是一个岛。不过，如果我们非要把这种经验说成是西印度群岛的，并把这个王国称为西印度群岛，那我们不妨这样做，但同时也让我们澄清一下，也即我们不应忘记那地方被哥伦布发现，被英国殖民，再被沃尔科特不朽化。我们也许还可以补充说，赋予某个地方一种抒情的现实，乃是比发现或开发某个已被创造的地方更富想象力也更慷慨的行为。

1983 年

诗人与散文

1

把诗与散文分开的传统,可追溯至散文开始之时,因为只有在散文中才有可能作出这样的区别。自此之后,诗与散文便被习惯性地视为文学中两个不同的区域——或者更确切些,不同领域——各自完全独立。至少可以说,“散文诗”、“有节奏的散文”和诸如此类的东西表明某种衍生性的思维,是文学作为一种现象的两极分化观念而不是整合观念。奇怪的是,这样一种对事物的看法,绝不是由批评从外部强加给我们的。尤其是,这个看法是文人们自己对文学采取的集体态度的结果。

平等的概念,不是艺术本质固有的,而任何文人的思想,都是等级制的。在这个等级制内部,诗歌占据着比散文高的地位,而诗人在原则上高于散文家。这样说并不是因为诗歌确实比散文更古老,而是因为诗人可以在狭窄的环境中坐下来写一首诗;而在同样的窘迫中,散文家绝不会想到要写诗。即使散文家拥有可以写一首见得了人的诗的条件,他也非常清楚诗歌的回报比散文差得多,而且也来得较慢。

除了少数例外,近代所有多少有些名气的作家都交了诗歌学费。有些作家,例如纳博科夫,则一直到最后都试图使他们自己和周围的人相信，虽然他们主要不是诗人，但他们依然是诗人。然而，他们之中大多数人在一度屈服于诗歌的诱惑力之后，就不再把注意力放在诗歌上了，除了作为读者；不过，他们依然深深感激诗歌在简洁与和谐方面给予他们的教益。在20世纪文学中，杰出散文作家变成伟大诗人的唯一例子是托马斯·哈代。然而总的来说，没有从事诗歌创作经验的散文家，较容易变得啰唆和夸张。

一位散文作家从诗歌中学到什么？依赖一个词在上下文中的特殊重力；专注的思考；对不言而喻的东西的省略；兴奋心情下潜存的危险。诗人又从散文中学到什么？不多：留意细节；使用普通说法和官僚语言；以及（但极少见）基本的创作技巧（这方面最好的老师是音乐）。然而，所有这三者都可以从诗歌经验本身（尤其是从文艺复兴时期的诗歌）点点滴滴获取，并且在理论上——但只是理论上——一个诗人可以在不需要读散文的情况下做诗人。

他也只是在理论上可以在不需要写散文的情况下做诗人。需要或书评人的无知，更别说普通的书信来往，迟早会迫使他写连续接排的句子，“像大家一样”。但除了这些之外，诗人还有其他理由，对此，我们将在这里加以探讨。首先，某个爽朗的日子，一个诗人也许会无端地来了想用散文写点什么的冲动。（散文作家在面对诗人时的自卑感，并不自动表示诗人面对散文作家时有什么优越感。诗人对待后者的作品，往往比对待自己的作品更认真，甚至可能并非总是把自己的作品视为作品。）再者，有些题材是只能以散文来处理的。一部涉及超过三个人物的叙述作品，会抗拒几乎所有的诗学形式，除了原始口头叙事诗。反过来，对历史主题，以及对童年记忆（对此，诗人沉溺的程度与普通凡人是一样的）的省思，在散文中似乎更自然。《普加乔夫暴动始末》、《上尉的女儿》[①]——哪有比这更令人满足的浪漫诗题材！尤其是在浪漫主义时代……然而,结果却是诗体小说愈来愈经常被“来自小说的诗”所取代。[②] 谁也不知道诗人转写散文给诗歌带来了多大的损失;不过有一点却是可以肯定的,也即散文因此大受裨益。

玛琳娜·茨维塔耶娃的散文作品比任何别的东西都更好地解释了这点。改用克劳塞维茨[③]的话说,对茨维塔耶娃而言,散文无非是诗歌以其他方式的继续(事实上从历史角度看,散文正是如此)。这正是我们到处——在她的日记中,论文学的随笔中,小说化的回忆录中——遇见的:把诗学思维的方法论重新植入散文文本中,使诗歌生长到散文中。茨维塔耶娃的句子与其说是根据主谓原则建构的,不如说是通过对特殊诗学技术的使用建构的:声音联想、根韵、语义跨行等。也就是说,读者不是不断地与一条线性(分析性)的发展打交道,而是不断地与一种思想的晶体性(合成性)增长打交道。也许,再也找不到任何比这更好的实验室来分析诗歌创造的心理学了,因为该过程的所有阶段都是以近乎夸张的极端近距离显示出来的。

“阅读,”茨维塔耶娃说,“是创作过程的共谋。”这肯定是诗人才说得出来的;列夫·托尔斯泰不会说这种话。一个敏感的,或至少一个合理地警觉的耳朵可以在这句声明中分辨出一个绝望的音调,尤其是它来自一位被作者与读者之间日益扩大的裂缝——那裂缝随着每一行的增加而进一步扩大——痛苦地累垮的诗人,尽管这音调已大大地被作

---

① 皆为普希金散文作品。——原注

② 前者指普希金的诗体小说《叶甫盖尼·奥涅金》,后者指帕斯捷尔纳克小说《日瓦戈医生》结尾的一组诗。——原注

③ 克劳塞维茨(1780—1831):普鲁士军事理论家,认为“战争只不过是政治以别的方式的继续”。

者(而且还是女性作者)的骄傲所弱化。在诗人转向散文,也即转向被假定为与读者"正常"的沟通形式时,永远多少有点减速、换挡、试图讲得清楚、试图解释事物。因为如果没有创作过程中的共谋,就没有理解:而什么是理解呢,如果不是共谋?如同惠特曼所说:"必须有伟大的读者,才可能有伟大的诗歌。"在转向散文时,以及把散文中几乎每一个词都拆散,变成一个个部件时,茨维塔耶娃向读者展示一个词、一个思想、一个片语包含什么;她常常违心地试图使读者贴近她:使读者变得同样伟大。

对茨维塔耶娃的散文的方法论,还可以有另一个解释。自这种叙述体裁诞生的第一天起,它的每一种形式——短篇小说、故事、长篇小说——就惧怕一样东西:被指责为不可信。因此才会追求现实主义或结构上的过分讲究风格。归根结底,每个作家都追求同样的东西:重获过去或阻止现在的流逝。为达到这个目标,诗人手头有音顿、非重音音步、扬抑抑格字尾可供调用;散文作家则没有这类东西。茨维塔耶娃转向散文时,颇为无意识地把诗学语言的动力——主要是歌的动力——转移到散文上,而诗学语言本身即是被重组的时间的一种形式。(原因之一是,一行诗很短,诗行里每一个词,往往是每一个音节,都要承受双重或三重的语义学负担。意义的繁复性预先假定了理解上也需要相应数目的努力,即是说,要反复多次;而什么是次呢,如果不是时间单位?)然而,茨维塔耶娃并不特别关心她散文的语言有多大程度的可信性:无论她的叙述的主题是什么,其技术总是一样的。此外,她的叙述在严格意义上是无情节的,主要是由独白的能量维系着。但是尽管如此,与专业散文作家和其他诉诸散文的诗人不同,她不屈从于散文体裁的美学惰性:她把自己的技术强加于它,使它意识到她的存在。这并不是因为她像一般人认为的那样,痴迷于她的自我,而是源自她痴迷于声调,而声调对她来说远比诗或故事重要得多。

一部叙述作品的逼真性,可能是遵守该体裁的要求的结果;同样的效果也可归因于用于叙述的那个声音的音质。在后一种情况下,故事情节的貌似真实和故事情节本身,都退入听者意识的背景(也即退入附带说明),作为作者对该体裁的社交礼节应尽的责任。突显在附带说明以外的,是声音及其声调。在舞台上创造这种效果,需要各种辅助性的姿势;在纸上——也即在散文中——则是通过剧烈心律不齐这个工具达到的,而这种效果通常是由在大量复合句中点缀主格句带来的。仅是这点,我们就可以看到对来自诗歌的元素的借用。然而茨维塔耶娃是一个不从任何人那里借用任何东西的人,她自始至终都使用结构上最紧密的语言。她散文中的语言表达力度,是非凡的,尤其是考虑到她最低限度地使用印刷术的手段。让我们回顾一下她在她的戏剧《卡萨诺瓦的结局》中,为卡萨瓦诺这个角色所作的舞台指示:"不是像明星,而是像沙皇。"再让我们想象换作是契诃夫,他会用多少篇幅来作这个说明。与此同时,这并不是刻意节省——节省纸、节省文字、节省努力——的结果,而是这位诗人已变成直觉的简洁的副产品。

把诗歌扩展至散文里,茨维塔耶娃并没有因此消除大众意识中诗与散文之间的界线,而是把这界线转换到一个迄今在句法结构上难以企及的语言领域——向上。而原本在风格上走入死胡同的危险性就比诗歌高得多的散文,则只会从这种转换中获益:在她那稀薄化的句法空气中,茨维塔耶娃给它传递了一种加速度,并使惰性这个概念发生改变。"电报式风格"、"意识流"、"潜文本的艺术",诸如此类,都与上述所说无关。她的同代人的作品,更别说后来数十年间那些连作品这个定义也达不到的作者们的作品,如果我们要认真对待它们,也主要是为了怀旧的理由,或为了文学史(这其实相差无几)的考虑。茨维塔耶娃创造的文学,是一种“超级文本”的文学;如果她有意识之“流”的话,那也是跟着一条伦理渠道流。她的风格与电报式的唯一近似之处,是通过她的主要标点符号,也即破折号,这破折号既确认现象的邻近性,又作为跳跃,越过那不言自明的东西。不过,这破折号还服务于另一个目的:它划掉了20世纪俄罗斯文学中的很多东西。

2

“玛琳娜常常在高音C上开始一首诗,”安娜·阿赫玛托娃说。同样的话,在某种程度上也可用于形容茨维塔耶娃散文中的音调。她的声音极具特色,她的语言几乎总是在高八度音的另一端开始,以最高的音域,最上的极限,之后你可以设想的就只能是下降,或在最好的情况下,只能是稳定。然而,她声音的音质是如此悲剧性,以至它确保永远有某种上升感,不管那声音持续多久。这一悲剧性特质,并非完全是她的生活经验的产物;它先于她的生活经验而存在。她的经验只是与它重合,对它作出反应,如同一个回声。这个音质早在她写于1913年至1915年的抒情诗集《少作集》中已清晰可辨:

> 我的诗行,写得那么早,
> 使我知道我还不是诗人……

这已经不是在认可自己,而是在贬低自己了。她的生活经验一筹莫展,只能跟着她的声音,永远落在后面,因为声音超过事件——毕竟,它拥有音速。整体而言,经验永远落后于预期。

然而这不只是经验落后于预期的问题,而是艺术与现实之间的差异的问题。其中一个差异是,鉴于材料本身的特性,我们可以在艺术中获得一定程度的抒情,这抒情在真实世界里没有实际对等物。同样地,在真实世界里也不存在艺术中的悲剧的对等物,它(悲剧)是抒情的相反——或抒情之后的阶段。不管一个人的直接经验多么富有戏剧性,它总是被一个工具的经验所超过。然而诗人是一个工具和一个人类在一个人身上的综合体,前者逐渐接管后者。这接管的感觉,造就了音质;这接管的实现,则造就了命运。

也许这可以部分地解释为什么一个诗人会转向散文,尤其是转向自传性散文。就茨维塔耶娃而言,肯定不是为了尝试重启历史——那已经太迟了;而是退出现实,进入前历史,进入童年。然而,这并不是公认的回忆录作者那“什么都还不明白”的童年,而是成熟的诗人那“什么都已经知道”但“什么都还未开始”的童年,这位成熟的诗人在其人生中途被一个残酷的时代赶上了。自传性散文——一般意义上的散文——在茨维塔耶娃那里只是一个喘息期。如同任何休息,它是抒情和暂时的。(这种感觉——对于休息及其伴随而来的特质的感觉——在她大多数谈论文学的随笔中是颇为明显的,连同强烈的自传性因素。有鉴于此,她的随笔,其成为“文学中的文学”的程度,远甚于所有现代“对文本的文本批评”。)在本质上,茨维塔耶娃的所有散文,除了她的日记之外,都是回顾性的,因为只有在向后看一眼之后,才有可能停下来呼吸。

因此,在这种散文中,细节的角色变得如同散文的流动本身的角色,也即相对于诗学语言而言,它是松弛的。这个角色是纯粹治疗学的;它是一根稻草的角色,我们都知道谁抓住它。描述愈是详尽,对稻草的需要就愈是明显。一般来说:这类作品愈是以“屠格涅夫模式”建构,作者自己的“修饰语”——对时间、地点和风格的修饰——就愈是前卫。就连标点符号也承受一种额外的负担。因此,一个完成了某段叙述的句号,代表了它的实际终结,一个界线,一道坠入现实、坠入非文学的悬崖。由于难以避免这道受叙述本身控制的悬崖和对它的接近,这会促使作者在指定范围内十倍地追求完美,甚至在一定程度上简化他的任务,迫使他丢弃一切多余的东西。

丢弃多余的东西本身是诗歌的第一声叫喊——声音优于现实、本质优于存在的开始:悲剧意识的源头。沿着这条道路,茨维塔耶娃走得比俄罗斯文学中,甚至看来也比世界文学中的任何人都要远。至少在俄罗斯文学中,她占据了一个极端地远离她所有的同代人——包括最非凡卓越者——的地位,她与他们是被一道由丢弃的过剩物筑成的墙隔开的。唯一证明接近于她的人——而且恰恰也是以散文作家身份——是奥斯普·曼德尔施塔姆。茨维塔耶娃和曼德尔施塔姆作为散文作家之间的平行关系,确实是瞩目的。曼德尔施塔姆的《时代的喧嚣》和《埃及邮票》可以跟茨维塔耶娃的《自传散文》相提并论;他在《诗论》一书中的随笔和《关于但丁的谈话》则与她的文学散文旗鼓相当;而曼德尔施塔姆的《亚美尼亚之行》和《第四散文》则与茨维塔耶娃的《来自日记的散页》平起平坐。风格上的相似性——无情节、回顾性、语言密度和隐喻密度——明显比体裁和主题的相似性更大,尽管曼德尔施塔姆稍微传统些。

然而,如果我们试图通过两位作者的传记相似性,或通过那个时代的总气候来解释这种风格和体裁的接近,那将是一个错误。传记是绝不会被提早知晓的,如同“气候”和“时代”仅仅是转瞬即逝的概念。茨维塔耶娃和曼德尔施塔姆的散文作品之间相似性的基本元素,是它们那纯粹语言学的过度饱和,它往往被视为情感的过度饱和,并且确实也常常反映后者。在写作的“厚度”、意象的密度、句子的力度中,他们是如此接近,以至我们会怀疑他们即使不是与同一个“主义”有血缘关系,也与它有派生、依附的关系。但曼德尔施塔姆实际上属于阿克梅派,茨维塔耶娃则从来不属于任何团体,就连她最勇敢的批评家也不敢贸然给她贴标签。茨维塔耶娃与曼德尔施塔姆之间在散文中的相似性的关键之处,也正是他们作为诗人之间相异的理由:在于他们与语言的关系,或更准确些,在于他们对语言的依赖程度。

诗歌不是“以最佳的方式安排的最佳文字”①;诗歌是语言最高的存在形式。当然,就纯粹技术角度看,诗歌等于是用最有效和在外表上不可避免的序列,以最特殊的引力,来安排文字。然而,理想地说,诗歌乃是语言否定自己的质量和引力定律,乃是语言在向上追求——或向一侧追求——创世文字的开始之处。无论如何,诗歌是语言进入前(超)体裁王国的运动,即是说,进入它从中跃出的那个领域。对组织诗学语言来说似乎是最人工的形式——三韵句、六节诗体、十行诗节,等等——实际上只是对随着原初那创世文字响起的回声所作的一种自然、反复、充分的阐释。因此,在外表上比茨维塔耶娃更形式化的诗人曼德尔施塔姆需要用散文来使他免除回声,免除那重复的声音的力量,在这方面,他一点也不亚于具有超诗节的——整体而言,超诗歌的——思维,其主要力量潜存于从句,潜存于词根辩证法中的茨维塔耶娃。

① 语出自柯勒律治。

任何说出的话,都需要某种延续。它可以有各种方式的延续:逻辑上的、语音上的、语法上的、节奏上的。这就是语言发展的方式,而如果逻辑不表明,那么语音学也表明,语言需要发展。因为说出的话并不是言辞的尽头而是言辞的边缘,它——由于时间的存在——接下去永远还要说些什么。而接下去说的什么,总是比已说的更有趣——并且不再是由于时间的缘故,而是不顾时间。这就是言辞的逻辑,而这也是茨维塔耶娃诗学的基础。她从来没有足够的空间:不管是在诗歌中还是在散文中。哪怕是她那些最具学术味的随笔,也总是像手肘从一间小室里伸出去。一首诗是在复合句的原则上建构的;散文则由语法的跨行组成:她就是这样逃避同义反复的。(因为在与现实的关系上,散文中的创新起到了与一首诗中的押韵一样的作用。)在服侍缪斯方面,最令人望而生畏的恰恰是它无法容忍重复——不管是隐喻、题材或技巧。在日常生活中,把一个笑话讲两三回,并不是犯罪。然而,你不能允许自己在纸上这么做;语言迫使你踏出下一步——至少在风格上。当然,那不是为了你自己内在的福祉(尽管后来证明它也有这方面的作用),而是为了语言自身在立体(声)效果上的福祉。陈词滥调是一个安全阀,艺术用它来保护自己,避免退化的危险。

诗人愈是经常踏出这下一步,他就愈是发现自己处于孤立的位置。归根结底,删除的过程,通常都会转身针对过度使用这个方法的人。如果我们不是在谈论茨维塔耶娃,则我们很有可能会在一个诗人转向散文时看到某种文学上的恋衰癖,那是一种想与(写作的)大众汇合的愿望,想最终“像大家一样”的愿望。然而,我们正在谈论的,是一个从一开始就知道自己往哪里走——或者说语言带领她往哪里走——的诗人。我们是在与写这些诗行的作者打交道:“一个诗人从远方开始他的说话。/那说话把说话者带去远方……”[①]我们是在与《花衣魔笛手》的作者打交道。对茨维塔耶娃来说，散文绝不是避难所；它不是解放的形式——不管是心理上还是风格上。对她来说，散文是她那孤立空间在写作上的延伸，也即语言的诸多可能性的延伸。

3

这实际上就是一位自重的作家可走的唯一方向。（在本质上，一切现有的艺术都是陈词滥调：而这恰恰是因为它们已经存在。）就文学是思想在语言中的对等物而言，在语言上走得极其远的茨维塔耶娃证明她是她那个时代最有趣的思想家。以任何笼统方式描述任何人的观点，尤其是如果这些描述已经以艺术形式表达过的话，都不可避免地倾向于漫画化；任何想以分析方式解释某种其本质是综合性的现象的企图，按理说都是注定要失败的。然而，我们却可以不冒任何特定风险，把茨维塔耶娃的观点体系定义为一种不舒适的哲学，定义为与其说是替追求窘迫的环境辩护，不如说是替追求边缘上的生存辩护。这种立场，既不能称为斯多葛式的——因为它首先是听命于各种具有美学本质和语言本质的理由——也不能称为存在主义的——因为它的实质恰恰是由否定现实构成的。在哲学层面上，没有任何证据表明她有先行者或后继者。至于同代人，如果不是因为缺乏纪录性文件方面的证据，我们大可以假设她熟读列夫·舍斯托夫的著作。可惜，没有这样的证据；或者说，这方面的证据微乎其微。玛琳娜·茨维塔耶娃公开承认的唯一影响她创作——尽管只是早期作品——的俄罗斯思想家（或者说，

---

① 《诗人》一诗的开头。——原注

思考者)，是瓦西里·罗扎诺夫。但是，事实上如果有这样的影响的话，不管怎样，也应视为仅止于风格上的影响，因为再没有比茨维塔耶娃与罗扎诺夫更对立的了：罗扎诺夫缺乏辨识力，而茨维塔耶娃的成熟作品则弥漫着一种个人责任的精神，这种精神极其严厉，有时候近乎加尔文主义。

除了存在之外，尚有很多因素决定意识[①]（尤其是非存在的可能性）。其中一个因素是语言。那种不禁令人想起加尔文的毫不自怜（其对应物则是茨维塔耶娃在评估同行作家时那种常常是无根据的慷慨），不只是成长背景的产物，而是——并且首先是——诗人与她的语言之间那种职业关系的反映或延续。然而，说到成长背景，有一点很重要，就是不要忘记茨维塔耶娃是三语的，尤其以俄语和德语最为突出。显然，这并不是选择的结果：她的母语是俄语。但是一个从小就读海涅原文的孩子，不管愿不愿意，都会受到那演绎式的“来自西方一个异国家族的/严肃与荣誉”[②]的指导。虽然追求准确在表面上非常像追求真理，但在本质上却是语言的；即是说，它是根植于语言的，其源头是词语。上面提到的删除的程序，也即丢弃多余东西的必要性——这种丢弃已达到，或者说被带到直觉的程度——乃是这种追求要掌握的工具之一。就诗人而言，这种追求往往别具一格，因为对诗人来说语音学和语义学是同一的，除了个别例外。

这种同一性给意识传输了如此程度的加速，以至它带着占有它的人越过任何城邦的范围，而且要比这个或那个精神饱满的柏拉图所说的快得多也远得多。但这还不是全部。任何伴随这种想象的或——更

① 卡尔·马克思：“存在决定意识。”——原注
② 摘自曼德尔施塔姆的诗歌《致德语》。——原注

经常地——真实的搬迁而来的情绪,都被这种同一性所编辑校订;而用来表达这种情绪的形式——以及表达这个事实——又恰恰是在美学上依赖这种同一性的。在较笼统的意义上,伦理滑入了对美学的依赖。茨维塔耶娃作品的一个瞩目特点,恰恰是她的道德评估的绝对独立性,这独立性与她那惊人地高强度的语言敏感度并存。这种伦理原则与语言决定论之间的斗争的最佳例子,莫过于她 1932 年的随笔《诗人与时间》:那是一次无人被杀且双方都是胜利者的决斗。这篇随笔,是理解茨维塔耶娃作品的最必不可少的随笔之一,它提供了一个最有力的例子,说明我们意识中被抽象范畴占据的阵地遭到语义学怎样的正面进攻(就这个例子而言,是时间的概念遭到进攻)。这样的进攻达到的一个间接成果,是文学语言在呼吸抽象概念的稀薄空气时接受了训练,而抽象概念则获得了语音学和道德的血肉。

如果表现在图表上,则茨维塔耶娃的作品会显示出一条曲线——不,一条直线——从近乎直角升起,因为她总是努力把音高提得更高,把理念提得更高。(或者更准确地说,再高一个八度音和再高一个信仰。)她总是把她要说的一切,都带至可设想和可表达的终点。无论是在她的诗歌还是散文中,都没有什么东西悬在半空中或使人觉得含糊。茨维塔耶娃是那种独特的个案,也即一个时代那至高无上的精神经验(就此而言,是人类存在的本质的含糊感和矛盾感)不是被当作表达的对象,而是被当作表达的工具;并由此而转变成艺术材料。一个诗人诉诸散文——散文造成一个错觉,使人以为有比诗歌更前后连贯的思想发展——本身即是一个间接证据,表明那至高无上的精神经验并不那么至高无上;表明更高性质的经验是可能的,表明读者可以被散文牵着手,送往在别的情况下他得被一首诗强推着走的地方。

最后这点——对读者的照顾这个概念——应纳入考虑,原因之一是,这是我们把茨维塔耶娃塞入俄罗斯文学传统的唯一机会,因为俄罗斯文学传统的主要趋势是倾向于安慰、倾向于证明(在最高层次上,如果可能的话)现实的正当性和事物现有秩序整体上的正当性。否则,那匹无论你花多少时间喂养它,它都不断朝着"永恒的茂密森林"望去的"灰狼",那个发出"天上的真理对地上的真理"这种声音的喉舌或听到它的耳朵,也即对介于两种真理之间的一切都不在乎的茨维塔耶娃,真的就会在俄罗斯文学中孤零零的,彻底地孑然一身。这种不仅是由伦理激发,而且是由美学激发的不愿意接受现实的态度,在俄罗斯文学中是不寻常的。这当然可归因于现实的性质本身,不管是在祖国俄罗斯境内或境外;但问题肯定不是在这里,而是在别处。最有可能的是,问题在于这种新的语义学要求新的语音学,而茨维塔耶娃能够提供。在她那里,俄罗斯文学找到了迄今一直都不是它固有的向度:她证明在悲剧题材中语言有其自身利益。在这个向度中,现实的正当性或对现实的接受都是不可能的,原因之一是事物现有的秩序在纯粹语音学意义上是悲剧性的。在茨维塔耶娃看来,言辞的声音倾向于悲剧,甚至在一定程度上得益于悲剧:如同在挽歌中。无怪乎,在一种如此沉溺于说教式的积极性,以至把"始于祝福但终于'尘归尘'"这个说法视为偏离正轨的文学中,茨维塔耶娃的作品被证明是某种新颖的东西,连带所有随之而来的个人后果。茨维塔耶娃的命运比她那些更早消亡的同代人好不了多少。

但是,对文学来说是新颖的东西,对民族心灵来说却不见得是新颖的。在整批伟大的 20 世纪俄罗斯诗人之中,除了尼古拉·克柳耶夫之外,茨维塔耶娃是最接近民间文学的,而挽歌的风格则提供了一把理解她的作品的钥匙。撇开民间文学装饰性的，尤其适合于客厅的方面不说——再次，这方面已被克柳耶夫非常成功地精心描绘过——茨维塔耶娃还受到环境力量所逼，诉诸那个作为民间文学基本因素的工具：无对象的诉说。在她的诗歌和散文中，我们不断听到一种独白——不是某个女主人公的独白，而是作为没人可以诉说的结果的独白。

这种诉说的特色是：说话者也是聆听者。民间文学——一首牧羊人的歌——是为自我、为自身而说的：耳听口。因此，语言通过自我聆听而达到自我认知。但是不管你如何解释或通过什么解释茨维塔耶娃的诗学系谱，其结果对读者的意识提出承担责任的要求，都超过——到今天也依然超过——俄罗斯读者为接受这个责任而做的准备（大概正是对这个责任的要求，开始了民间文学与有作者的文学之间的差别）。即使受到教条的盔甲或受到坚固的绝对犬儒主义的保护，读者在艺术照亮他的良心的强度面前也无自卫能力。这之中所包含的想必会有的毁灭性效果之难以避免，是无论牧羊人还是羊群都多多少少明白的，而迄今茨维塔耶娃的作品全集，都还没有以俄语，她用来描写俄罗斯人民的俄语，在俄罗斯境外或境内出版过。理论上，一个在政治上降格的民族，其尊严不会因其文化遗产被消灭而受到严重伤害。然而，与那些有幸享受立法传统、选举制度等的民族相反，俄罗斯处于一种只能通过文学来理解自己的位置，因而，以销毁哪怕是一个次要作家的作品或把它们当成不存在来阻挠文学进程，等于是对这个民族的未来犯下遗传罪。

不管是什么原因促使茨维塔耶娃转向散文，也不管俄罗斯诗歌因此而损失多大，对于这样的转向，我们都只能感激上帝。此外，诗歌事实上并没有损失；如果说它确实在形式方面有所损失，在能量和本质方面它依然忠实于自己，也即，它保存了它的实质。每位作者——哪怕是通过否认的方式——都是在扩展其先辈的基本原理、措辞用语、美学。而茨维塔耶娃在转向散文时，是在扩展她自己——她是她对自己的自我的一种反应。她的孤立并不是预设的，而是从外部被强加、施加的：被语言的逻辑，被历史环境，被她同代人的素质。她绝不是一位隐秘诗人——在20世纪俄罗斯诗歌中，再也没有比她更激情的声音了。此外，隐秘诗人不写散文。不过，她最终超脱于俄罗斯主流文学之外这一事实，只会更好。因此，在一首由她挚爱的里尔克所写，并由她同样挚爱的帕斯捷尔纳克翻译过来的诗中，一颗星，如同“教区边缘最后一座屋子”的窗子里的光，只会扩展教区居民关于教区规模的概念。

（巴里·鲁宾　英译）

1979 年

一首诗的脚注

1927 年 2 月 7 日,在巴黎郊外的贝尔维,玛琳娜·茨维塔耶娃完成了《新年贺信》,这首诗在很多方面不只是她自己作品的而且也是整个俄罗斯诗歌的一个地标。就体裁而言,这首诗可视作一首哀歌——即是说,诗歌中最充分发展的体裁;而这个归类将是恰当的,如果不是因为某些伴随而来的环境因素,其中一个即是:这是一首关于一位诗人之死的哀歌。

一般来说,每一首悼亡诗,都不仅是作者的一个手段,用来表达他因一次丧失而产生的情绪,而且也是一个借口,多多少少用来表达作者对死亡这个现象本身的总体沉思。在哀悼他的丧失(无论是心爱的人,还是民族英雄,还是挚友,还是起到指路明灯作用的导师),作者往往也是在哀悼自己——直接地,间接地,常常是不经意地——因为那悲剧音质永远是自传式的。换句话说,任何悼亡诗,都包含一个自画像的因素。如果哀悼的对象碰巧是一位与作者具有无论是真实还是想象的纽带关系的同行作家,且这种关系太强烈,使得作者难以抵挡认同哀悼对象的诱惑,则这个自画像因素就更无法避免了。作者在努力抗拒这个诱惑时,受到他对于同业公会式的职业联系的意识的妨碍,受到死亡这个主题本身那有点儿崇高的地位的妨碍,以及最后受到那严格地个人、私人的丧失经验的妨碍:他身上的某种东西被夺走了;因此,他一定与它有点关系。也许,这些完全自然和在别的情况下应受尊重的情绪的唯一缺点是,我们了解更多的是作者和作者对自己可能的消亡的态度,而不是实际发生在被哀悼对象身上的事情。另一方面,一首诗不是一篇新闻报道,并且单单是一首诗的悲剧音乐告诉我们的事情,往往就要比具体的描述所能做到的更准确。不过,有一点很困难,在某些情况下简直很可怕,就是作者需要与这样一种感觉斗争,就是他所置身的与其哀悼对象关系的处境,如同观众与舞台,而他自己的反应(眼泪而不是鼓掌)对他的重要性,要大于正在发生的事情的恐怖;还有就是,他充其量只是在管弦乐队的前排占据一个位置而已。

这就是悼亡诗这种体裁的代价,而从莱蒙托夫到帕斯捷尔纳克,俄罗斯诗歌见证了这些代价的不可避免性。唯一的例外,也许是维亚泽姆斯基王子①及其写于1837年的《悼念》。很有可能,这些代价之不可避免,这种最终变成自我哀悼、有时候近乎自我欣赏的倾向之不可避免,可以甚至必须由以下事实来解释:被哀悼对象永远都是同行作家;悲剧发生在俄罗斯本土文学中,而自怜既是自负的反面,又是孤独感的自然结果,这孤独感随着任何诗人的去世而增长,并且在任何情况下都是一位作家固有的。然而,如果被哀悼的对象是一位属于另一种文化的著名人物的消亡(例如拜伦或歌德的去世),那么“外国性”本身似乎添加了额外的刺激去谈论那类最笼统、抽象的东西:谈论那位著名诗人在社会生活中所起的作用,谈论一般艺术,以及谈论阿赫玛托娃所称的“各时代和各民族”所起的作用。在这些情况下,感情距离会导致说教的扩散,而某个拜伦或歌德也就很难与某个拿破仑或意大利烧炭党区分。

① 维亚泽姆斯基王子:即彼得·维亚泽姆斯基(1792—1878),俄罗斯诗人。

在这些例子中,自画像的因素自然就会消失;因为,尽管说起来似乎自相矛盾,死亡的所有属性虽然是一个公分母,但死亡非但没有减弱作者与被哀悼的著名诗人之间的距离,反而增加这种距离,仿佛哀歌作者对某个"拜伦"的生活环境的无知也扩展到那个"拜伦"的死亡的本质。换句话说,死亡反而被视为某种外来的、异类的东西——而这也许可以非常合理地视为它的——死亡的——神秘莫测的间接证据。尤其是某种现象的神秘莫测,或者,至少可以说,对认知结果所怀的不信任感,恰恰构成了浪漫主义时代的精神特质,而浪漫主义时代乃是"诗人之死"这个悼亡诗传统的源头,浪漫主义时代诗学也依然影响着这个传统。

茨维塔耶娃的《新年贺信》与这个传统和这些诗学的共通点,远少于这首诗中的实际主人公赖纳·马里亚·里尔克。作为茨维塔耶娃在这首诗中与浪漫主义联系的可能唯一的线索,我们应考虑一个事实,就是对茨维塔耶娃来说"德语比俄语还母语",即是说,德语与俄语都是她童年的语言,而她的童年刚好碰上19世纪的结束和20世纪的开始,连同19世纪德语文学对一个孩子产生影响的一切后果。应该说,这条线索不只是一个连接物——我们稍后还将略作阐述。让我们先指出,恰恰是茨维塔耶娃对德语的认识造就了她与里尔克的关系,因此,后者的逝世也是间接地打击——横越她的一生——她的童年。

正是因为童年对一种语言(它不是母语但*更母语*)的依恋最终形成了成年对诗歌(也即那种语言最高成熟度的形式)的崇敬,才使得《新年贺信》中的自画像因素似乎不可避免。然而,《新年贺信》不只是自画像,如同里尔克对茨维塔耶娃而言不只是一个诗人。(如同诗人之死不只是一种人类的丧失。最重要的是,它是语言本身的一出戏剧:也即语言经验不足以表达存在经验的戏剧。)即使我们不计较茨维塔耶娃个人对里尔克的感情——那是一种极其强大的感情,它经历了一次演进,也即从柏拉图式恋爱和风格上的依赖,到意识到某种平等——即使我们不计较这些感情,这位伟大的德国诗人之死也会创造一种处境,使茨维塔耶娃无法把自己局限于试图描绘自画像。为了理解——或甚至不理解——所发生的事情,她必须扩大哀歌体裁的范围,并在一定程度上从管弦乐团的位置踏上舞台的位置。

《新年贺信》尤其是一个告白。在这方面,也许应该提一提茨维塔耶娃是一位极其坦率的诗人,很可能是俄罗斯诗歌史上最坦率的诗人。她没有保守任何秘密,更没有遮掩她的美学和哲学信条,这些信条散见于她的诗歌和散文中,且常常是以第一人称单数代词来揭示的。因此,读者大概也已做好了接受茨维塔耶娃在《新年贺信》中那种言说风格——所谓的抒情独白——的准备。然而,读者无论多少次重读《新年贺信》,他完全没有准备的,是这独白的强度,这告白的纯粹语言能量。问题完全不在于《新年贺信》是一首诗,即是说,一种叙述形式,一般来说需要最大限度地浓缩言语,最大限度地锐化焦点。问题在于,茨维塔耶娃不是向一个神父告白,而是向一位诗人告白。而在她的等级排列中,诗人高于神父大概相当于在标准神学中人高于天使,因为天使不是根据全能者的形象来创造的。

尽管看上去自相矛盾且亵渎神明,但是茨维塔耶娃在死去的里尔克身上找到每个诗人寻找的东西:最高倾听者。有关诗人永远为某个人而写这个流传广泛的说法,仅有一半是合理的,并且伴随着无数的混乱。对于"你为谁而写"这个问题的最佳答案,由伊戈尔·斯特拉文斯基给出:"为我自己和为一个假设的第二自我。"每个诗人在其写作生涯中都有意识或无意识地参与对一个理想的读者,对那个第二自我的寻找，因为诗人不是寻找承认而是寻找理解。巴拉丁斯基很久以前在一封信中安慰普希金说，我们不应特别吃惊，“如果轻骑兵们不再读我们”。茨维塔耶娃走得更远，她在一首诗《想家》中宣称：

我也不会渴望我的母语，
它那随手拈来的乳汁般的轻唤。
过路人以哪种语言不理解我，
对我来说根本没有分别。

（约瑟夫·布罗茨基译）

这种对事物的态度，不可避免地引向收窄圈子，而这并不总是意味着读者素质的提高。然而，一个作家按其定义，是一个民主派，诗人永远希望其作品产生的过程，与读者的意识接受的过程，有某种匹配。但一个诗人在其发展中走得愈远，他对读者的要求便愈高——不经意地——这样一来他的读者群便也愈窄。这个局面，往往以读者变成作者的投射告终，因为真实生活中几乎完全不会遇到这等生物。在这类例子中，诗人要么直接与天使交谈，如同里尔克在《杜伊诺哀歌》中那样，要么直接与另一个诗人交谈——尤其是已故的诗人，如同茨维塔耶娃与里尔克。在两个例子中，都是只有独白，并且在两个例子中都带有某种绝对的特质，因为作者是在跟非存在、跟时间说话。

对茨维塔耶娃来说，这绝不是什么新目的地，因为她诗歌的显著特征，乃是有一种近乎病态的需要，需要说，需要想，需要把一切带到其逻辑终点。真正新的——随着里尔克之死——是一个事实，也即这目的地竟然是有人居住的，而这不能不引起茨维塔耶娃身上那个诗人的兴趣。无疑,《新年贺信》是某种特殊的情感爆发;但是茨维塔耶娃是一个极大化主义者,她的情感运动的航向早已预先知道。然而,很难把茨维塔耶娃称为极端诗人,原因之一是极端(无论是推论的、感情的还是语言的)对她来说只是一首诗的起点罢了。“度过一生并非漫步穿过田野”①或“归来的奥德修斯充满空间和时间”②绝不会成为茨维塔耶娃一首诗的最后一行。这样的诗行只会成为她一首诗的开头。茨维塔耶娃只有在这样的意义上才是一位极端的诗人,也即对她来说,“极端”与其说是已知世界的终点,不如说是不可知世界的开始。暗指、迂回、欲说还休或省略,只是这位诗人微不足道的特色。她更谈不上使用格律派的最高成就,该派以其松缓的韵式给予读者心理上的安慰。茨维塔耶娃诗行的和声充满扬音,难以预料;她更多是倾向于扬抑格和抑扬扬格,而不是倾向于抑扬格的确定性。她的诗行的开始,往往是扬抑格而不是扬音,结尾则是哀婉的、抑扬扬格的。很难再找到另一个诗人,把音顿和截短的音步使用得如此巧妙和丰富。就形式而言,茨维塔耶娃要比她任何同代人,包括未来派,更意味深长地使人感兴趣,她的押韵也要比帕斯捷尔纳克更具发明性。然而,最重要的是,她的技术成就不是听从于形式探索,而是说话的副产品——也就是自然效果,而说话最重要的东西是其对象。

总的来说,艺术总是作为这样一次行动的结果而存在的,这行动从侧面指向外部,朝向获得(理解)一个与艺术没有直接关系的对象。它是一种传递手段,是窗前闪烁的一片风景——而不是传递的目的地。阿赫玛托娃说:“要是你知道诗歌是从什么垃圾中生长出来的就好

① 帕斯捷尔纳克《哈姆莱特》一诗的最后一行。——原注
② 奥斯普·曼德尔施塔姆《金色的蜜流倾泻得如此缓慢……》一诗的最后一行。——原注

了……"运动的目标愈是遥离,艺术就愈是可能;并且,在理论上,死亡(任何人的,尤其是一位伟大诗人的,因为还有比一位伟大诗人或伟大诗歌更远离日常现实的吗?)就变成艺术的某种保障。

"茨维塔耶娃与里尔克"这个主题,曾经成为,现在成为,将来也会继续成为很多探究的对象。我们感兴趣的是里尔克作为《新年贺信》的说话对象这一角色(或理念),他作为心灵运动的对象的角色和他作为这运动的副产品——一首诗——所起的作用的幅度。既然我们知道茨维塔耶娃的极大化主义,我们便不能不注意到她选择这个题材是多么地自然。除了具体的、已死去的里尔克之外,诗中还出现了一个形象(或理念),也即一个"绝对的里尔克",他已停止作为空间中的一个肉体,变成永恒中的一个灵魂。这种移动是绝对的、极大化的移动。诗中女主人公对这个绝对对象、这个灵魂所怀的感情——也即爱——也是绝对的。此外,对这爱的表达方式也是绝对的:极大化的无私和极大化的坦率。这一切只会创造一种诗学措辞的极大化张力。

然而,这里存在着一个悖论,也即诗学语言拥有——如同任何语言一般都拥有——自己的特殊动力,并赋予心灵运动一种加速度,把诗人带往比他开始写诗时所想象的还要远得多的地方。不过,这事实上是创造性活动的基本机制(或者诱惑,如果你愿意);一旦与它接触(或屈从于它),一个人便永远拒绝所有其他思想和表达——传递——模式。语言推助诗人进入他在别的情况下不会接近的领域,不管在写诗以外他拥有多大程度的心灵集中或精神集中的能力。这种推进以非常快的速度发生:以声速——快过想象力或经验可以提供的。通常,一个诗人完成一首诗时,都要比他开始写这首诗时老了许多。茨维塔耶娃在《新年贺信》中的措辞,其极大化的幅度把她带到的地方,比纯粹的丧失的经验所能带她去的地方要远得多;甚至可能比里尔克本人的灵魂在其死后漫游中所能去的还要远。不仅因为对别人的灵魂的任何想象,有别于那个灵魂本身,尤其是会少了些那个灵魂种种行为的负累,而且因为一个诗人总的来说要比一个使徒更慷慨。诗学的"乐园"不局限于"永福",因此不会受到某个教条乐园过度拥挤的威胁。与被说成是某种最后场面也即灵魂之结局的标准基督教乐园相反,诗学乐园更多是一个山峰,而诗人的灵魂与其说是达到完美了,不如说是处于持续运动中。一般来说,诗学中的永生理念更多是受引力作用朝向宇宙学,而不是朝向神学,通常用来衡量灵魂的,也不是对达到与造物主相似或与造物主合而为一来说必不可少的完美程度,而是它在时间中漫游的具体的(抽象的)耐久性和遥远性。原则上,诗学中的存在概念会避免任何形式的有限性或停滞,包括神学上的神化。不管怎么说,但丁的天堂要比教会版本的天堂有趣得多。

即使失去里尔克对茨维塔耶娃来说只起到"旅行邀请"的作用,它也依然可以被《新年贺信》中那个来世的地形学合理化。但事实并非如此,而茨维塔耶娃也没有用一个"关于里尔克的理念"或关于里尔克灵魂的理念来取代里尔克这个人。单单是因为里尔克的灵魂已经体现在里尔克作品中,她就已经难以作出这样的取代了。(一般来说,那原本就不是太合理的灵魂与肉体的两极分化——而这是一个人死时很容易被滥用的做法——在我们对待一个诗人时似乎就更加难以令人信服了。)换句话说,诗人邀请读者跟随他在生时的灵魂,而茨维塔耶娃在与里尔克的关系上,首先是一位读者。因此,死去的里尔克对她来说与活着的里尔克差别并不是特别大,而她跟随他,大致相当于但丁跟随维吉尔,而这是有巨大合理性的,因为里尔克本人在自己的作品中也有过类似的旅程(《为一位女性朋友而作的安魂曲》)。简言之,来世已被诗学想象力充分地日常化了,使我们有理由假设,自怜或对来生的好奇可能为茨维塔耶娃提供了写作《新年贺信》的动机。《新年贺信》的悲剧在于分离,在于她与里尔克的心理纽带几乎发生实际断裂,于是她踏上这个“旅程”,害怕的不是但丁式的豹子阻挡她的路途,而是一种意识,意识到被抛弃,意识到她再也不能像他在世时那样跟随他——追读他的每一行诗。还有——除了那被抛弃感——出于一种内疚感:我活着,而他——更好的人——却死了。但一个诗人对另一个诗人(哪怕是异性诗人)的爱并不是朱丽叶对罗密欧的爱:悲剧不在于没有他存在是不可想象的,而恰恰在于这样的存在是可想象的。这种设想的结果是,作者对她自己也即仍活着的人的态度,就更无情,更不妥协。因此,当她开始要说话时,以及——如果有这种情形的话——当她开始要跟自己说话时,她便仿佛是在告白,因为听者是他——不是一个神父或上帝,而是一个诗人。这样也才有茨维塔耶娃在《新年贺信》中措辞的张力,因为她是在跟某个——与上帝相反——拥有绝对音高的人说话。

《新年贺信》以典型的茨维塔耶娃方式开始,从八度音最右端——也即最高——的高音 C 开始:

S Novym godom——svetom——kraem——krovom!

新年快乐——世界/光——边缘/王国——避难所![①]

① “世界/光”中的“/”号表示 svetom 同时有“世界”和“光”的意思,其他仿宋体引诗行中有“/”者亦如此。

——用一个感叹号指向上面、外面。贯穿整首诗的这个调性，如同这首诗中的男高音，是不变的：唯一可能的修改，不是音域向下降（哪怕是插入语），而是向上升。在这个调性渗透下，这行诗中主格句的设置，创造了一种狂喜效果，一种情感升腾的效果。这种感觉，得到那些外表上同义的列举的加强，如同上升的阶梯（阶段），每一级都高于前一级。然而，这种列举，只是每个词的音节数目方面的同义，而茨维塔耶娃的平等（或不平等）的标记——破折号——把它们分开的程度，远甚于一个逗号所能达到的：它把每个后来的词都推向比前一个更远的高处。

更有甚者，在"新年快乐"（S Novym godom）中，只有一个词"年"（god）的使用，是原意上的使用；这行诗里的其他所有词都负载——超负载——着各种联想和比喻性的意义。"Svet"（世界，光）的使用有三重意义：首先是作为"世界"，例如"新世界"中的"世界"，它是通过与"新年"的类推而达成的——即是说，地理上的新。但这地理是抽象地理；茨维塔耶娃心中更有可能想到"远处的背后"的某个东西，而不是大洋的另一边：某种界外范围。这种把"新世界"当作另一个范围的理解，引向有关"来世"的理念，而"来世"事实上才是真正要谈论的问题。然而，"来世"首先是光；因为，由于这行诗的含意和"svetom"在音调上比"godom"优越（更有穿透力的声音），因此它的位置实际上是在头顶上面某处，在天空中，那里是光的来源。前后的破折号几乎使那个词摆脱了语义学上的职责，从而给"svet"装备了整个仓库的正面指涉。不管怎样，在"来世"这个概念中，重点都同义反复地落在光方面，而不是像通常那样落在黑暗方面。

接着，这行诗在听觉上和地形学上都从抽象地理的"svet"向上飞，飞向那简短、呜咽般的"krai"（边缘，王国）：世界的边缘，一般的边缘，朝向天上，朝向天堂。“S novym...kraem”的意思，除了别的外，还指“新王国快乐，新边界快乐，越过边界快乐”。这行诗以结尾部“s novym krovom”（新避难所快乐）告终，既是语音的，又是语义的，因为“krovom”的语音实质与“godom”的语音实质几乎相同。但这两个音节已被“svetom”和“kraem”提高了，比原本的声音提高了整个八度音——八个音节——根本不可能再回到那行诗的起点的调性或其原意。仿佛“krovom”正从更高处回望它在“godom”中的自己，元音和子音都不认识了。“Krovom”中的子音“kr”与其说是属于“krov”这个词本身，不如说是属于“krai”这个词，而正是部分地由于这个原因，“krov”的语义学意义似乎变得太稀薄了；这个词被放置在太高处了。它作为世界边缘的一个避难所的意义和作为一个可以回去的家——一个庇护所——的意义，与“krov”交织在一起，而“krov”意思是天堂：地球的普世天堂和个人的天堂，灵魂的最后避难所。

基本上，茨维塔耶娃在这里使用扬抑格五音步诗行就如同使用一个键盘，这种相似性因使用了破折号而不是逗号而得到了进一步的加强；从一个双音节词到另一个双音节词的转换，是由钢琴演奏技巧的逻辑而不是由标准语法逻辑来达成的，而每一个后继的惊叹号就如同压下琴键一样，在前一个的声音刚消逝时启动。不管这个技巧是多么不自觉，它却是与这行诗所发展的意象的本质极其相称的——那是天堂的意象，它有不同层次，最初是眼睛看得见的，然后，就只有精神才能够看见了。

读者从这一行诗获得的严格意义上的情绪印象，是一种纯粹的声音的感觉，这纯粹的声音向上升腾，并在一定程度上放弃（弃绝）自己。然而不应忘记，作者心目中的第一个读者——如果不是唯一的读者——正是作为这首诗说话对象的人:里尔克。因此才会有那种自我放弃的愿望,那种弃绝一切世俗东西的冲动——也即告白的心理。自然地,这一切——词语的选择和音调的选择——都是如此不经意地发生,以至“选择”这个概念在这里是不适应的。因为艺术尤其是诗歌之所以不同于任何其他形式的心理活动,恰恰是因为一切——形式、内容,以及作品的精神——都是由耳朵分辨出来的。

以上所说,绝不是表示理智上的不负责任。事实恰恰相反:理性活动——选择、挑选——委托给听觉,或(更笨拙但也更准确地说)集中于听觉。在某种意义上,关键在于微缩化,把种种有选择的也即分析的程序电脑化,把它们转化或简化成一个器官——也即听觉的器官。

但是,不仅分析功能被诗人的听觉控制;同样的情况也发生在创造活动的纯粹精神方面。“用耳朵”分辨恰恰是创作的精神,它在一首诗中的载体或传送器是韵律,因为正是韵律预先决定了作品的调性。任何有点写诗经验的人都知道,诗歌韵律相当于某种心理状态,有时候不是一种而是多种状态。诗人通过韵律的手段来“分辨”他通往作品精神的路。当然,在使用标准韵律时,潜伏着机械化说话的危险,而每一个诗人都以自己的方式克服这危险,而克服过程的难度愈高,所描绘的特定心理状态的画面便愈精细——对诗人和读者来说都是如此。结果往往是诗人开始把韵律视为种种有活力的——在古老的意义上,是有灵感的——实体,如同某些圣器。这基本上是合理的。在诗歌中,形式与内容甚至比肉体与灵魂更不可分割,而肉体之所以可贵恰恰是因为它是会死亡的(在诗歌中,死亡相当于声音的机械化和滑入陈词滥调的可能性)。不管怎样,每一个诗歌创作者都有自己最喜爱的、主导性的韵律,这可以视为他的识别标志,因为这些标志呼应了作者最经常重复的心理状态。具有阴性或——更经常的——具有抑扬扬格尾部的扬抑格，可恰如其分地视为茨维塔耶娃的“标志”。对它们使用的频率，茨维塔耶娃很可能甚至超越涅克拉索夫。然而，很有可能两位诗人诉诸扬抑格都是为了回应隶属于“和谐派”和俄罗斯象征派的作者们的作品中所共有的过量抑扬格三音步和四音步诗句。茨维塔耶娃也许还多了一个心理原因：在俄语扬抑格中，你永远可以听到民间文学。这也是涅克拉索夫所熟悉的；然而他的扬抑格回响着“史诗歌曲”的叙述音调，而茨维塔耶娃的扬抑格则回响着哀吟和咒语。

她与哀吟传统的牵连（或者毋宁说，她的耳朵倾向哀吟传统这个事实）可以有多种解释，尤其是包含于三音节诗句尾部的谐音的种种额外可能性，因为哀吟的诗行一般都要依靠这些可能性。最有可能的是，这涉及诗人努力要通过传统民间诗学来传达现代人的心理。当它有效时——而对茨维塔耶娃来说它几乎总是有效——它便给我们一个印象，也即现代感受力的任何断裂或移位都有其语言上的正当性；而且不只是语言上的正当性，还有先验的催泪性，不管是什么题材。无论如何，很难想象还有比扬抑格更适合于《新年贺信》的了。

茨维塔耶娃的诗歌不同于她那些同代人的作品，是因为她有某种先验性的悲剧调子，有某种隐藏的——在一首诗中——哀号。考虑到这点，就不应忘记，这个调子在茨维塔耶娃的声音中开始显露出来，并不是亲身悲剧经验的结果，而是她与语言共事的副产品，尤其是她实验民间文学的结果。

总的来说，茨维塔耶娃极其容易倾向于风格化：俄罗斯古代的风格（《少女之王》、《天鹅营》等）；法国文艺复兴时期和浪漫主义的风格（《凤凰》[《卡萨诺瓦的结局》]、《暴风雪》）；德国民间传说的风格（《花衣魔笛手》)等。然而,不管她与之打交道的传统是什么,不管具体内容是什么,以及——更重要的是——不管导致她诉诸这种或那种文化面具的纯粹内在的、情感的理由是什么,每一个主题都总是以纯粹悦耳的方式,以一种悲剧的基调处理的。这极有可能不只关系到对她自己所处时代的直觉的(最初)和实际的(后来)感知的问题,而且关系到20世纪初俄罗斯诗歌措辞的总音调——背景——的问题。每个创造过程都是对前辈的一种反应,而象征主义那纯粹语言上和谐的停滞症是需要解决的。每一种语言,尤其是诗歌语言,总有一个歌唱的未来。茨维塔耶娃所写的东西,证明是从这诗歌措辞状态中脱颖而出的那求之不得的歌唱方式,但她的音质的强度是如此之高,以至不可避免地要与广大读者群和主流文学界分道扬镳。这新声音不只是带着新内容,还带着新精神。茨维塔耶娃的声音有某种对俄语耳朵来说不熟悉且可怕的东西:难以接受这个世界。

这不是一个要求改变现状、希望生活更好的革命者或进步者的反应,也不是一个缅怀往昔好时光的贵族的保守主义或充绅士气派。在内容的层面上,它是一个关乎总体存在悲剧的典型问题,超越世俗语境。在声音的层面上,它关系到那个声音朝着其唯一可能的方向努力:朝上。这努力类似于灵魂朝着其本源努力。用诗人自己的话来说:“引力/来自地球,高于地球,远离/蠕虫和谷粒。”还应该加上:远离自己的自我,远离自己的喉咙。这个声音的颤动的纯粹性(或就此而言,还有频率)很像一个回波信号,被送入数学的无限里去,找不到任何回响,或者如果找到,也会立即拒绝那回响。但是,在承认这声音对世界的拒绝确实是茨维塔耶娃作品的一个母题的同时,必须指出,她的措辞完全没有任何“出世”。相反:茨维塔耶娃是一个非常入世的诗人,她很具体,在细节的精确度方面超过阿克梅派,在格言性和讽刺性方面超过任何人。她的声音更像鸟儿而不是天使,总是知道是什么振奋它,知道空中有什么,下面有什么(或更准确地说,下面缺少什么)。也许这就是为什么它不断愈升愈高,扩大视野,尽管在现实中只是扩大这世界的直径,因为在这世界范围内根本找不到那求之不得的东西。这就是为什么她在《新年贺信》第一行的扬抑格要逃走,用一个惊叹号捂住那简短的呜咽。

在《新年贺信》中,还有一百九十三个这样的诗行。要分析任何其中一行,所花的篇幅会跟分析第一行一样多。原则上,就是应该这样做的,因为诗歌是浓缩的艺术,是节减的艺术。对学者　　以及读者——来说最有趣的事情是“沿着光线走回去”,即是说,追踪这种浓缩的过程,以确定在我们大家习以为常的散乱中的哪一个点上,诗人首次瞥见了一个语言分母。然而,不管学者在这样一个过程中得到怎样的奖赏,该过程本身都类似于拆开一件织物,而我们应努力避免这种可能性。我们应只着重于茨维塔耶娃在这首诗的过程中所作的若干声明,这些声明有助于我们总体上了解她对事物的态度,尤其是了解她创作过程的心理和方法。在《新年贺信》中,这类声明比比皆是,然而更加比比皆是的是表达手段本身——格律技巧、押韵、跨行、声音模式等——它们告诉我们关于诗人的事情,远多于诗人最真诚和最强烈的宣言告诉我们的。

我们不需要花时间去找例子,如果我们考虑一下贯穿于《新年贺信》第二、第三和第四行的跨行:

Pervoe pis'mo tebe na novom

—Nedorozumenie, chto zlachnom—

(Zlachnom—zhvachnom) meste zychnom,

meste zvuchnom

Kak Eolova pustaya bashnya.

第一封信给你,你在那新的

——误为苍翠的、绿色的——

(苍翠[暗示]默想)喧闹的、

响亮的地方

犹如风神的空塔。①

这个片段很好地说明了茨维塔耶娃著作的多维思考特征,以及她那全盘考虑的努力。茨维塔耶娃是一位极端现实主义的诗人,一位有着无穷从句的诗人,一位不允许自己或读者盲目相信任何东西的诗人。

她在这几行诗里的主要目的,是使第一行的狂喜有着落:“新年快乐——世界——王国——避难所!”为了达到这点,她诉诸散文体,把“来世”称为“新地方”。然而,她超越了一般的散文化。“新地方”这个片语中重复的形容词本身就够累赘的了,仅此就足够创造一种下降的效果:“新”本身的累赘也累及了“地方”。但是“新地方”——尤其是用来指称“来世”的时候——这个表述中那先验的正面性消退了,不受作者的意志的左右,从而在她身上引起一股高涨的讽刺,而诗人则通过修

① 为了在中译里保持英译的字和句的位置,不得不做出解释:这第一封信,不是指第一次给你写信,而是指给来到新地方的你的第一封信。其意思的更准确译法是:第一封给在那新的……响亮的地方的你的信。

饰词"zlachny"(苍翠的,绿色的)这个手段,来把"新地方"与游客朝圣的对象等同起来(这种朝圣已被死亡作为一种无所不在的现象合理化了)。这一点尤其瞩目,因为"zlachny"无疑来自东正教为死者的灵魂所作的祈祷("……绿色的牧场,在至福的王国……")。然而,茨维塔耶娃把祈祷书撇在一边,原因之一是里尔克并不是东正教徒,于是乎这个修饰词又回到其现代的基本脉络里。"来世"与一个度假地之间的实际相似性,被接下来的形象词"zhvachny"(默想)的内在节奏所加强,接着又是"zychny"(喧闹)和"zvuchny"(响亮)。形容词的堆砌,哪怕是在普通谈话中也是可疑分子,在一首诗中,就更可疑了——而这并非没有道理。因为在这里使用"zychny"(喧闹)标志着一个转调的开始,也即从讽刺转向总体性的哀歌音调。

"Zychny"(喧闹),不用说,依然是继续人群的主题,集市的主题,该主题是由"zlachny—zhvachny"引介的;但这已经是口的不同功能了,空间里的声音被最后那个修饰词"zvuchny"所加强的功能。而空间本身则被一个视域所扩张:空间里有一座孤塔(风神的孤塔)。"空"——也即被风居住着;也即占有一个声音。"新地方/牧场"开始渐渐获得了"来世"的特征。

理论上,那下降的效果是可以由跨行本身(novom/…meste)做到的。茨维塔耶娃是如此频繁地使用这个技巧——续接句[①]——以至跨行反过来可以被视为她的标志,她的指印。但也许恰恰是因为如此频繁地使用,她才觉得不满足,才觉得需要用圆括号来"活泼"它,因为圆括号是抒情性离题的极小化形式。(一般来说,茨维塔耶娃与任何人都

① 续接句:即跨行。

不同，她沉溺于使用排字手段来表达说话中从句的种种效果。)

然而，引发她把跨行扩大至连跨三行的主要理由，与其说是为了避免“新地方”所隐藏的陈词滥调(尽管其音调是反讽的)的危险，不如说是不满意“krovom—novom”这个押韵过于司空见惯。她想快点取得平衡，而她也确实在一行半后取得了平衡。但在取得平衡前，作者使她的每一个词、每一个想法都受到最尖锐的非难；即是说，她评论自己。不过，更准确地说，应是：耳朵评论内容。

茨维塔耶娃的同代人，没有谁像她这样，如此时时刻刻警觉已被说过的东西，如此不断地监视自己。多亏这个特色(出于性格？眼睛？耳朵？)，她的诗获得了散文的逼真性。它们——尤其是成熟时期的茨维塔耶娃——不包含任何诗学上的先验性，任何未被质疑的东西。茨维塔耶娃的诗歌是辩证的，但那是对话的辩证法：在意义与意义之间，在意义与声音之间。仿佛茨维塔耶娃不断地在与诗学言说的先验权威作斗争似的，不断地在努力“脱去”她诗歌的“旧高筒靴”似的。她使用的主要技巧是改进，这个技巧她在《新年贺信》中尤其常用。在“风神的空塔”之后那一行中，她仿佛要划掉她刚说过的东西似的，于是退回开头，把诗的开头重新再写一遍：

第一封信给你，来自昨日的——
那里，没有了你，我将凭空哀叹自己——
家乡……①

① 其意思的更准确意思是：第一封从昨天的……家乡寄给你的信。

诗再次获得气势,但这一回是沿着此前的诗行和此前的节奏之风格特色所铺设的轨道。“那里,没有了你,我将凭空哀叹自己”插入跨行,因而与其说是强调作者的个人情感,不如说是把“昨日的”与“家乡”分开(在这里,“家乡”的意思是尘世、地球、世界)。在“昨日的”与“家乡”之间这一停顿已不再是由作者而是由这首诗的说话对象里尔克看见——听见。这时,茨维塔耶娃是在通过他的眼睛而不是她自己的眼睛看世界,包括看她自己;即是说,从远处看。这也许是她特有的自恋的唯一形式;而她写《新年贺信》的动机之一,也许正是这个诱惑:从远处看一看她自己。无论如何,正是因为她在这里试图通过一个已离开这个世界的人的眼睛来描绘这个世界,茨维塔耶娃才把“昨日的”与“家乡”分开,同时为这首诗最具穿透力的段落之一——很多这类段落的第一个——铺路,在这里,她为开头两行庸常的押韵取得平衡——跟她自己扯平。在插入的“那里,没有了你,我将凭空哀叹自己”这个笨拙的从句之后,紧接着是:

家乡——现在已经是来自众星中的
一颗……

这实在骇人。因为从远处看自己是一回事;终极地说,她一生中都在以这样或那样的方式如此看自己。但通过里尔克的眼睛来看你自己就是另一回事了。但我们必须假设,在这点上,她也是常常如此做的,尤其是如果我们考虑到她对里尔克的态度。通过已故的里尔克在太空里漫游的灵魂的那双眼睛来看她自己,更有甚者,不是看她自己而是看被他抛弃的这个世界——这不啻需要某种灵视,而我们不知道谁拥有此等能力。读者并未准备好会遇到这种突如其来的转折。更准确地说，“那里，没有了你，我将凭空哀叹自己”这种刻意的笨拙，也许为读者做了多方面的准备，但不是准备好迎接“家乡”这种加速的扬抑抑格，更没想到要遭遇瞩目地破裂的复合韵“odnoi iz”（中的一颗）。当然，读者尤其没有料到那个“odnoi iz”之后紧接着会是那个爆炸性地突兀的“Zvyozd”（众星）。读者此时仍在享受着听上去很舒适的“昨日的”（vcherashnei），仍在消磨着有点儿矫饰的“iznoyus'”（我将凭空哀叹自己），却突然间被“家乡——现在已经是来自众星中的一颗”那充足的力度和绝对的无可挽回性所淹没。经过两次断裂的跨行之后，他怎么也没想到还有第三次跨行——一个传统的跨行。

并非完全不可能的是，这句跨行诗是茨维塔耶娃对里尔克的一次鞠躬，一个私人信号，用来回答里尔克在同一年也即 1926 年夏天所写并寄给她的哀歌，这首哀歌的第三行也是以一个包含一颗星的跨行开始：

O die Verluste ins All, Marina, die stürzenden
Sterne!
Wir vermehren es nicht, wohin wir uns werfen,
zu welchem
Sterne hinzu! Im Ganzen ist immer schon alles
gezählt.

啊，宇宙中那些丧失，玛琳娜，陨落的
众星！

无论我们朝向哪里，掉向哪一颗星，
  我们都不能
使它更大！一切早都已经是整体的
  一部分。

(J. B. 利什曼　英译)

在人类意识中，很难再有两个比"家乡"（读成"地球"）和"（一颗）星"更相异的概念了。把它们等同起来，本身就是对意识施加的暴力行为。但那有点儿轻蔑的"中的一颗"不仅缩减"星"和"家乡"，而且似乎损害了它们互相的重要性，从而弱化了那被暴力侵犯的意识。就这方面而言，值得注意的是，茨维塔耶娃在这里和在这首诗稍后所运用的熟练的淡化技巧，淡化了她作为一名侨民的命运；以及她巧妙地把"家乡"和"星"限制在这样一个脉络里，也即作为里尔克之死的结果而不是作为她自己人生历程的结果。然而，我们很难完全消除一个印象：这里所描述的观点，包含某种拐弯抹角的自传因素。因为作者赋予她的说话对象的景象——视域——的特质，并非只是由她对后者的心理依恋而催生的。一般来说，任何依恋的重心，都不是其对象，而是那依恋者；即使这是一位诗人对另一位诗人的依恋，关键问题仍然是：我那些诗是什么——对他而言？

至于因失去一个亲爱者而带来的绝望的程度，已在我们随时准备好与他交换位置的状态中表达出来，虽然这个愿望的实现存在着先验的不可能，但这个愿望本身已足以告慰，因为它起到了某种情感极限的作用，使想象力不必再承担更多责任。另一面，那种能够把"家乡"想象成"众星中的一颗"的视域素质，则不仅证明了《新年贺信》作者有能力交换减数的位置,而且证明她的想象力有能力放弃她的英雄,甚至能够从远处看他。因为与其说是里尔克把他昨日的家乡"看"作众星中的一颗,不如说是诗中作者"看"到里尔克"看"到这一切。于是问题自然就是:作者本人的位置在哪里,她怎么会刚好在那里?

关于这问题的前半部分,我们可满足于对加夫里拉·罗曼诺维奇·杰尔查文的颂歌《梅谢尔斯基公爵之死》(1779)第三十八行的指涉。[①] 至于后半部分,最佳答案是由茨维塔耶娃提供的,稍后我们再引用。现在还是让我们假定疏离的诀窍,也即疏离现实、疏离文本、疏离自我、疏离对自我的种种想法的诀窍——这也许是创作的第一个先决条件,在一定程度上尤其是每一个文人的第一个先决条件——在茨维塔耶娃那里已发展至直觉的水平。原本只是作为一种文学技巧,现在变成了一种存在的形式(应该说是存在的常态)。而这并非仅仅因为她实际上疏离了那么多东西(包括祖国、读者、承认)。也并非因为在她一生中发生这么多事情,而对这些事情的唯一反应是保持距离,因为这些事情要求保持距离。上述转变之所以发生,是因为茨维塔耶娃这位诗人与茨维塔耶娃这个人是完全一体的;在言与行之间,在艺术与存在之间,既没有逗号甚至也没有破折号:茨维塔耶娃使用一个等号。如此一来,这技巧就转化成生命,而那发展也不是手艺的发展而是灵魂的发展,两者最终是同一回事。到了一定程度,诗歌扮演了灵魂的导师的角色;之后——而且是很快地——情况则完全相反。《新年贺信》的写作,发生在灵魂再也不能从文学学到什么的时候,甚至不能从里尔克那里学到什么的时候。这正是为什么《新年贺信》的作者有可能通过一

① 这行诗中的"他",是指猝然去世的梅谢尔斯基公爵。原诗是:"他在哪里?——他在那里——那里是哪里?——我们不知道。"——原注

个已放弃这世界的诗人的眼睛来看这个世界,而且还有可能从远处、从外面——从那位诗人的灵魂还未抵达的地方——看那位诗人。换句话说,这视域的素质,取决于个人的形而上学的种种可能性,这些可能性反过来成为无穷的一个保障——如果不是数学上的无穷,也是语言上的无穷。

这就是本诗开始的方式——极度的绝望和疏离共冶一炉。从心理学上说,这已远远不只是合理的,因为疏离往往是绝望的直接后果和表达;尤其是在某个人去世的情况下,因为一个人的去世排除了任何适当反应的可能性。(难道艺术总的来说不正是这种难以获得的情绪的替代物吗?尤其是诗歌艺术?而如果是这样,则难道"诗人之死"这一诗歌体裁不是某种合乎逻辑的神化和诗歌的目的吗,也即在因的祭坛上献祭果?)绝望与疏离之间的互相依赖是如此明显,有时候很难避免把两者视为相同。不管怎样,当我们谈论《新年贺信》时,让我们不要忘记后者的出身;疏离既是这首诗的方法,又是这首诗的题材。

为避免她滑入感伤(这是"家乡——众星中的一颗"这个隐喻的发展可能会导致的),也因为她自己倾向具体,倾向现实主义,因此茨维塔耶娃尽力使接下去的十六行都做到非常精细的环境描写,描写她如何获悉里尔克之死。前八行的狂喜特征被这段以如实的直接引语完成的描写抵消了(这段描写乃是以跟一位来访者马克·斯洛尼姆对话的方式,后者建议她"写一首"关于里尔克的诗)。那对话中所包含的节奏的自然和难以预料,那反驳的唐突——都赋予这段描写一种日记式的、近乎散文的逼真性的特色。与此同时,那些反驳本身的力度,部分地得到单音节词以及得到其内容的方言用语的加强,因而造成了一种速记的印象,一种想尽快处理掉这些细节以便直达核心的印象。茨维塔耶娃在力求达到现实主义效果的时候,动用了一切手段,其中最重要的手段是把不同的语汇层面混合起来,使她能够(有时候在一行中)传达由某个或另一个处境所创造的整个心理音域。因此,通过与这位怂恿她写一首诗的访客的交谈,她获悉里尔克逝世的地方——位于洛桑附近的瓦尔蒙疗养院,于是便出现那个规范句,它的出现甚至不需要“在哪里?”这个通常会引发这类消息的问题:

“在一家疗养院。”

紧接着,已经拒绝“写”一首诗这个要求,也即不想公开裸露自己的感情因而向其对话者掩饰起这感情的诗人,在括号内加上:(“一个租来的乐园”)。

相对于对话中那虽然狂热但还算有礼貌的音调来说,这是一次重要转换:转向粗俗,几乎是一种市场女人的废话(试比较标准说法:“一个律师是一颗雇来的良心”)。这次特殊的转换——让我们称之为向下降的疏离——与其说是由那种想掩饰感情的希望所引发,不如说是由那种想羞辱自己的希望所引发——并以这种降低身份来保护自己,使自己不受那些感情的打击。仿佛在说:“那不是我,那是别人的痛苦。我哪里承受得了这个……”[①]然而,哪怕在这种自我鞭挞中,在这种自我否定中,在这种粗俗中,诗歌的张力依然没有松弛,而这可由“乐园”一词得到证明。因为这首诗的要点,乃是描写“来世”,而对“来世”的理解源自“今”生。然而这些感觉之粗糙,与其说是证明这些感觉的力

① 阿赫玛托娃《安魂曲》。——原注

量,不如说是证明这些感觉的近似性,而作者通过宣称“租来的乐园”,来暗示她那个仍不完整的关于“来世”的概念,暗示她仍是在活着的水平上理解它;即是说,暗示她仍需要进一步发展这个题材,而这种发展的必要性首先是由这首诗的速度所决定的,这速度被电报式堆积的单音节词和句子片段加快。

S nastupayushchim!（Rozhdalsya zavtra!）—
Rasskazat', chto sdelala uznav pro...?
Tss...Ogovorilas'. Po privychke.
Zhizn' i smert' davno beru v kavychki,
Kak zavedomo pustye splyoty.

即将到来的一年快乐!（昨天诞生!）——
我应该告诉你我做什么吗,当我得知……?
嘘!……说溜了嘴。出于习惯。
我早就把生死加上引号
如同已知道是空洞的闲话/谣言。

在整首诗中,茨维塔耶娃从不使用“你的死”这样的词语。即使是在某行诗适合使用的时候,她也避免;尽管在完成《新年贺信》之后数日,她写了一篇短随笔,标题恰恰是《你的死》。这显然不是因为她出于迷信,不愿承认死亡对里尔克的所有权——或他对死亡的所有权。作者显然拒绝亲手给里尔克的棺盖钉上那最后一枚心理钉子。首先是因为这样的词语是踏出通往遗忘、通往驯化——即是说,通往不理解——这场灾难的第一步。其次是因为不可能在谈到一个人的实际死亡时不谈到——因为不知道——他的实际生活。如果那样谈,里尔克之死便会带有一种抽象性质,而茨维塔耶娃纯粹作为一个现实主义者会反抗它。结果,死亡便成为一个猜测的对象,恰如里尔克的生活是猜测的对象。也就是说,"你的死"这说法最终只会像"你的生"一样不适用和无意义。但是茨维塔耶娃走得要稍微远些,而在这里,我们来到了我们可称为"向上升的疏离"和茨维塔耶娃的告白的起始:

我早就把生死加上引号
如同已知道是空洞的闲话/谣言。

这两行诗的字面意义——而我们永远应首先以字面意义而不是象征意义来理解茨维塔耶娃(如同我们也应该以这样的方式来理解阿克梅派)——是这样的:对作者来说,"生"与"死"似乎是语言的一次不成功的尝试:尝试适应这场灾难,更有甚者,尝试以大致这样一些话来贬低这场灾难,也即它无非是"已知道是空洞的闲话/谣言"。意思是说,某某人的生命还不是"存在",于是乎就连某某人的死亡也是如此。Splyoty 要么是"闲话"的古式用法,要么是(环境、关系的)"错综复杂"的方言用法;不管是哪个,"已知道是空洞/先验地乌有"是一个极其合适的修饰语。这里,关键词是"davno"(早就),因为它表明"splyoty"(闲话,谣言)具有重复、大量的特点,对"生"和"死"构成贬损,因此并不适用于里尔克。

《新年贺信》中的抒情女主人公主要是诗人茨维塔耶娃本人;而作为诗人,她以她自己的成见来对待"生"与"死"这两个词,因为它们不仅由于长期以来被很多人赋予的意义而变得言之无物,而且也由于被她自己极其频密地使用而变得乏味。这正是为什么她不得不要在中途停下来,把手指按在自己唇上:

嘘!……说溜了嘴。出于习惯。

这是茨维塔耶娃抒情诗中非常典型的诗人反叛自己的众多例子之一。这些反叛的触发点,与追求达到现实主义效果——这追求是她综合不同语汇层面的原动力——是相同的。所有这些技巧——或者:灵魂的这些运动——是为了使她的说话摆脱诗学的先验性,是为了昭示普通常识的存在。换句话说,为了使读者极大化地依赖已说的东西。茨维塔耶娃不是在跟读者玩平等主义游戏:她是把自己放置在读者的水平——语汇上的,逻辑上的,并且把距离保持在足够使读者有可能跟上她的程度上。

我以一个隐而不露的嘻笑谈起
生死……

她进一步补充,仿佛是为了小心向读者解释清楚前几行的意思。基于同样的理由,也因为在本诗开头时一位访客建议她"写一首诗",茨维塔耶娃便求助于一个新闻记者进行采访时的声调——或面具:

那么——这趟旅行怎样?
这颗撕裂但未撕碎的心

怎样？如同乘坐奥尔洛夫快步马，①
你说，不落后于飞鹰，
是不是很惊险——或不止？
还要惬意些？

“这趟旅行怎样？”所包含的委婉特质（前往那“新地方”，也即天堂、乐园等），以及接下去来自里尔克本人的迂回表达，都是为了控制她在前几行诗对“我应该告诉你我做什么吗，当我得知……”作出回答时近乎失去控制的感情：

我什么也没做，但发生了
什么事情，发生得没有
影子或回声！
　　那么——这趟旅行怎样？

茨维塔耶娃在这里求助于一种生动的中断，既突出此前声调的中止，又强调内容在实际上的分道扬镳——向上升（在读者的意识中），因为它是向下降的（在纸上）。在这个关节上，诗便开始只朝那个方向运动，而且，如果它时不时停顿一下以便为抒情性的离题或为降低音调留下余地的话，那也是发生在一个如此高的领域，以至地形学的差异性都似乎变得毫无意义了。在某种程度上，这正是茨维塔耶娃不回答她自己的问题“……不止？还要惬意些？”反而说出下面几行诗时心中所

① 奥尔洛夫公爵所养，奥尔洛夫的名字源自俄语“鹰”。——原注

想的：

> 那里没有高处，或下降，
> 对那骑着真正的俄罗斯飞鹰的人
> 来说。

换句话说，对一个有过俄罗斯生活经验，有过俄罗斯那种形而上学意义上的过山车经验的人来说，任何风景，包括来世的风景，都似乎平淡无奇。不仅如此，茨维塔耶娃还带着爱国者的苦涩和骄傲进一步说：

> ……我们与来世有血缘关系：
> 在俄罗斯待过的人都在此世
> 见过来世。

这不是摇旗呐喊的爱国主义，甚至不是通常含有讥讽音调的自由派变种，而是形而上学的爱国主义。“在俄罗斯待过的人都在此世/见过来世。”这些话是由一种清醒的意识引发的，也即意识到作为整体的人类存在的悲剧本质——以及由一种理解引发，也即理解到俄罗斯最接近这种本质。

这行诗完全驱散了有关茨维塔耶娃从来不接受俄国革命这一白痴式争辩。她当然不接受：因为“接受”屠杀人类，不管以哪种理想的名义来实施的屠杀，都意味着成为同谋和背叛死者。“接受”这类东西无异于宣称死者比苟活者更糟糕。这样的“接受”是一种大多数人（活人）对少数人（死人）居高临下的态度——即是说，精神堕落的最可恶形式。对任何在基督教伦理标准下成长的人来说，这样的“接受”是不可想象的，而对他们拒绝接受这类事情作出谴责，谴责他们政治盲目或不理解历史，则无异于称颂他们的个人主义和道德远见。

毕竟，“在俄罗斯待过的人都在此世/见过来世”与“我的祖国啊，那天国之王/走遍你全部的大地/乔装成一个奴隶，为你祝福”或“对俄罗斯我们只要相信就是了”[①]相距并不太远。茨维塔耶娃这行诗证明她所做的远比不接受革命更深刻：她充分领会它。领会到这是把存在的核心彻底裸露——直到骨髓。这很可能是她使用动词“待过”的原因，它与其说是暗指里尔克去过俄罗斯（在1899年和1900年），不如说是暗指茨维塔耶娃本人，因为她已身在俄罗斯境外。同样有可能的是，紧接着“在此世”之后的那声惊叹“顺利转换！”，也即从此世轻易搬到来世，在某种程度上也是动辄开枪的革命正当性的回声。更自然不过的则是紧接着“转换”而来的：

> 我以一个隐而不露的嘻笑谈起
> 生死——[你]将以你自己的去触摸它！
> 我以一个脚注谈起生死，
> 以一个星号[②]

这“你将以你自己的去触摸它”所蕴含的累积性说教力量在高昂抒情中找到出口，因为作者的“生死”观与她的说话对象的“生死”观的相似性，在这里以两个隐而不露的嘻笑的某种重叠的形式表现出

---

① 费奥多尔·丘特切夫（1803—1873）的诗句。——原注

② 星号常用于作脚注的标示。

来——这是一个存在之吻，其温柔是由那低语似的“kosnyosh’sya”（［你］将触摸）悦耳地传达的。在“［你］将以你自己的去触摸它”中省略了人称代名词“ty”（你），反而增加了亲密性的感觉，并浸透下一行：“我以一个脚注谈起生死，[①]/以一个星号”——因为“脚注”听上去要比“引号”甚至“嘻笑”较少戏剧性。由于“脚注”（snoskoi）的发音本身有一种微小的、近乎昵称的性质，故它在仍然传达——或发展——作者关于“生死”受到贬损的感觉的同时，也把说话转换到一种纯粹个人的层面，并且似乎通过变成“一个星号”而使说话对象与它自己等同起来。因为里尔克已经是一颗星或众星之一，于是乎接下去括号内的东西便是两行半的纯诗：

（我请求的夜晚：
不是一个大脑的半球——
而是星状的半球！）

这括号尤其瞩目，因为它们在某种意义上是括号内的意象的生动对等物。至于意象本身，其额外的魅力在于把意识与一页纸等同起来，这页纸包含的全是对里尔克的脚注——即是说，星星。反过来，古词“chayu”（我请求）则包含一切可能的温柔和实现这样一个愿望的不可能性，于是需要立即改变音域。因此，在右括号之后，我们听到的话以其外表上讲究实际的音调而与前面部分区别开来。然而，这个音调只是一个面具；感情内容与前面是一样的：

---

① Zhizn’ i smert’ proiznoshu so snoskoi.——原注

以下，我的朋友，
不应被忘记：如果现在
连着写的字母是俄语而不是德语——
那不是因为如今，他们宣称，
什么都可以，宣称一个死人（乞丐）可以狼吞一切——
不眨一眼！……

在“以下”这种刻意的官僚文章音调的伪装下，那内容不言自明地显露于这一段诗的意义中：其主旨不多不少正是作者要求里尔克原谅她用俄语而不是用德语写这首诗。这个要求绝非表达害羞；茨维塔耶娃自1926年以来就与里尔克通信（顺便一提，是在鲍里斯·帕斯捷尔纳克的提议下开始的），而信都是用德语写的。这个要求的情感基础在于，作者意识到，她通过用俄语——不是里尔克的母语——使自己与说话对象拉开的距离，比她已经被他的死亡这个事实拉开的距离还远；也比她如果费尽心机用德语去写所拉开的距离更远。此外，这个要求起到了与前几行的“纯诗”拉开距离的作用，因为茨维塔耶娃实际上为这几行纯诗而责备自己。不管怎样，她意识到具有纯诗特质的成就（例如前面括号内的内容）会反过来使她远离里尔克；意识到她会被卷走——是她，而不是她的说话对象。在“如果现在/连着写的字母是俄语而不是德语……”这一粗俗炫技中，我们可以觉察到一种对她自己和她的作品轻微不屑的弦外之音。接着，她开始以同样轻松活泼、市集式的音调为自己辩护：“那不是因为如今，他们宣称，/什么都可以，宣称一个死人（乞丐）可以狼吞一切——/不眨一眼！”然而，这音调只是自我鞭挞的一种补充形式而已。这“……一个死人（乞丐）可以狼吞一切——/不眨一眼!"的放荡——因把谚语和民间文学中称呼死人的转喻词"眨眼者"(zhmurik)混合而恶化——出现在这里,并不是要作为一种手段,用来描述说话对象,而是作为给作者的心理自画像添加的一个笔触:用来说明她的自贬的可能幅度。正是从这里,从这底端,茨维塔耶娃开始她的自我辩护,产生出一个结果,这结果使得出发点愈糟糕就愈可信:

——而是因为那个来世,
我们的来世——十三岁时,在新圣母修道院
我就明白——并不是无语言而是全部语言。

这再次吓人一跳,因为前面的诗行并没有为我们做好任何这方面的准备。即使是一个颇有经验的茨维塔耶娃读者,某个习惯于她风格上的悬殊的人,也还是会常常觉得没有做好这种从阴沟飞跃到高天的准备。因为在茨维塔耶娃的诗中,读者遭遇的不是作诗者的战略而是伦理的战略——用她自己的话来说,就是在良心照射下的艺术。就我们而言,让我们加一句:艺术与伦理的完全重叠。正是良心的逻辑(或不如说,凭良心的逻辑),她置身活人中间而她的说话对象却已死去这一内疚的逻辑,以及意识到死者的被遗忘是不可避免的,而她自己的诗行也是为那遗忘铺路——正是因为这一切,才促使她要求原谅她还要更上一层,从他的——说话对象的——死亡的现实飞离:原谅一首用俄语写的诗,或竟然写一首诗这个事实。茨维塔耶娃为证明自己清白而给出的证据——"因为那个来世……不是无语言而是全部语言"——尤其令人印象深刻,因为它与几乎每个人都会止步的那个心理门槛重叠:把死亡解释为一种语言外的经验,使人摆脱任何语言上的剧痛。

“不是无语言而是全部语言”则去得更远，把良心带回其本源，那里良心解除了此世内疚的重负。这些话似乎有一种伸开双臂的感觉，以及也许只有一个孩子才会获得的启示带来的欢庆的感觉——“十三岁时，在新圣母修道院”。

然而，就连这个论据也证明是不足够的。因为这些剧痛，也即对语言的思考，对童年的回忆，对里尔克本人的意释，以及最后的也即带有音韵和意象的诗歌本身——使人与现实和解的一切——在作者看来也像是一种逃离，像是分散对现实的注意力：

我是不是分心了？

茨维塔耶娃在回顾前面那个诗节时，但主要是回顾整首诗，回顾她那与其说是抒情的离题不如说是内疚引起的离题时，这样问自己。

总的来说，我们也许会注意到茨维塔耶娃的力量恰恰在于她的心理现实主义，在于那良心的声音，这良心的声音没有被任何东西或任何人平息，而是要么作为主题要么至少作为后记回响在她的诗歌中。对她的创作的其中一个可能的定义，是俄语从句被用来服务于加尔文主义。另一个变体是：加尔文主义被这种从句所环抱。不管怎样，没人把上述世界观与这种语法的协调表现得像茨维塔耶娃那么明显。不用说，个人与他自己之间互相关系的严厉性，包含某种美学，但似乎没有任何用于自我分析的形式像嵌入俄语复合句中的多阶段句法结构那样引人入胜、大容量和自然。加尔文主义被包裹在这种形式里，把个人“带”到比如果他碰巧使用加尔文主义的德语母语更远的地方。远得德语最终只剩下“最美好的回忆”，远得德语变成了温柔的语言：

我是不是分心了？但不可能发生
这样的事情——对你分心。
每个想念，每个，Du Lieber，
音节都引向你——不管说的
是什么……

这“Du Lieber”（亲爱的）既是指内疚感（“现在/连着写的字母是俄语而不是德语”）又是指从内疚中解脱出来。此外，这背后有一种严格地私人、亲密、近乎身体的努力，努力要进一步亲近里尔克，以一种对他来说自然的方式——以他的母语的声音——碰触他。但是，如果她仅有这个用心的话，那么作为一个技巧上极其多才多艺的诗人，茨维塔耶娃是不必转用德语的；她会在她的调色板上找到其他手段来表达这些已提及的感觉。问题的关键可能在于，茨维塔耶娃这首诗的开头用俄语说了“Du Lieber”了：“一个男人走进来——不管你希望他是谁——（亲爱的——/你）。”在诗歌中，重复某些字眼一般都是不可取的；如果你带着先验的正面色调重复某些字眼，则同义反复的风险就比平时大得多。仅仅是出于这个理由，茨维塔耶娃就有必要转用另一种语言，而德语在这里扮演了那另一种语言的角色。她在这里与其说是在语义学上，不如说是在语音学上使用“Du Lieber”。最重要的是，由于《新年贺信》不是一首宏观诗，因此落在“Du Lieber”上的语义学重负就会变得要么太大要么完全微不足道。第一个可能性不大可能，因为茨维塔耶娃在说“Du Lieber”时几乎是以柔音轻唱的，而且带着一个对其来说“德语比俄语还母语”的人的自发性。“Du Lieber”其实就是把那个著名的“幸福、无意义的词”[1]的音当作“我们自己的”来发，而它那笼统化的幸福和无意义的角色仅仅由伴随而来的押韵“o chom by ni byl”（“不管……是什么”）那同样非特指的气氛所确认。于是乎，我们就只剩下第二个可能性，也即纯粹语音学的。“Du Lieber”注入这一大块俄语文本中，首先是一个声音——不是俄语，但也不见得就是德语：如同任何声音。使用一个外语词带来的感觉，是这样一种感觉，它首先是直接地语音的，因而在一定程度上也较个人、较私人：眼睛或耳朵先于理性作出反应。换句话说，茨维塔耶娃是在超语言的意义上而不是纯粹德语的意义上在这里使用“Du Lieber”的。

转入另一种语言来揭示某种心理状态，这乃是一种颇为极端的做法，本身就是对那种状态的说明。但在本质上，诗歌本身就是某种另一种语言——或对另一种语言的翻译。使用德语“Du Lieber”乃是茨维塔耶娃的一种尝试，尝试去接近那原文，而她在与“Du Lieber”押韵的那句诗之后，用也许是俄罗斯诗歌史上最重要的括号里的话来对那原文作出定义：

> 每个想念，每个，Du Lieber，
> 音节都引向你——不管说的
> 是什么（虽然对我来说德语比俄语
> 还母语，但最母语的是天使的！）……

这是作者在《新年贺信》作出的最重要的承认；并且从声调的角度

① 语出曼德尔施塔姆《我们将在彼得堡重逢》一诗。——原注

看,逗号不是点在“我”之后而是点在“俄语”之后。值得注意的是,“天使的”之委婉品质几乎完全被整首诗的上下文消除了——被碰巧是里尔克此刻所在的“来世”,被他在“那个”世界的周遭环境消除了。同样值得注意的是,“天使的”不是见证绝望而是见证精神飞行的高度——几乎是如实的,也许是有形的——而这精神飞行与其说是被预先假定的“来世”的地点所加快,不如说是被作者的整体诗学倾向所加快。因为,在传记意义上,总的来说“天使的”对茨维塔耶娃而言是更母语的,如同总的来说德语对她而言比俄语更母语。这是一个涉及“更母语”的高度的问题,也即不是俄语或德语可以获得的:一种超语言的高度,在普遍语调中——精神性的。终究,天使是用声音沟通的。然而,“对我来说……最母语的是天使的”所包含的那种极容易辨认的好争论音调,却指向那“天使的”之完全非教会的特点,指向其与极乐的非直接关系;实际上,这只是茨维塔耶娃著名说法“天上真理——对地上真理的声音”的另一个变体。两种说法所反映的世界观中的等级主义,是一种不受限制的等级主义——至少不受教会的地形学限制。因此,她在这里只是在补助意义上使用“天使的”,旨在标示她本人——如她所言——向其尖叫的那个意义的高度。

这高度只可以用空间的实际单位来表达,而这首诗全部其余部分都包含对不断增加远离程度的描述,其中一个远离程度就在作者本人的声音中。茨维塔耶娃再次戴上采访者的面具,问道(从她本人开始,并且立即就按她一贯的方式抛弃她自己):

——难道你完全没有……到我?——
那环境,赖纳,你感觉怎样?

最迫切的，最有把握的——
对宇宙的最初印象
（也即，诗人在其中的），
和最后的——对那个
只给了你一次的星球的——整体印象！

这已经是一个足够天使的角度了，但是茨维塔耶娃对这局面的理解不同于撒拉弗式的解释，因为她并非只关心灵魂的命运——或就此而言，只关心肉体的命运（这使它不同于纯粹的人类角度）："孤立它们即是同时侮辱它们"，她宣称；没有任何天使会说这种话。

在《新年贺信》中，茨维塔耶娃通过她的空间范畴也即肉体范畴来凸显一颗灵魂的不朽，这颗灵魂已通过肉体活动——创作——而物质化了，而正是这，使得她不仅可以拿"诗人"与"星球"押韵，而且把两者等同起来：实际宇宙与传统上的个人意识的"宇宙"。因此，这便成了规模相同的事物的离别的问题了，而那个"采访者"所描述的，则不是"诗人……对宇宙的最初印象"，甚至也不是离别或相会，而是

——一次
遭遇：一次相会和最初的
离别……

茨维塔耶娃的形而上学的可靠性，恰恰来自她准确地把天使的语调翻译成警察局的语调，因为一次"遭遇"永远既是一次相会又是一次离别：既是最初也是最后。而紧接着这个宏伟等式的，是一些有着难以

置信的温柔和抒情的诗行，其穿透性的效果直接源自上述宇宙奇观与一个细节的微不足道（而且还用括号来强调）之间的比率，这个细节既令人同时联想起创造活动和联想起童年，又把两者的不可挽回画上等号。

你怎样看
你自己的手（一丝儿——在那上面——墨痕），
从你那如此遥远（多遥远？）的，
没有尽头因为没有开始的
高处，在地中海——和其他碟形物——
那晶亮的水平之上。

作为“于是灵魂从高处俯视……”[①]这个主题的变奏，这些诗行不只是以作者的敏锐令人惊骇，这敏锐使她既有一定程度的清晰性去区别属于一个“被放弃的肉体”的一只手上的墨痕，又有一定程度的清晰性去区别“地中海——和其他碟形物”的晶亮（它证实了这些碟形物距离这颗独特灵魂是多么遥远）。这些诗行中最骇人的，且伴随着这种敏锐的，是关于“没有尽头”作为“没有开始”的说法。这整个“否认的风景”通过一个简单复合句的手段——该复合句在那天真地直接的“墨痕”与那“没有尽头因为没有开始”的抽象性之间提供了语汇上（心理上）的认同——以及通过“晶亮的碟形物”这个反讽，而在一瞬间，仿佛在一滑中被呈现出来。这是从乐园看到的景观，那里（从那里）看到什

① 来自丘特切夫。——原注

么都没有什么差别,因为任何景观都是向下望的景观。

而我们可以往哪里望呢,
当我们把手肘斜倚在包厢的边缘,
从此世望——如果不是望向那[来世],从那[来世]
如果不是望向多苦难的此世。

这里茨维塔耶娃的视角实际上从乐园的"包厢",随着那语调"直坠"到现实的"乐队席",直坠至日常生存的平庸——一种因其装饰了"外语"也即法语名字"贝尔维"(Bellevue,字面意义:"美丽的景观")而愈见严重的平庸:

在贝尔维我活着[①]。一个鸟巢和枝丫的市镇。
对一个导游,在迅速交换眼神之后:
贝尔-维。一个牢房,其窗口想象
充满虚妄的巴黎的一个美好景观,
以及稍远处,远至……

(约瑟夫·布罗茨基译)

在这番对她的住所的描述中,在紧接着贝尔维之后的"我活着"中,茨维塔耶娃有那么一瞬间——但只是一瞬间——被发生在她身上的一切的怪诞感控制了。你可以在这个句子中听到一切:对那地方的

① 原英译"In Bellevue I live"亦可译为"我住在贝尔维"。

不屑、对注定要留在那里的无奈,甚至——如果你愿意——自我辩护,因为:我活着。“在贝尔维我活着”的不可承受性对她来说进一步加剧了,因为那个句子是她的存在与发生在里尔克身上的事情之间的不协调性的具体体现。对她来说,贝尔维是乐园的反极,“来世”的反极;也许甚至是“来世”的另一个版本,因为两个极都是非常寒冷的,在那里生存是不可能的。仿佛拒绝相信她自己的眼睛似的,仿佛拒绝接受她在这地方逗留这个事实似的,茨维塔耶娃选择它的名字——贝尔维——作为替罪羔羊,并两次大声重复它,立在同义反复的边缘上,立在怪诞的边缘上。如果来一个第三次重复“贝尔维”,那将会濒临歇斯底里,而茨维塔耶娃在《新年贺信》中不可以让自己歇斯底里,首先是作为诗人:那将意味着把这首诗的重心从里尔克移到她自己身上。相反,她用她声音中的嘲弄(更多是指向她本人而不是那个地点),直接翻译这个名字,它听起来甚至更显悖论,因为一如她所知道的,那美丽的景观不能从这里获得而只能从那里,从乐园,从那个“包厢”获得:

手肘搁在猩红色天鹅绒上,
你将会怎样地发笑(我也
一定会),当你在高处,在你那盘旋的包厢
看着我们的贝尔维们和贝尔韦代雷们。

(约瑟夫·布罗茨基译)

作者在这首诗中对她自己的世界的唯一描述至此结束,从这个世界“我们可以往哪里望呢”,除了望向她的英雄消失之处(不是望向“充满虚妄的巴黎,以及稍远处,远至……”)。

并且，总的来说，这还是茨维塔耶娃对任何具体现实的立场，尤其是对她自己的事情。现实对她而言永远是一个出发点，而不是支撑点或某次旅程的目标，而现实愈是具体，反感就愈大、愈深。在她的诗歌中，茨维塔耶娃的行为方式如同一个古典的空想家：现实愈是难以承受，她的想象力就愈是扩张。然而，唯一的差别是，就她而言，视力的敏锐并不依赖沉思的对象。

我们甚至可以说，对象愈是理想——遥远——对其描述就愈是精细，仿佛距离培养——发展——眼球的晶状体似的。这就是"贝尔维们和贝尔韦代雷们"对她来说首先很可笑的原因——因为她有能力不仅透过里尔克的眼睛而且透过她自己的眼睛来看它们。

而不用说，正是在这里——从宇宙这尽头，以及从这对她自己的现在和对她自己投以粗略的一瞥——引入了最难以想象和不可思议的题材；引入了那个主要的、完全是个人的主题——作者对其说话对象的爱。之前的一切基本上只是一个漫长的呈现部，在一定程度上与真实生活中发生的事情是相称的，因为真实生活中也是先有一个漫长的呈现部，然后才宣布强烈的感情。在她阐述这个主题——或者说，在说出爱的话语的过程中，茨维塔耶娃诉诸她已在呈现部使用的手段，尤其是诉诸空间性的措辞来表达质量范畴（例如高度）。考虑到《新年贺信》风格上的统一，对这些手段进行详细分析（甚至即使这些手段中有时候出现某个重要的自传性元素）似乎不是明智的，如同沉溺于——只根据一首诗——猜测茨维塔耶娃与里尔克的关系的"具体性质"是不明智和应该谴责的一样。一首诗——任何诗——本身就是一种现实，其重要性一点不亚于存在于时空中的现实。此外，一般来说，具体、有形的现实之唾手可得，往往消除了对一首诗的需要。形成一首诗的场合通常恰恰不是现实而是非现实。《新年贺信》的场合尤其是非现实的完美典范——无论是在关系的意义上还是在形而上学的意义上：里尔克之死。因此，更明智的做法是只从这首诗的文本本身所提示的心理层面来分析这首诗剩余的部分。

对我们理解《新年贺信》来说，唯一重要的“现实”是上面已提到的茨维塔耶娃与里尔克之间的通信，他们的通信开始于 1926 年，并于同年由于里尔克逝世（死于白血病，在瑞士一家疗养院）而中断。我们能够看到三封茨维塔耶娃的信（考虑到它们的长度和强度，很可能原本就只有这三封）。因此，应把《新年贺信》视为第四封，而且不管怎么说，也是最后一封——尽管也是第一封寄往来世而不是寄往瑞士的信：

> 第一封信给你，你在那新的……
> 地方……

既然是一封信，《新年贺信》当然会包含各种指涉，指涉前几封信的内容（茨维塔耶娃给里尔克和里尔克给茨维塔耶娃的），而如果不引用这些信而又老是唠叨这些信，似乎就不是很合适了。此外，《新年贺信》中这些指涉、间接提及和撮述较有可能是用来服务于这首诗本身而不是用来继续通信，因为其中一个通信者已经逝世了。在他们的通信中，唯一可被视为对《新年贺信》的诗学产生直接影响的，是里尔克献给茨维塔耶娃的《哀歌》，这首诗是他 1926 年 6 月 8 日寄给她的（从所有的证据看，那是他完稿后就立即寄出的）。但除了两三处（其中一处我们已经在本文开头提及）会使《新年贺信》的读者觉得是呼应《哀歌》几行诗（第三、第二十、第四十五）外，这两首诗之间的相似性是微乎其微的，当然，我的意思是如果我们撇开两位作者的共同精神航向不谈的话。

最后，我们可以从两人的通信推断，就在通信期间，茨维塔耶娃与鲍里斯·帕斯捷尔纳克（通信是在后者倡议下开始的）有过各种探访里尔克的计划。最初，他们打算一起去；后来，当帕斯捷尔纳克参与这次旅程的机会开始收缩，茨维塔耶娃便打算自己去。在某种意义上，《新年贺信》是她这次见面计划的继续；它是对说话对象的一次寻找——尽管现在纯粹是在空间中寻找，是约好在一个我们知道是在哪里的地点相见。一次继续——原因之一是这首诗是私下写的：如同一封信。另外，“我们的贝尔维们和贝尔韦代雷们”除了有别的意思外，以及尽管充满痛苦和难以承受，但它有可能只是出于某种惯性附上的一个回邮地址而已——或只是一种盲目、没有意义的希望，希望会收到不可能的回信。

不管作者基于什么样的感情而写这行诗，但茨维塔耶娃立即就反驳它，并且仿佛为它的琐碎而感到羞耻似的，还把它的出现（以及其他感情）归因于新年的来临：

> 我失去线索。详细情况。嘈杂。忙碌。
> 新年快到了。

这之后，在使这首诗不愧于其标题之后，她继续下去，任由音顿自由发挥，任由扬抑格大摇大摆，如同一个钟摆或耷拉着的脑袋，晃来晃去：

... za chto? S kem choknus'
cherez stol? Chem? Vmesto peny—vaty
klok. Zachem? Nu, b'yot. A pri chom
ya tut?

……我该跟谁碰杯，
为了什么？何种理由？一团团棉花
充当泡沫。有什么目的？是的，乐钟。但这
与我何干……？

一连串的问号和三音节诗句尾部，尤其是三音节诗句尾部把与“vaty”（棉花）押的断韵变成了连绵的咕哝“aprichomyatut”（但这与我何干），这一切造成了失控、松懈、从有条理的话变成无意识的哀吟的印象。虽然下一行（但音更高）茨维塔耶娃似乎突然回想起什么，为她的话恢复了某种貌似有意义的模样，但是她接下来的所有言说都已经被一种哀吟的先验音乐所压倒，这音乐虽然没有窒息话语的意义，却使话语屈从于它自己的力度：

在今夜的喜庆中我该拿
赖纳之死这内在节奏怎么办？
也即，如果你，这样一只眼睛，模糊了，
生便不是生死便不是死。意义
消失。要是我们相见，我会抓住它。
两者都不，而是一个第三者，某个方面，

它是新的(而在把麦秆铺平之后,
那是多好玩啊,对那个二七年,
正在来的,和对那正在离去的二六
年——以你开始并将以你
结束)。越过这张桌子的无垠海岛
我的杯将碰你的杯,以无声的
一碰。

(约瑟夫·布罗茨基译)

这段引诗开头的对句,是极不寻常的,哪怕是放在茨维塔耶娃全部作品中也是近乎无独有偶的。很可能,这与其说是“Rainer—umer”(赖纳之死)这个半谐韵被一只已习惯于这个名字之发音的耳朵(因为发出这个名字的声音的双唇——她自己的双唇——如此邻近这耳朵)听到(并且恰恰是由一只俄罗斯耳朵听到)的问题,不如说是“vnutrenneyu”(内在)这个分裂、互不连贯的扬抑抑格的问题。这个形容词中每一个元音的可触知性既突出了这番话之不可阻挡,又突出了词语本身生理上的内在特质。这已不再是内在节奏的问题,而是内在理解的问题,是意识(因为意义)和无(超)意识(因为语音学)说出/溢出一切,直到终点,直到词语的声学极限的问题。

有一点很重要,就是应注意“vnutrenneyu”在该行诗里的内在位置(S etoi vnutrenneyu rifmoi: Rainer—umer:“拿赖纳之死这内在节奏”)和该行诗的五个“r”那有组织兼从属性的角色,都强化了内在节奏感,这些“r”似乎不是从俄语的字母中摘取的,而更像是源自“Rainer”(赖纳)这个名字。(很有可能,他的全名Rainer Maria Rilke[赖纳·马里亚·

里尔克]在这行诗的组织中——以及在茨维塔耶娃对这位诗人的整体看法中扮演了不只是一个小角色,因为在这个全名中,除了四个"r"外,俄语耳朵能够分辨出全部三个俄语语法属性:阳性、阴性和中性。)换句话说,这个名字本身已包含了一个明确的形而上学因素。因此,有一样东西从这个名字抽取并继而用于服务这首诗,它便是"Rainer"这个名字的第一个音节。[1] 关于这点,茨维塔耶娃的耳朵也许会被指责太幼稚,人们会说民间文学也可以做到。可恰恰是民间文学的惯性,也即对民间文学的不自觉的模仿,造就了接下来的一些句子,例如"takoe oko smerklos'"(你,这样一只眼睛,模糊了)和"znachit—tmitsya"(意义消失)。这同样部分地适用于"solomoy zastelıv"(铺平麦秆),不仅因为出于习惯,而且与"solomu—sedmomu(或 shestomu)"(麦秆—七[或第六])这个传统节奏的性质有关;这也同样适用于"我的杯将碰你的杯,以无声的/一碰"和部分地适用于紧接着而来的"kabatskim ikhnim"(他们那类酒吧)(尽管这个说法也可以仅仅被视为一种风格化表达)。然而,哀号、哀吟和歇斯底里的胡说这一技巧,要算在"如果你,这样一只眼睛,模糊了,/生便不是生死便不是死。意义/消失"这几行诗中最明显。我们不可被与动词"yest'"(是)相关的合理性所误导,因为即使这些陈述被视为套语,它们的有效性也会被接下来的"意义/消失"所废除,以及被括号内指涉的具体日期所废除。

那个括号,是茨维塔耶娃一次令人透不过气来的抒情突破。在

那是多好玩啊,对那个二七年,

① Rai 的发音与俄语 rai 也即"乐园"的发音相同。——原注

正在来的,和对那正在离去的二六
年——以你开始并将以你
结束)。

中,灵魂的投入之慷慨,已超出计算范围,因为它本身是以最丰富的单位——时间的范畴——献出的。

从这对时间的羡慕——近乎嫉妒——开始,从这抽噎的"Kakoye shchast'e"(那是多好玩啊)开始——它滑入(由于"toboi"[以你]第一个音节转向一个非标准重音)下一行,把"o"的俗语发音变成"aw"——茨维塔耶娃便开始几乎是公然地谈论爱情。这个转变的逻辑既简单又感人:毕竟,时间,也即这个年份,要比她幸运得多。因此她才会想到她没有与"他"在一起的时间——所有时间。这个括号的语调是对一个未婚夫的哀悼的语调。然而更重要的,是时间被指派去担当的分离性力量的角色,因为这里我们可以觉察到一种倾向,就是把时间客观化和活泼化。其实,在每个悲剧的中心,都潜存着那个不受欢迎的时间版;这在古典悲剧中最明显,在古典悲剧中,爱情的时间(未来)被死亡的时间(未来)所取代。而标准悲剧的内容,也即依然留在舞台上的男主角或女主角的反应,是对那难以想象的前景的一种拒绝、一种抗议。

但无论这样一种抗议多么高调,它永远是对时间的一种简化、一种驯化。一般来说,悲剧都是由热情的青年在余温尚存时写的,或由基本上已忘记到底是怎么回事的老人写的。在1926年,茨维塔耶娃三十四岁,是一位有两个孩子的母亲和一位有数千行诗的作者。她背后是内战和俄罗斯、她爱的很多人,还有很多死者,包括她爱的人。从那个括号看(以及就此而言从她开始于1914年至1915年的全部作品看),她已经对时间有所了解，而古典作家、浪漫派作家或她的同代人中，对此略知一二的人并不多。也就是说，生与时间的关系远远少于死（它要长久得多）与时间的关系，而从时间的角度看，死与爱是一回事：差别只有一个人类才分辨得出。即是说，在 1926 年，茨维塔耶娃仿佛与时间平起平坐，她的思想并没有试图要使时间适应它，而是使它自己来适应时间及其可怕的需要。“那是多好玩啊……/……以你开始并将以你/结束”，那语调听上去就好像要是时间允许她与里尔克相见她将对时间感激不尽。换句话说，她灵魂的慷慨程度无非是时间可能对她的慷慨程度的呼应——时间对她的慷慨虽然难以证明，但也因此同样可能。

此外，她还知道里尔克另一件事。在一封致鲍里斯·帕斯捷尔纳克关于他们计划一起去探访里尔克的信中，她写道：“……然而我要告诉你，里尔克已经超负荷了，他不需要什么，不需要任何人……里尔克是一个隐者……一个占有者带来的终极战栗从他那里侵袭我，他的占有物中先验地包括我。我没有什么可以给他：一切都已被拿走。是的，是的，尽管有书信的热情洋溢，尽管有一只无可挑剔的耳朵，以及调音的纯粹——但他不需要我，也不需要你。他已不需要朋友。对我来说，这次见面是揭开伤疤，没错，是往心里捅一刀。特别是因为他是对的（那战栗不是他的，而是他身上的保护神的！），因为在我最高最强烈最超脱的时刻——我自己也是那样……”

而《新年贺信》正是那最高最强烈最超脱的时刻，这就是为什么茨维塔耶娃把里尔克让给了时间，而两位诗人与时间有太多的共同点了，以至三者都难以避免类似一个三角形。至少，他们两人有一个固有的东西，就是高度的超脱，而这正是时间的主要特质。整首诗（如同本质上她的总作品）都是对这个主题——更准确地说，这个状态，也即进一步靠近时间——的发展、阐述,并以唯一可能的空间范畴来表达:高处、来世、乐园。更直截了当地说,《新年贺信》首先证明其标题的正当性,因为它是一首关于时间的诗,而时间的其中一个可能的化身是爱,另一个是死。无论如何,两位诗人都把自己与永恒联系起来,而永恒只是时间的碎片,而非一般人所认为的相反情况。这就是为什么我们在这个括号内听不到怨恨。

此外,知道了刚才援引的那段书信的内容之后,我们也许可以颇有把握地假设,要是计划中的那次见面发生了,那个括号还是会保留下来。时间将继续成为嫉妒的对象,以及/或者成为作者灵魂的慷慨的对象,因为最快乐的也即最超脱的爱依然不如时间灌输给诗人的那种对超脱的爱。时间实际上是世界上一切事物的后记,而不断与语言那自我生成本质打交道的诗人则是第一个知道这点的人。这种相等——语言与时间的相等——恰恰是那"第三的,新的方面",而她希望"要是我们见面,我会抓住它",如此,则"意义"对她来说就"消失"了;于是她暂停脱皮,改变音域,打开她的视域:

　　越过桌面我看着你的十字架。
有多少场所——在城外,有多少空间
在城外!而还会是对谁呢如果不是对我们——
灌木丛招手示意?场所——特别是我们的
而不是任何其他人的!所有的叶子!所有的针!
有我在的你的场所(有你在的你的场所)。
(我们大可以约会——
就为了聊聊天。)不在乎地点!想想那多少个月吧!

多少个星期！多少个无人的
多雨郊区！多少个早晨！以及仍未
被夜莺开始的所有一切！

这仅限于墓上或手中一个十字架的视野，突出了普通性——被描述的情绪那近乎大众的特征；相应地，包括在这视野内的风景也是普通、中产阶级的风景。近郊的中性、半合法性是茨维塔耶娃爱情抒情诗的典型背景。在《新年贺信》中，茨维塔耶娃诉诸它，与其说是为了降低音高，也即为了反浪漫的理由，不如说是源自她其他较长的诗（《山之诗》和《终结之诗》）所创造的惯性。在本质上，近郊的无地址和无欢乐的特征是一种普遍现象，原因之一是它呼应了一个人类自己在绝对人工化（城市）与绝对自然性（大自然）之间所占据的中间位置。不管怎样，一位现代的作者，如果他想令人信服，就不会选择一座摩天大楼或一片林间空地来作为他的戏剧或田园诗的背景。它最有可能是城外某个场所，并带有茨维塔耶娃赋予“地点”这个词的全部三个意思：火车站台（“多少场所——在城外”）；区域，也即空间（“空间/在城外”）；以及幽会地点（“场所——特别是我们的/而不是任何其他人的！”）。最后一个意思因感叹句“所有的叶子！所有的针！”而变得更特殊，在这个感叹句中，我们看到一个处于大自然中的城市居民想找一个场所来坐一坐或躺一躺。从风格上说，这依然是一种哀吟，但如今那乡村、农民的措辞在这个时候让位给“蓝领”措辞——无论是词汇还是语调：

（我们大可以约会——
就为了聊聊天。）不在乎地点！想想那多少个月吧！

当然,约会或幽会这个想法,可用里尔克的多面体(多面孔)来解释,因为对作者而言,里尔克存在于每一个人、每一样事物之中。当然也是茨维塔耶娃本人在"mesyatsakh"(多少个月)中听到"mesta"(多少地方)。但是这个用语的俗语性质——在幽会时"聊聊天"——和"想想那多少个月吧!"被一个"平民百姓"喊出来,这赋予女主人公的面相某种比这首诗的体裁所设想的更普通的表情。茨维塔耶娃这样做不是基于民主理由,不是为了扩大读者群(她从不犯这个罪),或出于伪装的目的——保护她自己免受那些无度地寻根问底的隐私专家的侵害。她诉诸这些"说话面具"纯粹是基于贞洁,一种与其说是个人的不如说是专业的贞洁:诗学上的贞洁。她无非是试图要降低——而不是提高——由情绪强烈的表达所创造的效果,一种公开表白的效果。毕竟,我们不应忘记,她是在跟一个"也是诗人"的人说话。这就是为什么她诉诸蒙太奇——罗列构成标准爱情场面的背景的典型元素——而我们是在这份罗列的清单的最后一行中才知道这点的:

……不在乎地点!想想那多少个月吧!
多少个星期!多少个无人的
多雨郊区!多少个早晨!以及仍未
被夜莺开始的所有一切!

然而,在通过夜莺(标准抒情性爱情诗不可避免的属性)这个手段来表明了这个场面的性质和表明这个场面随时可能发生但结果没有发生的空间之后,她便开始怀疑起自己的视力的可靠性,继而怀疑起她对空间的整个解释:

很有可能我看得不清楚，因为我在深坑里，
很有可能你看得更清楚，因为你在上面……

这里仍可以听到一种剧痛——对她自己目光的不准确、心脏搏动的不准确、她书信中用词的不准确的自责？但她那可能的偏差和他那撒拉弗式的锐利目光，被一行诗等同了，这行诗令人惊骇恰恰是因为它很平庸——而这是她那“所有时代女人的哀号”的另一个例子：

我们之间什么也没发生。

使这声哀号更令人心碎的是它所起的公开表白的作用。这不只是环境使然或女主人公装模作样使然而以“不”来伪装“是”；这是一个取代和取消任何“是”的可能性的“不”，因此那个渴望被宣告出来的“是”紧紧抓住那个否定不放，把它当作仅有的存在形式。换句话说，“我们之间什么也没发生”通过其否定而形成了主题，而语义的重点则落在“发生”上。但是，没有任何哀号是最后的哀号；并且非常有可能恰恰是因为这首诗（以及诗中描写的处境）编剧法似的在这里结束，一向忠实于自己的茨维塔耶娃才把重心从“发生”转移到“什么也没”。因为“什么也没”定义她和她的说话对象的程度，远高于定义任何可能“发生”的事情：

如此彻底，如此纯粹和干脆地
什么也没，对我们的能力和小大
再合适不过——以至不需要枚举。

什么也没，除了——别期望普通里会出现
什么……

"如此彻底，如此纯粹和干脆地"乍看有点儿像是在感情上发展了前一行——"我们之间什么也没发生"，因为这两个诗人之间关系的平常或超常性质确实接近于童贞状态。然而在现实中，这"纯粹"尤其是"干脆"与"什么也没"是有关系的，而这两个副词在收窄那个被它们修改成名词的词[①]时表现出来的天真，只会增加"什么也没"创造的真空。因为"什么也没"是一种非实质性的东西，而恰恰是这个功能引起茨维塔耶娃在这里的兴趣——这个功能非常适合他俩，她和她的英雄，在"能力和大小"方面；即是说，这以"nichevo"（什么也没，没有，缺席）出现的功能，摇身变成"nichto"（什么也没，非存在，死亡）。这"nichevo"是绝对的，藐视描述，不可转换——转换成任何实在，任何具体。正是在这种没有和不拥有的程度的状态中，嫉妒被激起了，被

……就连死牢里一个天生有记忆的
戴着镣铐的囚徒也有的：这些唇！

很有可能，这种对"nichevo"的强烈兴趣，是由不自觉把这整个句法结构翻译成德语激发的（在德语里，"什么也没"在语法上语态更主动）。然而最有可能的是，它说明了作者的一个愿望，也即她想使"我们之间什么也没发生"的句法结构摆脱其陈词滥调的味道。或者——

① 在英译里，"什么也没"是名词。

加强那味道，把那陈词滥调扩大至它所包含的真理的那些部分。无论如何，在这句子中，那个把该处境变得通俗化的元素，已因为这方面的考虑而被大大地减低了，而读者会怀疑作者写这整个句子，甚至写这整首诗，可能都是为了有机会说出那个简单的套语："我们之间……"

这首诗其余五十八行是一篇长跋，一篇后记，它是在加速的诗歌质量的能量口授下写的——也即，在剩余的语言的口授下，在那仍在这首诗外持续着的时间的口授下。永远以耳朵来写作的茨维塔耶娃有两次试图以类似于最后的和弦来结束《新年贺信》。第一次，就在

从房屋寥寥无几的郊外
新地方快乐，赖纳，世界，赖纳！
可证明性最远端的海岬快乐——
新眼睛快乐，赖纳，耳朵，赖纳！

——在这里，诗人的名字扮演了纯粹的音乐角色（毕竟，这音乐角色首先是由任何名字演奏的），仿佛这名字是第一次听见，于是不断重复。或者因为这是最后一次呼唤这名字，于是不断重复。但是这节诗过度的感叹特色太依赖韵律了，因此难以就此终结；相反，该诗节要求悦耳的、如果不是说教的发展。茨维塔耶娃于是又作出一次尝试，改变韵律，以便摆脱韵律的惯性：

一切对你而言都是
障碍：激情和朋友。
新声音快乐，回声！

新回声快乐,声音!

但是从五音步换到三音步,以及从押韵的对句换到交韵,更有甚者,偶数诗行从阴性换到阳性,这一切造成了一个也许是必要但却过度明显的突兀感、刺耳感。这种刺耳感和伴随而来的肤浅警句式特质,造成了一个印象,以为作者已控制局面——而这与现实是绝对不一致的。这节诗的节奏冲突是如此尖锐,以至它与其说是履行了作者指派给它的角色——完成这首诗——不如说是提醒这首诗被打断的音乐。仿佛被这节诗驱赶回来似的,《新年贺信》放慢了一会儿,然后,如同暴发的洪水冲走了一道不稳的水坝或一个主题被一个节拍中断似的,它又挟着充分的响亮重返。事实上,在这首诗最后部分的开首,也就是紧接着这节诗之后,诗人的声音以一种惊人的解放之声回响着;这些诗行的抒情性是纯粹的抒情性,既不受主题发展所约束(因为从主题角度看,这一段是前几段的回声),甚至也不受对说话对象本人的考虑所约束。它是一个声音,这声音使自己脱离这首诗,几乎使自己脱离这首诗的文本:

多少次在教室一张椅上:
那些是什么山?那些是什么河?
它们可爱吗,那些没有游客的风景?
我说得对吗,赖纳——乐园是多山的,
多风暴的?不是寡妇们所热望的那种——
乐园不止一个,对吗?它上面一定还有另一个
乐园吧?在阶梯形地势上?我是根据塔特拉山脉判断——

乐园只能是

一个圆形露天剧场。(帷幔已落到某个人身上……)

我对吗,赖纳,上帝是一棵生长的

猴面包树?不是一块金路易——

上帝不止一个,对吗?在他上面一定还有另一个

上帝?

这再次是青春期的声音,脱皮的声音,“十三岁时,在新圣母修道院”——或者更准确些,是透过成熟的晦暗棱镜回忆它们。无论在《花衣魔笛手》还是在《黄昏集》[1]中都未曾出现过这个声音,除了那些谈论离别的诗,而在那些诗中我们——立即就!——可以听到未来的茨维塔耶娃,仿佛“想分手的激情在引诱着”是在说她。“多少次在教室一张椅上”在一定程度上是承认包含于她早期诗集悲剧性音符的无助感中的预言已实现,那些早期诗集中的日记式感伤和平庸被合理化了,原因之一是它们使她将来不再有它们。尤其是这种青春期的风趣(“那些是什么山?”、“没有游客的风景”,等等)——总的来说是反讽——在她成熟期中变成了联结词语的唯一可能形式,尤其是当题材是“来世”作为一位伟大和至爱的诗人的目的地的时候,当题材是具体的死亡的时候。

这种反讽尽管刺耳(不如说:青年的残酷),但远远谈不上拥有青春的逻辑。“不是寡妇们所热望的那种——/乐园不止一个,对吗?……”一个声音询问道,这声音尽管虚弱,却使另一个观点成为可能:上教堂的、老妇的、寡妇们的观点。在很有可能是无意识或下意识

① 《黄昏集》(1910)和《花衣魔笛手》(1912):茨维塔耶娃最早的两部诗集。——原注

地选择了“寡妇们”这个字之后，茨维塔耶娃立即意识到它与她自己有一些可能的联系并立即把这些联系切断，换上几乎是冷嘲的音调：“它上面一定还有另一个/乐园吧？在阶梯形地势上？我是根据塔特拉山脉判断……”现在，当公开嘲弄看来已经不可避免的时候，我们突然听到这个宏伟的声明，它把但丁的所有努力融化成一个句子：

乐园只能是
一个圆形露天剧场……

茨维塔耶娃在贝尔维的时候，绝对有理由带着深情回忆捷克的塔特拉山脉，这山脉引发了那句反讽的“在阶梯形地势上?”，而且还要求押韵。[①] 这是语言的组织作用有别于经验的典型例子：这作用在本质上是启迪性的。毫无疑问，乐园作为剧场的意念已在这首诗中较早时出现过(“当我们把手肘斜倚在包厢的边缘”)，但那是以一种个人的因而也是悲剧的调子出现的。然而，“圆形露天剧场”带有一种反讽的语调，消除了任何情感色彩，并赋予该形象以一种巨型、庞大(超个人)的规模。这里问题已不再是里尔克，甚至不再是乐园。因为“圆形露天剧场”除了其现代、纯粹技术的意义外，还尤其令人联想起古代，在某种程度上也令人想起永恒。

茨维塔耶娃与其说是恐惧于这行诗可能造成的过度强大的冲击，不如说是害怕交了这样的好运可能增加诗人的傲慢，于是她刻意地把她的成就扔进那种模仿重要人物口气的平庸里(“帷幔已落到某个人

① Tatram：amfiteatrom(塔特拉：圆形露天剧场)。——原注

身上……")——把"圆形露天剧场"降为"剧场"。换句话说,这里使用的平庸,是作为她的储藏库里的工具之一,这储藏库里的工具提供了她早期诗中青春的感伤的回声,而这回声正是在"多少次在教室一张椅上……"所建立的调子中继续谈话所必需的:

> 我对吗,赖纳,上帝是一棵生长的
> 猴面包树? 不是一块金路易——
> 上帝不止一个,对吗? 在他上面一定还有另一个
> 上帝?

"我对吗,赖纳……?"是作为一种叠句来重复的,因为——她那样想,至少是作为一个孩子那样想;但是,此外还因为这句子的重复是绝望的产物。并且,那问题愈是天真("上帝是一棵生长的/猴面包树?"),那歇斯底里就愈明显地——如同儿童的"为什么?"之类的发问也常常是这种情况——接近于开始在说话者喉咙中爆发。同时,这里描写的并不是无神论或宗教追求,而是前面提到的永生的诗歌版,它与宇宙论的共同点要多于与标准神学的共同点。茨维塔耶娃问里尔克这些问题时,绝不期待答案,而是为了"启动一个程序"(并且其中涉及的术语愈简约愈好)。此外,答案她已经知道——原因之一是她也已经知道接下来可能要问,甚至不可避免地要问的是什么问题。

让我们重申,说话的真正推动者是语言本身,也即,是那获解放的诗歌质量在碾磨主题,并且实际上几乎在碰到一个韵脚或一个意象时就溅泼起来。茨维塔耶娃在这里一本正经地问的唯一问题,也即唯一她不知道答案的问题,是紧接着"在他上面一定还有另一个/上帝?"之

后那个问题:

在新地方写作还好吗?

实际上,这与其说是一个问题,不如说是一个标记——如同音乐的记谱法——标记抒情的四分音符和降半音,把它们插入一个纯粹的、没有音乐标线的猜想性空间:插入超声乐的存在。这种高度所包含的不可承受性和不可发音性自动显露于已经重复使用过的、有点儿挖苦的"在新地方"中,显露于问话者面具的重新披戴中。然而,那答案单单是其音质就已经超越该问题了,并且是如此接近于问题的实质——

不过,如果你是,那么诗歌就是:因为你本身就是
诗歌!

——以至于她那接近于崩裂的声音需要立即降低。这降低在下一行完成,然而其手段是如此熟悉,以至其效果完全与本意相反;其本意是反讽,其结果却是悲剧:

在那甜美生活中写作还好吗……

由于他本人——里尔克——是诗歌,"写作"便变成一般(事实上这也正是这个词的真正意思)存在的委婉语,而"在那甜美生活中"非但不是居高临下,反而变成怜悯。不满足于此,茨维塔耶娃通过不完美生活也即尘世生活常见的细节的缺席(这还会在后来的组诗《书桌》中

发展)来加强“甜美生活”的画面:

> 在那甜美生活中写作还好吗,
> 没有一张书桌搁你的肘,或额头搁你的手
> (掌)。

这些细节的共同必要性,使得它们的缺席上升至共同缺席的地位,即是说,相当于实际缺席,相当于不仅实际消灭了果而且也消灭了因——而这,如果不是死亡的可能定义之一,也肯定是死亡最确切的后果之一。在这两行诗中,茨维塔耶娃为“来世”开了最大容量的处方,赋予非存在一种处于活跃过程中的特质。存在的一般迹象的缺席(主要是在对存在即是写作的解释中)并不是等同于非存在,而是超越那可触可摸的存在。不管怎样,作者通过对“手(掌)”的进一步限定而达到的,正是这效果——负面的可触可摸的效果。归根究底,缺席乃是超脱的原始版本:从心理学角度看,它与现身于某个别的地方是同义的,并以这种方式扩展存在的概念。反过来,那缺席者愈是重要,其存在的迹象就愈多。这在一位其“迹象”乃是他所描写(理解)的整个现象世界和猜想世界的诗人身上尤其明显。这里正是“永生”的诗歌版的发源地。此外:语言(艺术)与现实之间的特别不同之处,乃是详细列举已不再存在或仍未存在的无论什么东西,本身就是一个完全独立的现实。这就是为什么完全彻底地由缺席构成的非存在,也即死亡,无非是语言的一种继续而已:

> 赖纳,你对新韵脚满意吗?

因为,如果恰当地解释“韵脚”
这个词,那么什么——如果不是一整排新
韵脚——是死亡?

如果考虑到这里牵涉到一位以很守规则的方式处理死亡与存在这个一般性题材的诗人,那么可以说,“来世”的语言现实已被具体化,变成词类,变成一种语法时态。而《新年贺信》的作者正是因为偏爱这种时间而拒绝接受现在。

这种墨守成规乃是一种对悲伤的墨守成规。个人的思想愈是强大,一旦发生悲剧时,这思想能给予其主人的安慰就愈少。悲伤作为经验有两个构成元素:一个是情感的,另一个是理性的。就一个高度发达的分析性器官而言,两者之间相互关系的最显著特征是后者(那器官)并没有减轻前者也即情感的处境,反而是加重它。在这些情况下,个人的理性非但不是盟友和安慰者,反而变成了敌人,并把悲剧的半径扩大至其主人未预见到的程度。因此,有时候,一个病人的心智非但不是在描绘康复的画面,反而是在描绘不可避免的灭亡场面,从而瘫痪他的防卫机制。然而,创作过程与临床过程之间的不同之处在于,不管是作品赖以生成的材料(就此而言,是语言)还是创作者的良心,都得不到镇静剂。无论如何,在一部文学作品中,作者总是听从于理性那可怕的声音告诉他的。

构成《新年贺信》之内容的悲伤的情感方面,首先是以可塑性的方式表达的——以这首诗的韵律,以其音顿,以其诗行的扬抑格开头,以对句押韵的原则,该原则增加了诗歌中一行诗的情感适当性的可能性。理性方面则是以这首诗中的语义学表达的,它是如此公然地支配文本,简直可以轻易地变成独立分析的对象。当然,这样分开来看——哪怕在可能的情况下——没有任何实际意义;但是如果我们使自己与《新年贺信》保持一刻的距离,转而在某种程度上从外面看一看它,我们也许就会发现这首诗在“纯思想”的层面上要比在纯诗歌的层面上有更多变故。如果因此而被眼睛看到的东西被翻译成简单的语言,则我们就会得出一个印象,觉得作者的感情在发生的事情的重压下,忙于向理性寻求安慰,而这理性已把作者的感情带到极端遥远的地方,因为理性本身无法向任何人寻求安慰。当然,除了语言——而这意味着重返感情的无助。换句话说,愈是理性就愈是糟糕——至少对作者来说是这样。

正是由于《新年贺信》那毁灭性的理性主义,这首诗才超出俄罗斯诗学传统,该诗学传统更喜欢以一种虽然不一定是积极但至少是安慰的调子来解决问题。在知道了这首诗是写给谁的之后,我们也许会假设茨维塔耶娃在《新年贺信》中的逻辑连贯性是对德国(以及笼统地说,西方)精神那传奇性的卖弄学问的致意——如果考虑到“德语比俄语更母语”的话,则这种致意就更轻而易举了。这个假设也许不无道理;但是《新年贺信》中的理性主义在茨维塔耶娃的全部著作中并非绝无仅有。事实上恰恰相反:它是很典型的。也许,唯一使《新年贺信》有别于同期其他诗的,是这首诗对立论进行发展;而在《终结之诗》和《花衣魔笛手》中,我们面对的则是相反的现象——对立论进行近乎难解的压缩。(甚至有一个可能性,也即《新年贺信》中的立论之所以如此详尽,是因为里尔克对俄语多少有些认识,而茨维塔耶娃则仿佛担心误解似的——当语言障碍物稍微降低时,这种误解就特别常见——于是她刻意地“阐明”她的思想。归根结底,这是最后一封信;必须在他还未“完全”消失时,也即在遗忘尚未开始,而没有里尔克也可以过的日子还未形成时,把一切都说出来。)然而,不管怎样,我们遭遇了茨维塔耶娃这种逻辑的毁灭性特点,这也是她的著作的首要标志。

也许更合理的说法是,《新年贺信》并不是超出俄罗斯诗学传统,而是扩大该传统。因为这首诗——“民族形式,茨维塔耶娃内容”[①]——扩充了,或者倒不如说,改进了对“民族”的理解。茨维塔耶娃的思维只有对俄罗斯诗歌来说才是独特的;对俄罗斯意识来说,它是自然的,甚至是以俄语句法结构为先决条件的。然而,文学总是落后于个人经验,因为文学是作为个人经验的结果而发生的。此外,俄罗斯诗学传统永远在无可安慰面前畏缩——与其说是因为无可安慰中暗含歇斯底里的可能性,不如说是因为东正教有一种替存在的秩序辩护的惯性(以任何手段,尤其是以形而上学的手段)。然而,茨维塔耶娃作为诗人是不妥协的,并且是最高程度地不舒服的。世界和发生在世界上的很多事情,对她来说往往缺乏任何合理性,包括神学上的合理性。因为艺术比任何信仰都要更古老和更普遍,尽管艺术与信仰结婚和生孩子——但它不与信仰一起消亡。艺术审判要比末日审判更苛刻。在《新年贺信》写成时,俄罗斯诗学传统依然处于对东正教版的基督教的感情的控制之下,而它与东正教相识只不过三百年而已。在这背景下,一位喊出“上帝不止一个,对吗?在他上面一定还有另一个/上帝?”的诗人结果变成一个被遗弃者,是很自然的。后者的环境在她生命中扮演的角色可能比内战在她生命中扮演的角色还要重要。

艺术的基本原则之一,是用肉眼审视现象,没有来龙去脉,也无须中介。《新年贺信》本质上是一个人与永生或——甚至更糟糕——与

① “民族形式,社会主义内容”是苏联报章对艺术作品的标准定义。——原注

永生这个理念对谈。茨维塔耶娃在这里并非只是在术语意义上使用基督教版的永生。即使她是一个无神论者,"来世"对她而言也会有具体的教会意义:因为,一个人在有权利不相信自己有来生之后,反而较不会坚持否认他所爱的某个人有这样一个来生前景。此外,如果仅仅从排斥明显事物的倾向——而在这方面她是非常典型的——出发,茨维塔耶娃也应会坚持"乐园"这个说法。

一个诗人是这样一个人,对他来说,每一个词语都不是思想的终点而是起始;他在说出了"rai"(乐园)或"tot svet"(来世)之后,一定会在精神上踏出下一步,也即为它找到一个韵脚。于是"krai"(边缘/王国)和"otsvet"(反映)便出现了,从而延长了那些其生命已结束的人的存在。

朝着这个方向,往上,凝望"他"所在的语法上的时间以及语法上的地点——仅仅因为"他"不在这里就可以作如此凝望——茨维塔耶娃以所有书信结束的方式结束《新年贺信》:写上收信人的姓名和地址:

——为了不让任何东西溅到它,我把它握在掌心。——
举到罗讷河之上,举到拉龙之上,
举到明确而绝对的离别之上,
交给赖纳——马里亚——里尔克——交到他手里。

(约瑟夫·布罗茨基译)

"为了不让任何东西溅到它"——也许是雨?溢出的河流(罗讷河)?她自己的泪水?最有可能是后者,因为茨维塔耶娃通常只有在说到很明显的东西时才会省略——而在离别时还有什么是最明显的，除了泪水——它有能力模糊小心地写在信尾的，仿佛用一支擦不掉的铅笔写在潮湿表面上的收信人姓名。从一个超脱的观点看，“我把它握在掌心”是一个献祭的姿态，因而当然也超越泪水。“举到罗讷河之上”——罗讷河是从日内瓦湖流出的，而里尔克曾在日内瓦湖畔住过，也就是说，几乎就在他以前的地址之上；“举到拉龙之上”，拉龙是他的安葬地，也就是说，在他现在的地址之上。引人注目的是，茨维塔耶娃在听觉上把两个名字融合起来，传达了它们在里尔克命运中的先后次序。“举到明确而绝对的离别之上”，这行诗的激动因提到坟墓地点而加剧，关于这个地点，这首诗较早时曾提到它是一个里尔克不在其中的地方。最后，是把收信人的完整姓名写在信封上，还特别指明“交到他手里”（以前的邮政术语是“亲启”）——无疑，以前那几封书信的收件人地址也是这样写的。如果不是因为诗人的姓名，这最后一行将是彻底的散文（读到这个姓名，邮差会立即跃上其自行车），早前提到的“你本身就是/诗歌”，有一部分也是指诗人这个姓名。除了它对邮差可能产生的影响外，这行诗还使作者和读者回顾对那位诗人的爱是怎样开始的。这行诗的主要元素——还有整首诗的主要元素——乃是努力想留住某个人——哪怕仅仅通过声音呼唤其名字——使其不至于变成非存在；不顾明显的事实，努力坚持要留住他的全名，也即他的存在，而对这存在的具体感觉则获得了“交到他手里”这一特别指明的加强。

无论在情感上还是在旋律上，这最后一节诗创造了一个印象，使人觉得一个声音破泪水而出，并在被泪水涤净之后飞离泪水。无论如何，这声音一旦大声读出来，就变成呜咽。之所以这样，可能是因为任何人（读者或作者）都无法给已经说的加上任何东西；把音高再升高一度是不可能的了。诗歌的艺术,除了其无数功能之外,还见证了作为一个物种的人的声音的可能性和伦理的可能性——原因之一是它把这两种可能性都抽干了。对永远在声音的极限上运作的茨维塔耶娃来说,《新年贺信》不啻是一个把两种要求最高音高的体裁混合起来的机会:爱情抒情诗和葬礼挽歌。引人注目的是,在这两者之间的争论中,最后那句话属于前者:“交到他手里。”

(巴里·鲁宾　英译)

1981 年

空中灾难[①]

有药方治疗原始野蛮，但没有药方治疗那种把自己装得不像自己的狂热。

——德屈斯蒂纳侯爵《俄国通信》

1

由于19世纪俄罗斯小说的数量和质量，人们便广泛认为19世纪俄罗斯伟大散文以纯粹的惯性自动进入我们这个世纪。在我们这个世纪的历程中，我们可以一而再地在这里或那里听到种种声音，宣称这个或那个作家拥有伟大俄罗斯作家的地位，是那个传统的伙食承办人。这些声音来自批评建制，也来自苏联官方，以及来自知识界本身，其频率大致是每十年便产生两个伟大作家。

仅在战后年代——而战后年代幸福地持续到目前——就至少已有不下半打的名字充斥于这空气中。40年代以米哈伊尔·佐先科告终，50年代则以重新发现巴别尔开始。接着是解冻，于是这桂冠暂时授予弗拉基米尔·杜金采夫，因为他写了《不单为了面包》。60年代几乎被鲍里斯·帕斯捷尔纳克的《日瓦戈医生》和米哈伊尔·布尔加科夫的

① 本文为作者在美国诗人学院赞助下于1984年1月31日在纽约所罗门·R.古根海姆美术馆发表的比德尔纪念演讲。——原注

复活摊分。70年代大部分时间显然属于索尔仁尼琴;当前流行的则是所谓的农民散文,而最常被提及的名字是瓦连京·拉斯普京。

不过,平心而论,官方的偏爱恰恰绝非朝三暮四:在将近五十年间,官方一直坚持原则,推广米哈伊尔·肖洛霍夫。苦守终于得到回报——或不如说,在瑞典的大宗造船订单终于有了结果——肖洛霍夫于1965年获诺贝尔文学奖。不过,尽管如此耗费,尽管一方面国家拼命使劲,另一方面知识界变动剧烈,但是上世纪俄罗斯伟大散文给本世纪留下的空白,似乎并未得到填补。随着一年年过去,这空白愈变愈大,现在随着本世纪逐渐走向终点,人们也愈来愈怀疑俄罗斯可能就这样离开20世纪,而没有留下什么伟大的散文。

这是一个可悲的前景,而一个本土俄罗斯人无须狂热地到处寻找就能知道过错在哪里:过错无所不在,因为它属于国家。国家无所不在的手砍倒那最好的,并把剩余的二流人物压制成纯粹的庸才。然而,更深远和更具灾难性的后果,则是一种社会秩序在国家赞助下出现了,对该社会秩序的描述以至批评,自动地把文学降至社会人类学的水平。即便这样,大概也是可以忍受的,如果国家允许作家在他们的调色板上利用个人或集体对那个先前的也即被遗弃的文明的记忆:如果不是作为一种直接指涉,那么至少也以风格实验的面目出现。在就连这个也成为禁忌的情况下,俄罗斯散文迅速恶化成操劳过度的可怜人阿谀奉承的自画像。一个洞穴人开始描绘其洞穴;仍显示出这依然是艺术的唯一迹象,乃是它在墙上看上去要比在现实中更宽敞也更明亮。此外,它容纳了更多动物,以及更多拖拉机。

这类东西被称为“社会主义现实主义”,如今它被全世界嘲笑。但是如同讽刺常常发生的那样,这嘲笑已因你完全无法理解而大大减弱,也即俄罗斯文学怎么有可能在不足五十年间,就从陀思妥耶夫斯基急坠至诸如布边诺夫和巴甫连科之流。这急降是一种新社会秩序的结果,是一场一夜之间把人民的精神活动降至把消化垃圾变成本能需要的全国性剧变的结果吗?(垂涎于俄罗斯人那种在乘坐公共交通工具时读书的习惯的西方观察家对此议论纷纷。)或者,也许是那19世纪文学本身有某种缺陷,预示着这种急降?或者,这仅仅是一种起起落落的现象,是一种对任何民族的精神气候来说都难免的竖直钟摆?还有,提出这类问题算得上是合理的吗?

这是合理的,尤其是在一个有着专制主义过去和极权主义现在的国家里。因为,与下意识不同,超我是预期会畅所欲言的。无疑,发生在本世纪俄罗斯的那场民族剧变,在基督教国家的历史上是无可匹比的。同样地,其对人类心灵的损减效果也独特得足以使统治者大谈"新社会"和"新型人"。但话说回来,这正是整个事业的目标:在精神上把人类连根拔起,使其达到没有回头路的程度;因为,否则你如何建立一个真正的新社会呢?你既不是从地基也不是从屋顶开始:你是从制造新砖块开始。

换句话说,所发生的是一场前所未有的人类学悲剧,一次遗传学的退步,其净后果是急剧缩减人类潜能。在这里争论它,使用政治和科学的烦言琐语,是误导和不必要的。悲剧是历史酷爱的体裁。如果不是因为文学本身的适应力,我们大概没机会认识任何别的悲剧。事实上,创作一部喜剧或影射小说,乃是散文的一种自我保护行为。然而本世纪俄罗斯发生的事情之幅度是如此巨大,以至散文现有的一切体裁都以某种方式充满着,并且依然充满着这场悲剧那迷人的身影。无论你转向哪里，你都会碰上历史那美杜莎似的目光。

不同于文学的读者，对文学来说，这既是好事又是坏事。好事在于悲剧以比平时更丰富的实质提供一部文学作品，并通过引起变态的好奇而扩大其读者群。坏事在于悲剧基本上把作家的想象力局限于悲剧本身。因为悲剧在本质上是一项说教事业，也因此其风格是受限制的。个人的戏剧，更别说国家的戏剧，削弱了，事实上应该说取消了作家的能力，使他难以达到对于一部持久的艺术作品来说不可或缺的美学超脱。事件的重力反而取消了在风格上奋发图强的欲望。叙述一个大规模灭绝的故事时，你不会特别想释放意识流；这是理所当然的。不管这种谨慎有多大吸引力，受益的更多是你的灵魂而不是你的纸。

在纸上显示这种顾虑，会把一部虚构作品推向传记体裁——现实主义的最后堡垒（这更多地解释了传记的广受欢迎，而不是传主的独特魅力）。结果，每场悲剧在某种程度上都是一次传记事件。如此一来，它便倾向于夸大亚里士多德式的艺术与生活的紧密联系，达到了使两者沦为同义词的地步。有关散文写作如同说话的普遍看法，也无济于事。这种把艺术等同于生活的做法的可悲之处在于，它总是以牺牲艺术来达致的。如果一次悲剧经验就是一部杰作的保障的话，则相对于那些居住于毁坏和新建的万神殿里无数的杰出群众，读者将变成令人沮丧的少数派。如果伦理与美学是同义的，则文学将成为天使的领域，而不是凡人的地盘。不过，幸运的是，情况恰好相反：天使十有八九都不屑于发明什么意识流，他们更感兴趣的是意识力。

因为散文除了是别的东西之外，主要是一种诡计，一袋子戏法。作为诡计，它有自己的家谱，自己的力度，自己的规律，以及自己的逻辑。也许这类东西已被现代主义的努力变得比任何时候都要明显，而现代主义标准在当今对作家著作的评估中扮演了重要角色。因为现代主义无非是古典的东西的一种逻辑结果——浓缩和简洁。(这就是为什么我们会踌躇,不大愿意在现代主义特性的清单上添加现代主义自身的伦理观。这也是为什么向历史提出这些问题并非完全无益。因为,与普遍的看法相反,历史会回答:以今天的方法,以现在的方法;而这也许正是现在的主要魅力,如果不是现在的唯一正当理由。)无论如何,如果这些现代主义标准有任何心理学意义的话,那就是对这些标准的精通程度表明了作家独立于其材料的程度,或更宽泛地讲,把个人看得比他自己的困境或其民族的困境更重要的程度。

换句话说,可以认为,至少就风格而言,艺术比悲剧更持久,与此相伴随的,艺术家也比悲剧更持久。可以认为,对艺术家来说,重要的不是以故事自身的方式讲故事,而是以他自身的方式讲故事。因为艺术家代表个人,这个人是他自己时代的主人公:不是过去时代的主人公。他的感受力更多是受惠于上面所说的他的诡计的力度、逻辑和规律,而不是受益于他的实际历史经验,后者几乎总是冗赘的。面对其社会,艺术家的工作是向受众投射、提供这种感受力,把这种感受力当作也许是离开已知、被禁锢的自我的唯一可行路径。如果艺术教导人任何东西的话,那就是变得像艺术:而不是变得像其他人。确实,如果有一个机会让人变成任何东西,而不是变成他们自己的时代的受害者或坏人,那么这个机会就在于他们要能够对里尔克《阿波罗的躯干》一诗最后两行作出迅速反应。那最后两行是:

> ……这个躯干用每一道肌肉大声对你说:
> “改变你的生命!”

而这正是本世纪俄罗斯散文失败的地方。它被发生在这个民族身上的悲剧施了催眠术，只会不断抓其伤口，而无法在哲学上或风格上超越该经验。无论你对那政治制度的控诉是多么有破坏力，这控诉的传达方式都永远被包裹在世纪末宗教人文主义辞令那无远弗届的基调里。无论你的讽刺是多么毒辣，这种讽刺的目标永远都是外部的：那制度和当权者。人类永远被赞美，他固有的善永远被视为对最终打败恶的保障。逆来顺受永远是一种美德和一个受欢迎的题材，原因之一是逆来顺受的例子不胜枚举。

在阅读普鲁斯特、卡夫卡、乔伊斯、穆齐尔、斯维沃、福克纳、贝克特等人的时代，恰恰是上述特征使一个打哈欠和不屑的俄罗斯读者抓起某位外国作者的侦探小说或著作：一个捷克人、一个波兰人、一个匈牙利人、一个英国人、一个印度人。然而同样这些特征却使很多对自己国家里的小说的可怜状态悲痛不已的西方专家感到振奋，并阴郁地或透明地暗示各方面的痛苦对于文人是多么有益。这看上去像一个悖论，但基于各种理由——最主要的理由是这个民族在超过半个世纪里一直都在吃着低廉的文化食物——俄罗斯公众的阅读品味远远不像西方那些代表各自国家里的读者发言的人士那么保守。这些代言人大概被现代主义的冷淡、实验、荒诞等搞烦了，因而对他们来说，本世纪的俄罗斯散文，尤其是战后时期的俄罗斯散文，不啻是一种休息，一种调养，于是他们大肆赞扬和扩张俄罗斯灵魂、俄罗斯小说的传统价值、19世纪宗教人文主义留存下来的遗产及其带给俄罗斯文学的一切好处，以及——不妨这么说——俄罗斯正教会的严厉精神。（无疑，与罗马天主教的松散正好相反。）

无论这类人有什么私心，也无论他们对谁怀有私心，真正的要点是宗教人文主义确实是一笔遗产。但它与其说是19世纪的特殊遗产,不如说是这样一种普遍精神的遗产,也即在最高的、最好是教会水平上提供安慰,为现有秩序辩护,而这是与俄罗斯感受力,严格地说也是与俄罗斯文化努力息息相关的。至少可以说,俄罗斯历史上没有任何作家可以豁免这种态度,也即把最惨痛的事情归因于上苍并自动地用人类的宽恕来对待它们。这种在别的情况下是很迷人的态度的麻烦在于,它也完全被秘密警察认同,还可以在最后审判日被秘密警察的雇员用来作为他们所作所为的合理辩护。

撇开实际方面不说,有一件事是清楚的:这类教会式的相对主义(那瘫痪的宗教人文主义在理论上可简化为这种相对主义)自然会导致加强对细节的注意,在别处被称为现实主义。在这种世界观指引下,一个作家和一个警察在精确上互相竞赛,并且视乎谁在社会中占上风而定,来给这种现实主义提供最后的修饰。这表明,俄罗斯小说从陀思妥耶夫斯基转变到当前的状态,不是一夜之间发生的,并且确切地说,这也不是什么转变,因为即便在他自己的时代,陀思妥耶夫斯基也是一个孤立、自治的现象。整件事令人悲哀之处是,俄罗斯散文的形而上学颓势已持续颇长时间,实际上自从它产生了托尔斯泰之后就开始了,托尔斯泰对艺术反映现实这个说法的理解有点儿太死板了,而在他的阴影下俄罗斯散文的从句便怠惰地蠕动到当今。

这听起来也许有点像极度简化,因为说句实话,托尔斯泰那雪崩般的模拟力量如果不是因为其天时地利,其风格的重要性也就会大受限制:它几乎与陀思妥耶夫斯基同时出现在俄罗斯读者面前。诚然,对一位普通西方读者来说,陀思妥耶夫斯基与托尔斯泰之间如果有什么差别的话,其重要性也是有限或异国情调的。读他们两人的译本,西方读者会把他们当成一个伟大的俄罗斯作家,而他们两人由同一位译者康斯坦丝·加内特翻译这个事实,也帮不上什么忙。(必须指出,哪怕是今日,同一位译者也大概可以被指派去翻译《死屋手记》和《伊凡·伊里奇之死》——因为前一个“死”和后一个“死”足以被视为属于同一个公分母。)因此,那些专家才会猜测俄罗斯文学的传统价值;也因此,人们才会对19世纪俄罗斯散文的内在统一深信不疑,以及期待20世纪也会有类似的表演。这一切都离现实太远;并且,坦白说,陀思妥耶夫斯基与托尔斯泰在时间上的接近,是俄罗斯文学史上最不幸的巧合。其后果是如此严重,以致也许上苍在被指控用诡计玩弄一个伟大民族的精神构成的时候,其替自己辩护的唯一方式是说:如此一来,就可防止俄罗斯人太接近上苍的秘密。因为还有谁比上苍更清楚这点呢,也即在一位伟大作家之后,任何人都注定只能去拾恰恰是那位伟人的牙慧。而陀思妥耶夫斯基也许攀得太高了,使上苍不悦。于是上苍派来托尔斯泰,仿佛是要确保陀思妥耶夫斯基在俄罗斯得不到延续。

2

果然应验;确实没有延续。除了列夫·舍斯托夫这位文学批评家和哲学家之外,俄罗斯散文随着托尔斯泰走了,对可以不用爬上陀思妥耶夫斯基的精神高峰,它真是高兴还来不及呢。它走下那条被很多人踏过的模拟写作的蜿蜒小径,并在经过几次间隔——通过契诃夫、科罗连科、库普林、蒲宁、高尔基、列昂尼德·安德烈耶夫、格拉德科夫——之后,已抵达社会主义现实主义的深坑。那座托尔斯泰大山投下长长的阴影,要摆脱这阴影,你要么得在精确性方面胜过托尔斯泰,要么得贡献在品质上全新的语言内容。就连那些走第二条路线并以最勇敢的方式与描述性小说那吞噬一切的阴影作殊死搏斗的人——诸如皮利尼亚克、扎米亚京、巴别尔和另几位作家——也被它瘫痪，结果只能写电报式拗口的东西，这类东西有一阵子曾被当成是前卫艺术。不过，不管这些人天资多么过人，但他们在精神上只能算是上述教会式相对主义的产物；新社会秩序的压力轻易地使他们沦为彻底的犬儒主义，他们的作品亦沦为一个瘦骨嶙峋的民族的空桌上逗人喜爱的开胃小菜。

俄罗斯散文随着托尔斯泰离去的原因，当然是在于他的风格化用语，包括它那公开邀请你去模仿它的倾向。这便给你一个错觉，以为你可以击败他；这也便给了一个安全承诺，因为即使你输给了他，你也仍然可以确保有颇丰富的——可辨识的！——产品。但陀思妥耶夫斯基完全不能催生这类东西。除了根本没机会在竞赛中击败他之外，纯粹模仿他的风格也是绝对不可能的。在某种意义上，托尔斯泰是不可避免的，因为陀思妥耶夫斯基是独一无二的。他的精神追求和他的“运送手段”都没有提供任何重复的可能性。尤其是后者，其情节是根据丑闻的内在逻辑，根据其狂热地加速的句子推进的，包括官僚语言、教会术语、无业游民的黑话、法国乌托邦主义者的胡言乱语、上流社会散文的古典节拍——无所不包！当代用语的所有层面——后者尤其构成了一种难以想象、无法效尤的行为。

在很多方面，他是我们第一位信任语言直觉多于信任自己的直觉的作家——而且他对语言直觉的信任也远甚于对他的信仰体系的模仿或对他的个人哲学的模仿。而语言也百倍地回报他。其从句常常把他带到比他最初的意图或见解愿意带他去的更远的地方。换句话说，他对待语言的方式更像诗人而不像小说家——或更像一个《圣经》中的先知，向听众提出要求，不是要求他们模仿，而是要求他们皈依。他是一个天生的形而上学家,直觉地意识到在探索无限,不管是教会意义上的还是人类心灵意义上的无限时,没有任何工具比得上他的有高度屈折变化的母语连同其回旋式句法那样无远弗届。他的艺术绝非模拟:它不是模仿现实;它是创造现实,或更准确地说,是伸手去拿现实。在这个航向中,他实际上是偏离了正教会(或就此而言,偏离任何信条)。他无非是觉得,艺术不是关于人生的,原因之一是人生并不是关于人生的。对陀思妥耶夫斯基来说,艺术如同人生,是关于人为什么而存在。如同《圣经》中的寓言,他的小说是获得答案的工具而不是以自身为目标。

大致有两种人,相应地,也大致有两种作家。第一种无疑是大多数,他们把人生视为唯一可获得的现实。这种人一旦变成作家,便会巨细靡遗地复制现实;他会给你一段卧室里的谈话,一个战争场面,家具垫衬物的质地,味道和气息,其精确度足以匹比你的五官和你相机的镜头;也许还足以匹比现实本身。合上他的书就如何看完一部电影:灯光亮起,于是你踏出电影院,走上街头,赞赏彩色电影技法和这个或那个明星的表演,你甚至可能会跟着开始模仿他们的口音或举止。第二种是少数,他把自己或任何别人的生活视为一种测试某些人类特质的试管,这类特质在试管里极端禁锢状态下的保持力,对于证明无论是教会版还是人类学版的人类起源都是至关重要的。这种人一旦成为作家,就不会给你很多细节,而是会描述他的人物的状态和心灵的种种转折,其描述是如此彻底全面,以至你为没有亲身见过此人而高兴。合上他的书就像醒来时换了一个面孔。

无疑,每个人都要决定自己应跟谁走;俄罗斯小说显然涌向前者,而我们不应忘记,它是被历史及其全身装甲的代理——警察国家——

朝着那个方向推的。在正常情况下,对这样一个由环境决定的选择作出裁决是不合理的,如果不是因为有若干例外,其中一个主要例外是安德烈·普拉东诺夫。但是在谈论他之前,再次强调这点是必要的,也即在本世纪初,俄罗斯散文确实处于十字路口,处于一个分岔,两条路有一条没人走。大概是外面发生了太多事情,以至在审视心灵扭曲时不能不用司汤达那面著名的镜子。那历史往事遍布尸体,充满背信弃义,其空气因无所不在的悲痛的哀号而凝结,它需要的是史诗笔触,而不是阴险的质疑——更别说质疑可能会妨碍史诗眼光。

这个有关岔口,有关未走之路的说法,对一位普通读者来说,倒是有点儿帮助的,帮助他区分两种伟大的俄罗斯作家,帮助他每逢听到有人谈论19世纪俄罗斯文学的"传统价值"时保持警惕。不过,关键在于,那条未走之路正是通往现代主义之路,陀思妥耶夫斯基对从卡夫卡开始的本世纪每个重要作家的影响就是明证。那条被走之路则通往社会主义现实主义文学。换个角度说,就保守秘密而言,上苍在西方遭到某些挫败,但在俄罗斯他却赢了。然而,即使是我辈这种对上苍的安排几乎一无所知的人,也有理由假设上苍对它这场胜利不是完全满意。至少,这可从他把安德烈·普拉东诺夫这个礼物送给俄罗斯文学看出。

3

如果我不想在这里宣称普拉东诺夫是一个比乔伊斯或穆齐尔或卡夫卡更伟大的作家,那不是因为这样的评价是品味低劣的,也不是因为人们还不能通过现有的翻译来较完整地了解他。这类评价的麻烦不是品味低劣(它何曾阻吓过一个赞赏者?),而是这种谁更优越的概念所蕴含的等级制的模糊性。至于现有的译本不足,那也不是译者的错;这里的过失在于普拉东诺夫本人,或者更准确地说,在于他的语言在风格上的极端性。正是后者,连同普拉东诺夫所关注的人类困境的极端特征,使我不想贸然作出这类等级制的判断,因为上述几位作家都没有走上述任何一个极端。他无疑属于这个梯队的文学;然而,在那些高处不存在等级制。

普拉东诺夫生于1899年,1951年死于肺结核病,这病是他儿子传染给他的:他最终赢得了儿子出狱,结果却看着儿子死在自己怀中。从一张照片可以看到,他有一张消瘦的脸,外貌简单如农村风景,这张脸耐心地望着你,仿佛随时准备吸取任何东西。学历上,他出身土木工程师(他曾有多年时间从事各种水利工程),但他很早就开始写作,那时他二十多岁,碰巧也正是本世纪20年代的时候。他曾在内战中打过仗,先后任职于多家报纸,并于30年代享有作家盛誉,尽管他不大愿意发表。接着是他儿子以阴谋反对苏联的罪名被捕,然后是官方排斥的最初迹象,然后是第二次世界大战,大战期间他在军队里,为军队报纸工作。战后,他被消音;他1948年发表的一个短篇小说招来《文学报》头号批评家以全版篇幅攻击,就这样完了。之后,他只获准偶尔做代人捉刀的无固定职业工作,例如编辑童话故事;此外,再无其他。话说回来,反正他肺结核病已经恶化,也做不了什么了。他和妻子,以及他们的女儿,靠妻子任职编辑的工资过日子;有时候他会做做零活,当街道清洁工或附近一家戏院的舞台帮手。

他没有被捕,尽管《文学报》那篇评论是一个清晰的信号,表明他当作家的日子所剩无多了。但不管怎样,他当作家的日子原本就屈指可数;就连作家联盟最高行政头目也拒绝批准秘密警察控告普拉东诺夫,既因为他能勉强欣赏普拉东诺夫,也因为他知道普拉东诺夫患病。

在肺病发作后醒来时，普拉东诺夫常常会看到床边有一两名男子警惕地望着他：国家安全当局正在监视他疾病的进展，以确定是否应操心这个人，以及那名作联官员的固执是否有道理。因此，普拉东诺夫死于自然原因。

这一切，或其中大部分，你肯定都可以在各种百科全书、前言、后记、研究他著作的论文里找到。按当时当地的标准，那是一种正常生活，如果不是田园诗式的生活。然而，按普拉东诺夫的著作的标准，他的生活是一个奇迹。这位《基坑》和《切文古尔镇》的作者竟然获准死在自己床上，只能归因于神明的干预，哪怕只是以残存于作联行政部门里那些人身上的一点儿良心不安的方式干预。另一个解释可能是，这两部小说都没有传阅，因为两部小说在普拉东诺夫看来，都可以说尚在写作中的，是被暂时放弃的，如同穆齐尔的《没有个性的人》。不过，它们被暂时放弃的理由，也应被视为一种神明干预。

《切文古尔镇》长约六百页；《基坑》一百六十页。前一部讲的是一名男子在内战过程中突然想到，社会主义有可能已经以某种自然、原始的方式在某个地方出现了；于是他骑上他那匹叫作罗莎·卢森堡的马，出发去求证到底是不是真的如此。《基坑》则发生在集体化期间，在某个外省风景里，那儿的人口在颇长一段时间里一直都在挖一个基坑，以便稍后竖立一座多层的、灯光明亮的大厦，叫作“社会主义”。如果我们从这段白痴式的低能描述中得到结论，认为我们是在谈论另一位反苏联的讽刺作家，也许是一位带有超现实色彩的讽刺作家，那应归咎于这段描述的作者，以及归咎于需要作出描述本身；我们应当知道的最重要的事情是，我们错了。

因为这两本书是难以描述的。它们对它们处理的题材带来的破坏显然超过任何对社会批评的要求,并且就其本身而言应当以一些跟文学没有关系的单位来衡量。这两本书从未在苏俄出版过,也绝不会在那里出版,因为它们对该制度所做的,就如同该制度对其国民所做的。我们甚至会怀疑,也许它们永远不可能在俄罗斯出版,因为除了具体的社会罪恶外,它们的真正目标是那种把这罪恶描写出来的语言感受力。安德烈·普拉东诺夫的整个核心在于,他是一位相信太平盛世的作家,原因之一是,他攻击的恰恰是俄罗斯社会中那个太平盛世感情的载体:语言本身——或者说得更容易明白一点,深植于语言中的革命末世论。

俄罗斯太平盛世主义的根源,本质上与其他国家的太平盛世主义差别不是很大。这类东西总是与这个或那个宗教社区对其即将来临的危险的预期有关(但也,尽管较不那么经常,与真正存在的危险有关),以及与那个社区有限的读写能力有关。那少数阅读的人,以及更少数的写作的人,一般都会担当这场演出的主持人,通常都是对《圣经》作出另一套解读。在每一场太平盛世运动的精神地平线上,都总是有一个“新耶路撒冷”版,其临近与否,取决于情绪强度。上帝之城伸手可及这个想法,与作为整场运动源头的宗教狂热成正比。这个主题的各种变奏,还包括一个世界末日版,认为整个世界秩序将发生改变,以及一个模糊但也因此更有吸引力的关于将出现一个不管是年代学意义上还是质量意义上的新时代的看法。(不用说,以快速实现新耶路撒冷的名义犯下的罪行,都被那个目的地的美丽合理化了。)当这样一场运动成功了,便导致出现新信条。如果它失败了,随着时间推移和读写能力的扩散,它便退化为乌托邦,渐渐地完全枯竭于政治学的干燥沙漠里和科幻小说的书页里。然而,可能会有些东西不知怎的,竟重燃了被煤灰覆盖的余火。它要么是对人口的严重压迫,一种真实的、最有可能是军事的危险，一场肆虐的流行病；要么是某场具有年代学意义的重大事件，例如一个千年的终结或一个新世纪的开端。

光是人类的末世论能力永远是同一回事这点而言，就没有必要对俄罗斯的太平盛世主义的根源大书特书。它的果实，也同样没有什么多样性可言，除了其数量和这数量对普拉东诺夫碰巧生活其中的那个时代的语言施加的影响。不过，在谈论普拉东诺夫和那个时代时，我们不应忘记就在这个时代抵达俄罗斯和其他地方之前那个时期的某些特殊性。

那个时期——世纪初——确实是一个特殊时期，因为它的群众躁动气候受到一种混乱的象征作用的推波助澜：在各种技术和科学突破、通信工具扩散的泛滥下，这个徒具年代学形式而无实际内容的事件——世纪初——被赋予这种象征作用，导致大众自我意识发生一次质的飞跃。这是伟大的政治激活的时期：仅在俄罗斯，到革命的时候，其政党数目就比今日美国或英国还要多。此外，这还是一个涌现大量具有强烈乌托邦和社会工程色彩的哲学著作和科幻小说的时期。空气中充满了对大转变、对新的事物秩序即将来临、对世界重组的期待和预言。在地平线上，有哈雷彗星随时撞击地球的危险；在新闻方面，有军事上败于黄种人手中；而在不民主的社会，从一个沙皇到一个弥赛亚——或就此而言，到反基督——通常只有一步之距。至少可以说，这个时期有点儿歇斯底里的味道。因此，当革命来了以后，很多人以为那就是他们一直在盼望的，也就不足为怪。

普拉东诺夫用“质变”的语言写作，用那进一步接近新耶路撒冷的语言写作。更准确地说，用乐园的建设者的语言——或者，就《基坑》而言，用乐园的挖掘者的语言。可以说，乐园的理念是人类思想的逻辑终点,因为它,那思想,已不能再进一步了;因为乐园以外就再也没有别的东西了,也没有什么事情发生。因此,可以满有把握地说,乐园是绝路;它是空间的最后景观,是事物的终结,是山顶,是峰巅,再也不能从那里向上走——除了走入纯粹的时间;于是才会有永生的概念。实际上,这同样适用于地狱;至少在结构上,两者之间有很多共通点。

那绝路的生存,是不受任何东西限制的,而如果你可以设想哪怕是在那里,也是"环境决定意识"并产生它们自己的心理学,那么这种心理学就尤其是用语言来表达的。一般来说,应该指出,任何有关乌托邦——渴望的或已经获得的乌托邦——论述的第一个受害者,是语法;因为语言在无法跟得上这类思想的情况下,便开始在虚拟语气中喘气,并开始在引力作用下被吸向对一种有点儿不受时间限制的名称进行各种描述和建构。其结果是,地面开始从哪怕是最简单的名词底下滑出,名词则逐渐被包裹在一片随心所欲的气息里。

这就是不停地发生在普拉东诺夫散文中的那类事情。关于这位作家,可以颇有把握地说,他每一个句子都把语言赶入语义学绝路,或更确切地说,揭示了奔往那绝路的倾向,这本身即是语言的死胡同心态。他的写作大致如下:他开始一个句子时,其方式是很熟悉的,你几乎可以预见其余部分的大意。然而,他使用的每一个词,要么是被修饰词或语调修饰,要么被它在上下文里的不正确位置修饰,使得句子的其余部分与其说使你感到吃惊,不如说你因为对说话的大意的任何总的理解,尤其是对如何安排这些文字的任何总的理解,而感到你损害了自己。你发现自己被禁锢、被孤立在这样一种状态里,就是令人目眩地接近这个或那个词所表示的现象之无意义感,而你发现你是因为自己对词语的粗心,因为太过信任你自己的耳朵和词语本身,而使自己陷入困境的。阅读普拉东诺夫，你会感到那种已逐渐变成语言之组成部分的无情、难以缓和的荒诞，并感到那种荒诞随着每一句新的——任何人的——讲话而进一步加深。还有，你感到根本不可能走出这条死胡同，除了退回到那把你带入这条死胡同的语言里去。

这也许是一种太吃力——而且不是太准确或详尽（远远说不上！）——的尝试，尝试描述普拉东诺夫的写作技巧。同样地，也许这类效果只可以在俄语中创造，尽管语法中体现的荒诞感不仅颇能说明某种特殊的语言戏剧，而且颇能说明人类的整体状况。我所尝试做的，无非是突出普拉东诺夫诸风格中的一面，而且是碰巧不能称为风格的一面。他往往有一个倾向，倾向于使他的词语去到其逻辑的——也即荒诞的，也即完全瘫痪的——终点。换句话说，普拉东诺夫与以前和后来的任何俄罗斯作家都不同，他可以披露语言内部的某种自我毁灭的、末世论的元素，而这又反过来对历史提供给他作为题材的革命末世论造成极具启发性的后果。

只要你对这位作家的任何一页作品投以粗略、淡淡的一瞥，即能感到仿佛望着一块楔形文字简：它是如此密密麻麻地充满着那些语义学的死胡同。或者可以说，他的书页看上去就像一家大百货商店，其服装一件件都是里边朝外翻的。这绝不是要暗示说，普拉东诺夫是这乌托邦、这社会主义、这政权、这集体化等的敌人；一点也不是。这只不过表明，他对语言的处理已远远超越了那个具体的乌托邦的框架。不过话说回来，这也是语言不可避免要做的事情：它超越历史。然而，普拉东诺夫的风格令人感兴趣之处是，他似乎故意和完全地使自己屈从于他的乌托邦的词汇——连同其所有累赘的新词、缩写、首字母缩略词、官僚语言、标语口号、军事化祈使语气，诸如此类。除了这位作家的直觉外,他这种拥抱官样文章——更别说放弃使用官样文章——的意愿,表明他似乎认同新社会如此慷慨地承诺的某些信仰。

试图把普拉东诺夫与其时代分开,将是虚妄和不必要的;不管怎样,他的语言就是做这个的,原因之一是各时代都是有限的。在某种意义上,我们可以把这位作家视为语言暂时占据一片时间并从内部发来报告的一种体现。他的消息的精华,乃是*语言是一件太平盛世工具,而历史不是*,而这消息来自他,是再相称不过的。当然,如果要挖掘普拉东诺夫风格的系谱,你不可避免要提到数世纪俄语圣殿的"文字辫子",例如尼古拉·列斯科夫对高度个人化叙述的癖好(所谓的"skaz"——不妨译为"侃"),果戈理的讽刺性史诗倾向,陀思妥耶夫斯基那滚雪球般、狂热得令人窒息的措辞用语大杂烩。但在普拉东诺夫身上,问题不在于俄罗斯文学的传承或传统,而在于作家依靠对俄语的精髓本身进行综合(或更准确地说,超分析),它决定了——有时候是通过纯粹的语音暗示的手段——各种概念的涌现,这些概念完全失去了任何实际内容。他的主要工具是倒装法;而由于他是用一种完全倒装、有高度屈折变化的语言写作,他便可以在"语言"与"倒装法"之间画上等号。"变化形式"——正常词序——愈来愈扮演一个服务角色。

再次,以非常陀思妥耶夫斯基的方式,这种对语言的处理更适合一位诗人而不是小说家。实际上,如同陀思妥耶夫斯基一样,普拉东诺夫也写过一些诗。但如果说陀思妥耶夫斯基因其《群魔》中列比亚德金上尉那首关于蟑螂的诗而可以被视为第一位荒诞作家的话,普拉东诺夫的诗则不会在任何万神殿里为他增加一个阶位。但话说回来,诸如《基坑》中某村子铁匠铺那头学打铁的熊不仅为集体化贡献力量而且在政治上比它的主人还正统这样的场面,也多少把普拉东诺夫置于超越小说家的地位。当然，可以说，他是我们第一位名副其实的超现实主义作家，除了他的超现实主义不属于我们心目中某个文学范畴，有某种个人主义世界观，而是哲学上的疯狂的产物，大范围的死胡同心理学的产物。普拉东诺夫不是一个个人主义者；刚好相反：他的意识恰恰是由正在发生的事情之大范围及其非个性和丧失个性的特征所决定的。他的小说不是描述某个背景衬托下的主人公，而是那个背景本身吞噬主人公。这就是为什么他的超现实主义相应地也是非个性的，民间故事式的，以及在一定程度上类似于古代——或就此而言任何——神话，而这，公正地说，应称为古典形式的超现实主义。

并不是被全能者和文学传统赋予敏锐危机感受力的某些自我中心的个人主义者，而是传统上无生命的群众，表达了普拉东诺夫作品中之荒诞哲学；正是由于这哲学的载体的数目庞大，使得这哲学变得远远更可信，而其幅度也变得绝对难以忍受。与诸如卡夫卡、乔伊斯和譬如说贝克特这类颇自然地叙述他们的“第二自我”之悲剧的作家不同，普拉东诺夫讲述一个国家，这国家在某种意义上已经变成它自己的语言的受害者；或者更准确地说，他讲述一个有关这语言的故事，这语言竟然有能力产生一个虚构世界，然后开始在语法上依赖它。

由于这一切，普拉东诺夫似乎颇难翻译，而在某种意义上，这是好事：对那无法把他翻译过去的语言来说。不过，他的著作量非常可观，并且相对多样。《切文古尔镇》和《基坑》分别写于 20 年代末和 30 年代初；普拉东诺夫在此后颇长一段时间内依然继续写作。在这个意义上，他的例子可视为乔伊斯的相反：后者是在《芬尼根的守灵夜》和《尤利西斯》之后写《一个青年艺术家的肖像》和《都柏林人》的。（鉴于我们此刻谈论的是翻译问题，值得我们回忆一下的是，在 30 年代末某个时候，普拉东诺夫有一个短篇小说发表在美国，海明威对它赞不绝口。因此，并非完全令人绝望，尽管该短篇是一个很三流的普拉东诺夫作品；我想，那是他的《第三个儿子》。）

如同每一个生物，一个作家本身也是一个宇宙，只不过作家尤然。总是他更倾向于使自己与其同行分开，而不是相反。谈论他的家谱，把他融入这个或那个文学传统，在本质上恰恰就是朝着一个与他在其中运动的方向相反的方向运动。一般来说，这种把某文学传统视为一个前后连贯的整体的诱惑，总是在完全从外面观看它的时候更强烈。也许，在这个意义上，文学批评确实像天文学；不过，你不免要怀疑，这种相似性是不是真正的奉承。

如果俄罗斯文学有任何传统的话，普拉东诺夫代表着对该传统的激进背离。我自己就看不出他有什么前驱者，也许除了《大祭司阿瓦库姆的一生》的某些段落，或什么后继者。这个人有某种极度自治的意识，虽然我非常愿意把他与陀思妥耶夫斯基联系起来，因为他与陀思妥耶夫斯基要比与俄罗斯文学中的任何人都更有共通点，但是我最好还是不这样做：那将说明不了什么。当然，需要特别指出的是，《切文古尔镇》和《基坑》至少在主题上都可以视为陀思妥耶夫斯基《群魔》的续集，因为它们代表着陀思妥耶夫斯基的预言的实现。不过，话又说回来，这实现是由历史、由现实提供的；它不是一个作家的推测。此外，我们可以从《切文古尔镇》中看到，尤其是从中心人物穿越大地寻找有机地出现的社会主义，以及他对一匹叫作罗莎·卢森堡的马的长篇独白中看到《堂吉诃德》或《死魂灵》的回声。但这些回声也没有披露什么——除了你在其中呼喊的旷野的规模。

普拉东诺夫非常独立，而且是在很大的程度上。他的自治是一个气质非凡的形而上学家的自治，本质上是一个唯物主义者，试图从自己的有利——或不利——位置独立地理解宇宙，该位置是一个外省泥泞小镇，消失在一片辽阔、杂乱地延伸的大陆，如同一本无限之书里的一个逗号。他的书页充斥着这类人物：外省教师、工程师、技工，他们在被上帝遗弃的地方思索有关世界秩序的土产大理念，那些大理念就如同他们与世隔绝一样令人难以置信和惊异。

我如此不惜篇幅谈论普拉东诺夫，有一部分是因为他在美国不大为人知，但主要是为了表明当代俄罗斯散文的精神观察层面与西方普遍持有的粗糙观点是有所不同的。社会秩序的统一并不能保证精神活动的统一；个体的美学绝不会完全听任个人或民族悲剧的摆布，就像它同样不会听任个人或民族幸福的摆布。如果俄罗斯散文有任何传统的话，那就是寻找比现有可获得的更伟大的思想，对人类状况的更彻底的分析，寻找可舀取的更好的资源，以便忍受现实的围困。但是在所有这些方面，俄罗斯散文与其他西欧和东欧文学的航向并没有那么不同：它是基督教文明的文化的一部分，并且既不是最好也不是最异国情调的一部分。以别的方式看待它，等于是逆向的种族主义，等于是拍穷亲戚的肩，称赞他行为得体——这态度，应以某种方式加以制止：即使仅仅因为这态度会鼓励草率的翻译。

4

也许普拉东诺夫最麻烦的一面，是他作品的质量使它很难与有关他的同代人和他的后辈的话题扯上很大关系。这一点，甚至会被当权者用作压制《切文古尔镇》和《基坑》的一个理由。另一方面，正是因为这两本书被压制，导致人们没意识到它们的存在，才使得很多作家——

他的同代人和我们的同代人——继续制作他们的产品。对某些犯罪的宽恕本身亦是犯罪,而这正是其中之一。对普拉东诺夫两部小说的压制不仅使整个俄罗斯文学倒退了约五十年;它还使民族心灵的发展因此而被妨碍了约五十年。焚书毕竟只是一种姿态;禁止出书则是对时间的窜改。不过话说回来,这正是那个制度的目标:发行它自己的版本的未来。

现在这个未来已经到了,虽然它并不完全是那个制度设想的,但是就俄罗斯散文而言,它已经远远不是它原应是的。不错,它仍是好散文,但从风格和哲学上看,它远远比不上本世纪 20 年代和 30 年代散文的精进。当然,一个人谈论什么"俄罗斯散文的传统",本身就已经足够保守的了,但俄罗斯散文的传统知道它活在什么世纪。很不幸,要知道这方面的知识中的最新消息,它就必须去找外国作者,可他们大多数可提供的,比那同一个普拉东诺夫还要少。在 60 年代,最好的现代俄罗斯作家都向海明威、海因里希·伯尔、塞林格,以及较小程度上的,向加缪和萨特偷师。70 年代是纳博科夫,他之于普拉东诺夫就如同一个走钢丝者之于珠穆朗玛峰攀登者。60 年代还是卡夫卡第一个选本被翻译成俄语的年代,而这意义重大。接着是博尔赫斯被翻译过来,罗伯特·穆齐尔的伟大杰作的俄语译本亦浮现在地平线上。

尚有另外很多地位稍次的外国作者,他们今日都以某种方式给俄罗斯作家上了现代主义的一课,从科塔萨尔到艾丽丝·默多克;但是,如同已经说过的,只有那些最好的作家才愿意学习这一课。真正恰当地学习这一课的是读者,而今日一个普通俄罗斯读者要比一个有前途的俄罗斯作家精明多了。还有,那些最好的作家的麻烦在于,他们主要是有讽刺天分的作家,并且从一开始就面临如此巨大的障碍,以至他们哪怕是在这种后天获取的知识上，也必须笔下留情。除此之外，最近十年中，这个国家涌现出一股使人厌恶的强烈趋势，倾向于民族主义的自我欣赏，很多作家都有意无意地迎合这股趋势，往往在国家那大规模的丧失个性面前维护民族身份认同。不管这种热望多么自然和值得赞赏，对文学却造成了一种风格和美学上的撤退，并意味着还没开出毁灭性的一炮就畏缩，自我隔绝于自恋式的自怜，因为你已经抑制了你自己的形而上学能力。不用说，我这里谈论的是“农民散文”，它怀着一种安泰[①]的热望想接触地面，却有点过了头，竟生了根。

不管是在创新方面还是在总体世界观方面，今日俄罗斯散文都没有提供任何质量上的新东西。它迄今最深刻的看法是，世界是严重地邪恶的，国家无非是这邪恶的盲目工具，尽管未必就是迟钝的工具。它最前卫的技巧是意识流；它最热切的抱负是允许印刷品有色情和粗话：不过，不是为了印刷，而是为了增强现实主义。它在价值上是彻底原教旨主义的，它使用风格化的技巧，这类技巧的主要吸引点在于它们那熟悉的坚固性。简言之，其实质是古典标准。但问题就出在这里。

构成这概念——古典标准——之基础的，是这样一种看法，也即人是一切事物的衡量尺度。把这些标准与过去某个特殊历史时期，例如，维多利亚时期，联系起来，就等于摒弃人类的心理发展。至少可以说，这就像相信一个 17 世纪的人比一个现代人感到更饥饿。因此，通过反复强调俄罗斯小说的传统价值，强调其“正教会的严厉精神”等，评论界便邀请我们用与其说是古典的不如说是昨日的标准来判断俄罗斯小说。一部艺术作品永远是其时代的产物，因此应以其时代的标准来判

① 安泰：古希腊神话人物，只要身体不离地面，就能百战百胜。

断,至少应以其世纪(尤其是如果该世纪就快结束的时候)的标准来判断。恰恰是因为俄罗斯在19世纪生产过如此伟大的散文,在评估其当代小说时才不需要特别规定。

如同在别的一切事情上,在散文方面,本世纪目睹的事情不能说不多。它认为有价值的,似乎除了在所有时代都受欢迎的直接讲故事之外,严格地说就只有一种风格上的创新,一种结构上的技巧——蒙太奇、跳跃,不管是什么。换句话说,它变得喜欢展示自我意识,而这主要见诸叙述者使自己与叙述保持距离。毕竟,这是时间自身对存在的态度。再换句话说,在艺术中,这个世纪(又叫作时间)变得喜欢它自己,它自身特征的映象:碎片化、不连贯、无内容,用蒙眬的眼光或鸟瞰的方式看待人类困境,看待苦难,看待伦理学,看待艺术本身。由于没有一个更好的名称,这些特征的概要在今日一般被称为“现代主义”,而当代俄罗斯小说,无论是公开出版的还是地下的,恰恰是瞩目地达不到“现代主义”。

总的来说,它依然紧紧抓住大规模的、常规的叙述不放,侧重于中心人物及其发展,采取“成长小说”爱用的技巧,希望——而这是不无道理的——通过在细节上精确复制现实,可以产生足够超现实或荒诞的效果。当然,这样一个希望的基础,是坚固的:俄罗斯现实的质量;不过说来也怪,事实证明这还不够。使这些希望落空的,恰恰是描写手段在风格上的墨守成规,因为它循原路返回这些手段的高贵来源之心理氛围,也即返回19世纪,也即返回不现实。

例如有那么一个时刻,在索尔仁尼琴的《癌症楼》中,俄罗斯散文,以及作家本人,都来到了距离决定性的突破只差两三段的范围内。索尔仁尼琴在其中一章描写一名女医生的日常苦差。这描写的乏味和单调明显地不亚于她那份任务清单,其长度和白痴性都是史诗式的,然而这清单持续的长度,超过任何人以一种不动感情的音调来记录它的能力:读者期待来一次爆炸:它太令人难以忍受了。可是,作者恰恰在这里止步了。要是他以这种比例——音调和内容的比例——继续那么两三段,我们也许就能读到一种新文学;我们也许就能读到真正的荒诞,它将不是由作家在风格上所作的努力产生的,而是由事物的现实性本身产生的。

那么,为什么索尔仁尼琴止步了?为什么他不继续那两三段?难道他在那一刻没有感到他已来到某种东西的边缘了吗?也许他感到了,不过我有点怀疑。问题在于,他没有材料来填充这两三段,没有别的任务可谈。那么,你不禁要问,为什么他不发明一些?答案既高贵又悲哀:因为他是一个现实主义者,发明事物将是不真实的:既不忠实于事实也不忠实于他作为一位作家的本性。作为一个现实主义者,他有一套不同的直觉,有别于其他当你看到一个好机会时便会刺激你去发明点什么东西的直觉。正是这个理由,使我怀疑他是否已感到自己来到某种新东西的边缘了:他根本就感觉不到那个好机会,根本就没有做足去看见它的准备。因此这一章便以一种说教的、瞧吧事情多么糟糕的音调告终。我记得当我读到这里的时候,我的手指几乎发抖:“哟,乖乖,它要发生了。”但它没有发生。

使《癌症楼》这一章更加说明问题的是,索尔仁尼琴具备了既是公开出版的作家又是地下作家的资格。这两个类别有很多共通之处,其中之一就是它们的缺点。一位地下作家除非完全跨越到实验那一边,否则我们区别他与其体制中的同行之差别时,主要是根据他的题材,更远远谈不上根据他的措辞。另一方面,一位实验作家往往用一种真正的复仇来做其实验:在没有出版前景的情况下,他通常会把说教方面的考虑全部抛弃,最终导致他连极有限的少数有鉴赏力的读者也失去了。经常地,他唯一的安慰是一个瓶子,他唯一的希望是在西德某本杂志被某位学者拿来与乌韦·约翰森[1]比较。一部分由于他的作品是完全难以翻译的,一部分由于他通常受雇于某个机构,做某种与军事有关的机密科学研究,他对移民的想法并不欣赏。最终,他放弃了他的艺术追求。

情况就是如此,至于那些有较好政治制度的国家里某个诸如米歇尔·布托尔、莱奥纳多·夏侠[2]、君特·格拉斯或沃克·珀西[3]所占据的中间地带,在俄罗斯根本就不存在。这是一个非此即彼的处境,在这种处境中就连在国外出版著作也不会起到决定性的帮助,原因之一是这样做将不可避免地给作者的物质安康带来损害。在这类环境下创造一部具有持久重要性的作品,更多需要由悲剧主人公而不是由悲剧作者拥有的高度人格完整性。很自然,在这种困境中,散文的表现要比其他艺术形式糟糕得多,不仅因为散文创作过程的本质较不易变,而且因为由于散文的说教性质,散文一直被非常密切地监视着。散文监视者失去作者踪影的时刻,也便是拉下窗帘写作的时刻;然而,由于作者努力把作品写得能让监视机构看得懂,这便实际上把作品变得懦弱。至于一位成名作家有时候为了问心无愧而采取的"为抽屉写作"、"为阁楼写作",也同样不能带给他治疗风格的灵丹——这在最近十年间尤其明显,也即几乎所有阁楼散文全部被扫走,带到西方出版。

---

① 乌韦·约翰森(1934—1984):德国作家。
② 莱奥纳多·夏侠(1921—1989):意大利作家。
③ 沃克·珀西(1916—1990):美国作家。

一位伟大作家是一个能够延长人类感受力之视角的人，能够在一个人智穷计尽时为他指出一个好机会，一个可以追随的模式。在普拉东诺夫之后，娜杰日达·曼德尔施塔姆以其回忆录而成为俄罗斯散文最接近于生产这样一位作家的人；在较低的程度上，亚历山大·索尔仁尼琴也以其小说和记录性散文而成为这样的人。我允许自己把这位伟人放在第二位，主要是因为他显然不能在基督教历史上最残暴的政治制度背后看出人类的失败，如果不是基督教教义本身的失败（正教会的严厉精神就到此为止！）。考虑到他所描写的这场历史性梦魇的严重性，这种无能力本身就足以令人吃惊，进而怀疑在美学保守主义与抗拒人是极其坏的这个概念之间有一种依赖关系。且不说一个人的写作的风格后果，拒绝接受这个概念本身，就意味着这个梦魇会在光天化日之下不断重现——任何时候。

除了这两个名字外，现时的俄罗斯散文实在很难为一个智穷计尽的人提供什么东西。有若干孤立的作品，以其令人心碎的诚实和古怪而接近杰作。它们能够为我们这个人提供的，只是片刻的净化作用或滑稽的轻松。虽然这终极而言，是进一步使人顺从现状，但它仍算是散文较好的服务之一；而如果美国的读者知道这些名字，也将更好，他们是：尤里·东布罗夫斯基、瓦西里·格罗斯曼、韦涅季克特·叶罗费耶夫、安德烈·比托夫、瓦西里·舒克申、法兹尔·伊斯坎德尔、尤里·米洛斯拉夫斯基、叶夫根尼·波波夫。他们之中有些只写过一两本书，有些已经去世；但他们——再加上多少较为人知的谢尔盖·多夫拉托夫、弗拉基米尔·沃伊诺维奇、弗拉基米尔·马克西莫夫、安德烈·西尼亚夫斯基、弗拉基米尔·马拉姆津、伊戈尔·叶菲莫夫、爱德华·利莫诺夫、瓦西里·阿克肖诺夫、萨沙·索洛科夫——构成了一种现实，对这种现实,任何觉得俄罗斯文学或俄罗斯事物有任何重要性的人,迟早都要认真对待。

上述这些人,都值得以不少于这次讲座已有的篇幅来加以讨论。他们之中有些碰巧是我的朋友,有些恰恰相反。把他们塞入一个句子,有点像罗列空难受害者名单;不过话说回来,这恰恰是一场灾难已发生的地方:在空中,在理念的世界中。这些作者的最佳作品,应被视为这场灾难的幸存者。如果被要求推荐一两本足以比其作者和现在这一代读者更经久的书,我愿意提名沃伊诺维奇的《简易俄语》和尤里·米洛斯拉夫斯基的任何短篇小说选。然而,在我看来,面对一个真正难以预计的未来的作品,是尤兹·阿廖什科夫斯基的《袋鼠》,这本书的英译本即将出版。(愿上帝帮助译者!)

《袋鼠》是一部有着最惊人、最可怕的欢闹的小说。它属于讽刺类型;然而,其净效果既不是对制度的厌恶,也不是滑稽的轻松,而是纯粹的形而上学恐怖。这效果远远不是与作者那严格地说是末日感的世界观有关,而是更多与他耳朵的质量有关。阿廖什科夫斯基在俄罗斯作为一位歌词作者的声誉是极其高的(事实上,他有些歌是民族民间文学的一部分),他像一个神童那样倾听语言。《袋鼠》的主人公是一个职业扒手,其扒手生涯跨越整个苏俄历史,而小说则是以最污秽的语言纺出的史诗纱线。这语言既不能用“俚语”也不能用“行话”来定义。群众口中的粗言秽语颇像某个知识分子的私人哲学或一大堆信仰,对当局那正面、强制性的独白起到了解毒剂的作用。在《袋鼠》中,如同俄罗斯人的日常谈话一般,这解毒剂的剂量远远超过其治疗目的,其超幅足以容纳另一个宇宙。虽然从情节和结构角度看,这本书表面上可能有点像《好兵帅克》或《项狄传》,但在语言上它绝对是拉伯雷式的。它是一种独白，邋遢、变态、讨厌，充溢着类似《圣经》中的诗歌的节奏。如果再随口说出一个名字，那不妨说这部著作有点像耶利米：狂笑的。对一个智穷计尽的人来说，这已经有点不同凡响了。然而，使我们欣赏这部独特作品的，并非它对那个无名却无所不在的人的关切，而是它在总体风格上朝着今日俄罗斯散文所不熟悉的方向突飞猛进。俗语走向哪里，它就走向哪里；即是说，超越内容、理念或信仰的终点：朝着下一句话，下一个语调：进入说话的无穷性。至少可以说，它偏离不管是什么名称的意识形态小说类型，吸纳对社会秩序的谴责，但溢出它，如同溢出一只太小、无法容纳语言洪水的杯子。

如果以阅读上述作者们开始，有些人可能会以为我这些话是夸大其词和带偏见；最有可能的是，他们会把这些缺点归因于本文作者自己的职业。另一些人可能会觉得这里表达的对事物的看法太过一概而论，因而不真实。确实：它是一概而论的，狭窄的，表面化的。它充其量只能称为主观或精英主义的。这将是很公平的，除了一项，也即我们不应忘记，艺术不是一项民主事业，哪怕是看上去好像人人都可以掌握和判断的散文艺术。

然而问题在于，几乎在所有人类努力的领域都如此受欢迎的民主原则，在至少两个领域是用不上的：艺术和科学。在这两个领域应用民主原则，其结果将是把杰作与垃圾、发现与无知等同起来。抵制这样的等同，就等于承认散文是一门艺术；正是这种承认使我们不得不以最残忍的方式作出区分。

不管你喜不喜欢，艺术是一个线性程序。为了防止它自己回卷，艺术便有了陈词滥调这个概念。艺术的历史是增加和提炼的历史，扩展人类感受力之视角的历史，丰富表达手段的历史——或更经常地，浓缩表达手段的历史。艺术中引入的每一种新的心理现实或美学现实,对其下一个实践者来说都立即变成老套。黑格尔曾以稍微不同的措辞说过,漠视这条规则的作者将难以避免使他的作品——不管它在市场上获得舆论怎样的好评——自动地变成纸浆的命运。

但是,如果这仅仅是他的作品或他本人的命运,那也不是太坏。纸浆供应创造出对纸浆的需求这个事实也不是太坏;就艺术本身而言,这并不构成危险:艺术总是小心照顾好自己的同类,如同穷人或动物王国里的动物都懂得这样做。不是艺术的散文的坏处在于它损害它所描写的生活,并且在个体的发展中扮演了简化角色。这类散文在艺术提供无穷性的地方提供终点,在艺术提供挑战的地方提供舒适,在艺术提供裁决的地方提供安慰。简言之,它背叛人,把他出卖给他的形而上学敌人或社会敌人,这敌人无论是形而上学的还是社会的,其数目都多得难以计算。

今日俄罗斯散文的情况,都是它自己造成的,尽管这话听起来在很多方面都令人觉得冷酷无情;可悲的是,它继续以它现时的方式维持这个局面。因此,把政治列入考虑乃是一种矛盾修辞法,或者说恶性循环,因为政治填补的,恰恰是艺术在人们思想和心灵中留下的那个真空。本世纪俄罗斯散文的苦难一定可以给别的文学提供某些教训,因为俄罗斯在普拉东诺夫已死的情况下以今日这种方式写作,依然要比美国作家在贝克特还活着的情况下追求平庸更可原谅一点儿。

1984 年

论W. H. 奥登的《1939年9月1日》[①]

1

大家面前这首诗,有九十九行,如果时间允许,我们将逐行分析。这可能会冗长乏味,确实也冗长乏味;然而,我们将有一个较好的机会去认识作者和认识抒情诗的一般策略。因为这是一首抒情诗,尽管其题材显得不像。

由于每一部艺术作品,不管是一首诗还是一个建筑穹顶,都是其作者的自画像,而这是可以理解的;因此我们不会花费太多精力去区分作者的面具与本诗的抒情主人公。一般来说,这种区分意义不大,原因之一是一位抒情主人公永远是作者的自我投射。

由于大家都已经按要求背诵了这首诗,所以大家都已经知道这首诗的作者是他的世纪的批评者,但他也是这个世纪的一部分。因此他对这个世纪的批评几乎也总是自我批评,而正是这点,为他的声音添上了抒情姿态。如果你觉得尚有其他成功的诗学方案的处方,那你注定会被遗忘。

我们将检视这首诗的语言学内容,因为正是词汇使一个作家有别

① 本演讲是哥伦比亚大学艺术学院写作系现代抒情诗课程的一部分。由该课程学生海伦·汉德利和安妮·谢里尔·派恩小姐录音和整理成文字。——原注

于另一个。我们还将留意诗人所提出的理念,以及他的韵式,因为正是后者为前者提供了一种不可避免感。一个韵脚会把一个理念变成法律;并且在一定程度上,每首诗就是一部语言学法典。

就像你们有些人已经观察到的,奥登诗中有很多反讽,这首诗尤然。我希望我们能以够彻底的方式展开,使大家可以明白到这种反讽,这种轻触,乃是最深刻的绝望的标志;不管怎样,这正是反讽常有的标志。总之,我希望这堂课结束时,你们能够产生与导致这首诗产生的相同的感情——爱的感情。

2

这首诗是在我们的诗人定居美国不久之后写的,至于标题,我希望无须多解释。他离开英国,曾在国内引起颇大的叫嚣;他被指叛逃,被指在危险时刻弃祖国于不顾。嗯,危险确实来了,但却是在诗人离开英国一段时间之后才来的。此外,他恰恰是在大约十年前就不断发出警告,警告它——危险——正一步步逼近的人。不过,关于危险,问题在于不管你有多么超人的视力,都不可能测定其抵达时间。他的大多数指责者恰恰是那些看不到危险来临的人:左派、右派、和平主义者,等等。更有甚者,他决定移居美国,与世界政治毫无关系:这次移居的理由,有着更多的私人性质。我希望我们稍后有机会谈论这个。目前最重要的是,我们这位来到新国家的诗人正处于大战爆发之际,因此至少要对两群听众说话:祖国的和眼前的。让我们来看看,这个事实对他的措辞用语有什么影响。那就从这个开始吧……

我坐在第五十二大街

其中一个下等酒吧
疑虑又害怕
当聪明的希望已到期，
低俗而不诚实的十年失效：
愤怒和恐惧的电波
在地球上那些明亮
和暗淡的土地循环，
侵扰我们的私生活；
那不宜提及的死亡味
冒犯这九月的夜晚。

让我们从头两行开始："我坐在第五十二大街/其中一个下等酒吧……"在你看来，为什么这首诗以这样的方式开始？例如为什么要有这精确的"第五十二大街"？有多精确？嗯，它的精确在于，第五十二大街表明一个不可能是欧洲某处的地点。够好的。我想，奥登在这里想扮演一点儿新闻记者的角色，不妨说，战时通讯员的角色。这个开篇，有一股明显的报道气息。诗人大致相当于说"驻……通讯员报道"；他是一个新闻工作者，向英国的同胞报道。这里，我们看到了某种非常有趣的东西。

看看"下等酒吧"(dive)这个词。它不完全是一个英国词，对吧？"第五十二大街"也不是。对他这个新闻记者的姿态来说，它们有明显的直接好处：这两样东西对他国内的听众来说都是异国情调的。这也向你们介绍了奥登的一个方面，关于这个方面，我们将用点时间来谈论：美国措辞的掺入，这种迷恋我认为是他移居美国的理由之一。这首诗写于 1939 年,在接下来的五年间,他的诗变得实际上布满了美国英语。他几乎陶醉于把它们融入他那以英国英语为主的措辞,后者的肌理——一般英诗的肌理——不断因为诸如“下等酒吧”(dive)和“粗糙的城镇”(raw towns)[①]而大大活泼起来。我们将逐一讨论它们,因为对一位诗人来说,词语及其声音比意念和信念更重要。说到诗,起初依然是词语。[②]

而在这首诗的开头,则是“下等酒吧”这个词,很有可能,这个下等酒吧是这首诗其他部分的触发点。他显然喜欢这个词,原因之一是他以前从未使用过它。不过,他想:“嗯,在英国老家,就语言来说,他们可能会以为我有点像在跟下流人胡混;以为我只不过是在拿点儿美国新小吃来嚼舌头。”于是,他首先拿“下等酒吧”(dives)与“生活”(lives)押韵,这押韵除了激活一个古老韵脚外,本身就够能说明问题的了。其次,他用“其中一个”来对“下等酒吧”这个词作出限定,从而减少“下等酒吧”的异国情调。

与此同时,“其中一个”增加了原先在下等酒吧里的谦卑效果,而这种谦卑效果很适合他那记者的姿态。因为他把自己的位置定得很低:实际的低,这意味着在众多人事中间。仅此,就增强了逼真感:那在繁忙的环境中说话的人,使人更乐意倾听。使整件事情更可信的是“第五十二大街”,因为诗歌中毕竟很少用到数字。最有可能的是,他的第一个冲动是要说“我坐在其中一个下等酒吧”;但接着他觉得,“下等酒吧”在语言上对老家的群众来说可能太显眼,于是他加上“第五十二大街”。这便有所减轻,因为第五大道与第六大道之间的第五十二大街在

① 语出《悼叶芝》。

② 这是在套用《圣经》中的“太初有道”(直译为“起初是词语”)。

当时是世界的爵士乐地带。因此,顺便一提,也才有了回响于这些三音步诗行的半押韵中的所有类似爵士乐分切音的韵格变异。

别忘记:是第二行而不是第一行表明你的诗的韵律走向。它还为有经验的读者提供信息,使他知道作者的身份,也即他是美国人还是英国人(一般来说,如果第二行揭示他是美国人,那会很大胆:它以语言学内容侵犯了韵律那预构的音乐性;一般来说,一个英国人往往会维持第二行的完全可预测性,只有在第三行,或更有可能的,只有在第四行才引入他自己的措辞。不妨比较一下托哈斯·哈代与E. A. 罗宾逊,或更相称的,与罗伯特·弗洛斯特对四音步诗行甚或五音步诗行的运用)。不过,更重要的是,第二行是引入押韵格式的诗行。

"第五十二大街"起到了所有这些作用。它告诉你这将是一首三音步诗,告诉你作者够单刀直入,足以被当作一个本土居民;告诉你韵律将是不规则的,很有可能是半谐韵的("afraid"[害怕]在"street"[大街]之后),且带有扩充的倾向(因为实际上是"bright"[明亮]经由"afraid"[害怕]而与"street"[大街]押韵,而"afraid"[害怕]则扩大至"decade"[十年])。对奥登的英国读者来说,这首诗正是在这里,以"第五十二大街"所创造的有趣而又非常注重事实的气氛,以颇为意料不到的方式开始的。但关键之处在于,此时我们的作者并非只与英国人打交道;不再是了。而美妙之处在于,这个开头两方面都照顾到了,因为"下等酒吧"和"第五十二大街"告诉他的美国读者,他也是在讲他们的语言。如果我们考虑到这首诗的直接目标的话,则我们就一点也不会对这种措辞的选择感到吃惊。

约二十年后,在一首纪念路易斯·麦克尼斯的诗中,奥登表达了一种愿望:"如果可能,成为一个大西洋的小歌德。"这是一次极其意味深长的承认，而此中关键性的词，信不信由你，不是歌德而是大西洋。因为奥登在其诗歌生涯中，一开始想到的，就是这样一种意识，也即他使用的语言是跨越大西洋的，或者更准确些，是帝国的：不是英国统治那种意义上的帝国，而是语言创造帝国这个意义上的帝国。因为帝国既不是由政治也不是由军事力量维系的，而是由语言维系的。不妨以罗马，或者更恰当些，以古希腊文化时期为例，它是在亚历山大大帝自己的死亡（而他死得很早）之后就立即开始解体的。在政治中心崩溃之后，使它们维系数世纪的，是"伟大的希腊语"和拉丁语。帝国首先是文化实体，而做这个工作的是语言而不是军团。因此，如果你想用英语写作，你就应当精通它所有的用语，譬如从弗雷斯诺到古隆坡。否则，你所说的话的重要性可能就超不出你那当然十分值得赞赏的小教区；况且，还有那著名的"水滴"（它反映整个宇宙）说法可以安慰你。这也蛮好。然而你完全有机会成为"伟大的英语"的公民。

嗯，也许这有点蛊惑人心；但它没有害处。回到奥登，我觉得上述考虑在他决定离开英国时都起到了一定的作用。还有，他在国内的声誉已非常高，而大致上他要面对的前景是加入文学建制：因为在一个小心地划分等级的社会中，没有别的地方可去，而且也没有什么可追求的了。因此他上路了，而语言伸长他的路。不管怎样，对他来说，那个帝国不仅在空间里伸展，而且也在时间里伸展，而他是从英语的每一个源头、层次和时期舀取词语的。不用说，一个常常被指控搜罗《牛津英语词典》里古老、艰深、过时的词语的人，绝不会忽略美国提供的狩猎旅行。

无论如何，"第五十二大街"在大西洋两岸敲响的钟声，足以使人们愿意倾听。在每一首诗的开始，一位诗人必须消除那股艺术和技巧的气息，因为这气息会搅混公众对诗歌的态度。他必须有说服力，清楚明白——大致如公众本身一样。他必须用公共的声音说话，如果他处理的题材是公共的，就更非如此不可。

"我坐在第五十二大街/其中一个下等酒吧"符合这些要求。我们在这里听到的，是一个平淡、自信的声音，它是我们之中一个人的声音，一个用我们自己的音调跟我们说话的记者的声音。而就在我们期待他以这种令人放心的方式继续下去，就在我们已认出这个公共的声音并被他的三音步诗行诱入规律性时，诗人却带着我们一头栽进"疑虑又害怕"这一私人措辞里。嗯，这可不是记者的谈话方式；这更像是一个受惊的孩子而不是老练、穿军用大衣的新闻记者的声音。"疑虑又害怕"表示什么？——怀疑。而这恰恰是这首诗——实际上也是一般诗歌、一般艺术——真正开始之处：怀疑或带着怀疑。突然间，第五十二大街下等酒吧那种确信的东西不见了，你会觉得，也许它当初被展示在那里是因为他一开始就"疑虑又害怕"：这就是为什么他紧紧抓住酒吧的具体性不放。但现在预备环节已经完成，我们可以工作了。

随着我们逐行分析，我们不仅应审视它们在一首诗总体设计中的内容和功能，而且还应审视它们各自的独立性和稳定性；因为如果一首诗要持久，最好要有得体的砖块。从这个角度看，第一行有点儿摇晃，原因之一是格律刚引入，而诗人对此心知肚明。它有一种语出自然的气息，且因为它所描述的活动而显得颇为放松和谦卑。问题在于，它并没有使你做好迎接下一行的准备；不管是在格律上还是在内容上。在"我坐在……/其中一个下等酒吧"之后，一切都是可能的：五音步、六音步、双韵，等等。因此，"在第五十二大街"的重要意义远不止是它的内容所暗示的，因为它锁定了全诗的格律。

“在第五十二大街”的三个重音,使得这句子坚固和直接如同第五十二大街本身。虽然坐在“其中一个下等酒吧”与传统诗学姿态不一致,但它的新颖性是有点临时的,如同一切与代词“我”有关的事物。另一方面,“在第五十二大街”是永久的,因为它是非个性的,也因为它的数字。这两方面的综合,得到重音的规律性的加强,从而给予读者一种信心感,并使接下来可能出现的任何东西合法化。

由于这点,“疑虑又害怕”便以其缺乏任何具体的东西而使你更加印象深刻:没有名字,甚至没有数字;仅仅是两个形容词,[①]如同两个恐慌的小喷泉在你肚子里涌动。这从公共向私人措辞的转变是颇为唐突的,而这行诗仅有的两个字的开元音,使你喘不过气来,孤身面对世界的具体稳定性,而世界其长度并不止于第五十二大街。这行诗所说明的状态,显然并不是心智的状态。然而,既然他看来已不想掉入他的无家可归状态可能邀请他去瞥一眼的不管什么深渊,他便试图提供某种合理依据。这行诗,同样有可能由他与其周遭环境的不协调感授意写出(如果你愿意,也可以说是由一个人的肉体与任何环境的不协调感授意写出的)。我甚至斗胆认为,这种不协调感是永久地存在于这位诗人身上的;只不过他的个人环境或历史环境,例如写这首诗时的历史环境,使得那种不协调感更加强烈罢了。

因此他在这里为所描写的这个状态搜寻一个合理依据,是很对的。整首诗便是从这些搜寻中发展出来的。好了,让我们看看要发生什么事:

① 原文中的 uncertain 和 afraid 是形容词。

当聪明的希望已到期，

低俗而不诚实的十年失效……

首先，他的英国读者中，有颇大比例会受到当头棒喝。“聪明的希望”在这里代表着很多东西：和平主义、绥靖政策、西班牙、慕尼黑——所有那些为欧洲法西斯主义铺路的事件，它们与我们时代的匈牙利、捷克斯洛伐克、阿富汗、波兰为共产主义铺路大同小异。说到波兰，1939 年 9 月 1 日也即本诗标题的日期，正是德国军队入侵波兰和第二次世界大战开始的日期。（嗯，这里谈一点儿历史，无伤大雅，是吧？）你们知道，这场战争是因为英国为波兰的独立作出担保而爆发的。这是开战的借口。现在是 1981 年，四十年后，波兰的独立哪里去了？所以，严格地，从法律角度说，第二次世界大战是枉费心机。但我离题了……不管怎样，这些担保是英国的，而“英国的”这个修饰语对奥登而言依然是有些意味的。至少可以说，它有可能依然暗示着家乡，因此他才以如此清晰和严苛的态度对待“聪明的希望”。

不过，这两个词的结合的主要作用，乃是主人公试图通过合理化来平息恐慌。而如果不是因为“聪明的希望”这个说法是矛盾的，那倒是可以办到。其矛盾是：如果真是聪明的话，就应知道对希望来说已经太迟了。这个表述的唯一平息作用，来自“希望”这个词本身，因为它暗示一个始终与改善联系在一起的未来。这个矛盾修辞法的净结果，显然是讽刺的。然而在这些环境下，讽刺一方面几乎是不道德的，另一方面则是不够的。因此作者放低他的拳头，来一个“低俗而不诚实的十年”，这“十年”覆盖了上述所有向暴力屈服的事件。但在我们分析这行诗之前，请注意“不诚实的十年”所蕴含的警句特质：由于重音的相似性和辅音字母开头都相同，“不诚实”便构成了“十年”的某种精神押韵。不过，这也许有点儿过了头，仅仅为了贴近看事物而贴近。

现在，在你看来，为什么奥登会说“低俗而不诚实的十年”？嗯，部分原因是那十年确实沦落得很低俗——因为随着人们对希特勒的恐惧增加，有一种论调也不断壮大，尤其是在欧洲大陆，认为一切终究会以某种方式好起来。毕竟，所有那些国家都互相来往太久了，更别说人们对第一次世界大战的杀戮记忆犹新，因此很难想象会再来一个射击季。对很多国家来说，那似乎是纯粹的同义反复。对这种思维模式的最出色描述，莫过于伟大的波兰诙谐作家斯坦尼斯拉夫·耶日·莱茨[①]（他的《凌乱的想法》大受奥登激赏）以下这句话：“在一个悲剧中生存下来的英雄不是悲剧英雄。”这听起来蛮可爱，但一个令人厌恶的事实是，一个英雄常常在一场悲剧中生存下来，却在另一场悲剧中死去。因此，不管怎么说，才有那些“聪明的希望”。

通过加上“低俗而不诚实的十年”，奥登制造了刻意地横加指责的效果。总的来说，当一个名词被超过一个形容词修饰，尤其是在纸上时，我们就会变得有点儿起疑。在正常情况下，做这类事情是为了强调，但当事人知道其风险。这里，不妨附带说明一下：在一首诗中，你应设法把形容词的数目减至最少。如此一来，要是有人用一块会消除形容词的魔术布覆盖你的诗，那么纸上仍将有足够多的黑字，因为尚有大量名词、副词和动词。当那块布很小时，你最好的朋友便是名词。还有，不要用相同的词类押韵。名词可以互押，动词不应当，形容词互押则是禁忌。

---

① 斯坦尼斯拉夫·耶日·莱茨（1909—1966）：波兰诗人。

到 1939 年,奥登已是老手,有足够的经验知道这类有关两个或两个以上形容词的禁忌,然而他恰恰使用这些修饰语,这些修饰语除了别的一切之外,还都是贬义的。你会问,这是为什么呢? 为了谴责那十年? 但如果是谴责,"不诚实"已足够。此外,自以为正义并不是奥登的性格,况且他也知道自己是那十年的一部分。一个像他这样的人,在使用一个负面的修饰语时,不会意识不到其中的自画像成分。换句话说,每逢你要使用某个贬义词,不妨设法把它应用到自己身上,以便充分体味那个词的分量。如果不这样,则你的批评充其量只是为了把一些不愉快的事情清除出你的系统。如同几乎所有自我疗法一样,它治愈不了什么……不,我觉得连续使用这些形容词的原因,是诗人想为理性的恶心提供实际的重力。他无非是想一锤定下这行诗,而那个沉重、单音节的"low"(低俗)做到了这点。这行三音步诗是以铁锤似的方式敲定的。他原可以说"恶心"或"糟糕",但"低俗"更稳定,而且与下等酒吧的乌烟瘴气呼应。我们在这里不仅仅是与伦理打交道,而且是与实际的都市地形打交道,因为诗人要把整件事情维持在街道的水平。

> 愤怒和恐惧的电波
> 在地球上那些明亮
> 和暗淡的土地循环,
> 侵扰我们的私生活……

"Waves"(波浪,电波)显然是电台广播的电波,尽管这个词的位置——正好在"不诚实的十年"之后,以及在新句子的开头——预示着放松,预示着音高的改变;因此,直觉上一位读者会倾向于用浪漫情调来理解

“waves”。嗯,这是因为一首诗坐落在一张白纸的中间,周围都是巨大的空白,故每一个词、每一个逗号都承载着巨大的——也即与未使用的大量空白相称的——暗示和含义的重负。它的词语根本就是超载的,尤其是在一行诗的开头和结尾。它不是散文。它就像白色天空里的一架飞机,每一个螺栓和铆钉都至关重要。这就是为什么我们要对它逐行分析……不管怎样,“愤怒和恐惧”可以说是那些广播的实质:德国入侵波兰和全世界对入侵的反应,包括英国对德国宣战。很有可能,恰恰是这些报道与美国场景构成的对比,使我们的诗人在这里采取了新闻记者的姿势。无论如何,正是这个对报界的暗指,导致诗人选择下一行的动词“circulate”(循环、流通);但这只是部分原因。

使用这个动词的更直接原因,是前一行的“恐惧”,而且不仅仅是因为这种感觉一般来说会反复出现,也是因为与此有关的不连贯。“愤怒和恐惧的电波”的音高,相对于前一行那受控制、平淡的措辞来说,有点太高了,于是诗人决定用这个技术性或官僚风格的,总之是冷淡的词“循环”来削弱自己。而且由于使用了这个不动感情、技术性的动词,他可以安全地——也即不用冒着给人一种肤浅情绪的感觉的风险——使用那些充满暗示的修饰语“明亮和暗淡”,它们既描述了全球的实际面貌,也描述了全球的政治面貌。

“愤怒和恐惧的电波”显然呼应了诗人自己“疑虑又害怕”的心境。不管怎样,是后者决定前者,以及决定“侵扰我们的私生活”。这一行诗中的关键词显然是“侵扰”,因为除了传达那些新闻广播/窸窣作响的通俗小报的重要性之外,它还引入一种贯穿于整节诗的羞耻感,并把这羞耻感咝咝作响的影子投在“我们的私生活”上,然后我们才明白整句话的意思。因此,这个对我们讲话和谈论我们的新闻记者的姿势,隐藏着一个自我嫌恶的道德主义者,“我们的私生活”也就变成了委婉语,用来指某种难以言说的东西,某种引发该诗节最后两行的东西:

> 那不宜提及的死亡味
> 冒犯这九月的夜晚。

在这里,我们再次感觉到英国措辞,某种散发着起居室味道的东西:“不宜提及的味”。可以说,诗人连续给我们两个委婉语:一个修饰语和一个对象,而我们几乎看见一个扭动的鼻子。“冒犯”也是如此。一般来说,委婉语是用来使恐怖迟钝化。使这些诗行加倍可怖的是把诗人的真正的害怕与一种绕圈子的语言风格糅合起来,模仿他的听众不愿意直言不讳。你在这两行诗中觉察到的嫌恶,与其说是与“死亡味”本身及其接近我们的鼻孔有关,不如说是与那种习惯于把“死亡味”变得“不宜提及”的感受有关。

总的来说,这节诗最重要的承认也即“疑虑又害怕”,其根源与其说是战争爆发,不如说是那种促成战争爆发的感觉,而本诗节最后两行所模仿的措辞传达的正是这种感觉。不要误以为这是戏仿:绝不是。它们无非是尽其本分,帮助作者的一项努力,把每一个人和每一样事物都聚焦到集体罪责上。他无非是试图证明那文明化、委婉、超脱的措辞和与该措辞联系起来的一切造成了什么后果,那后果就是腐肉。不用说,用它来作一个诗节的结尾,这显然是一种太强烈的情绪,于是诗人决定给你一点儿呼吸空间;所以才有了“九月的夜晚”。

虽然“九月的夜晚”由于其所遭受的冒犯而有点儿不正常,但它依然是一个九月的夜晚,也因此它引发较能忍受的联想。这时,诗人的策略——除了整体上希望具有历史的准确性之外——是为下一个诗节铺路:我们不应忘记这类考虑。所以呢,他在这里给了我们一种混合,自然主义与高度抒情的混合,使得你的心和神经丛都被刺痛。然而,该诗节最后要表达的乃是那颗心的声音,尽管那是一颗受伤的心:“九月的夜晚。”它不构成很大的放松:不过,我们能够感到有某个地方可去。那么,就让我们看看,诗人要带我们去的是什么地方,既然他已用“九月的夜晚”来提醒我们,我们所读的是一首诗。

3

第二段诗节开始时,是一个刻意的,我会说是学究气的惊奇:“准确的学问可以/发掘这整个冒犯,/从路德直到现在/……”你肯定不会料到这一着:在“九月的夜晚”之后。你知道,奥登是最难以预料的诗人。在音乐上,他的对手会是约瑟夫 · 海顿。在奥登诗中,你无法预测下一行,哪怕格律是最传统的。而这正是作诗之道……不管怎样,你说说看,为什么他在这里以“准确的学问”开始?

嗯,他是在开始一个新诗节,他最直接的关注和目标,是改变音高,以回避结构设计的重复总会带来的单调。其次,也是更重要的,他充分意识到前一句的重量和效果,而他不想以那种权威口吻继续下去:他很自然地意识到一个诗人的权威,也即诗人在其读者心目中是先验地正确的。因此他在这里试图展示的,是他进行客观的、不带个人感情的论述的能力。在这里使用“准确的学问”是为了驱散任何可能的浪漫、诗意的阴影,因为第一诗节的措辞使人觉得,它给进行中的伦理争辩投下了这样的阴影。

这要求客观、音调平淡等的压力,既是现代诗的咒语,也是现代诗的赐福。这压力曾堵塞很多人的喉咙;艾略特先生会是其中一人,尽管同样的压力使他成为卓越的批评家。奥登的优点之一是,他证明自己有能力操纵这个压力,使其适合他的抒情目标。例如在这里,他可以用冷淡的、学究式的声音说:“准确的学问可以/发掘这整个冒犯……”然而你可以感觉到,在客观的面具之下那按捺不住的愤怒。即是说,这客观是按捺着的愤怒的结果。请注意这点。也请注意“can”(可以)之后的停顿,它刚好就坐落在这行诗的结尾,并微弱地与“done”(被……侵袭)押韵,尽管“done”的位置太远,难以引起重视。在这个停顿之后,“发掘”出现时,是作为一个假强调的动词出现的;它有点儿太高昂,并对这学问是否有能力发掘任何东西投以颇大的怀疑。

这两行诗中对重音作出的节拍器式的分配,强化了做学问特有的不动感情,但敏锐的耳朵会在遇到“这整个冒犯”时竖起来细听:此中的不屑并非完全是学院式的。也许这样做是为了抵消前面所说的“发掘”的高傲,尽管我对此存疑。很有可能,诗人诉诸这类口语式的不屑语调,与其说是为了传达这种学术研究结果可能的不准确,不如说是为了传达其彬彬有礼、超脱的姿态,而这种姿态与其研究对象毫无关系,不管是与路德还是与“现在”。至此,维持这节诗的整个自负——没错,我们可以合理地推论——便开始使作者心烦了,而在“驱使一个文化疯狂”中奥登终于无所顾忌,释放出那个已在舌尖上忍了太久的词:“疯狂”。

我的直觉是,他太爱这个词了。如同任何其母语是英语的人都应当的:这个词覆盖了很广阔的地面——如果不是全部地面。还有,“疯狂”是一个地道的英国男生用语,它对奥登来说是某种“密室”:这与其说是因为奥登的“快乐童年”或他当校长的经验,不如说是因为每一位诗人都渴望简练。“疯狂”一词除了既适合于表示世界的状态又适合于表示说话者的心态之外，在这里还预示了本诗节结尾一个充分部署的词的到来。但让我们先看下一行。

“看一看林茨出了什么事。”我打赌你们对路德的了解多于对林茨出了什么事的了解。嗯，林茨是奥地利城市，阿道夫·希特勒，又叫作阿道夫·席克尔格鲁贝尔，曾在这里度过其童年，也即上学、有了想法，如此等等。实际上他想做一个画家，并申请入读维也纳美术学院，但未被录取。考虑到这家伙的能量，这实在是美术的重大损失。因此他成了米开朗琪罗的对立面。我们稍后再回过头来讨论战争和绘画这事儿。现在让我们看看这节诗的词汇内容：我们即将看到有趣的东西。

让我们假设我们刚才关于“疯狂”是男生用语的说法是准确的。关键在于，“林茨出了什么事”也指涉中学经验：年轻的席克尔格鲁贝尔的中学经验。当然，我们不知道在这里究竟发生了什么事，但现在我们都接受“性格形成期”这个概念。如同你很可能已知道的，接下去两行是“是什么巨大的心像制造/一个精神变态的神祇”。请注意，“心像”直接来自心理分析术语。它是指一个孩子在没有真正的生父的情况下——这正是年轻希特勒的情况——为自己构想的父亲形象，这个父亲形象决定了孩子后来的发展。换句话说，在这里，我们的诗人把学问磨成了我们如今不知不觉吸入的心理分析微尘。另外请注意这个通过“made”(驱使)来联系“mad”(疯狂)和“god”(神祇)的三音节押韵所蕴含的美。诗人非常微妙但也非常无情地为这节诗最后四行铺路，每一个活人都应把这四行诗铭刻在脑中。

这节诗的整个理念，是把“准确的学问”(它是“聪明的希望”的另一个版本)与“他们被邪恶侵袭，/就用邪恶来回报”这个明白的伦理对立起来。这些基本原则,是人所共知的:就连学童也懂,即是说,这是属于潜意识范畴的东西。为了把它烙在读者脑中,他用另一个措辞来抵消一个措辞,因为对比是我们最容易理解的东西。因此,他运用了显而易见的复杂巧妙,使林茨/路德/心像与最后两行那令人屏息的简朴对立起来。当他写到“一个精神变态的神祇”时,他有点儿怒气冲冲了,因为他既要努力公平对待对立面的论据,又必须遏制实际情绪。于是乎,他爆发出“我和公众都知道”,来释放元音,并请来了那个解释一切的词:学童。

不,他在这里不是要把狡猾与天真并置。也不是在做没有执照的心理分析。他当然熟悉弗洛伊德的著作(实际上,他很早,在他进入牛津之前,就读它们)。他无非是引入一个公分母,把我们与希特勒联系起来,因为他的读者——或他的病人——并不是一个无面孔的权威机构而是我们大家,我们都曾在某个时刻被这个或那个邪恶侵袭过。在奥登看来,希特勒是一个人类现象:而不只是政治现象。因此他使用弗洛伊德的方法,因为这可使他抄捷径,直达问题的根源。你知道,奥登是一个对因果互相作用特别感兴趣的诗人,而弗洛伊德主义对他来说只是运输工具:不是目的地。此外,这个教条像任何教条一样,即使不是主要地,也是方便地扩大他的词汇:他从每一个水坑舀水。也就是说,他在这里达到的,不只是抨击“准确的学问”解释人类邪恶的能力:他告诉我们,我们全都是蛮邪恶的,因为我们与这四行诗是一丘之貉,难道不是吗?而你知道为什么吗?因为这四行诗听上去毕竟很像是对原罪这个概念的最透彻解释。

但这四行诗尚有其他东西。因为,它们在暗示我们全都有能力变成希特勒的同时,也多少减弱了我们谴责他(或德国人)的决心。这里几乎有一种暗示，不管多么微弱，暗示“我们有什么资格裁决”——你感觉到了吗？或者这只是我的鼻孔在骗我？然而我觉得有这种气息。而如果它存在，你如何解释这气息？

嗯，首先，现在只是 1939 年 9 月 1 日，大多数事情都还未发生。此外，这四行诗的效果很有可能足以把诗人催眠了（它们还给人一种信手拈来的印象），使他忽略了细微差别。但奥登不是这种诗人，况且另一方面，他去过西班牙，知道现代战争是什么样子的。最有可能接近真实的解释是，从牛津毕业后，奥登在德国待过颇长一段时间。他多次去过德国，其中几次逗留得很久，也很快乐。

他去过的德国，是魏玛共和国时期的德国——本世纪最好的德国，你的老师会这样告诉你。不管是从其悲惨还是从其活泼看，它都与英国大不相同，因为其人口是由那些在第一次世界大战中生还下来的人——败兵、残疾、贫民、遗孤——构成的，这场大战的第一个伤亡者是旧帝国秩序。整个社会组织，且不说经济，都完全解体了，政治气候高度反复无常。至少可以说，就其悲观气氛，就其可以松散地称为颓废的现象，尤其是就其视觉艺术而言，它都与英国不同。那是表现主义大爆发的时期：那个时期的德国艺术家被视为该“主义”的创建者。事实上，说起表现主义——它的主要视觉特征是破碎的线条，神经质、怪异畸形的物体和造型，花哨而残忍地生动的色彩——你会忍不住要把第二次世界大战视为它最大的展览。你会觉得，那些艺术家的画布已逸出它们的框架，投射到整块欧亚大陆。德语还是弗洛伊德的语言，奥登正是在柏林近距离地与弗洛伊德那个伟大的教条打交道的。为了长话短说，我想推荐你读读克里斯托弗·依舍伍德的《柏林故事》，因为这些故事比你看过的任何电影都更能捕捉那个地方和那个时期的气氛。

无可否认,希特勒掌权,为几乎所有这一切画上休止符。在欧洲的知识分子眼中,他的崛起在当时与其说是意志的胜利,不如说是粗俗的胜利。对本身是同性恋者,而且其前往柏林在我看来主要是为了男孩们的奥登来说,第三帝国还有点儿像是对那些青年人的强奸。那些男孩将成为士兵,杀人或被杀。要不他们将被排挤、监禁,如此等等。在某种程度上,我认为他是从个人角度来看待纳粹主义的:把它视为某种对感官快乐、对微妙性持绝对敌意的东西。不用说,他是对的。这个相信因果关系的人,他立即就明白到,土地要产生邪恶,就必须施肥。他对德国发展趋势的见解,被他的第一手认识锐化和加深了,这认识就是:早在任何纳粹露面之前,所有那些人就已遭邪恶侵袭了。我猜,他这个认识是指凡尔赛和约,而这些男孩本身就是战争的孩子,他们承受战争的后果:贫困、匮乏、不受重视。他对他们的了解太深了,根本不会对他们的恶劣行为感到意外,不管他们是否穿制服;他对他们的了解太深了,不会对他们的"用邪恶来回报"感到吃惊,只要有用邪恶来侵袭的合适环境,他们就不会错过。

你知道,学童是最可怕的一群;军队和警察国家都重复学校的结构。关键在于,对这位诗人来说,学校不只是"性格形成期经验"。它是他经历过的唯一社会结构(作为学生和作为教师);因此,学校对他来说变成存在的隐喻。我想,大概一朝为男孩,就终生为男孩,尤其是如果你是英国人的话。这就是为什么德国对他而言是如此清清楚楚,这也是为什么在 1939 年 9 月 1 日,他不像是在以全盘的方式谴责德国人。此外,每个诗人自己都有点像一个"元首":他要统治心灵,因为他往往会觉得他知道得更多——这距离你觉得自己更好仅差一步。谴责意味着高人一等;现在有了这个机会,奥登选择表达悲伤而不是作出裁决。

这些保留,有一部分是基于感官快乐受到冒犯,但它暴露了一个绝望的道德主义者,他唯一的自我控制工具是抑扬格三音步;这三音步也以其所包含的沉静的尊严回报他。请注意,不是你选择你的韵律,而是相反,因为韵律的存在早于任何诗人。它们开始在诗人脑中轻哼——部分原因是它们已被诗人刚读过的某人使用过了;然而最大的原因是,它们本身是某些精神状况(包括伦理状况)的对等物——或包含抑制某种状况的可能性。

如果你有任何能力,你会设法在形式上改造它们,例如通过运用某种诗节设计,或改变某个音顿——或通过内容的不可预知性;总之,通过你打算用来把这些熟悉的诗行填塞进去的东西。一个差些的诗人会较挥霍地重复韵律,一个好些的诗人会设法使韵律生动起来,哪怕是给它一点刺激的东西。很有可能,在这里驱使奥登提起笔来的,是W. B. 叶芝的《1916 年复活节》,尤其是因为两者题材相似。但同样有可能的是,奥登刚重读了史文朋的《普罗塞尔皮娜的花园》:你可能会喜欢音调而不是它的歌词,而伟人往往不需要仅受与他们能力相当的人影响。不管怎样,如果叶芝是用这种韵律来表达他的情绪的话,奥登则是寻求通过同样的手段来控制他的情绪。因此,对你来说,重要的不是诗人的等级,而是明白到这种韵律可以同时做上述两样工作。还可以同时做很多。实际上可以做任何事情。

还是言归正传吧。你想想,为什么第三节诗以这个方式开头:

4

流放的修昔底德知道

一篇演讲能说的一切，

关于民主政体……

你知道，诗节是一种自我生成的工具：一个诗节结束，便意味着需要另一个诗节。这种必要性首先纯粹是声音的，然后才是意义的（尽管我们不应试图分割它们，尤其是不可为了分析的缘故而分割它们）。这里的危险是，一个反复出现的诗节格式所形成的预设音乐，往往会主宰甚或决定内容。一位诗人要反抗这音调的强制力量，是极其困难的。

《1939 年 9 月 1 日》长十一行的诗节，就我所知，是奥登自己的发明，它那韵式的不规则起到了作为其内置的抗疲劳工具的作用。这点需要注意。不管怎样，一个长十一行的诗节在数量上效果是如此巨大，以至于作者在开始一个新诗节时首先想到的是如何逃避前面的诗行造成的音乐窘境。必须指出，奥登在这里一定是费尽心机，而这恰恰是因为前一个四行诗节那种紧凑的、警句式的、令人着魔的美。于是他引入修昔底德——这是你最猝不及防地遇到的名字，是吧？这种技巧，多少类似于把"准确的学问"置于"九月的夜晚"之后那种技巧。但让我们更仔细地检视这首诗。

"流放的"是一个装载得满满的词，是吧？它高调，不只是因为它所描述的东西，还因为它的元音。然而，由于它是在前面一行具有明显跳跃节奏的诗之后立即出现的，以及由于我们预期以它开头的这行诗会使韵律返回其正常节拍，因此"流放的"在这里便以较低调的方式抵达……那么，在你看来，是什么使我们的诗人想到修昔底德，是什么使他想到这位修昔底德"知道"什么？嗯，我猜，这与诗人自己试图扮演他自己的雅典式城市的历史学家有关；尤其是这些城市也处于危险中，而他亦明白到不管他的信息多么雄辩——尤其是最后四行——他也注定要被忽略。正因为如此，这行诗才弥漫着一种疲劳感，也正因为如此，“流放的”才给人一种透气感——这“流放的”也适用于他自己的实际情况，但只是以一种小调指涉自己，因为这个英语形容词充满了自我扩张的可能性。

我们在汉弗莱·卡彭特那部精彩的奥登传记中找到这行诗的另一条线索。在那部传记中，作者提到一个事实，我们的诗人在大约这个时候重读修昔底德关于伯罗奔尼撒战争的历史。而有关伯罗奔尼撒战争的主要事实，当然是它标志着我们所知道的古典希腊的终结。这场战争带来的改变，确实是剧变：在某种意义上，它是雅典及其所代表的一切的真正终结。而伯里克利，也即修昔底德透过他的口发表了你所读到的关于民主制度的最感人演说的伯里克利——他讲得就好像民主制度没有明天似的，而就这个词的希腊意义而言它确实没有明天——这个伯里克利在公众心目中正几乎一夜之间被取代——被谁？被苏格拉底。现在重点从认同社区、认同城邦转移到认同个人主义——而这并不是坏的转移，除了它为接下去的社会原子化及其一切伴随而来的恶疾铺路……因此我们这位至少有地理上的理由认同修昔底德的诗人，也意识到这世界即将发生的改变——如果你愿意，也可以说我们的雅典城市即将发生的改变。换句话说，他也是在战争前夕说话，但与修昔底德不同的是，他并非站在有后见之明的有利位置上，而是实际预期即将发生的事情的形态——或毋宁说，毁灭的形态。

“一篇演讲能说的一切”尽管感伤，却是一行自我克制的诗。它维持了与修昔底德的疲劳不堪的个人联系，因为只有精通演讲的人——诗人或历史学家——才有可能蔑视演讲。我甚至想加上一句，每一位诗人都是一位研究演讲的史学家，尽管我会气愤于必须澄清这句话。不管怎样，在这“演讲”中明显地指涉了修昔底德假伯里克利之口发表的葬礼演讲。另一方面，当然啦，一首诗本身就是一篇演讲，我们的诗人试图在某个人——批评者或事件——减弱他的雄心之前自己先减弱它。即是说，诗人在诗结束之前，抢先把你的“那又怎样”的反应纳入他的作品，亲自把它讲出来。不过，这可不是什么保护措施：它既不是要表明他的狡猾也不是要表明他的自我意识，而是要表明他的谦逊，并且是由头两行诗的小调引发的。事实上，奥登是最谦逊的英语诗人；在他身边，就连爱德华·托马斯也会显得傲慢。因为他的美德并非仅仅是由他的良心而是由韵律学决定的，而韵律学的声音更有说服力。

不过，要小心那“关于民主政体”！这行诗多么简化！这里的侧重点，当然是这样一篇演讲有限的——或必然失败的——能力：这个看法，奥登早在《悼叶芝》一诗中就已彻底地表达过了，在那首诗中，他说“……诗歌没有使任何事情发生”。但是多亏这行诗中这种简化、信手拈来的处理，使得那必然失败也扩散到“民主政体”。而这“民主政体”(democracy)除了别的一切之外，还既作为辅音与“说”(say)押韵，又在视觉上与“说”押韵。换句话说，“一篇演讲”的无望被其对象的无望加重，不管其对象是“民主政体”还是“独裁者们的作为”。

在这行诗中，“独裁者们”令人感兴趣的地方，是它对重音更有力的分配——相对于“关于民主政体”。然而，这分配与其说是突出作者对独裁者们的气愤，不如说是他试图克服不断增加的疲劳感的沉重。另外请注意“独裁者们的作为”中所使用的轻描淡写的技巧。这种结合的委婉本质，通过名词(“独裁者们”[dictators])对动词(“作为”[do])那几乎难以忍受的音节优势而表露无遗。在这里，你感到一个独裁者可以干大量各种各样的事情，由此也可以看到“作为”（它在这里扮演了第一节诗中“不宜提及”的角色）与“知道”（knew）押韵并非无的放矢。

“他们对一座冷漠的坟墓/倾吐老年的垃圾……”无疑是指涉上面提到的伯里克利的葬礼演讲。然而这里稍微麻烦些，因为历史学家的（同样可以说，诗人的）演讲与独裁者的演讲之间的界线模糊了。使这界线模糊的是“冷漠”，这个修饰语更适合形容一群人而不是一座坟墓。再想一想，它适合两者。再三想一想，它是把“人群”与“坟墓”等同起来。“一座冷漠的坟墓”当然是典型的奥登手法，也即在定义“人群”时，使其达至与某个物体难分的邻近程度。因此，诗人在这里关心的不是独裁者的徒劳，而是这篇卓越演讲的命运。

当然，对自己的技巧所持的这种态度，再次可由作者的谦逊来解释，由他的自我泯灭姿势来解释。但我们不应忘记，奥登刚于八个月前也即1938年12月26日抵达美国，那正是西班牙共和国沦陷之日。这位诗人在这个9月的夜晚应该被一种无望感包围着（他曾比战场上任何人都更早和更精辟地警告过法西斯主义的进攻），这种无望感只能在想起那位两千年前面对身边同样的巨变的希腊历史学家时才能得到抚慰。换句话说，如果修昔底德无法说服他的希腊人，那么一位声音更弱和面对更大人群的现代诗人又有什么机会呢？

修昔底德书中“分析过”的事情的清单，也即奥登罗列他们的方式，表明了一种历史视角：从老式的“启蒙”，经由“形成习惯的痛苦”，直达当代眼下的“管理不善”。至于“形成习惯的痛苦”这个说法，当然不是诗人自己的发明（尽管听上去酷似他自己的发明）：它无非是他信手拈来的心理分析术语。[①] 他常常这样做——你们也应常常这样。这正是这些术语的真正用途。它们免除你四处奔走，且常常为如何对待合适的语言提供更富想象力的处理手法。此外，奥登使用这个复合修饰语，还是为了向修昔底德致敬：由于荷马的缘故，古典希腊是与有连字符的定义联系在一起的……这样说吧，不管怎样，这些术语的连续使用表明诗人正在追溯当前隐忧的源头：这个程序就像任何回顾一样，会使你的声音变得像挽歌。

然而这些术语的连续出现尚有另一个更意味深长的理由，因为《1939 年 9 月 1 日》对奥登来说是一首过渡时期的诗；也即你听说过的有关我们这位诗人的所谓三个阶段——弗洛伊德、马克思主义和宗教——全都出现在这里，浓缩在两行诗里。因为“形成习惯的痛苦”显然令人想起那位维也纳医生，而“管理不善”则令人想起政治经济学，至于整个连续出现的术语所导致的结果中，不，应该说高潮中的那个单音节词“grief”（悲伤）则直接来自钦定本《圣经》，并且一如人们所说的，表现了我们这位诗人的真正转变。至于转变的原因，“悲伤”所预示的这个排第三的、宗教的阶段出现的原因，对这位诗人来说与其说是个人的，不如说是历史的。在这首诗所描述的那些环境下，一个诚实的人不会去计较两者之间的差别。

修昔底德出现在这里不只是因为奥登当时正在读他，而且是因为这种两难困境本身的相似性——我希望这点已经说得很清楚了。纳粹德国确实已开始类似某种斯巴达，尤其是从普鲁士军事传统的角度看。因而，在这些环境下，文明世界就如同雅典，因为它已经真正受到威胁

① “形成习惯的”（habit-forming）亦可译作“成瘾”，是一个心理学术语。

了。新独裁者也是爱说话。如果这个世界谈得上时机成熟,可以做什么的话,那就是回顾。

但有一点很奇特。一旦你启动回顾的机器,你便陷入一大堆乱七八糟的东西里,它们拥有不同程度的遥远性,因为它们全都是过去的。你如何选择,以及根据什么选择呢?与这种或那种倾向或事件之间的情感亲和性?合理衡量其重要性?某个词语或名字的纯粹听觉快乐?例如,为什么奥登挑选“启蒙”?因为它代表文明,也即与“民主政体”联系在一起的文化素养和政治素养?为了给“形成习惯的痛苦”的影响铺路?而起到铺路作用的“启蒙”那暗示性力量中,到底蕴含着什么?又或者,也许它与回顾这个行为本身有关:与其目的和与其理由有关?

我想,他挑选这个词是因为它是大写的启蒙,是这启蒙而不是斯巴达包含了正在谈论中的隐忧的源头。更恰当地说,在我看来,诗人心头掠过的,或者不妨说,诗人潜意识中掠过的(不过让我再重复一下,写作是一种非常理性的活动,它利用潜意识是为了自身的目的,而不是相反),是一种搜寻,从多个方向搜寻那些源头。而最近在眼前的东西,是让-雅克·卢梭关于“高贵的野蛮人”被不完美的制度毁掉的看法。因此,显然就需要改善这些制度,因此,便有了“理想的国家”这个概念。也因此,才有了一系列社会乌托邦,为实现社会乌托邦而流血,以及它们合乎逻辑的必然结果——一个警察国家。

由于希腊人离我们如此遥远,他们总是成为我们一个原型性的名称,他们的历史学家也是如此。而在一首说教诗中,如果你扔给读者一个原型,让他们去细嚼,就会更成功,更吸引他们。奥登知道这点,所以他在这里不直接提卢梭的名字,尽管卢梭几乎要对理想的统治者这个概念负完全责任,而就本诗而言,这个理想的统治者就是希特勒先生。还有,在这些环境下,诗人很有可能不想去揭穿哪怕是卢梭这类法国人。最后,奥登的诗总是试图建立更普遍的人类行为模式,而为此,历史和心理分析要比它们的副产品更合适。我甚至认为,当诗人在思考当前的局势时,启蒙就已占据他的头脑,而它是以小写字母游荡到诗里的,如同它以这种方式游荡到历史里。

不过,既然我们已谈到"高贵的野蛮人"这个问题,我想让自己再来一次离题。我想,"高贵的野蛮人"这个说法之所以流传开来,是因为"发现的时代"所有那些环球航行。我猜,发明这个说法的人,是那些伟大的航海探险家——麦哲伦、拉佩鲁兹、布干维尔等。他们很自然地会想起所有那些新发现的热带岛屿的居民,他们应该会因为这些岛民不活吃游客而印象非常深刻。这当然是一个笑话,而且趣味低级;我必须补充,这确确实实是低级笑话。

"高贵的野蛮人"这个概念如此吸引文人,以及继而如此吸引广大社会,显然与公众对乐园有一个非常粗俗的概念有关,也即与他们普遍不求甚解地阅读《圣经》有关。它只不过是根据亚当也是赤裸的这个概念,以及根据拒绝承认原罪(在这点上,启蒙时代的女士先生们当然不是最早的,也不是最后的)。两种态度——尤其是后一种态度——大概都是对天主教会的无所不在和冗赘的反动。尤其是在法国,它是一种针对新教的反应。

但是不管它源自哪里,这个概念是肤浅的,仅仅因为它抬高人就可以这么说。抬高,如你所知,并不能把你抬得太远。至多,那只是通过告诉人说,他性本善,制度才是恶的,来转移重心——也即罪责。也就是说,如果一切腐败,那不是你的过错,而是别人的。可惜,真实情况是,人和制度都一无是处,因为至少可以说,后者是前者的产物。不过,每个时代——事实上,每个世代——都为自己发现"高贵的野蛮人"这个可爱的物种,并把大量的政治和经济理论加在它身上。如同在环球航行的时代,今天的"高贵的野蛮人"主要是一个肤色黝黑的影子,居住在热带。目前我们把它称为"第三世界",并拒绝承认我们热心于在那里实施我们在这里失败的模式,其实只是种族主义的另一种形式。这个伟大的法国理念在温带做了它可做的所有事情之后,在某种意义上已回到其源头:在户外繁殖独裁者。

关于"高贵的野蛮人"就说这么多吧。注意这个诗节中的其他押韵,其暗示性并不亚于"knew-do"(知道—作为)和"say-democracy-away"(说—民主政体—赶走):"talk-book"(倾吐—书)、"grave-grief"(坟墓—悲伤),以及最后这个"again"(再)加强了"pain"(痛苦)那形成习惯的方面。还有,我希望你们已能够欣赏"管理不善和悲伤"所包含的自我克制的特点:在这里,你可以看到一行诗里所覆盖的因与果之间巨大的距离。如同数学教你如何计算那样。

5

在你看来,为什么他在这节诗开头提到"这中立的空气"以及为什么这空气是中立的?嗯,首先,他这样做是为了使他的声音脱离充满感情的前一行;因此任何形式的中立都是欢迎的。它还支持诗人关于客观性的概念。然而,"这中立的空气"出现在这里,主要是因为这是一首关于战争爆发而美国仍保持中立的诗;即是说,美国仍未加入战争。顺便一提,你们中间有多少人知道美国何时加入战争的?嗯,不要紧。最后,"这中立的空气"出现在这里是因为没有形容空气的更好修饰词。还有更合适的吗？如同你很可能知道的，每一位诗人都试图解决这个问题：如何形容一个元素。在四大元素中，只有土带来几个形容词。火更糟糕，水也令人绝望，空气则免谈。而我想，如果不是因为涉及政治，诗人在这里也将没有灵丹妙药。注意这点。

不管怎样，你觉得这节诗讲的是什么？至少，前半节？嗯，首先，诗人在这里把焦点从过去的历史转向现在。事实上，他已经在前一节诗的最后两行这样做了："管理不善和悲伤：/我们全都要再遭受一次。"这是过去结束的方式。而这是现在开始的方式，而且有点儿不祥：

在这中立的空气里
盲目的擎天大厦利用
它们充分的高度宣告
集体人的力量……

首先，为什么擎天大厦是盲目的？悖论的是，恰恰因为它们的玻璃，因为它们的窗口；也即，它们的盲目是与它们的"眼睛"的数量成正比的。不妨说，如同百眼巨人阿耳戈斯。紧接着比这些威严盲目的擎天大厦更可怕的，出现了动词"利用"，这个词除了其他别的一切外，还披露了它们被竖立起来的理由。而且它的出现太快太突然，带着其无生命的力量。你非常清楚"盲目的擎天大厦"如果"利用"，可以干出什么事情来。然而，它们不利用任何事物或任何人，只是利用"它们充分的高度"。在这里，你会觉得与这些高楼大厦紧密联系的那种过剩的自我依靠非常可怕。这个描写击中你，不是以其发明，而是以其不符合你的预期。

因为你预期擎天大厦是有活力的,而且被假设是一种令人厌恶的活力,如同诗歌中常见的。然而,这种展示人造阴茎似的“利用/它们充分的高度”暗示它们不根据外部行事:很可能是因为它们是盲目的。请注意,盲目本身也是一种中立形式。结果,你感到这空气和这些建筑物的同义反复,一种任何一方都不对另一方负责的等式。

你看到,这里,诗人是在描绘城市风景,可以说是纽约的空中轮廓线。他将它描写成一幅道德风景画(或者就此诗而言,描写成道德败坏),一部分是为了这首诗,但主要是因为他目光锐利。这里的空气被突入它的建筑物所限定,也被它们的建造者和居民的政治所限定。相应地,它也通过反映在高楼大厦窗口上来限定这些建筑物,并把它们变得盲目、中立。毕竟,这实际上是一个过高的要求:描写一座擎天大厦。我可以想到的唯一成功例子,是洛尔迦关于“灰色海绵”的著名诗句。奥登在这里给你的,是后立体主义在心理领域的对等物,因为,事实上,这些高楼大厦那“充分的高度”所宣告的,并不是“集体人的力量”,而是集体人那冷漠的幅度,这冷漠的幅度是集体人唯一可能的感情状态。别忘记,这个景观对作者是全新的,也别忘记描写和详细记录都是认知的形式,事实上是哲学的形式。这么说吧,没有其他解释史诗的方式。

这处于可怕消极性之中的无生命的“集体人的力量”,是诗人在通篇诗中主要关注的问题,不用说也是本节诗主要关注的问题。不管他多么欣赏这个共和国的稳固性(我认为,“集体人”也指这个),尽管“每一种语言都争相/把徒劳的托词”倒进这个共和国那“中立的空气”,他也从这共和国身上看到导致整场悲剧的那些事情的特征。这些诗行同样有可能是在大西洋彼岸写的。“争相把……托词”拿出来,为不做些事情阻止希特勒先生找借口,这除了是对别的东西的抨击外,还是对商业世界的抨击，尽管他在罗列原因时，以及在写到“望着镜子他们看到/帝国主义的面孔/和国际坏事”时更多是出于一种术语惰性，可追溯至他的马牛（从马克思到牛津）时期，而不是他确信他已找到真凶。不管怎样，“望着镜子他们看到”与其说是暗示那些阴森地逼近的兽行，不如说是暗示那些可以在镜中跟自己对视的人。而这与其说是指“他们”，毕竟指责他们已是一种习惯，不如说是指“我们”，毕竟，我们在竖起了那些从大萧条中生长出来的不可战胜的高楼大厦之后，原可以躺在“欣快症的梦里”，可我们就连这个也还觉得不过瘾。

《1939 年 9 月 1 日》首先是一首关于羞耻的诗。如同你记得的，诗人本人因离开英国而受到一定的压力。这有助于他辨识上面所说的镜子里的面孔：他在镜子里也看见了自己的面孔。现在说话者已不再是记者；我们在这节诗中听到一个声音，它充满着绝望的清醒，那是对大家都成为本诗标题日子所释放出来的事件中的同谋，对说话者自己无能力使那“集体人”行动起来感到绝望。此外，作为美国大陆的新来者，奥登很可能会不敢肯定自己是否有敦促本地人去行动的道德权利。说也奇怪，在这节独特的诗的第二部分，押韵有点儿捉襟见肘，不那么自信，整个音调变得既不是个性的，也不是非个性的，而是虚夸的。最初呈现的雄伟景观，缩小成约翰·哈特菲尔德[①]的合成照相术的美学，而我想，诗人是感到了它的。所以才有下一节诗开头几行那灵活、低沉的抒情，它可以说是一首室内情歌。

6

酒吧里一张张面孔

① 约翰·哈特菲尔德（1891—1968）：德国艺术家，合成照相术的先驱。

紧挨它们划一的日子：
灯光一定不可熄灭，
音乐一定要永远响着，
所有的习俗都共谋
将这座堡垒当成
家中的摆设；
免得我们看出自己在哪里，
迷失在闹鬼的树林，
害怕夜晚的儿童
从未有过快乐或满意。

真是简约，这节诗；一张超绝的文字照片：不是哈特菲尔德，而是卡蒂埃-布勒松[①]。“望着镜子他们看到”为“酒吧里一张张面孔”铺路，因为你只能在一面酒吧镜子里看到那些面孔。与前一诗节最后几行诗中的公共标语牌形成对比，这是一个私人声音：因为这是一个私人、亲密的世界，它不需要解释。一个围场，一个安全缩影：实际上是一座堡垒。有人在谈到奥登时说，不管他写什么，他总是盯着文明。嗯，这样说会更准确，也即他总是盯着他或他的题材是否安全，地面是否稳固。因为每一个地面都可以说是怀疑的基础。如果这节诗很美，那是因为潜存的不确定。

你知道，不确定是美之母，美的其中一个定义是，它是某种不属于你的东西。至少，这是伴随着美而来的最常见的感觉之一。因此，一旦

① 卡蒂埃-布勒松(1908—2004)：法国摄影家。

觉得不确定,你便感到美已逼近。不确定只是一个比确定更警醒的状态,因而创造了一种更好的抒情气候。因为美总是某种从外部而不是从内部获得的东西。而这节诗正是如此。

因为每一种描写,都是把对象外部化:移开一步,以便看清楚它。这就是为什么诗人在本节诗开头几行中描写的舒适,到结尾时几乎消失了。“酒吧里一张张面孔/紧挨它们划一的日子”是颇安全的,也许除了动词“紧挨”,但这个动词坐落在第二行诗开头,远离任何强调的位置,因此我们不去打扰它。“灯光一定不可熄灭,/音乐一定要永远响着”也很给人慰藉,除了那两个“一定”提醒你一种可能性,也即太多事情被视为理所当然了。在“灯光一定不可熄灭”中,你觉察到与其说是深信酒吧应通宵营业,不如说是存一线希望,希望不会发生军事停电。“音乐一定要永远响着”通过其结合轻描淡写和天真无知,试图掩盖那不确定,阻止它进一步发展成焦虑,这焦虑随时有可能在“习俗都共谋”那具有自我意识、颤抖的音调中变得明显起来——因为“习俗都共谋”这两个从拉丁语派生的长词堆在一起,说明这个酒吧所代表的惬意场所有着太多的一厢情愿。

下一行诗的工作,是把一切置于控制之下,恢复这节诗最初的、适当地放松的气氛;而具有反讽意味的“这座堡垒”则出色地完成了这个工作。实际上,这里有趣的地方,是诗人抵达他意图表明的看法,也即这酒吧是“家”,尽管其准确性是令人心碎的。他总共用了六行诗,其中每一个词都不大情愿地分担了短动词“is”(是)的作用,这个短动词对那个令人心碎的概念的出现来说,是必要的。这也使你明白,每一个“is”背后的复杂性,以及使你明白,作者不愿意承认这种等式。还有,应注意“assume”(当成)与“home”(家)的刻意半谐韵,以及注意“摆设”背后隐含的绝望,因为“摆设”是“家”的同义词,不是吗？在这个描写中,“家中的摆设”本身就是一幅毁灭图。这个工作刚完成,其可预测的韵式和可辨识的细节的混合刚使你镇静下来,这整个对安慰的追求便随着“免得我们看出自己在哪里”而烟消云散,这句话中那有点维多利亚时期腔调的“免得”使这诗行的药丸的其余部分都变甜了。这维多利亚时期的回声把你带进了“闹鬼的树林”,这“闹鬼的树林”是够明显的,足以解释“从未有过快乐或满意”中的“从未”——而这句诗本身又是第二节诗结尾那些学童的回声。这第二个回声无非是潜意识这个主题的反响,并且是非常及时的反响,因为这个主题有助于理解下一节诗。不过,在我们前往下一节诗的途中,让我们注意最后两行那种童话式的、典型的英国特征,它不仅强化承认人类的不完美,而且帮助那回声消失在下一节诗的开头。好了,让我们来看下一节诗吧。

7

重要人物喊出的
最浮夸的好战废话
不如我们的愿望粗俗:
疯子尼任斯基写到
佳吉列夫,
道出常人的真实心态;
因为错误繁殖于
每个女人和男人的骨子里,
渴望它不能拥有的东西,
不是爱大家

而是被独爱。

在这里,“Windiest”(最浮夸,直译为“最多风”)是非常英国式的表达。但这个故国的措辞,也悄悄地输入了故国关于秋天的概念,而在我看来,这个秋天的概念至少有一部分对这行诗的内容起了作用。因为如同你们都知道的,纽约的 9 月是一个闷热的时节。然而在英国,尤其是在英诗传统里,这个月份的名字就是秋天的同义词。只有 10 月可能更贴切。诗人当然想到了政治气候,但他决意以实际气候的方式描述它——既为了故国,也为了诗中涉及的领域也即欧洲的其他地方。不知怎的,这个开头使我想起理查德·威尔伯《最后简报之后》一诗的第一节,它描写在这座大城市,冷风把垃圾吹得满街飞。我对这行诗的解读也许是错的,因为句子中“好战”一词与我的解读很难一致。不过,我还是觉得应首先以字面然后才以贬义来理解这个词。

“重要人物喊出的”这行诗使我们站在较安全的地面来把我们的不满外部化。连同“最浮夸的好战废话”,这行诗因其强有力的从句而包含了那个永远受欢迎的承诺,也即把责任推在别人身上,推在当局身上。但是,正当我们准备充分享受其奚落时,突然出现:

不如我们的愿望粗俗:
……

这不仅使我们失去了替罪羊,以及说明我们对腐败的国家事务应负的责任,而且告诉我们,我们比我们指责的人还糟糕,糟糕到“wish”(愿望)与“trash”(废话)押半谐韵,甚至不能以一个完全准确的押韵来安慰我们。接下来的两行诗为诗人在这首诗中所作的最重要声明——也是为他给他在这个时代的一切见闻盖棺论定——做了预备。“疯子尼任斯基写到/佳吉列夫……”嗯,在我们这座城市,芭蕾舞是一种高级兼资产阶级的娱乐,相当于棒球赛,因此我觉得,在这里不需要解释谁是谁。不过,尼任斯基是本世纪 10 至 20 年代巴黎传奇性的俄罗斯芭蕾舞团的明星,该芭蕾舞团由谢尔盖·佳吉列夫领导,后者是著名经理,带动了现代艺术中的一系列突破,是某种文艺复兴人,有强烈个性,但首先是一个唯美主义者。尼任斯基是佳吉列夫发现的,也是他的情人。后来尼任斯基结婚,佳吉列夫便与他解除了合约。不久,尼任斯基疯了。我告诉你们这些,不是为了寻求刺激,而是为了解释这节诗中后面一个词的渊源——实际上是一个辅音的渊源。实际上,关于为什么佳吉列夫解雇尼任斯基,有多个版本:因为对他舞蹈的质量不满意;因为有迹象显示尼任斯基早就疯了;因为他结婚本身就足以解释,等等。我只是不想让你们用某种简化的观点来看待佳吉列夫:部分原因是他在本诗中扮演的角色,主要是因为他是一个独特的人物。基于同样的理由,我也不想让你们简化尼任斯基,哪怕仅仅为了奥登在本节诗结尾原封不动地引用他的日记,这日记是他在接近疯狂的状态下写的,而我向你们强烈推荐这部日记——它具有《福音书》的音高和强度。这就是为什么“疯子尼任斯基写到/佳吉列夫”时所道出的很重要。

关于我们这个名人生平的游戏,就玩到这里为止。疯子在谈论精神健全者时所道出的,一般都很有趣,常常很生动。“道出常人的真实心态”中的“真实”表明奥登在这里应用了——尽管是不经意地——“神圣的愚人”原则,也即关于“神圣的愚人”说得对的看法。毕竟,尼任斯基有资格当“愚人”,因为他是一个表演者;至于“神圣”,我们这里有他在日记中所显示的疯狂,而这日记确实有强烈的宗教倾向。你知道,诗人本人在这里并非没有宗教倾向:“错误繁殖于/每个女人和男人的骨子里”不仅表示下意识对成长环境的影响,而且有《圣经》的回声;“每个女人和男人”既确认又模糊了那个回声。这里,具体与典故斗争。然而,使尼任斯基的言论更加生动的,主要是他的“愚”而不是他的“神圣”:因为,作为一个表演者,在技术上讲,他是“爱大家”的媒介。我建议你们读一读奥登的《圣巴纳比谣曲》,在诗中,他进一步扩大这个题材;它是一首非常后期的奥登诗。

那错误当然是指自私,它深植于我们每个人身上。你知道,诗人试图对准这悲剧的来源,而他的论据镜头般移动,从边缘(政治)到中心(下意识、本能),在那里,他遇到了这种不是“爱大家/而是被独爱”的渴望。这里的差别,与其说是基督徒与异教徒或灵性与肉欲之间的差别,不如说是慷慨与自私之间的差别;也即给予与拿取之间;简言之,尼任斯基与佳吉列夫之间。更准确些,爱与占有之间。

请注意奥登在这里做了什么。他做了不可想象的事情:为爱提供了新押韵:他拿“爱”(love)来与“佳吉列夫”(Diaghilev)押韵!让我们看看它是怎样发生的。我敢打赌,他想到这个押韵已经有一段时间了。不过,问题是,如果“爱”先于“佳吉列夫”出现,那会容易些。然而,那内容迫使诗人把佳吉列夫放在前面,这便带来不少麻烦。其中一个麻烦是,这名字是外国名字,读者可能会读错重音。于是奥登在正常重音的“What mad Nijinsky wrote”(疯子尼任斯基写到)之后,用了一行非常短的、缩减性的诗“About Diaghilev”([关于]佳吉列夫)。“What mad Nijinsky wrote”这行诗除了节奏正常之外,还使读者做好了可能遇到一个外国名字的心理准备,使读者在这里可以按自己喜欢的方式分配重音。这种自由,为下一行诗那扬抑格的任意性铺了路,因为在下一行诗中,“佳吉列夫”实际上是以无重音出现的。这样一来,读者很有可能就会把重音放在最后一个音节,而这正中作者的下怀,因为这等于是拿“lev”(列夫)来跟“love”(爱,音“洛夫”)押韵:还能有更好的吗?

然而,该名字包含那个对英语耳朵或眼睛来说很奇怪的声音“gh”,它多少需要小心对待。它的奇怪,其元凶乃是“h”置于“g”之后。因此,似乎诗人不仅要为“lev”,而且要为“ghilev”或“hilev”寻找一个韵来押。他这样做了,那就是“Craves what it cannot have”(渴望它不能拥有的东西)中的“have”(拥有)。可怕的诗行,即:“Craves”(渴望)的能量与“what it cannot have”(它不能拥有的东西)的墙壁迎头相撞。这个格式,与“For the error bred in the bone”(错误繁殖于……骨子里)相同,非常地强烈。接着,作者在“Of each woman and man”(每个女人和男人)中使读者获得片刻的放松。然后,他以这由单音节组成的“Craves what it cannot have”(渴望它不能拥有的东西)来让你为那片刻的放松付出代价,该行诗的句法是如此生硬,几乎是勉强的;即是说,它比自然讲话更短,比它的思想更短,或者更成定局。不管怎样,让我们回到“have”(拥有),因为它有深远的后果。

你知道,直接以“love”(爱)来押“Diaghilev”(佳吉列夫)将意味着把它们等同起来,对此,作者和读者都可能会有所顾虑。通过插入“have”(拥有),奥登收获了一次出彩的命中得分。因为现在韵律本身变成一句话:“Diaghilev-have-love”(佳吉列夫—拥有—爱),或者毋宁说,“Diaghilev cannot have love”(佳吉列夫不能拥有爱)。而我必须提醒你,在这里,“佳吉列夫”代表艺术。因此,净结果是“佳吉列夫”获得与“爱”等同,但只是以与“have”(拥有)等同来等同,而我们知道

“having”(have 的现在分词,意为“占有”)是“loving”(love 的现在分词,意为“充满爱”)的对立面,而我们记得,“loving”代表尼任斯基,代表“giving”(给予)。看来,这个韵式的复杂性足以使你晕眩,而我们已经花太多时间讨论这节诗了。不过,我仍希望,你们回家时,不妨自己分析这个韵式:也许所收获的,要比作者在使用它时想披露的还多。我无意刺激你们的食欲,压根儿也无意暗示奥登做这一切都是有意识的。相反,他是直觉地安排这个韵式的,或者如果你更喜欢下意识的话,可以说他是下意识地这样做的。但这恰恰是它如此使人有兴趣去探究之所在:不是因为你进入某人的下意识(就一位诗人而言,这类下意识几乎不存在,因为它已经被诗人的意识穷尽了)或直觉,而是仅仅向你表明,一位作家在多大程度上成为他的语言的工具,以及向你表明,他的伦理观念愈是锐利,他的耳朵就愈是敏感。

总的来说,这节诗的作用乃是完成前一节的工作,也即追踪恶疾的源头,而奥登确实做到了直达骨髓。

这之后,很自然地,我们需要稍作休息,而这稍息以下一节的形式出现,这下一节少了些尖锐的思想,多了些一般的、公共层面的措辞。

8

从保守的黑暗
进入道德的生活
走来密集的上班乘客,
重复他们早晨的誓言,
“我要对妻子忠实,
我要更专心地工作”,

而无助的管治者醒来
继续他们强迫性的游戏:
谁可以解救他们,
谁可以接触聋人,
谁可以替哑巴说话?

也许,这是全诗中最无趣的一节,但并非没有其难能可贵之处。它最吸引人之处,乃是开头两行描写从下意识到理性存在也即道德存在,从睡眠到行动,从"黑暗"到不是光明而是"生活"的旅程。至于它的韵式,最具暗示性的是"dark-work-wake"(黑暗—工作—醒来),如果考虑到这节诗的内容,这个韵式可以说是很有效的。它一路都是半谐韵,它向你表明这类韵式包含的诸多可能性,因为当你抵达"dark"(黑暗)之后的"wake"(醒来)时,你发现你还可以把"wake"(醒来)发展成别的东西,如此等等。例如,你可以发展出"wait-waste-west"(等待—浪费—西方)等。至于"dark-work-wake"(黑暗—工作—醒来)的纯粹说教方面,"dark-work"(黑暗—工作)这个构成更有趣,因为"dark"(黑暗)很可能有双重意义。这使我想起奥登《给拜伦的信》中的一个对句:

人不是宇宙的中心,
在办公室工作就更令人伤心。

这——我是指"信"[①]——即使不是你"善良"的唯一机会,也是你"快

① 原文"Letter",既指信,也指字母、文学。

乐”的唯一机会。

从格律上看,这节诗的头六行做了一件可爱的工作,就是传达列车行驶的感觉:你在头四行享受了非常平顺的乘坐,然后首先是被“要”(will)颠了一下,然后再被“更”(more)颠了一下,这既披露了每一个强调的源头,也披露了实现这些诺言的可能性。随着“无助的管治者醒来”,押韵重获平衡,而在滚动的“继续他们强迫性的游戏”之后,诗节以三个雄辩的问题放慢下来,最后一个问题使列车完全停顿:“谁可以解救他们,/谁可以接触聋人,/谁可以替哑巴说话?”

看来“密集的上班乘客”大概是“被独爱”的结果:一群羊。至于这里用“保守的”来形容“黑暗”,则是奥登典型手法的另一个例子,也即使定义达到难分的邻近程度,如同两节诗前的“中立的空气”或奥登这个时期一首绝对令人叹为观止的诗《西班牙》中的“必要的谋杀”。他这些并置之所以既有效又便于记忆,是因为它们各部分通常都向彼此投下无情的光——或毋宁说黑暗;也即,不仅谋杀是必要的,而且必要本身即是谋杀性的,同样地,保守是黑暗的。因此,下一行的“道德的生活”是以一种双重贬义出现的:因为你预期“道德的光”。标准的表达方式突然被疑惧陌生化了:“生活”是“光”的残渣。整体上,这节诗描写了一种垂头丧气的机械式存在,在其中“管治者”并不比被管治者更优越,两者都不能逃避他们自己一手造成的笼罩性的昏暗。

你觉得他所有这些连结的来源、根源是什么呢?诸如“必要的谋杀”、《阿喀琉斯的盾牌》中的“人工的荒野”、《美术馆》中的“重要的失败”等的根源?不错,当然是注意力的强度,但我们全都天生有这个能力,不是么?产生这类结果,这种能力显然需要以某种东西来加强。在一位诗人尤其是这位诗人那里,它加强了什么呢?是押韵的原则。促成这些难分的邻近程度的,正是同一个使我们得以看见或听见“佳吉列夫”与“爱”押韵的直觉机制。一旦这个机制启动,就再也停不下来,它变成一种直觉。至少可以说,它以不止一种方式影响你的精神活动;它变成你的认知模式。正因为如此,整个诗歌事业对我们这个物种才如此有价值。因为正是押韵原则使我们感觉到这些看似互不相干的实体之间的邻近性。他所有这些连结之所以使人觉得如此真实,是因为它们是押韵。这种物体之间、理念之间、观念之间、因之间、果之间的贴近,这种贴近本身,就是一种押韵:有时候是完美的押韵,更经常的是半谐韵;或只是视觉韵。一旦发展了这些韵律的直觉,你也许就能更好地跟现实相处。

9

至此,这首诗已有七十七行长了,而除了它的内容外,它的体积本身要求有一个解决方案。即是说,描写世界本身也反过来变成了一个世界。因此,当诗人在这里说“我只有一个声音”时,它可作多种解释,而不只是为这种道德紧张提供一次抒情放松。第七十八行诗不仅反映了作者对所描写的人类状况的绝望,而且反映了他意识到这描写的徒劳。如果单单是绝望,将会比较可以接受,因为总有机会通过愤怒或听之任之来解决它,而这两者都是一位诗人的康庄大道;嗯,尤其是愤怒。这同样适用于徒劳,因为,徒劳本身也可能同样是一种奖赏,如果用反讽或冷静来处理。

斯蒂芬・斯潘德在写到奥登时曾经说过,虽然他善于提供诊断,但他从不妄加提供治疗。不过,“我只有一个声音”却能治疗,因为诗人通过改变调性,而在这里改变观察层面。这行诗的音高远甚于前面所有的诗行。在诗歌中,如你所知,调性即是内容,或内容的结果。就音高而言,高度决定态度。

第七十八行诗的重要性在于从非个性的客观描写转到高度个性的主观声调。毕竟,这是作者第二次也可以说是最后一次使用了“我”。并且这个“我”已不再包裹在一个新闻记者的战壕雨衣里:你在这个声音中听到的是难以治愈的忧伤,尽管它有斯多葛式的音质。这个“我”(“I”)是刺耳的,并被下一行结尾处的“谎言”(lie)以某种压低的方式呼应。不过,别忘了,这两个字中那高音的“i”都是紧接着前一诗节的“deaf”(聋人)和“dumb”(哑巴)出现的,而这形成了相当程度的音响对比。

在这里,唯一控制忧伤的东西,是那节拍;而“格律控制的忧伤”也许可以作为你对谦逊的临时定义,如果不是对全部诗艺的临时定义。一般来说,诗人身上的斯多葛主义和执拗,更多不是个人哲学和个人喜好的结果,而是他们在作诗法中累积的经验的结果,而这作诗法即是治疗的名称。这节诗,以及整首诗,都是在寻找一种可靠的美德,最后却使寻找者面对自身。

不过,这有点儿偷跑超前了。让我们按部就班。嗯,就押韵而言,这节诗并不那么瞩目。“voice-choice-police”(声音—选择—警察)和“lie(authority)-sky-die”(谎言[当权者]—高空—死亡)都不错;诗人在“brain-alone”(脑中—单独)中做得好些,该韵式的暗示性是够强的。不过,更富暗示性的是“folded lie/The romantic lie in the brain”(折起的谎言/脑中罗曼蒂克的谎言)。在仅仅两行诗的空间里,两次使用了“folded”(折起)和“lie”(谎言)。[1] 这显然是为了强调;唯一的问题是

① 两行诗中两次使用了“lie”,一次使用了“folded”。可能是录音稿记录者听错。

这里强调什么。“折起”当然是暗示“纸”,因此“谎言”是印刷文字的谎言,很有可能是小报的谎言。可是,我们在“脑中罗曼蒂克的谎言”中遇到一个修饰语。这里被修饰的并不是“谎言”本身——尽管在此前有一个不同的修饰语——而是那折叠的大脑。

当然,在“我只有一个声音”中听得见的,反而是清醒及其副产品,而不是反讽,但反讽在“折起的谎言”那受控制的愤怒中却是可辨识的。不过,第七十八行诗的价值仍不是绝望和徒劳各自的效果,也不是在它们的互相作用中;我们在这行诗中最清晰地听见的,是谦逊的声音,它在这特定的上下文中有斯多葛式的弦外之音。奥登在这里并非只是使用双关语,不是。这两行诗无非是“错误繁殖于/每个女人和男人的骨子里”的意释。在某种意义上,他打开了那根骨头,让我们看见里面那个谎言(错误)。为什么他在这里这样做?因为他想把“爱大家”与“被独爱”对立的意思讲清楚。“耽于酒色的普通人”,以及“当权者”和“公民”或“警察”都只是对“每个女人和男人”这个主题的阐述,以及替当时美国的孤立主义姿态所作的辩护的派生物。“饥饿不允许选择/无论是公民还是警察”只不过是用来说明人们中间存在着一个公分母的清楚易懂的手法,并被相称地置于低位。奥登在这里使用了典型的实事求是的英国语言风格——恰恰是因为他试图阐述的观点具有非常高尚的性质;也即他似乎觉得,如果你使用讲究实际的逻辑,你便可以最有效地谈论诸如“爱大家”这样的事情。除此之外,我认为他享受这种面无表情、此路不通的心理状态,因为正是这种难以分辨地邻近真理的状态创造了这样的声明。(实际上,饥饿还允许一个选择:更饥饿;但这已经离题了。)不管怎样,这饥饿的说法抵消了下一行诗,也是整个辩说中最关键的一行诗所可能引起的对传教士的联想:“我们必须相爱或者死亡。”

嗯,正是这一行,导致作者后来从他的全集中删去了这整首诗。根据不同的消息来源,他这样做是因为他觉得这行诗武断和不真实。因为,他说,我们不管怎样都必须死亡。他曾试图修改它,但他能想到的,只是“我们必须相爱然后死亡”,可这样一来,就会变得陈腐和有一种误导性的深刻意味。因此他把它从他战后的《诗合集》中删去,而我们今天仍能读到它,全拜他的遗稿管理人爱德华·门德尔松所赐,他在奥登死后为维京出版社编了一本奥登诗选,并写了一篇导言,这篇导言是我所见关于奥登的最出色文章。

奥登对这行诗的看法是否正确?嗯,又对又不对。他显然是极其按良心办事的,而在英语中按良心办事就是如实按良心办事。还有,我们应考虑到他修订这行诗时的后见之明:在第二次世界大战的杀戮之后,不管是哪个版本,都显得有点儿令人毛骨悚然。诗歌不是新闻报道,它的消息应是具有永久意义的。在某种程度上,可以说奥登为他在这首诗开头的姿态付出了代价。不过,我仍然要说,如果这行诗对他来说显得不真实的话,那也不是他本人的错。

因为,这行诗在当时的实际意义当然是“我们必须相爱或者互杀”,或“我们必须立即互杀”。因为——毕竟,他所有的只是一个声音,并且没人听取没人理睬——接着发生的事情正是他所预料的:杀戮。但再次,鉴于第二次世界大战杀戮的幅度,你根本不可能因证明自己是预言家而得意。因此诗人认为“或者死亡”是不妥的,应删去。选择要以实际行动删掉“或者死亡”大概是因为他觉得,既然他写这首诗的目的是为了影响舆论,那他就需要对未能防止所发生的事情负责。

10

毕竟,这不只是后见之明。他对这行诗的断言感到不是很妥当的证据,可以在下一节诗的开头感到:“在夜幕下一筹莫展……”如果结合“我们的世界躺在昏迷中”来理解,这无异于承认劝说的失败。同时,“在夜幕下一筹莫展”是诗中听上去最抒情的一行,甚至超过了“我只有一个声音”的音高。在这两行诗中,抒情首先都是来自一种感觉,这感觉就是他在《悼叶芝》中所称的“人类的不成功”,来自他自己的“痛苦的狂热”。

紧接在“我们必须相爱或者死亡”之后,这行诗具有更强烈的个人气息,并从理性化层面飞跃至纯粹的情感暴露,进入揭示的领域。从技术上讲,“我们必须相爱或者死亡”是思维之路的尽头。这之后,就只有祈祷了,而“在夜幕下一筹莫展”在这里把调性升高,如果还未把措辞也升高。并且,仿佛感到事情可能不受他控制似的,感到那音高接近哀号的颤动似的,诗人便以“我们的世界躺在昏迷中”来削弱自己。

然而,不管他在这行诗和接下去的四行诗中如何努力去拉低他的声音,“我们必须相爱或者死亡”所施的魔力,却几乎违背他初衷地获得了“在夜幕下一筹莫展”的加强,并且赖着不走。相反,它以他建立他的防线的那种速率穿透他的防线。这魔力如我们所知,是一种教会式的魔力,充满了一种无限感;而诸如“各处”、“光”、“正义”则因它们的普遍意义而不经意地呼应了那种感觉,尽管他使用了一些削减性的限定词,例如“点”(dotted)和“和谐”(harmonic)[①]。而当诗人来到最接

---

① 原诗无此字,应是“反讽”(ironic)之误。这篇文章是录音稿,可能是整理者听错。

近于完全控制他的声音的时候,那魔力便以下列令人屏息的介于恳求与祈祷的混合,带着全部抒情力量取得突破:

> 但愿我,虽然跟他们一样
> 由厄洛斯和尘土构成,
> 被同样的消极
> 和绝望围困,能呈上
> 一柱肯定的火焰。

嗯,我们在这里看到的,除了别的之外,这还是一幅自画像,不过这幅自画像无形中变成了对人类的定义。而这个定义,我必须说,源自“但愿我”而不是源自接下来三行的精确性。因为正是后面那三行的总和产生了“但愿我”。换句话说,我们在这里看到的,是真理导致抒情,或更准确些,抒情变成真理;我们在这里看到的,是一个斯多葛式的人在祈祷。这也许还不是人类的定义,但肯定是人类的目标。

不管怎样,这正是这位诗人所走的方向。当然,也许你会觉得这个结尾有点儿假装虔诚,并且纳闷谁是“正义”者——是传说中的三十六个义人还是某个人——或纳闷究竟这“肯定的火焰”像什么来着?但你不会为了找到鸟儿歌声的源头而解剖一只鸟:该解剖的是你的耳朵。然而,不管是哪种情况,你都会避开对“我们必须相爱或者死亡”作出选择,而我不认为你做得到。

1984 年

取悦一个影子

1

当一个作家诉诸一种有别于母语的语言时,他要么出于必要,像康拉德,要么出于炽烈的野心,像纳博科夫,或为了获得更大的疏离感,像贝克特。继在美国生活了五年之后,我于 1977 年夏天在纽约第六大道一家小打字机店买了一部“莱泰拉 22”型手提打字机,并开始用英语写作(随笔、翻译,偶尔也写诗),理由则与上述各人都不一样,而是属于另一种类型。我当时唯一的目的,如同现在一样,乃是使自己更接近我认为是 20 世纪最伟大的心灵:威斯坦·休·奥登。

当然,我十分清楚我这样做是徒劳的,与其说是因为我生于俄罗斯,俄语是我的母语(我从未放弃过它——而我希望情况相反),不如说是因为这位诗人的才智,这才智在我看来是无可匹比的。此外,我清楚这项努力的徒劳,还因为奥登已去世四年了。然而对我来说,用英语写作是接近他的最佳途径,从他的角度看问题,接受如果不是他的良心准则裁判,也是英语中任何造就这种良心准则的东西裁判。

这些话,这些句子的结构方式,全都向任何哪怕读过奥登一个诗节或一段文章的人证明我是多么失败。不过,对我来说,按他的标准衡量的失败,仍要比按别人的标准衡量的成功更可取。此外,我一开始就知道,我是注定要失败的;至于这份清醒是我自己的,还是从他的作品中借来的,我已说不清楚。我用他的语言写作所希望的,就是不要降低他的精神运作的水平,他看待问题的层次。这就是我能为一个更好的人所做的事:在他的脉络中继续;我想,这就是文明的要义。

我知道在性情和其他方面,我是一个不同的人,而在可能最好的情况下,我会被视为他的模仿者。不过,这对我来说仍然是一种恭维。另外,我还有第二道防线:我永远可以退回我的俄语写作,而对我的俄语写作我是颇为自信的,如果他懂得俄语的话,很可能也会喜欢。我想用英语写作,则与任何自信、满足或安慰无关;我只是想取悦一个影子。当然,那时他已去世,语言障碍也就不成问题,但不知为什么,我总觉得如果我用英语清楚地跟他说话,他可能会更喜欢。(尽管当我十一年前在基希施泰滕的绿草地上尝试的时候,还是行不通;我那时的英语,用于读和听,比用于讲话要好些。也许这也没什么。)

换一个角度说,由于无法充分回报你所接受的东西,你便试图用至少是相同的硬币来还债。毕竟,他自己也这样做过,在《给拜伦的信》中挪用《唐璜》的诗节,或在《阿喀琉斯的盾牌》中借用六音步诗行。取悦永远需要某种程度的自我牺牲和同化,如果对方是一个纯粹的鬼魂,就更加如此。活着的时候,这个人做得如此多,以至你多少会不可避免地相信他灵魂的不朽。他留给我们的,相当于一部福音书,它是由爱造就的,并充满绝不可穷尽的爱——即是说,绝不可能全部被人类肉身所包含,因而需要用文字表达的爱。如果不存在教堂,则我们完全可以轻易地在这位诗人身上建造一座教堂,而它的主要准则大致将是这样的:

如果感情不能平等,

让那爱得更多的是我。

2

如果一位诗人对社会有任何义务，那就是写好诗。他属于少数人，别无选择。如果他完成不了这个职责，则他就会坠入遗忘。另一方面，社会对诗人没有义务。社会按定义是大多数，它认为自己有读诗以外的其他选择，不管诗写得多好。做不到这点，将导致它坠入那样一种语言风格的水平，在那水平上，社会很容易沦为蛊惑民心的政客或独裁者的猎物。这相当于社会自己坠入遗忘；当然，一个独裁者可能会试图通过某种可观的流血来使其子民免于被遗忘。

我第一次读奥登，是约二十年前在俄罗斯，那是一本当代英语诗选，其副题叫作“从勃朗宁到我们的时代”，译文有点无精打采。“我们的时代”是指 1937 年，也即诗选出版的年代。不用说，几乎所有的译者连同编者M. 古特纳不久之后就被捕了，其中很多人死了。不用说，在接下去的四十年间，再无其他英语诗选在俄罗斯出版，于是上面说的这本诗选就变得有点像珍稀本了。

然而，那本选集中有一行奥登的诗引起了我的注意。我后来知道，它来自他的早期诗作《地点不变》的最后一节，描写一种有点幽闭恐怖的风景，在那风景中，“没有走到/远于铁路终点站或码头末端的人，/会既不走也不送他儿子……”那最后一行，“会既不走也不送他儿子……”以其反面延伸和普通常识之混合使我印象深刻。由于我是靠吃俄语诗歌那基本上是强调和自我膨胀的食物长大的，故我立即就记下这个菜谱，其主要成分是自我克制。不过，诗歌句子总有一个癖好，就是会偏离上下文，跑进了普遍意义，因此，每当我开始在纸上写点什么的时候，

“会既不走也不送他儿子”所包含的吓人的荒诞感就会开始在我的下意识里回荡。

我想，这大概就是人们所谓的影响，除了那种荒诞感不是诗人的发明而是现实的反映；发明是很少看得出来的。我可在这行诗中受益于这位诗人的，不是其情绪本身而是其处理方式：安静，不强调，没有任何踏板，几乎是信手拈来。这种处理手法之所以对我特别重要，恰恰是因为我是在60年代初遇到这行诗的，“荒诞派戏剧”正大行其道。在这个背景下，奥登对题材的处理尤其瞩目，不仅因为他领先很多人，而且因为他诗中包含颇为不同的伦理信息。至少对我来说，他对这行诗的处理手法是很有力的：有点像“别喊狼来了”，尽管狼就在门口。（我想加上一句：即使那匹狼酷似你。正因为这样，就更别喊狼来了。）

虽然对一个作家来说，提及自己的刑事经验——或就此而言，任何艰苦经验——就如同正常人提及名人以自抬身价，但很碰巧，我下一次较仔细地看奥登，发生于我在北方服刑期间，那是一个小村子，隐没在沼泽和森林中，靠近北极。这一回，我手头的选集，是莫斯科朋友寄来的一本英语诗选。它收录了很多叶芝的诗，当时我觉得叶芝太重修辞，用韵太草率；也收录了很多艾略特的诗，艾略特当时在东欧是至高无上的。我当时是想读艾略特。

但基于纯粹的巧合，诗选一打开，正好是奥登的《悼叶芝》。我那时还年轻，特别热衷于作为一种体裁的哀歌，尤其是自己周围没人死，没机会写。所以我怀着也许比对其他任何东西更大的热情来读哀歌，而我常常想，该体裁最有趣的特征，乃是作者们都不经意地试图画自画像——几乎每一首“悼诗”都充满（或玷满）这种自画像成分。虽然这种倾向是可以理解的，却常常把诗变成作者对死亡这个题材的沉思，我们从中了解更多的是作者而不是死者。奥登这首诗没有这类东西；更有甚者，我很快就发现，就连它的结构设计，也是为了向死去的诗人致敬，也即用颠倒过来的次序模仿这位爱尔兰大诗人自己的风格发展模式，一直模仿到他最早期作品——诗中第三部分也即最后部分的四音步诗行。

正因为这些四音步诗行，尤其是因为第三部分那八行诗，使我明白到我正在读的是一个什么样的诗人。对我来说，这些诗行盖过了对那令人震惊的“寒冷黑暗的日子”也即叶芝最后日子的描写，包括那令人战栗的

水银沉入这垂死日子的口中。

它们盖过了那段把一具死尸当作一座城市的令人难忘的描写，城市的郊区和广场都逐渐空荡起来，仿佛经过了一次被粉碎的叛乱。它们甚至盖过了那个时代的声明

……诗歌没有使任何事情发生……

它们，诗中第三部分那八行四音步诗，听上去就像一首救世军赞美诗、一首葬礼挽歌和一首童谣的混合。这八行诗是：

时间无法容忍
勇敢和清白的人，
并在一星期里漠视

一个美丽的身体,

却崇拜语言和原谅
每一个它赖以生存的人;
宽恕懦怯、自负,
把荣耀献在他们脚下。

我记得自己在一座小木棚屋里坐着,透过炮眼大小的方窗窥视那条潮湿、泥泞的脏路,路上有几只迷途的鸡。我一边不大敢相信我所读到的,一边纳闷是不是我对英语的理解在欺骗我。我那里有一部名副其实的巨石似的英俄词典,我不断地一页页翻查每一个词,每一个引喻,希望它们使我从诗页里那凝视我的意义的折磨中解脱出来。我猜,我根本就是拒绝相信早在 1939 年就有一位英国诗人说“时间……崇拜语言”,可周围的世界还是原来那个样子。

但是这一回词典没有否定我。奥登确实说,时间(而不是时代)崇拜语言,这个说法当时在我脑中启动的联想列车至今依然在轰隆隆奔驰着。因为“崇拜”是较渺小者对较伟大者的态度。如果时间崇拜语言,那意味着语言比时间更伟大,或更古老,而时间又比空间更古老和更伟大。这就是我的理解,而我确实也觉得是这样。这样说来,如果时间——它与神祇同义,不,它把神祇也包含在内——崇拜语言,那么语言是从哪里来的?因为礼物总是小于礼物给予者。再者,难道语言不是时间的仓库吗?难道这不正是时间崇拜语言的原因吗?还有,难道一首歌,或一首诗,实际上还有一篇讲话本身,连同其音顿、停顿、扬扬格等,不是语言为了重构时间而玩的游戏吗?此外,难道那些语言赖以生存的人,不也是时间赖以生存的人吗?而如果时间"原谅"他们,它是出于慷慨还是出于必要而这样做的?不管怎么说,难道慷慨不是一种必要吗?

这些诗行虽然是短小和水平的,但对我来说似乎都是难以置信地垂直的。它们还非常随意,近乎闲聊:形而上学伪装成普通常识,普通常识伪装成童谣对句。单是这一层层伪装,就是在告诉我语言是什么,而且我意识到我是在读一位讲述真理的人——或通过他真理得以被听见。至少使我觉得比那本选集里我可以读得懂的任何人都更像真理。也许给人这种感受,恰恰是因为我觉得"原谅/每一个它赖以生存的人;/宽恕怯懦、自负,/把荣耀献在他们脚下"中那下降的语调有 点儿不相干的意味。我想,这些文字出现在那里,仅仅是为了抵消"时间……崇拜语言"那上升的重力。

我可以继续不断谈论这些诗句,但我只是现在才可以这样做。当时当地我完全被震呆了。我领悟的东西包括,当奥登作出风趣的评论和观察时,你要特别小心,不管他当时谈论的是什么题材或置身什么处境,你都要用一只眼睛盯住文明。我感到,我是在跟一位新型的玄学诗人打交道,他是一个拥有可怕抒情才能的人,把自己乔装成公共道德观念的观察者。而我猜,这个面具的选择,这种用语的选择,更多是与个人谦逊有关,而不是与风格和传统等问题有关,而个人谦逊与其说是由某个特别信条强加在他身上的,不如说是由他对语言本质的意识造成的。谦逊绝不是经过选择的。

我还未开始读我的奥登。不过,在读了《悼叶芝》之后,我知道我正在面对一位比叶芝或艾略特更谦逊的诗人,他拥有一颗比叶芝或艾略特都更不任性的灵魂,同时,其悲剧性恐怕一点不减。我现在也许可以以后见之明说，我没有完全错；还可以说，如果奥登的声音有任何戏剧的话，那也不是他自己的个人戏剧，而是公共或存在的戏剧。他从不把自己放在悲剧画面的中心；他充其量只是表明自己在场。我还未听他亲口说："J. S. 巴赫是非常幸运的。当他想赞美上帝时，他便写一首众赞歌或一首康塔塔，直接唱给全能者听。今天，如果一个诗人想做同样的事，他必须使用间接引语。"大概这也适用于祈祷。

3

当我记录这些事情时，我注意到第一人称单数以令人不安的频率探出它丑陋的头来。但人即是他阅读的总和；换句话说，在注意这个代词时，我发现了比任何人都要多的奥登：这反常现象无非反映了我对这位诗人的阅读的比例。当然，老狗不会学习新招；不过，狗的主人最终都像他们的狗。批评家，尤其是传记作者，在论述具有独特风格的作家时，不管多么无意识地，都会采用他们的批评对象或传主的表达方式。简单地说，你会被你所爱的东西改变，有时候达到失去自己全部身份的程度。我不是试图要说发生在我身上的就是这种情况；我只是试图表明，这些在别的情况下俗气的"我"、"我"声，反过来也是间接引语的种种形式，其宾语则是奥登。

对我那一代中喜欢英语诗歌的人来说——我不敢说这类人很多——60 年代是选集的时代。那些参加学术交流计划来俄罗斯的外国学生和学者，在回国时，都可以理解地设法摆脱额外的重量，于是诗集先走。他们几乎白送地把这些诗集卖给二手书店，二手书店转头便以极高价钱卖给你，如果你想买的话。这些定价背后的理由，是颇为简单的：阻吓本地人购买这些西方物品；至于外国人本身，他们显然早就走了，根本没机会看到这种差价。

不过，如果你认识某个售货员，如同你常去某个地方总会不可避免地发生的那样，则你就可以做那种每个猎书人都熟悉的交易：你会用一样东西换另一样东西，或一本书换两三本书，或买一本书，读它，然后归还给书店，拿回你的钱。此外，到我获释并重返故乡时，我已有了点名气，在某些书店，他们待我颇不错。由于这个名气，来自交流计划的学生有时候会来探访我，而你总不能空手踏入人家的门槛吧，于是他们会带些书来。我跟其中一些访客结下亲密友谊，因此我的书架收获颇丰。

我很喜欢它们，这些选集，不只是因为它们的内容，还因为它们的封皮和边缘泛黄的书页所散发的淡淡甜味。它们令人觉得非常美国式，并且实际上是袖珍本。你可以在有轨电车上或公园里把它们从口袋里抽出来，虽然你对文本只懂一半或三分之一，但它们使你立即把本地现实忘得一干二净。不过，我最喜欢的还是路易斯·昂特迈耶和奥斯卡·威廉斯的选本——因为他们的选本中都有诗人的照片，这些照片激发你想象力的程度，一点不亚于那些诗行本身。我会长时间坐在那里细看某个黑白框里这个或那个诗人的面貌，试图揣摸他是什么样的一个人，试图激活他，使他的面孔与他那些我只懂得一半或三分之一的诗行相匹配。后来，与朋友们在一起时，我们会交流我们胡乱的猜测，以及偶尔冒出来的闲言碎语，然后在形成一定共识之后，作出我们的裁决。再次，以后见之明衡量，我必须说，我们的占卜常常相去不是太远。

就是在这个时候，我首次见到奥登的面孔。那是一张可怕地缩小的照片——有点儿过于讲究，对阴影的处理太正儿八经：它更多地暴露摄影师的趣味而不是拍摄对象。从那张照片，你会得出结论，也即要么前者是一个幼稚的唯美主义者,要么后者的表情对于他的职业来说未免太中性。我更喜欢第二个版本,部分是因为音调的中性是奥登诗歌的一个典型特征,部分是因为反英雄姿态是我们那代人的固定观念。其主旨与任何其他人没有什么两样:简朴的鞋、工人帽,最好是灰色的夹克和领带,不蓄胡须或髭。威斯坦是一眼就认得出的。

同样一眼就认得出、达到使人战栗程度的是《1939 年 9 月 1 日》中那几行诗,它们表面上是解释那场抚养我们这代人的战争的本源,实际上也是描写我们自身,如同一张名副其实的黑白照片:

我和公众都知道
学童们都学了些什么,
他们被邪恶侵袭,
就用邪恶来回报。

这四行诗实际上偏离了上下文,把胜利者与受害者等同起来,而我认为,联邦政府应该把它刺在每一个新生婴儿的胸口上,不单单是因为它的信息,而且是因为它的语调。唯一不接受这个程序的理由将是奥登尚有更好的诗行。你怎样看待以下诗节:

酒吧里一张张面孔
紧挨它们划一的日子:
灯光一定不可熄灭,
音乐一定要永远响着,
所有的习俗都共谋

将这座堡垒当成
家中的摆设;
免得我们看出自己在哪里,
迷失在闹鬼的树林,
害怕夜晚的儿童
从未有过快乐或满意。

或者,如果你觉得这节诗“太纽约”、“太美国”了,那么就看看《阿喀琉斯的盾牌》中的这个对句吧,至少对我来说,它有点儿像写给某几个东欧国家的但丁式祭文:

……他们失去尊严,
先作为人死去然后身体才死去。

或者,如果你仍反对这种野蛮,如果你不想让幼嫩的皮肤受这等伤害,同一首诗还有另七行诗,应刻在任何现存国家的各大门口,实际上应刻在全世界的各大门口:

一个衣衫褴褛的顽童,无目的而孤单,
绕着那空位游荡;一只鸟儿
飞向安全处,远离他瞄准好的石头:
少女们被强奸,两个少年砍另一个,
在他看来是公理,他从未听说过
有任何信守诺言的世界,

或一个人会因为另一个人流泪而流泪。

如此一来，在对这世界的本质的理解上，新来者就不至于受骗；如此一来，这世界的居民就不会把蛊惑民心的政客当成半神。

你不需要是一个吉卜赛人或一个龙勃罗梭[①]才去相信一个人的外表与其行为之间的关系：毕竟，这是我们的美感的基础。然而，一个写出下列句子的诗人，外表应是怎样的呢：

全都在别处，大群
大群的驯鹿穿越
绵延数里的金色苔藓，
无声而快速。

一个其喜欢把形而上学的真理翻译成普通常识的乏味一点也不亚于其喜欢在后者中发现前者的人，外表应是怎样的呢？一个通过非常彻底地从事创造，却比任何在各领域抄捷径的无礼好胜者更多地跟你谈论造物主的人，他应是什么样子的？难道一种独特地结合了诚实、超脱和克制的抒情的感受力，不应导致如果不是独特的面部特征的安排至少也是特殊的、非凡的表情吗？而这样的特征或表情有可能被画笔捕捉住或被镜头记录住吗？

我非常喜欢这个过程，也即从那张邮票大小的照片作出种种推断。我们总是在搜寻一张面孔，我们总是想有一个可以实现的理想，而奥登

① 龙勃罗梭（1836—1909）：意大利犯罪学家。

在当时非常接近相当于一个理想。(另两个人是贝克特和弗洛斯特,然而我知道他们表情的样子;不管多么令人惊叹,他们的面部表情与他们的行为之间的相通,却是显而易见的。)当然,后来我看到奥登的其他照片:在某本偷带入境的杂志里或在其他选集里。不过,它们没有增添什么:要么他避过镜头,要么镜头落后于他。我开始怀疑究竟一种艺术形式是否有能力描绘另一种,视觉艺术是否可以捕捉语义艺术。

接着,有一天——我想是在1968年或1969年冬天——在莫斯科,我去看望娜杰日达·曼德尔施塔姆,她递给我另一本现代诗选,一本非常漂亮的书,有大量插图,都是大幅的黑白照片,如果我没记错的话,是由罗利·麦肯纳拍摄的。我找到了我正在找的。一两个月后,有人把这本书从我这里借走,我再也没见过那张照片;不过,我仍能颇为清晰地记得它。

照片似乎是在纽约某处拍摄的,在某座天桥上——如果不是中央车站附近那座,就是哥伦比亚大学那座,后者跨越阿姆斯特丹大道。奥登站在那里望着,仿佛是在这过程中不知不觉被抓拍到的,眉毛在迷惑中扬起。然而,那双眼睛本身却是极其平静和敏锐的。时间大概是40年代末或50年代初,也即他的面貌被那著名的皱纹——“凌乱的床铺”——接管之前。我突然间什么或几乎什么都明白过来了。

在我看来,那两道在正规的迷惑中扬起的眉毛与他目光的敏锐之间的对比,或者说它们之间落差的程度,直接呼应了他诗行的形式方面(两道扬起的眉毛═两个韵脚)和呼应它们的内容那令人目眩的精确性。从那页纸中凝视我的,相当于一个对句的面部表情,相当于更适合默记心中的真理的面部表情。那样貌很一般,甚至平凡。这张脸没有任何特别诗意的东西,没有任何拜伦式的、魔性的、反讽的、冷峻的、鹰钩鼻的、浪漫的、受伤的之类的东西，反而更像一个医生的面孔，他对你的故事感兴趣，虽然他知道你有病。一张准备好应对一切的面孔，一张总面孔。

这是一个结果。它那空白的凝视是面孔与物体达至难分的相近性的直接产物，那种难以分辨的相近性产生了诸如“志愿的差事”、“必要的谋杀”、“保守的黑暗”、“人工的荒野”或“沙滩的琐碎”之类的词组。那感觉就像一个近视的人摘下眼镜，不同之处是，那双眼睛的敏锐既与近视无关，也与物体的细小无关，而是与物体根深蒂固的威胁有关。它是这样一个人的凝视，他知道他无法消除那些威胁，却坚持为你描述种种症状和描述恶疾本身。这并非所谓的“社会批评”——原因之一是那恶疾并非社会的：它是存在的恶疾。

总之，我觉得这个人被视为社会评论家，或诊断师，或诸如此类，是一种可怕的误解。他所遭到的最常见指责，是说他不提供治疗。我猜，在一定程度上，他是在通过求助于弗洛伊德主义术语，然后是马克思主义术语，然后是基督教术语来寻找治疗。不过，治疗恰恰存在于使用这些术语，因为它们只不过是我们用来谈论同一样事物时使用的不同方言罢了。那同一样事物就是爱。真正起治疗作用的，是你对病人说话的语调。这位诗人来到世界上那些严重的、常常是晚期的病例中间，不是作为外科医生，而是作为护士，而每一个病人都知道，最终使他们重新站起来的，是护士而不是手术。我们在《海与镜》中阿隆索对费迪南德发表的最后讲话中听到的，是一个护士的声音，即是说，爱的声音：

但如果你不能保持你的王国，
并且如同你父亲在你之前那样，来到

思想发出指责和感情发出嘲弄的地方，
那就相信你的痛苦吧……

无论是医生还是天使，都不会在你最后失败的时刻跟你说这种话，你的至爱和至亲就更不可能说这种话：只有一个护士或诗人，才会出于经验和出于爱而跟你说这种话。

而我惊叹这爱。我对奥登的生活一无所知：既不知道他是同性恋者，也不知道他为了方便埃丽卡·曼而与她结婚，等等。我能够颇为清楚地感觉到的是，这爱将超越其对象。在我的心中——或者更准确地说，在我的想象中——那是被语言扩张或加速，被表达语言的必要性扩张或加速的爱。而语言——这方面我倒是很清楚的——有自己的动力，特别是在诗歌中，语言倾向于使用其自我生成的工具：韵律和诗节，它们把诗人带往远离其初衷的地方。我们在阅读诗歌时获得的有关爱的另一个真理是，一个作家的情绪总是不可避免地屈从于艺术那线性的和绝不退缩的进展。在艺术中，这类事情确保一种更高程度的抒情；在生活中，则确保同等程度的孤立状态。仅仅由于他风格上的多面性，这个人就应该知道一种程度不寻常的绝望了，如同他众多最令人愉悦、最令人着迷的抒情诗所表明的。因为在艺术中笔触的轻松往往来自那种完全缺乏轻松的黑暗。

然而，这依然是爱，被语言维持，不分——因为这语言是英语——性[1]，并由一种深度的痛苦所强化，因为痛苦最终或许也必须说出来。毕竟，语言按定义来说，乃是自我意识的，它想了解每一个新处境。当

① 既指性别，又指词语的阴性、阳性。

我望着罗利·麦肯纳的照片时,我高兴于那面孔既没有流露出神经质,也没有流露出其他类型的紧张;高兴于它是苍白的,普通的,不是表达反而是吸纳他眼前发生的不管什么事情。我自忖,拥有这面貌是多么奇妙,并试图在镜中模仿那个怪相。不用说,我失败了,但我知道我会失败,因为这样的面孔注定只此一家。不需要模仿它:它已经存在于这个世界,而不知怎的,对我来说,这个世界似乎因为这张面孔在某个地方而显得更宜人。

诗人的面孔真是奇怪。在理论上,作者的外表对读者而言应是微不足道的:阅读不是一种自恋活动,写作也不是,然而当我们对某位诗人的诗歌作品了解到相当程度时,我们便开始想象作者的外表。这大概与我们的一个猜测有关,也即我们觉得喜欢一件艺术作品即是认识艺术所表达的真理,或某一程度的真理。基于天生的不安全感,再加上我们把艺术家与他的作品视为一体,于是我们想看到艺术家,希望也许下次我们有机会知道真相在现实中是什么样子的。只有远古作家才能逃避这种审视,这在一定程度上解释了为什么他们被视为经典,而他们点缀于图书馆壁龛里的那些普遍化的大理石面孔,则与他们全部著作包含的绝对原型性意义有着直接关系。但当你读到

……去看
一位朋友的墓,去当众吵闹出丑,
去计算成长过程中接纳的那些爱,
并不好受,但像一只无泪的鸟那样啁啾
仿佛没有什么特别的人死去

并说长话短，则是不真实，难以想象的……

时，你便会觉得，在这些诗行背后站着的不是一个金色头发、深褐色头发、脸色苍白、皮肤黝黑、满是皱纹或面部光洁的具体作者，而是生命本身；觉得你想见见他；觉得你想亲近他的真人。在这个愿望背后，不是虚荣，而是某些人类物理学，它使一颗小微粒被一块大磁铁吸引过去，尽管你最终可能会像奥登自己所说的："我认识三位伟大的诗人，他们全都是头号浑蛋。"我："谁?"他："叶芝、弗洛斯特、布莱希特。"（顺便一提，关于布莱希特，他错了：布莱希特不是一个伟大的诗人。）

4

1972 年 6 月 6 日，在我没来得及准备就离开俄罗斯之后约四十八小时，我与我的朋友、密歇根大学俄罗斯文学教授卡尔·普罗弗（他飞到维也纳接我）站在奥登位于小村子基希施泰滕的避暑别墅门口，向别墅主人解释为什么我们会在那里。这次见面差点没有发生。

奥地利北部有三个基希施泰滕，我们三个村子都找过了，而就在我们准备转身离去，就在我们的汽车驶入一条安静、狭窄的乡间小道时，我们看见一个木牌箭号，上面写着："奥登街"。它以前叫作（如果我没记错）"欣特霍尔茨"，因为小道从那片林子背后通往当地的墓场。[①] 大概，改街名，与其说是因为村民尊敬住在那里的伟大诗人，不如说是因为他们巴不得快点摆脱这"使人想到死"的东西。诗人对这个处境的感受是混杂的，既觉得自豪又觉得难堪。不过他对当地牧师的感觉，则

① 德语"欣特霍尔茨"有"在树林背后"的意思。

较为清晰。牧师名叫希克尔格鲁伯，奥登无法抗拒把他称作“希克尔格鲁伯神父[①]”的乐趣。

这些，都是我后来得知的。与此同时，卡尔·普罗弗试图向一个男人解释为什么我们会在那里，后者个子敦实、大汗淋漓，穿着红色衬衫和宽吊带，手臂上搁着外衣，外衣下拿着一摞书。他刚从维也纳乘火车抵达，并且刚爬上那座山，所以气喘吁吁的，不想多说话。正当我们准备放弃时，他突然明白了卡尔·普罗弗在说什么，于是喊道：“不可能！”然后邀请我们进屋子。那是威斯坦·奥登，距他逝世不足两年。

让我尝试说清这一切的来龙去脉。早在1969年，布林莫尔学院的哲学教授乔治·L.克兰曾在列宁格勒探访过我。克兰教授正在把我的诗译成英语，准备出我的企鹅版诗选。当我们在推敲这本未来诗选的内容时，他问我谁最适合为我的诗选写导言。我提出请奥登——因为在我心中，英国与奥登是同义词。不过，当时在英国出版我的诗集的前景是很不现实的。唯一透露出这件事情还有点儿貌似现实的是，根据苏联法律，这绝对是非法的。

尽管如此，我们还是照做不误。手稿送给了奥登，他相当喜欢，就写了一篇导言。因此，抵达维也纳时，我带着奥登在基希施泰滕的地址。回顾和回想我们接下去那三周在奥地利，以及后来在伦敦和牛津的谈话，我听到的更多是他的声音而不是我的，尽管我必须说，我在当代诗歌这个话题上寻根问底纠缠了他很久，尤其是关于诗人们本人。不过，这是颇可以理解的，因为我自知我唯一不会出错的英语句子是：“奥登先生，你觉得……”接着是某个诗人的名字。

---

① Father既有神父的意思，又有父亲的意思。

也许这样也蛮好，因为我又怎能说些不是他已经以这样或那样的方式知道的事情呢？当然，我原可以告诉他，我曾经把他几首诗译成俄文，并交给莫斯科的一家杂志，但那一年碰巧是 1968 年，苏联入侵捷克斯洛伐克，有一天晚上英国广播公司播出他的《食人魔做食人魔能做的事……》，于是这件事情就这么完蛋了。（这个故事也许能够使我被他喜爱，但我对我这些译文的评价并不是很高。）说我从未读过他作品被成功地译成任何我有点儿认识的语言吗？他自己清楚这点，也许太清楚了。说我有一天得知他热衷于克尔恺郭尔的三连体[①]便高兴得不得了，因为这也是我们很多人理解人类的钥匙？但我担心我说不清楚。

最好还是听。由于我是俄罗斯人，所以他就大谈俄罗斯作家。“我不想跟陀思妥耶夫斯基住在同一个屋檐下。”他会宣称。或：“最好的俄罗斯作家是契诃夫。”——“为什么？”“他是你们民族中唯一有常识的人。”要么他会问那个对他来说似乎是我的祖国最令人不解的问题：“有人告诉我，俄罗斯人总是从停泊的汽车上偷走挡风玻璃雨刮器。为什么？”但我的答案——因为没有零件——难以满足他：他心里显然设想了某个更不可理喻的理由，而在觉察到他这个想法之后，我自己也几乎开始看到一个理由。接着，他表示愿意译我的一些诗。这使我颇感震惊。我哪有资格被奥登翻译？我得知，由于他的翻译，我有些同胞的诗句获得比它们应得的更大的利益；然而不知道为什么，我就是无法想象让他来为我工作。所以我说：“奥登先生，你对……罗伯特·洛厄尔有什么看法？”“我不喜欢这样一些男人，”他回答说，“他们总散发一股背后有一群哭泣的女人的气息。”

---

① 指克氏的“美学—伦理—宗教”体系。

在奥地利那三周,他安排我的事情,周到得如一只好母鸡。首先,电报和其他邮件开始莫名其妙地由"W. H. 奥登转交"给我。然后,他写信给美国诗人学院,要求他们为我提供一些经济资助。我就这样获得我第一笔美国钱——准确地说,是一千美元——使我一路维持到我在密歇根大学领到第一笔工资。他会把我推荐给他的代理人,指示我应该见谁和避免见谁,把我介绍给他的朋友们,替我挡掉新闻记者,懊恼地谈起他被迫放弃他在圣马克广场的寓所——仿佛我正计划定居他的纽约似的。"那对你会很好。仅仅因为附近有一座亚美尼亚教堂就够了,当你不懂得弥撒的文字时,弥撒反而更好。你不懂亚美尼亚语吧?"我不懂。

接着,从伦敦寄来了——W. H. 奥登转交——要我参加伊丽莎白女王音乐厅举行的国际诗歌节的邀请,我们预订了同一班英国欧洲航空公司班机。这时来了一个机会,使我可以以同样方式略微回报他。我逗留维也纳期间,碰巧跟拉祖莫夫斯基家族(贝多芬四重奏的拉祖莫夫斯基[①]伯爵的后裔)交了朋友。该家族一名成员奥莉加·拉祖莫夫斯基当时在为奥地利航空公司工作。在得知 W. H. 奥登和我本人搭乘同一航班去伦敦之后,她打电话给英国欧洲航空公司,建议他们给予这两位乘客贵宾待遇。我们也确实得到了。奥登很高兴,我很自豪。

在那期间的某些场合,他要我直呼他的名字。我当然无法从命——不只是因为我对作为诗人的他怀着怎样的感情,而且因为我们年龄的差异:俄罗斯人对这类事件是极其讲究的。最后,在伦敦,他说:"这样不行。要么你叫我威斯坦,要么我也得叫你布罗茨基先生。"这

① 贝多芬四重奏共十九首,其中三首为《拉祖莫夫斯基》。

个前景听起来是如此怪诞,我只好让步。“好吧,威斯坦,”我说,“一切听你的,威斯坦。”之后我们去出席朗诵会。他倚着讲台,在足足半小时里,他使房间充满了他背熟的诗行。如果我曾经希望过时间停顿,那就是这个时候,在泰晤士河南岸那个巨大的黑暗房间。很不幸,它不停顿。尽管一年后,也即他在奥地利一家酒店逝世前三个月,我们又有机会一起朗诵。在同一个房间里。

5

那时他差不多六十六岁了。“我得搬去牛津。我健康良好,但得有一个人照顾我。”据我所知,在 1973 年 1 月份我到牛津探访他时,照顾他的,仅仅是学院分配给他的那座 16 世纪小楼的四壁,以及女佣。在餐厅里,学院教职员工在菜谱看板前把他挤开。我以为那只是英国学校的风俗,年轻人毕竟是年轻人。然而,回顾起来,我不禁想起威斯坦又一行诗,同样难分的邻近性:“沙滩的琐碎。”

这种愚蠢无非是社会不对一位诗人尤其是一位老诗人承担任何义务这个主题的变奏。即是说,社会会倾听一位年纪相当甚至更老的政客,但不会倾听一位诗人。这其中有各种原因,包括人类学和谄媚的。但结论是明白和不可避免的:如果一个政客毁灭社会,社会无权抱怨。因为,一如奥登在其《兰波》一诗中所说的:

> 但在那小孩身上雄辩家的谎言
> 爆破如水管:寒冷铸就了一个诗人。

如果谎言在“那小孩”身上如此爆破,那么它在这个对寒冷更敏感的老人身上会发生什么事？虽然这番话来自一个外国人，听上去未免太放肆了，但是奥登作为一位诗人的悲剧性成就，恰恰是他使他的诗歌脱去任何欺骗的水分，不管是雄辩家的水分还是诗人的水分。这类事情不仅使他疏离学院教职员工，而且疏离诗歌同行，因为我们大家内心都坐着那个长着红粉刺的青年，渴望兴奋的语无伦次。

变成批评家，这种对粉刺的美化就会把兴奋的缺席视为松弛、草率、唠叨、腐败。这类批评家绝不会想到一位年老的诗人有权写得更差——如果他确实写得更差——不会想到再也没有什么比在不相称的老年“发现爱”和猴子腺体移植更令人反胃的了。在热闹与智慧之间，公众总会选择前者（不仅因为这样的选择反映了其人口构成或因为诗人们都有英年早逝的“浪漫”习惯，而且因为人类天生不愿意想到老年，更别说老年的后果了。）对不成熟的依恋的可悲之处是，这种情况远远谈不上是永久的。啊，如果它是永久的就好了！如此一来，一切就都可以用人类对死亡的恐惧来解释。如此一来，众多诗人的所有那些“诗选”就会像基希施泰滕居民为他们的“欣特霍尔茨”改名一样无害。如果仅仅是恐惧死亡，读者尤其是有鉴赏力的批评家就大可以一个接一个地结束自己，紧跟他们喜爱的年轻作者的榜样。但这种事情并没有发生。

人类对不成熟的依恋，其背后的真实故事要可悲得多。这与人不愿意了解死亡无关，而与人不想了解生命有关。然而，天真是最不可能自然地持续的东西。这就是为什么诗人——尤其是那些长寿的诗人——必须被整体地阅读，而不是只读选集。必须得有一个终结，开始才会有意义。因为与小说家不同，诗人给我们讲的是整个故事：不仅是就他们的实际经验和情绪而言，而且——这才是与我们最有关的——

是就语言本身而言,就他们最后选择的词语而言。

一个老龄人,如果他仍握着笔,有一个选择:写回忆录或写日记。按他们技艺的本质来说,诗人都是日记作者。他们常常违背自己的意愿,保留最忠实轨迹,记录(a)他们的灵魂发生的事情,不管是灵魂的扩张或——更常见的——灵魂的收缩,以及(b)他们的语言意识发生的事情,因为他们是第一批经历词语被损耗和贬值的人。不管我们喜欢与否,我们在这里不仅将了解时间对人做了什么,而且将了解语言对时间做了什么。让我们别忘记,所有诗人都是“它(语言)赖以生存的人”。这个法则要比任何信条都更能够教导诗人如何保持品行端正。

这就是为什么我们可以在奥登身上建造很多东西。不仅因为他逝世时其年纪是基督的两倍,或因为克尔恺郭尔的“重复原则”。他无非是服务于一种比我们通常所知更大的无限,而他很好地见证了这无限是可获得的;更有甚者,他使人觉得无限是好客的。至少可以说,每一个人都应彻底了解至少一位诗人:即使不是作为在这世界上的向导,也可作为语言的尺码。W. H. 奥登可以非常出色地发挥这两方面的作用,原因之一是它们分别酷似地狱和地狱边境。

他是一位伟大的诗人(这句话唯一错的地方,是它的时态,[①]因为语言的本质始终是把一个人在语言范围内的成就放置于现在),而我觉得自己有机会结识他,实属万幸。但是即使我未见过他,他的著作的现实也已摆在那里。我们应该感激命运将我们暴露给这个现实,让我们享受这些丰盛的礼物,这些礼物因为不是特别要给予任何人而显得更加珍贵。也许我们可以把这称作精神的慷慨,只是精神仍需要一个人

① 这里的“是”用的是过去式“was”。

来折射它。不是说这个人因为这种折射而变得神圣,而是说精神变得有人性和可理解。这——加上人是有限的这个事实——已足够让我们崇拜这位诗人。

不管他横越大西洋变成美国人是基于何种理由,其结果都是把两种英语用语熔于一炉,变成——套用他自己的一行诗——我们大西洋两岸的贺拉斯。他所有的旅程——穿越陆地、心灵的洞穴、学说、信条——都以这样或那样的方式,起到了与其说是改善他的论据不如说是扩大他的措辞的作用。如果诗歌对他来说曾经是一件关乎野心的事情,那么可以说,他活得够长,使诗歌变成仅仅是一种存在方式。因此,才有了他的自主、清醒、平衡、反讽、超脱——简言之,智慧。不管怎样,阅读他都是使人感到正派的极少数方式之一(如果不是唯一的方式)。不过,我怀疑这是不是他的初衷。

我最后一次见他是 1973 年 7 月份,在斯蒂芬·斯彭德位于伦敦的家中的晚宴上。威斯坦坐在桌前,右手夹着一根香烟,左手拿着酒杯,大谈冷熏三文鱼。由于椅子太低,女主人便拿了两大卷残破的《牛津英语词典》让他垫着。当时我想,我看到了唯一有资格把那部词典当坐垫的人。

1983 年

毕业典礼致词

1984届的女士们先生们：

无论你们选择做多么勇敢或谨慎的人，在你们一生的过程中，都一定会与所谓的恶进行实际的接触。我指的不是某本哥特式小说的所有物，而是，说得客气些，一种你们无法控制的可触摸的社会现实。无论多么品性良好或精于计算，都难以避免这种遭遇。事实上，你越是计算，越是谨慎，这邂逅的可能性就越大，冲击力也就越强烈。这就是生命的结构，即我们认为是恶的东西有能力做到可以说是无所不在，原因之一是它往往会以善的面目出现。你永远不会看到它跨进你的门槛宣布："喂，我是恶！"当然，这显示出它的第二种属性，但是我们可能从这观察所获得的安慰往往被它出现的频率所减弱。

因此，较审慎的做法是，尽可能密切地检视你有关善的概念，容许我打个比方，去细心翻查一下你的衣柜，看是不是有一件适合陌生人穿的衣服。当然，这有可能会变成一份全职工作，而它确实应该如此。你会吃惊地发现，很多你认为是属于你自己的并认为是好的东西，都能轻易地适合你的敌人，而不必怎样去调整。你甚至会开始奇怪到底他是不是你的镜像，因为有关恶的最有趣的事情莫过于它完全是人性的。温和一点说，世上最容易里面朝外反过来穿的，莫过于我们有关社会公义、公民良心、美好未来之类的概念了。这里，一个最明确的危险信号是那些与你持同样观点的人的数目，而这与其说是因为意见一致具有沦为一言堂的倾向，不如说是因为这样一个可能性——隐含于大数目中——即高贵的情感会被伪装出来。

基于同样的原因，对抗恶的最切实的办法是极端的个人主义、独创性的思想、异想天开，甚至——如果你愿意——怪癖。即是说，某种难以虚假、伪装、模仿的东西；某种甚至连老练的江湖骗子也会不高兴看到的东西。换句话说，即是某种像你自己的皮肤般不能分享的东西：甚至不能被少数人分享。恶喜欢稳固。它永远借助大数目，借助确定无疑的花岗岩，借助意识形态的纯正，借助训练有素的军队和稳定的资产。它借助这类东西的癖好应该说是与它内在的不安全感有关，但是，相对于恶的胜利来说，明白这点同样难以获得多少安慰。

恶确实胜利了：在世界的很多地方，在我们自己身上。有鉴于它的幅度和强度，尤其是有鉴于那些反对它的人的疲累，恶今天也许不应被视为伦理范畴，而应被视为一种不能再以粒子计算，而是在地理上进行划分的物理现象。因此，我对你们谈论这一切的理由与你们年轻、初出茅庐和面对一块干净的写字板毫无关系。不，那写字板脏得黑不溜秋，很难相信你们有足够的能力和意志去清洁它。我这次谈话的意图只是想向你们说明一种抵制方法，也许有朝一日用得上。这种方法也许可以帮助你们在遭遇恶之后不至于被弄得太脏，尽管不见得会比你们的先行者更意气风发。不用说，我心中想的是“把另一边脸也凑上去”这一盘有名的生意。

我猜你们已经以这样或那样的方式听过列夫·托尔斯泰、圣雄甘地、小马丁·路德·金和其他很多人对这句来自“山上宝训”的话所作的解释了。换句话说,我猜你们都已经熟悉非暴力抵抗或消极抵抗这个概念,它的主要原则是以善报恶,即是说,不以牙还牙。今日这个世界之所以落到这个地步,至少表明了这个概念远远没有受到普遍的珍视。它不能深入民心有两个原因。首先,实践这个概念需要相当程度的民主,而这正是地球百分之八十六地区所欠奉的。其次,谁都知道,让一个受害者把另一边脸也凑上去而不是以牙还牙,充其量只能得到道德上的胜利,也即得到某种看不见摸不着的东西。出于本能地不让你身体的另一边遭受另一记重击是有其道理的,因为谁都会担心,这样做只会使恶得寸进尺;担心道德胜利可能会让那敌人误以为他不会受惩罚。

还有其他更严重的理由需要担忧。如果那第一拳没有把受害者脑中的所有神志都打掉,他也许会明白到,把另一边脸也凑上去无异于操纵攻击者的内疚感,更不要说操纵他的报应了。这样一来,道德胜利本身就不见得很道德了,不仅因为受苦经常有自我陶醉的一面,还因为它使受害者优越起来,即是说,胜过他的敌人。然而,无论你的敌人多么恶,关键在于他是有人性的;尽管我们无能力像爱我们自己那样爱别人,但是我们知道,当一个人开始觉得他胜于另一个人时,恶便开始生根了。(这就是为什么你首先被打了右脸。)因此,一个人把另一边脸也凑上去给敌人打,充其量只能满足于提醒后者他的行动是徒劳的。"瞧,"另一边脸说,"你只是在打肉罢了。那不是我。你打不垮我的灵魂。"当然,这种态度的麻烦在于,敌人可能恰恰会接受这种挑战。

二十年前,下述情景发生于俄罗斯北方无数监狱的其中一个放风场里。早上七点钟,牢门打开了,门槛上站着一个看守,他向囚犯们宣布:“公民们！本监狱的全体看守挑战你们囚犯,进行社会主义竞赛,把堆在我们放风场里的木材劈光。”那些地方没有中央暖气,而当地警察可以说像征税那样要求附近所有的木材公司缴纳十分之一的产量。我说的这件事发生时,放风场看上去像一个十足的贮木场:木材堆得有两三层楼高,使监狱那个一层楼高的四方院本身形同小巫。木材显然需要劈,不过这类社会主义竞赛却并非第一次。“要是我不想参加呢?”一名囚犯问道。“嗯,那你就没饭吃。”看守答道。

接着,囚犯们拿了派发的斧头,开始劈起来。囚犯和看守都干劲十足,到中午时分,他们全都筋疲力尽,尤其是那些永远营养不良的囚犯。看守们宣布小休,大家坐下来吃饭:除了那个提问题的家伙。他继续挥舞斧头。囚犯和看守们都拿他当笑料,大概是说犹太人通常被认为是精明的,而这家伙……诸如此类。小休之后他们继续干活,尽管速度已多少减慢了。到下午四点,看守们停下来,因为他们换班时间到了;不一会儿囚犯们也停下来了。那个家伙仍在挥舞手中的斧头。有好几次,双方都有人要求他停下来,但他不理睬。看上去好像他获得了某种节奏,而他不愿意中断;或者是不是那节奏控制了他?

在别人看来,他就像一台自动机器。五点,六点,那柄斧头仍在上下挥舞。看守和囚犯们这回认真地瞧着他,他们脸上那嘲弄的表情也逐渐变得先是迷惑继而恐惧。到七点半,那个家伙停下来,蹒跚地走进牢房,倒头便睡。在他以后坐牢的时间里,再也没人号召看守与囚犯进行社会主义竞赛,尽管木材堆得越来越高。

我觉得那个家伙能这样做——连续十二小时劈木材——是因为当时他还很年轻。事实上他那时是二十四岁。仅比你们略大。然而,我想他那天的行动可能还有另一个理由。很可能这个年轻人——正因为他年轻——把“山上宝训”的内容记得比托尔斯泰和甘地都要牢。因为耶稣讲话有三合一的习惯,那位年轻人可能记得那句相关的话并非停止在

但若是有人打你的右脸,把左脸也转过来由他打

而是继续下去,没有句号或逗号:

而若是有人控告你,要拿走你的里衣,连外衣也给他。
若是有人强迫你走一里路,就跟他走两里。

全部引述下来,可见这些诗句事实上与非暴力抵抗或消极抵抗,与不以牙还牙、要以善报恶没有什么关系。这几行诗的意思一点也不消极,因为它表明,可以通过过量来使恶变得荒唐;它表明,通过你大幅度的顺从来压垮恶的要求,可使恶变得荒唐,使伤害失去价值。这种方法使受害者处于十分积极的位置,进入精神侵略者的位置。在这里有可能达到的胜利并不是道德上的,而是生存上的胜利。那另一边脸并不是启动敌人的内疚感(这是他绝对可以消除的),而是把他的五官感觉暴露给整件事情的无意义:就像任何大量生产一样。

让我提醒你们,我们在这里谈论的并不是涉及公平决斗的情况。我们是在谈论一个人一开始就处于无望的劣势的情况,在那种情况下,他根本没有还击的机会,也完全没有任何胜算可言。换句话说,我们是在谈论一个人一生中非常黑暗的时刻,他对他的敌人的道德优越感既

不能给予他抚慰，他的敌人又太过于恬不知耻和没有任何恻隐之心，而他仅有脸、里衣、外衣和一双仍能走一两里路的脚可供调遣。

在这种情况下，根本就没有战术上的回旋余地可言。因此，把另一边脸也凑上去应成为你有意识的、冷静的、慎重的决定。你得胜的机会全靠你是否明白你正在干什么，无论这机会多么渺茫。把你的脸凑过去给敌人打时，你要明白这仅是你的磨难和那句箴言的开始——你要能够使自己经受“山上宝训”的整个环节，经受所有那三句诗。否则，断章取义会使你伤残。

把道德建立在一段错误引述的诗上只会招致厄运，或最终变成精神上的布尔乔亚，享受那终极的舒适：也即深信不疑的舒适。无论是哪种情况（后者因有资格加入各种善意的团体和非牟利组织而最不讨好），结果都只会向恶屈服，推迟对它的弱点的理解。因为，容我提醒你们，恶只能是人性的。

把道德建立在这段错误引述的诗上并没有为甘地之后的印度带来什么改变，除了它的政府的颜色。不过，从一个饥饿者的角度看，无论谁使他饥饿都是一样的。我猜他可能更愿意让一个白人来为他的悲惨境况负责，原因之一是社会之恶也许就会显得像是来自别处，并且也许就会不如落在他自己的族类手中受苦那么有效。在外族的统治下，毕竟仍有希望和幻想的余地。

托尔斯泰之后的俄罗斯情况也相似，把道德建立在这段错误引述的诗上严重地削弱了这个民族对抗警察国家的决心。接下来发生的事情已是家喻户晓：在把那另一边脸也凑上去的六十年中，这个民族的脸已变成一个大伤口，以致如今国家由于害怕其暴力而索性往那脸上吐唾沫。甚至往世界脸上吐唾沫。换句话说,倘若你想使基督教世俗化,倘若你想把基督的教导翻译成政治术语,你就需要某种不止是现代政治鬼话的东西:你需要拥有原文——至少在你脑中,如果你心中已无余地。因为,基督与其说是一个好人,不如说是一种神圣精神,老是念叨他的善良而不顾他的形而上学是危险的。

我必须承认,我对谈论这些事情感到有点不安:因为要不要把那另一边脸也凑上去毕竟是一件极其私人的事。这种遭遇总是发生在一对一的情况下。那永远是你的皮肤,你的里衣,你的外衣,而走路的永远是你的两腿。奉劝人家使用这些资产即使不是完全不对的,也是不礼貌的,更别说敦促人家了。我在这里只是希望抹去你们心中的一种陈腔滥调,它带来很多伤害,很少收获。我还想给你们输灌这样一种想法,即只要你仍有皮肤、里衣、外衣和两腿,你就还不能言败,无论胜算多少。

然而,在这里公开讨论这些问题还有一个更令人不安的理由;而这个理由并非仅仅是你们很自然地不愿意把你们年轻的自己视为潜在的受害者。不,这只是清醒而已,这种清醒使我也预期你们当中会有潜在的恶棍,而在潜在的敌人面前泄露抵抗的秘密是一个坏策略。也许使我不至于被指控是叛徒的,甚或被指控把战术性的现状投射到未来的,是这样一种希望,即受害者永远会比恶棍更富有发明才干,更富有独创思想,更富有进取心。因此受害者也许有胜利的机会。

威廉斯学院,1984 年

逃离拜占庭

致韦罗尼克·希尔茨

1

鉴于我深知每个观察都会遭到观察者的个性特征的扭曲——也即,它往往反映他的心理状态而不是被观察的现实的状态——因此我建议读者以适当的怀疑态度来对待下面要说的话,如果不是完全不相信。观察者唯一可以有正当理由宣称的,是他也拥有一点点现实,其程度也许是卑微的,但在质量上并不逊于被观察对象。无疑,也许可以通过在观察的时刻处于一种完全的自我意识,而达到貌似客观。我不觉得我有这等能力;不管怎样,我不抱这个奢望。尽管如此,我还是希望类似的事情能够发生。

2

我想去伊斯坦布尔的愿望,谈不上是真的。我甚至不敢肯定使用"愿望"这个词是否恰当。另一方面,也绝不能说这只是心血来潮或下意识的冲动。那么,就说它是一种愿望吧。还得指出,这件事情部分源自我本人在 1972 年作出的一个承诺。当时,在从此永远离开故乡列宁格勒的时候,我向自己承诺要沿着列宁格勒所在的纬度和经度(也即普尔科沃子午线)环绕有人居住的世界旅行。到目前为止,纬度的旅行已基本上完成了，至于经度，情况完全谈不上令人满意。不过，伊斯坦布尔所在地，就在那子午线以西仅两度而已。

上述动机的空想成分，与那个严肃的——事实上是主要的——理由相比，其实相差无几（关于那个主要理由，我后面还会谈到），与那几个完全是轻浮的次要和更次要的理由相比，其实也差不多；不过，关于这些次要和更次要的理由，我倒是立即就要说一说，因为这是提及此类细枝末节的良机：(a)这是我特别喜爱的诗人康斯坦丁·卡瓦菲斯在本世纪初度过三个重要年份的城市；(b)基于某种理由，我总是觉得，在这里，在公寓、商店和咖啡馆里，我可以找到一种完好无损的气氛，这气氛目前似乎已完全在其他任何地方消失了；(c)我希望在伊斯坦布尔，这个历史的郊区，听到我以为我约二十年前某夜在克里米亚听到的那种“一张土耳其床垫的海外嘎吱声”；(d)我想让自己被称呼为“埃芬迪[1]”；(e)——但我担心二十六个英文字母不足以容纳这些荒唐的想法（不过，如果你恰恰被这类荒谬想法启动的话，那也许更好，因为它会使最后的失望好受多了）。所以，还是让我们谈一谈刚才提到的那个“主要”理由吧，尽管对很多人来说，它在我这份愚蠢的清单中也许只配列在“f”位置。

这个“主要”理由代表着空想的顶点。它与一个事实有关，也即多年前跟一位朋友，一位美国拜占庭文化研究者谈话时，我突然想到君士坦丁在他打赢马克辛提乌斯的那场胜仗前夕梦见的十字——那个刻着“这个记号代表征服”的传奇的十字——事实上不是基督教十字架，而是城市的十字形走向，那是任何罗马殖民居住区的基本元素。据优西

① 埃芬迪：意为老爷、长官、先生。

比乌斯和其他人说，君士坦丁受到其梦境的启示，立即向东进发。首先是特洛伊，接着，在突然放弃特洛伊之后，他在拜占庭创建罗马帝国新首都，即“第二罗马”。他这个举动的后果是如此巨大，以至不管我是对是错，我感到一股想看看这地方的冲动。毕竟，我在被称为“第三罗马”[①]的地方度过了三十二年，又在“第一罗马”度过了一年半。因此，我需要“第二罗马”，哪怕仅仅是为了过一把收集瘾。

但还是让我们尽可能以有顺序的方式处理这一切吧。

3

我乘飞机抵达伊斯坦布尔，又乘飞机离开，从而在我脑中把这个地方隔离起来，如同显微镜下的某个病毒。如果我们考虑任何文化的传染性质，这个比方似乎算不上不负责任。我是在四小时前抵达雅典的，此刻在距雅典四十英里的阿提卡州东南部角落一个叫作苏尼翁的小地方的爱琴海酒店里写这篇笔记——我能够感到自己像某种特别传染病的携带者，尽管不断打已故的弗拉季斯拉夫·霍达谢维奇[②]的“古典玫瑰”预防针，我一生大部分时间都受这“古典玫瑰”之苦。[③] 我真的感到因我所见所闻而发烧；因而以下所写的东西都显得语无伦次。我相信，我著名的同名人[④]在努力要解读法老的梦境时，也有过类似的经验——尽管趁痕迹尚热（或不如说，尚温）的时候头头是道地解释神圣的征兆是一回事，在一千五百年后则完全是另一回事。

---

① “第三罗马”：指苏联。

② 弗拉季斯拉夫·霍达谢维奇（1886—1939）：流亡柏林的俄罗斯诗人。

③ 霍达谢维奇曾在诗中说：“驱策每一首诗穿过散文，/使每一行脱离接合处，/我依然能把古典玫瑰，/嫁接到苏联的野生植物上。”

④ 同名人：指《圣经》里的约瑟。

4

关于梦境。今天凌晨时分,在伊斯坦布尔的佩拉宫酒店,我也看见某种东西——某种无比怪异的东西。场面是列宁格勒大学语文学系,我与某个人正从楼梯下来,那个人我觉得是 D. E. 马克西莫夫教授,除了他看上去更像李·马尔温。我想不起我们谈些什么,但这不重要。我的注意力被楼梯平台一个激烈的活动场面吸引住了,那楼梯平台的天花板特别低。我看见三只猫在跟一只巨大的老鼠战斗,老鼠之大,使它们形同小巫。我回望时,注意到其中一只猫被老鼠撕裂,在地板上痛苦地扭动抽搐着。我选择不去看这场战斗的结果——我只记得那只猫不动了——并与马尔温-马克西莫夫一边交谈,一边继续步下楼梯。我在抵达大堂前醒来。

首先,我欣赏猫。然后必须补充:我无法忍受低天花板;只能说那地方看上去像语文学系,因为语文学系只有两层楼高;它那邋遢的灰褐色是伊斯坦布尔尤其是我过去几天到过的那些办公楼的表面和内部的颜色;那里的街道是弯曲的,污秽的,可怕的,极难看地用鹅卵石砌成的,堆满垃圾,垃圾不断被当地那些饿鬼似的猫乱翻乱寻;那座城市,以及城市内的一切,强烈地散发着阿斯特拉罕[1]和撒马尔罕[2]的味道;我前晚下定决心要离开——这点稍后再说。简言之,这些已足够污染你的下意识了。

---

① 阿斯特拉罕:俄罗斯西南部城市。

② 撒马尔罕:乌兹别克斯坦中东部城市,中亚古城之一。

5

君士坦丁首先是一个罗马皇帝——管辖帝国西部——而对他来说,“这个记号代表征服”肯定是尤其表示扩大他自己的统治,扩大他对整个帝国的控制。用公鸡的内脏来占卜最近的未来,或寻求某个神明来充当你的船长,绝不是什么新鲜事。同样地,绝对的野心与极致的虔诚之间的鸿沟也并不是那么宽阔。但即使他是一个真正和狂热的信徒(对此,人们投以种种怀疑,尤其是考虑到他对自己的孩子们和姻亲们所做的事情),“征服”对他来说也肯定不只是具有军事上的、剑拔弩张的意义,而且具有行政上的意义——即是说殖民区和城市。而任何罗马殖民区的计划,恰恰是一个十字:一条中央大道贯通南北(如同罗马的科尔索大道),与同样一条贯穿东西的大道交叉。从大莱普提斯到卡斯特里克姆,一个帝国公民永远知道他所在的位置与首都的关系。

即使君士坦丁向优西比乌斯谈及的十字是救世主的十字架,他梦中的十字的一个组成部分也是——不管是无意识或下意识——殖民区规划的原则。此外,在第四世纪,救世主的象征根本就不是十字,而是鱼,那是希腊语中基督之名的首写字母合成的。至于受难十字架本身,则类似俄语(和拉丁语)大写的T,而不是贝尔尼尼[①]在圣彼得大教堂楼梯上描绘的,或我们今天所想象的它的样子。不管君士坦丁心中想到的或没想到的是什么,当他执行梦中接受的指示时,首先是对东部进行领土扩张,“第二罗马”的崛起则是这次东扩极合理的结果。根据各种说法,他拥有活力充沛的性格,因此他考虑推行扩张政策是十分自然

① 贝尔尼尼(1598—1680):意大利建筑师。

的。如果他确实是一个真正信徒的话,那就更加自然。

他是,还是不是?不管答案是什么,它都是发出最后笑声的基因密码。因为他的侄儿碰巧不是别人,正是叛教者尤利安。

6

任何沿着并非由物理必要性规定的平面的运动,都是一种自我逞强的空间形式,不管是帝国建设还是旅游业。在这个意义上,我去伊斯坦布尔的理由,与君士坦丁的理由仅有些许差别。尤其是如果他确实变成了基督徒——即是说,停止做罗马人。然而,我有更多理由责备自己太肤浅;此外,我背井离乡的后果远远谈不上严重。我背后甚至没有留下在某些墙前拍摄的照片,更别说留下一组组墙了。在这个意义上,我甚至比不上那些几乎成了传奇的日本人。(对我来说,再也没有比一般日本人的家庭相册更可怖的了:微笑着,矮壮,他/她都是背向这个世界包含的一切垂直物体——雕像、喷泉、大教堂、高塔、清真寺和古庙等。尤其是佛像、佛塔,我猜。)"我思故我在"让位给"柯达故我在",如同"我思"在其鼎盛时期战胜"我创造"。换句话说,我的在场和我的动机之短暂性质,并不比君士坦丁的活动和思想之实际可触摸性更不确切,不管他的思想是真的还是假设的。

7

公元前1世纪结束时的罗马哀歌诗人——尤其是普罗佩提乌斯和奥维德——公开奚落他们伟大的同代人维吉尔及其《埃涅阿斯纪》。这也许可从个人竞争或专业嫉妒或他们心目中诗歌作为个人、私人艺术的理念与诗歌作为某种公民的东西、某种国家宣传的形式之间的对立这些角度加以解释。(最后这点也许听起来是真实的,但远远谈不上真实,因为维吉尔不仅是《埃涅阿斯纪》的作者,还是《农事诗》和《牧歌》的作者。)可能还有纯粹风格上的种种考虑。很有可能,从哀歌作者们的观点看,史诗——任何史诗,包括维吉尔的——是一种倒退的现象。哀歌诗人全都是亚历山大学派诗歌的信徒,该学派催生了一个抒情短诗传统,例如我们当代诗歌所熟悉的抒情短诗。亚历山大学派倾向于简短、扼要、压缩、具体、博学、说教和发挥个性,而这似乎是希腊文学艺术对古典时期希腊文学种种过剩形式——对史诗、戏剧;对神话化,且不说创造神话本身——的反应。如果我们想一想——尽管最好是不想——就会觉得这是一种对亚里士多德的反应。亚历山大学派传统吸取了所有这些东西,并使它们适合哀歌或牧歌的范围:适合牧歌中那几乎是象形文字的对话,适合哀歌中一种说明性的神话功能(范例)。换句话说,我们看到了一种微缩化和浓缩的倾向(作为诗歌在一个愈来愈不重视它的世界中的生存手段,如果不是作为一种更直接、更即时地影响读者和听众心灵的手段),可这时,瞧呀,维吉尔竟然带着他的六音步诗行和庞大无比的“社会秩序”出现了。

我想在这里补充一句,也即哀歌诗人几乎无一例外地使用哀歌的押韵对句,那是一种混合扬抑抑格六音步诗行和扬抑抑格五音步诗行的对句;还有,再次几乎无一例外地,他们都是先师从各种修辞学派然后才写诗的,接受过那些修辞学派在司法专业方面的训练(训练成辩护人,也即现代意义上的争辩者)。再也没有什么比哀歌的押韵对句与修辞性的思想系统更一致的了,后者提供了一个以极简方式表达两个观点的手段;更别说构成对比的韵律所提供的一系列语调色彩。

然而这一切都是附带性的话。附带性以外,是这些哀歌诗人针对维吉尔的责备,更多是基于伦理而不是基于格律的责备。在这方面特别有趣的是奥维德,他在描述技巧方面绝不逊于《埃涅阿斯纪》的作者,在心理上则无穷地更微妙。他的《女杰书简》——一部虚拟的通信集,里面都是情诗中的标准女主人公致她们已死去或不忠的情人的信——之一《狄多致埃涅阿斯》中,这位迦太基女王以大致如下的方式斥责埃涅阿斯抛弃她:"如果你离开我是因为你决心要回到你的家乡,回到你的亲人那里,我是能够理解的。但你却是要出发去寻找未知的国度,一个新目标,一座还未建设的城市,而这一切似乎是为了伤透另一颗心。"如此等等。她甚至暗示说,埃涅阿斯使她怀了孕,而她自杀的理由之一是担心丢脸。但这与当下要说的事情关系不大。这里真正的问题是,在维吉尔眼中,埃涅阿斯是一个英雄,受诸神指导。在奥维德眼中,他是一个不讲原则的混蛋,却把自己的行为方式——他沿着某个平面的运动——归因于天意。(关于天意,狄多也有她自己的目的论解释,但这点不足挂齿,恰如我们太热衷于假设的奥维德的反公民姿态同样不足挂齿。)

8

亚历山大学派传统是一种希腊传统:一种秩序(宇宙)的传统,分寸的传统,和谐的传统,因果同义反复("俄狄浦斯"系列[①])的传统——一种对称和密封圈的传统,"返回源头"的传统。正是维吉尔的线性运动、他的线性存在模式,使他如此惹恼哀歌诗人们。不应把希腊人过分理想化,但你也不能否认他们有他们的宇宙原则,该原则既应用于天体

① "俄狄浦斯"系列:指索福克勒斯戏剧《俄狄浦斯王》、《俄狄浦斯在科洛诺斯》和《安提戈涅》。

也应用于厨房器皿。

维吉尔似乎是第一个——至少在文学中——应用线性原则的人：他的主人公从不回来；他永远离开。很可能，这是当时的气氛；更有可能的是，这是由帝国的扩张决定的，该帝国已达到了人类被迫离乡背井变得不可逆转的程度。这恰恰是《埃涅阿斯纪》未完成的原因：它必须是未完成的，事实上也不可能完成。而这线性原则与希腊精神的“女性”特征或与罗马文化的“男子气概”特征都毫无关系——也与维吉尔本人的性趣味没有关系。关键在于，这线性原则看出它本身含有对过去的某种不负责任——与线性存在理念有关的不负责任——于是倾向通过对未来的详细预测来平衡这点。其结果既不是“追溯式预言”如安喀塞斯[①]在《埃涅阿斯纪》中的谈话，也不是社会乌托邦主义或永生——也即基督教——的理念。在这些之间，差别并不大。事实上，是它们的相似性，而不是“弥赛亚式”的第四牧歌，使我们实际上可以把维吉尔视为第一位基督教诗人。如果我写《神曲》，我会把这个罗马人置于天堂：为了他把线性原则贯彻到底的杰出贡献。

9

东方的谵妄和恐怖。亚细亚尘埃滚滚的灾难。只有先知的旗帜上才见得到绿色。这里除了胡须什么也不长。世界一个黑眼睛、晚餐前胡茬丛生的地区。篝火余烬用尿浇灭。那气味！臭烘烘的烟草和汗水湿透的肥皂与裹在腰部如同另一件包头巾的内衣裤的混合。种族主义？但它只是另一种形式的厌世，不是吗？还有那即使在城市里也不

① 安喀塞斯：特洛伊王子，埃涅阿斯之父。

断飞入你口鼻的无所不在的沙粒,把世界挤出你的眼睛——然而你甚至为此而心怀感激。无所不在的混凝土,纹理如粪球,颜色如向上翘起的坟墓。啊,所有那些肢解世界比任何纳粹德国空军更有效的短视败类——科比西埃[①]、蒙德里安[②]、格罗皮乌斯[③]! 自我优越? 但这只是一种绝望的形式。当地人口处于一个完全麻木的状态,在邋遢的小吃店里打发时间,脑袋倾向电视屏幕,仿佛在做反向祈祷,电视里永远有某个人在揍扁另一个人。要么他们打牌,纸牌的杰克和九是唯一可接近的抽象,唯一集中精神的手段。厌世? 绝望? 然而你可以从一个在线性原则高峰之后还活着的人那里期待什么? 从一个无地方可回去的人? 从一个伟大的粪团学家、食肉动物和《施虐受虐动物》的可能作者?

10

君士坦丁是他那个时代——也即公元 4 世纪,或更准确些,后维(后维吉尔)时代——的产物,他是一个行动派(仅仅因为他是皇帝就够了),完全有可能视自己不仅是线性生存原则的化身,而且是线性生存原则的工具。拜占庭对他来说不只是一个象征意义上,而且是一个实际意义上的十字,一个贸易路线、商队等的交叉口——从东到西和从北到南。单是这个,就有可能吸引他到这个地方,因为这个地方给了世界(在公元前 7 世纪)某样在所有语言中都是同一个意思的东西:钱。

钱肯定使君士坦丁极其感兴趣。如果他拥有某个伟大的尺度,那

① 科比西埃(1887—1965):瑞士建筑师。
② 蒙德里安(1872—1944):荷兰画家。对现代建筑影响至深。
③ 格罗皮乌斯(1883—1969):美籍德国建筑师。

它最有可能就是财政上的。他是戴克里先[①]的学生,在学不了他的导师那门下放权力的高级艺术之后,他还是以一门绝不逊色的艺术取得了成功:用现代术语来说,他稳定了货币。罗马金币苏勒德斯是在他执政期间推行的,它在七百多年间扮演了我们的美元的角色。在这个意义上,把首都转移到拜占庭,乃是把银行迁往铸币厂。

我们也许还应记住,这个时候基督教会的慈善事业如果不是国家经济的替代品,至少也是相当多的人口也即那些穷人求助的对象。在更大程度上,基督教的流行与其说是基于上帝面前灵魂平等的理念,不如说是基于有组织的互助制度可触摸的果实——对穷人而言。它以它特有的方式把粮票与红十字结合起来。不管是新柏拉图主义还是对伊西斯[②]的崇拜都没有组织过同类事情。坦白说,它们的错误就在这里。

你也许会摸不透君士坦丁心中和脑中对基督教信仰有什么看法,但作为一个皇帝,他不能不欣赏这个独特的教会在组织上和经济上的有效性。此外,把首都迁往帝国极其边缘的地方,在一定程度上也把那个边缘变成了中心,并意味着另一边也同等地扩大了空间。在地图上,这相当于印度:在基督诞生前后我们所知道的所有帝国梦想的对象。

11

尘土!这怪异的物质,扑向你的面孔!它值得注意;它不应被隐藏在“尘土”这个词背后。它仅仅是躁动的土吗,找不到自己的地方,却构成世界这个地区的精髓?或者它是大地努力要升向空中,使自己脱离自己,如同思想脱离身体,如同身体自己向炎热屈服?雨暴露了这物

① 戴克里先(245—313):古罗马帝国皇帝。
② 伊西斯:古埃及女神,司生育与繁殖,其形象是给圣婴哺乳的圣母。

质的本质，尤其是当它的黑褐色细流在你脚下蜿蜒，被冲回到大卵石，然后沿着这个原始的避寒区[①]那起伏的动脉流走，却又难以自己敛集得足够形成水洼的时候，因为有无数溅泼而过的车轮，其数目超过这些居民的面孔，夹着那刺耳的喇叭声，把这物质带走，越过大桥，进入亚洲、安纳托利亚、爱奥尼亚，进入特瑞比让[②]和士麦那。

如同东方每一个地方，这里有数目庞大、各种年龄的擦鞋者，他们那些包黄铜的精致盒子装着一罐罐鞋油，都是用最薄的黄铜制成的小圆罐，有穹顶状的盖子。如同没有光塔的小清真寺。这个行业的无所不在，可由那肮脏，由那用一层灰色、刺不透的粉末覆盖你那双五分钟前还在令人目眩地反映整个宇宙的懒汉鞋的尘土来解释。如同所有的擦鞋者，这些人都是伟大的哲学家。或者更准确地说，所有的哲学家都只是伟大之鞋的擦亮者。基于这个理由，你是否懂土耳其语便显得不那么重要了。

12

如今还有谁细看地图、研究外形、计算距离？没人，也许除了度假者和驾车者。自从发明按钮以来，哪怕军队也不再做这等事情了。谁还会写信列举他看过的景点并分析他观光的感受？谁还会读这种信？在我们之后，没有任何对得起“通信”这个名字的东西会留存下来。就连似乎有很多时间的年轻人，也用明信片来凑合。我这个年龄的人，诉诸这类东西，通常如果不是在某个异域地点陷于绝望时刻就是仅仅为了消磨时间。然而有些地方，如果你在地图上细察它们，会使你获得片

① 避寒区：原文为土耳其文 kişlak，指游牧部落夏天生活在山中，冬天迁往较暖的低地。
② 特瑞比让：土耳其东北部港口城市特拉布宗的别称。

刻类似于天佑的感觉。

13

有些地方,历史是不可避免的,如同公路事故——那是一些地理挑衅历史的地方。例如伊斯坦布尔,又名君士坦丁堡,又名拜占庭。一道出了乱子的交通灯,三种颜色同时亮起。不是红—黄—绿,而是白—黄—绿。当然还有蓝:用来指那水,用来指把欧洲与亚洲分隔开来的博斯普鲁斯—马尔马拉—达达尼尔——或者,真分开了吗? 啊,所有这些天然边界,这些海峡和我们的乌拉尔山脉! 对军队或文化来说,它们根本不算什么,更别说对非文化了——尽管对游牧民族来说,确实可能要比对那些受到线性原则启发并通过令人着迷地幻想未来而预先获得正当性的王子来说多了点意义。

难道基督教胜利,不正是因为它提供了一个目的,证明手段之正当性吗,不正是因为它暂时地——也即,在我们的整个人生中——免除我们的责任吗? 不正是因为朝着任何方向迈出的下一步,任何一步,都变得符合逻辑吗? 难道它——至少在精神意义上,基督教——不是游牧式存在的人类学回声,不是游牧式的存在在人这个移居者心理上的突变吗? 或者更准确地说,难道它不是刚好与帝国的纯粹需要同时发生吗? 单单是报酬,绝不足以当场刺激一名军团士兵(他们的职业的意义,恰恰是在于长期服役补助金、退伍和获得一块农田)。他应该也是受到鼓舞的,否则军团会变成那头除了提比略外没人可以抓住其耳朵加以阻止的狼。

14

一个后果,很少能够在回顾其导因时是带着认同的。它更不能够对任何东西的导因产生怀疑。一般来说,果与因之间的关系缺乏理性的、分析的因素。一般来说,它们是同义反复,在最好情况下也带着因对果所怀的不连贯的热情。

因此,不应忘记那个叫作基督教的信仰体系来自东方,基于同样的理由,也不应忘记君士坦丁在打赢了马克辛提乌斯那场胜仗之后,以及在梦见十字之后,其中一个使他念念不忘的想法,乃是渴望至少在肉体上能够靠近那场胜仗和那个梦境的源头:东方。我对朱迪亚[①]当时发生了什么事不是很清楚,但有一点是明显的,也即如果君士坦丁从陆地出发去那里,他将遭遇诸多障碍。无论如何,在海外创建一个首都,将是与普通常识相悖的。还有,我们不应排除君士坦丁很可能不喜欢犹太人。

有一件事情很有趣,甚至有点儿令人不安,难道不是吗,也即东方实际上是人类形而上学的温床?基督教曾经只是帝国境内数目颇多的教派之一——尽管必须承认,它是最活跃的。到君士坦丁统治之际,罗马帝国由于其规模庞大,因此在很大程度上是一个十足的信仰集市。然而,除了科普特人和对伊西斯的崇拜,当时提供的所有这些信仰体系的来源,事实上都是东方。

西方没有提供什么。基本上,西方是一个顾客。那么,让我们温柔地对待西方吧,原因恰恰是它缺乏这类发明,为此它付出了颇为沉重的代价,包括我们今天仍常听到的被指过分理性。难道这不正是一个小贩抬高其货物价钱的方式吗?而一旦他的钱包都装满了,他会去哪里呢?

---

① 朱迪亚:古巴勒斯坦南部地区。

15

如果说罗马哀歌诗人曾经以任何方式反映他们共和国外观的话，我们也许可以假设，到君士坦丁统治时期——也即哀歌诗人之后四百年——诸如“祖国在危急中”和“罗马帝国统治下的和平时期”之类的论调已失去其吸引力和说服力了。而如果优西比乌斯的断言是正确的，则君士坦丁竟然一点不差地是第一个十字军东征骑士。我们不应对一个事实视而不见，也即君士坦丁的罗马已不再是奥古斯都的罗马，甚至不再是安东尼们的罗马。总的来说，它已不再是古罗马了：它是基督教罗马。君士坦丁带给拜占庭的，已不再是古典文化：它已是一个新时代的文化，该新时代是在一神教的概念中酝酿而成的，一神教如今把多神教的地位——即是说，它自己的过去，连同过去的法律精神等——贬低至偶像崇拜。无可否认，这已是进步了。

16

这里，我愿意承认，我关于古代的理念，就连我自己也觉得有点儿不着边际。我以一种简单因而无疑是不正确的方式理解多神教。对我来说，它是一个精神存在的体系，在该体系中，每一种人类活动的形式，从钓鱼到思考星座，都获得某些特定神祇的认可。因而一个拥有适当意志和想象力的个人，可以在其活动中分辨出该活动的形而上学的、无限的衬层。要不，这个或那个神也许会心血来潮，在任何时候出现在一个人面前，并在一个时期内支配他。如果后者希望发生这种事情，他唯一需要做的，是“净化”自己，以便能够实现神的来访。这个净化（精神净化）过程，有很多不同方式，并具有个人特征（献祭、朝圣、某种誓言）

或公共特征(戏剧、体育比赛)。壁炉与圆形露天剧场没有什么差别,露天体育馆与祭坛、雕像与长柄炖锅也没有什么差别。

我猜,这样一种世界观,只可以存在于定居的环境:当神知道你的地址的时候。并不奇怪的是,那种我们称之为希腊的文化,崛起于诸海岛。同样不奇怪的是,其成果催眠整个地中海,包括罗马,达一千年之久。再次不奇怪的是,随着罗马帝国扩张,罗马——它不是海岛——逃离那种文化。这次逃离事实上开始于恺撒和开始于绝对权力这个理念,因为在那个紧张的政治气氛中,多神教是民主的同义词。绝对权力——独裁统治——则是,唉,一神教的同义词。如果我们可以设想一个没有偏见的人,那么多神教看来肯定会比一神教更吸引他,哪怕仅仅出于自我保护的本能。

但不存在这样的人;就连持灯的第欧根尼在光天化日之下也会找不到他。想起那个我们称为古代或古典的文化,而不是出于自我保护的本能,我只能说,我活得愈长,偶像崇拜就愈是吸引我,我也就愈是觉得最纯粹形式的一神教很危险。我想,在这个问题上多费唇舌,直言不讳,意义并不大,但民主国家事实上是偶像崇拜对基督教的历史性胜利。

17

当然,君士坦丁不可能知道这点。我猜他凭直觉知道罗马已经不再了。他身上的基督教徒和统治者以一种自然和——我想恐怕是——有预见的方式结合起来。在他那句“这个记号代表征服”中,我们的耳朵听出了权力野心。而它确确实实是“征服”——甚至比他想象的更甚,因为基督教在拜占庭持续了一千年。但我很难过地说,这场胜利是得不偿失的胜利。这场胜利的本质,乃是那迫使西方教会脱离东方教会的东西。即是说,地理上的罗马脱离外延的罗马,脱离拜占庭。作为基督的新娘的教会脱离作为国家的配偶的教会。很有可能,君士坦丁向东扩张的攻势,事实上是由东方的政治气候引导的——由东方那没有任何民主经验的专制统治引导的,而这适合他自己的困境。那地理上的罗马,依然以这样或那样的方式保存元老院的某些记忆。拜占庭则没有这样的记忆。

18

今天,我四十五岁。我赤膊坐在雅典的利卡贝托斯酒店里,汗流浃背,喝大量的可口可乐。在这座城市,我一个人也不认识。黄昏时分,当我出来想找个地方吃饭时,我发现自己置身于密集的人群里,他们正在叫喊着,听不出他们在说什么。就我能推测的,选举在即。我穿梭在一条没有尽头的大街上,那里拥塞着人群和车辆,汽车喇叭在我耳中狂嚎,由于一句话也听不懂,我突然觉得这其实就是死后生活——觉得生命已结束,但活动仍在继续着;觉得永生就是这个样子。

四十五年前,母亲给了我生命。她前年逝世。去年,父亲逝世。我,他们唯一的孩子,沿着雅典黄昏的街道漫步,他们从未见过也从不会见到的街道。他们的爱、他们的贫困、他们的奴役的成果——他们的儿子自由地漫步,而他们在奴役中生活,在奴役中死去。由于他不会在人群中撞见他们,他这才意识到他错了,这里不是永生。

19

当君士坦丁望着拜占庭的地图时,他看见和看不见什么?说得好听些,他看见空白的书写板。一个希腊人、犹太人、波斯人等诸如此类的移民居住的帝国省份——这类人口是他习惯于打交道的,他们是他帝国东部的典型子民。语言是希腊语,但对有教养的罗马人来说,这大概相当于19世纪俄国贵族的法语。君士坦丁看见一座城市突入马尔马拉海,一座如果在其周围围起一道墙将会很容易防守的城市。他看见这座城市的山丘,多少令人想起罗马的山丘,而如果他考虑譬如说建立一座宫殿或一座教堂,他知道从窗口望出去的景色将是真正地摄人心魄:整个亚细亚的风景。而整个亚细亚将会张口结舌地望着那些将竖立在教堂顶的十字架。我们还可以想象他盘算着如何控制被他抛在身后的那些罗马人进入。他们必须被迫长途跋涉穿过整个阿提卡[1]或乘船环绕伯罗奔尼撒半岛,才能来到这里。"我会让这个进来,不让那个进来。"无疑,他在考虑他这个地上乐园时,想到的是这类话。啊,所有这一切都是向人类的梦想征收的消费税!他还看见拜占庭欢呼拥戴他,把他当成她的保护人,对抗波斯萨桑王朝的君主们和对抗我们——你们的和我的,女士们同志们——那些来自多瑙河另一面的祖先。他还看见拜占庭狂吻十字架。

他看不到的,是他正在与东方打交道。向东方开战——甚或解放东方——与实际上住在那里,完全是两回事。尽管拜占庭充满希腊性,但它属于一个其人类生存价值观与西方——罗马,不管罗马多么不信神——当时流行的完全不同的世界。例如,对拜占庭来说,波斯远要比古希腊真实得多,哪怕只是在军事意义上。而这现实的种种差异程度,不能不反映于这位基督教徒君主的未来子民的外观上。虽然在雅典,

① 阿提卡:古希腊东部地区。

苏格拉底可以在公开法庭上被审判，并可以发表长篇演说——共有三篇！——替自己辩护，但是在譬如伊斯法罕或巴格达，这样一位苏格拉底只会被当场处以刺刑，或剥皮，然后事情就这么简单地了结。将不会有柏拉图对话，不会有新柏拉图主义，什么也没有：确实也没有。将只会有《古兰经》的独白：确实也只有这个。拜占庭是进入亚细亚的大桥，但跨越这座大桥的交通朝着相反的方向流动。当然，拜占庭接受基督教，但在那里，这个信仰注定要被东方化。在这里，也很大程度地根植着后来罗马教会对东方教会的敌意。无疑，基督教名义上在拜占庭持续了一千年，至于它是哪一种基督教和这是哪一类基督教徒，则是另一回事。

啊，很抱歉，我恐怕要说所有的拜占庭经院哲学，所有的拜占庭学术和基督教会热忱，其凌驾于教会之上的政府，其神学和行政的强势，佛提乌①及其所有二十条诅咒的胜利——所有的这些都来自这地方的自卑情结，来自这最年轻的父权社会与它自身的伦理不连贯扭斗。这情结已在那个现时我所站着的遥远尽头，把其黑发的、无往不利的胜利之卵，产在发生于这里的难以置信地高亢的精神追求上，并使它沦为一种既渴求却又不情愿的精神考古学。还有——啊，再次——很抱歉，我恐怕要补充说，正是基于这个理由，而不是因为卑鄙、充满复仇的记忆，使得罗马——不管怎样，它修改我们的文明史——从记录中删掉了拜占庭千年太平盛世。这就是为什么我竟然会站在这里，让尘土塞满我的鼻孔。

① 佛提乌（？—891）：君士坦丁堡牧首。

20

这里的一切是多么过时！不是古旧、古老、古董，甚至不是陈旧，而是过时。这是旧车死去，转而变成公共出租汽车的地方；乘坐这样一部出租汽车，既便宜、颠簸，又怀旧得使你达到觉得你朝着错误、不打算去的方向行驶的程度——一部分原因是司机难得会讲英语。这里的美国海军基地大概把所有这些50年代的“道奇”和“普利茅斯”都卖给了某个本地商人，现在它们在小亚细亚这些泥泞的道路上兜来兜去，咔咔嗒嗒、咔咔吧吧、吭吭哧哧，显然不相信这如此不胜负荷的死后生活。如此远离小型四轮马车，如此远离应允中的废品场！

21

君士坦丁也看不到——或者更准确地说，没有预见到——拜占庭的地理位置给他造成的印象，是一种自然的印象。看不到如果东方君主们也看一眼地图，他们一定也会留下同样的印象。事实上情况正是如此（不止一次），并给基督教带来了够严重的后果。一直到17世纪，拜占庭的东方与西方之间的摩擦，是一种标准的、“我要剥你的皮”的军事摩擦，并以武力解决，通常是对西方有利。如果说这种方式没有提高十字架在东方受欢迎程度的话，无论如何也激起了对它的尊敬。但是到17世纪，从整个东方升起并开始支配东方的，却是伊斯兰教的新月。之后，东方与西方的军事对抗无论结果如何，都因为两个神圣标志之间太贴近也太频繁的接触而造成十字架的逐渐但稳定的腐蚀，以及造成拜占庭外观上日益增长的相对主义。（谁知道反对偶像崇拜的最终失败是否可以用十字架作为一个象征的不适当性来解释，以及是否可以用有必要加入某种伊斯兰教反疲劳艺术的视觉竞争来解释呢？谁知道是不是那梦魇般的阿拉伯花边刺激了大马士革的圣约翰呢?)

君士坦丁没有预见到伊斯兰教的反个人主义将会在拜占庭找到一块如此的乐土，以至到了9世纪时，基督教已不只是准备好逃往北方了。他当然会说，那不是逃跑，而是他梦想的——至少在理论上——基督教的扩张。很多人会对此点头同意：不错，扩张。然而，俄罗斯在9世纪从拜占庭接受的基督教，已经与罗马绝对没有任何共同点了。因为，在其通往俄罗斯的路上，基督教不只扔掉了托加袍和雕像，而且扔掉了查士丁尼的法典。那无疑是为了方便这次征途。

22

在决定要离开伊斯坦布尔之后，我去寻找一家从伊斯坦布尔至雅典，或者最好是从伊斯坦布尔至威尼斯的蒸汽船公司。我相继到各种办事处去，但如同东方总会发生的，你愈是接近目标，获得它的手段就愈是遥远。最后，我明白到我两周内无法从伊斯坦布尔或从士麦那乘船，无论是客轮、货轮还是油轮。在其中一家公司，一位发福的土耳其女士像一艘远洋客轮那样喷着一支吓人的香烟，建议我去找一家有澳洲——如同我最初猜测的——名字的公司，叫作回力镖[①]。找到回力镖时，我发现它是一个弥漫着死气沉沉的烟草味的邋遢办事处，有两张桌，一部电话，墙上有一张——当然——世界地图，另有六名矮壮、若有所思、黑发的男子，因无所事事而变得迟钝。我勉强从最靠近门边坐着的男子那里套出的唯一信息是，回力镖做苏联在黑海和地中海游轮的

① 回力镖：澳洲土著最先用回力镖来狩猎。作者从其名字来源而猜测该公司所属国家。

生意,但那一周没有船。我想不出那个虚构出这名字的卢比扬卡年轻助手来自哪里。[①] 图拉? 车里雅宾斯克?

23

虽然我畏惧重复,不过我还是要再次强调,如果拜占庭的土地竟然那么有利于伊斯兰教,那也很可能是因为其伦理质地——不同种族和民族的混合,既没有任何连贯的个人主义传统的本地记忆,更有甚者,也没有这方面的总体记忆。虽然我畏惧笼统化,但是我也得补充说,东方首先意味着一个服从的、等级制的、图利的、贸易的、有适应力的传统:即是说,一个完全异于道德绝对性原则的传统,所谓道德绝对性,其作用——我是说其情绪强度——在这里是由血缘、家族理念完成的。我可以预见到有人反对,甚至愿意全部或部分地接受他们的反对。但不管我们对东方怀有怎样极端的理想化,我们都不可以认为它与民主有任何相似性。

我这里说的是土耳其统治前的拜占庭:君士坦丁的拜占庭,查士丁尼的拜占庭,狄奥多拉的拜占庭——不管怎样,基督教的拜占庭。不过,11 世纪拜占庭历史学家迈克尔·普塞路斯在其《编年史》中描述了巴西勒二世统治时期,他告诉我们,巴西勒的首相,也叫巴西勒,乃是巴西勒皇帝的同父异母私生兄弟,由于这个原因,小时候就被阉割了,以杜绝将来继承皇位的任何可能性。“这是理所当然的预防措施,”这位历史学家评论道,“因为作为一个阉人,他将不会企图从合法的继承人手中篡夺皇位。”普塞路斯补充说:“他完全认命,并忠诚地全心奉献给

① 虚构的名字指回力镖。卢比扬卡是苏联特务机构克格勃总部及其附属监狱的所在地。

统治家族。毕竟，那是他的家族。”让我们指出，这是在巴西勒二世统治时期(976—1025)写的，并指出，普塞路斯是非常顺带地提及此事的，把它当成拜占庭宫廷的常见做法——确实也是如此。如果公元后是如此，那公元前是什么样呢？

24

还有，我们如何衡量一个时代？一个时代可以被衡量吗？我们还应当指出，普塞路斯所描写的，发生在土耳其人抵达之前。周围没有巴耶济德—穆罕默德—苏莱曼之类的人，一个也没有。暂时，我们仍在解释神圣经文、与异教徒打仗、召开全体会议、建立教堂、写作小册子。这是一方面。另一方面，我们正在阉割一个杂种，以便他长大时没有额外权利继承皇位。这确实是东方的处事态度——尤其是对人类身体的态度——至于那是什么时代或千年，并不重要。因此，一点也不奇怪的是，罗马教会把其鼻子从拜占庭移开。

但是关于那个教会，也有必要在这里说一说。它避开拜占庭是自然的，既因为上述理由，也因为拜占庭——这个新罗马——已完全放弃罗马。除了查士丁尼旨在恢复帝国凝聚力的短命努力之外，罗马完全听天由命，这意味着任由西哥特人、汪达尔人和任何觉得要与这个前首都新账旧账一起算的人宰割。我们可以理解君士坦丁：他生于这个东方帝国，并在这里度过整个童年，在戴克里先的宫廷里。在这个意义上，他虽然是罗马人，但他不是西方人，除了他的行政称号或通过他母亲的血统。（据信，她生于英国，是首先对基督教感兴趣的人——以至她在晚年远赴耶路撒冷并在那里发现了真正的十字架。换句话说，在那个家庭里，这位母亲才是信徒。虽然有充足理由把君士坦丁视为妈妈的真正儿子,但让我们回避这个诱惑——让我们把这点留给心理医生,因为我们没有执照。)让我们重复,我们可以理解君士坦丁。

至于后来的拜占庭皇帝们对那个真正的罗马的态度,则比较复杂,也比较难以解释。无疑,他们在东方遇到的问题够他们受的,不管是与他们的子民还是与他们的直接邻居的问题。然而,似乎罗马皇帝这个头衔,应意味着某种地理上的义务。当然,关键在于查士丁尼之后的罗马皇帝们主要来自更远更远的东方省份,来自帝国的传统征兵场地:叙利亚,亚美尼亚,等等。罗马对他们来说,至多只是一个概念。他们之中一些人,如同他们的大多数子民一样,不懂任何拉丁语,从未涉足那个即使那时也已经颇具永恒意味的城市。然而他们全都把自己视为罗马人,称自己是罗马人,以罗马人的身份签名。(这类事情甚至也可以在当今诸多各式各样的英帝国版图内见到,或者让我们回想一下——以便我们不必绞尽脑汁寻找例子——埃文克人,他们是苏联公民。)

换句话说,罗马被听任自便,如同罗马教会。要描述东方教会与西方教会之间的关系,那会太费劲。然而可以指出,总的来说遗弃罗马在某种程度上对罗马教会有利,但不是完全有利。

25

我没想到我这篇有关伊斯坦布尔之行的笔记会扩充得这么多,而我已开始对自己和这材料感到不耐烦了。另一方面,我也意识到我不会有另一次机会讨论所有的这些事情,或如果我有另一次机会,我也会有意识地错失它。从现在起,我要向自己和任何已读到这里的人承诺更大的压缩——尽管我此刻最想做的其实是放弃这整个玩意。

如果我们必须诉诸散文,这对笔者来说是绝对可憎的步骤,理由是它缺乏任何纪律形式,除了在那过程中产生的形式——如果我们必须使用散文,那最好是集中于细节,集中于对地点和特征的描述:也即,集中于读者大概无机会遇到的那些事物。因为前面所说的一大堆东西,以及后面要说的一切,迟早都将发生在任何人身上,因为我们全都以这样或那样的方式依赖历史。

26

罗马教会的孤立的优势,尤其在于必然会从任何形式的自治中获得的利益。几乎没有任何东西和任何人,除了罗马教会自身,可以防止它发展成一个明确、固定的系统。而它确实也发展成这样一个系统。罗马法律——在罗马比在拜占庭更被认真对待——与罗马教会内部发展的逻辑之结合,演变成一个伦理政治系统,该系统恰恰成为所谓西方关于国家与个人存在的观念的核心。如同几乎所有的离婚,拜占庭与罗马的离婚绝不是完完全全的;很多财产继续共同分享。但总的来说我们可以坚称,这个西方观念在自己周围划出某个圈子——在纯粹的观念意义上,这个圈子是东方从未进入过的——并在圈子丰富的范围里,精心制作了我们所称的,或者说我们所理解的西方基督教及其所包含的世界观。

任何系统的缺点,哪怕是完美的系统,乃是它是一个系统——也即按理说它必须排除某些东西,把它们视为异端,并且尽可能把它们打入非存在。在罗马确立的那个系统的缺点——西方基督教的缺点——是不经意地简化其有关邪恶的看法。任何有关任何东西的看法,都是建立在经验的基础上。对西方基督教来说,邪恶的经验是反映于罗马法律的经验,再加上君士坦丁之前那些皇帝对基督教徒的迫害的第一手知识。当然,这是蛮丰富的,但远远谈不上穷尽邪恶的全部现实。通过与拜占庭离婚,西方基督教把东方打入非存在,从而在很大程度上,甚至可能在危险程度上简化了它自己对人类负面潜能的看法。

今日,如果有一个年轻人带着一支自动步枪爬上某大学的高塔,并开始乱枪扫射行人,一位法官——当然,我们是假设这年轻人被缴械,并被带上法庭——会把他列为精神紊乱,并把他关进精神病院。然而在本质上,这年轻人的行为与普塞路斯所描述的皇室私生子被阉割没有什么不同。与伊朗的那个伊玛目为了证实他心目中先知的意志而屠杀数以万计的子民也没有什么差别。或与朱加什维利[①]的那句名言也没有什么两样,他在"大清洗"期间宣称"对我们来说,没有谁是不可替代的"。这些行为的公分母是那个反个人主义的看法,认为人类生命在本质上不足挂齿——即是说,缺乏"因为每个生命都是独一无二的,所以人类生命是神圣的"这个理念。

我绝不是要断言缺乏这个概念是纯粹的东方现象;不是的,而这正是可怕之处。但西方基督教,连同随之而来的关于世界、法律、秩序、人类行为准则等的理念,犯了一个不可饶恕的错误,也即为了自身的生长和最终的胜利,而忽略了拜占庭所提供的经验。毕竟,这是一种抄捷径的做法。所以才会有现在这些使我们大家都如此吃惊的日常事件;所以国家和个人才没有能力对它们作出适当的反应,而这种无能又见诸他们把上面所说的现象称为精神病、宗教狂热等。

27

在已变成博物馆的前苏丹宫殿托普卡珀宫,现在有一个特别陈列

---

① 朱加什维利:即斯大林。

室,里面陈列着与先知的生活有关的物品,它们是每一位穆斯林心中最神圣的东西。有着精致外壳的盒子保存着先知的牙齿、头发。参观者被要求保持肃静,压低声音。周围挂着各种各样的剑、匕首;腐朽的动物皮,上面有可辨认的文字,是先知给某个真实历史人物的信函;此外尚有其他神圣文本。思考这些东西,你会想感谢命运让你不懂这种语言。对我而言,我想,俄语就够了。在房间中央的一个立方体金框玻璃柜里,放置着一个暗褐色物件,如果不是有说明牌子,我实在看不出是什么。用青铜镶嵌的牌子上写着土耳其文和英文:“先知脚印的压痕。”我一边望着展品一边想,至少是十八号鞋。然后我打了个寒战:喜马拉雅山雪人!

28

拜占庭在君士坦丁有生之年被改名为君士坦丁堡,如果我没记错的话。就元音和辅音的简单性而言,新名字在塞尔柱突厥部族土耳其人听来大概要比拜占庭更受欢迎。但伊斯坦布尔听起来也是很顺耳的土耳其语——不管怎样,对俄语耳朵来说。然而事实是,伊斯坦布尔是一个希腊名字,源自——如同任何导游书会告诉你的——希腊语 stin poli,意思就是城镇。Stin? Poli? 俄语耳朵? 这里是谁在听谁? 这里,“bardak”(俄语指妓院)意思是玻璃,“durak”(愚人)意思是停止。Bir bardak çay——一杯茶;otobüs duraği——巴士站。幸好,至少“otobüs”只是半希腊语。

29

对任何有呼吸困难的人来说,在这里无事可做——除非他整天雇一辆出租车。对任何从西方来伊斯坦布尔的人来说,这座城市是异常便宜的。把物价换成美元、马克、法郎,有些东西在这里实际上是白给。例如,再次,那些擦鞋者,或茶。观看没有货币表达方式的人类活动,是一种奇怪的感觉:无法被估价。那感觉就像某种天堂,某个原始世界;很可能正是这种非此世的感觉,构成了北方的斯克鲁奇[①]对东方的著名“着迷”。

啊,这头发渐灰的白肤金发碧眼女人的喊杀声:“特价!”这声音对哪怕英语耳朵来说,难道不也是显得粗嘎吗?还有,啊,这以至少三种欧洲语言说的“好可爱,不是吗,亲亲?”和那毫无价值的钞票在黑色、疑惧的眼神监视下的窸窣作响,这眼神在别的情况下注定要受电视机的干扰和受成员众多的家庭的困扰。啊,这被其郊区壁炉打发到全世界各地的中年!然而,尽管这一切都庸俗又粗鄙,但是这种追求对当地人来说,明显要比某些自作聪明的饶舌的巴黎妇人,或在被瑜伽、佛教或毛搞得疲乏不堪之后现在开始深入探索苏菲派、逊尼派、什叶派的“秘密”伊斯兰教等的精神贫民们更纯真,后果也更好。当然,这里没有任何金钱易手。在实际的布尔乔亚与精神的布尔乔亚之间,倒不如选择前者。

30

接下来发生什么事大家都知道:土耳其人从不知什么地方来了。他们实际上从哪里来,似乎没有明确答案;显然,路途非常遥远。是什么吸引他们来到博斯普鲁斯的海岸,也不是十分清楚。马,我猜。土耳

---

① 斯克鲁奇:狄更斯笔下人物,意指吝啬鬼,贪得无厌之徒。

其人——更准确些，楚尔其人——是游牧民族，学校如此教我们。当然，博斯普鲁斯海峡证明是一道屏障，于是在这里，突然间地，土耳其人决定不再漫游回他们的来处，而是选择安顿下来。这一切听起来似乎难以令人信服，但我们暂且接受这个说法吧。不管怎样，他们想从拜占庭—君士坦丁堡—伊斯坦布尔得到什么，则是毋庸置疑的：他们想待在君士坦丁堡——也即大致是君士坦丁本人当初想的。在 11 世纪前，土耳其人没有共同的象征符号。然后它出现了。如同我们所知道的，它是新月。

然而，在君士坦丁堡，有基督教徒；该市的教堂顶都有十字架。楚尔其人——逐渐变成土耳其人——与拜占庭的谈情说爱持续了将近三个世纪。锲而不舍获得回报，到 15 世纪，十字架拱手把其教堂顶让给了新月。接下来的历史都已有详尽记录，不需要多作解释。然而，值得注意的是，“它原本的样子”与“它变成的样子”之间的惊人相似性。因为历史的意义存在于其结构，而不是存在于装饰风格的特色。

31

历史的意义！那支笔怎可以，以及用什么方式，应付这多种族、多语言、多信条的加重：应付巴别塔这种以植物学——不，动物学——方式坍塌下来的速度，而在这坍塌的尽头，某个晴朗的日子，有一个人在挤迫的废墟中间看到自己在恐怖和惊异中望着他自己的手或望着他自己的生殖器，不是在维特根斯坦的意义上，而是被一种感觉所占有，觉得这些东西根本就不属于他，它们只不过是某套自己动手做的玩具的部件：万花筒内的细节、碎片，透过那个万花筒不是因望着果而是盲目的偶然在对着日光眨眼。不受飞扬的尘土遮蔽。

32

在基督教拜占庭,精神权力与世俗权力之间的差别,并不是非常明显。名义上,皇帝有责任把牧首的看法列入考虑,而事实上这也是常常发生的。另一方面,皇帝频频委任牧首,并且有时候是,或有理由假设自己是一个相形之下地位比牧首更优越的基督徒。当然,我们不需要提到神权帝王这个概念,它本身可以使皇帝完全不必考虑任何人的形而上学。这也确实发生了,并且——加上某种机械方面的奇观,狄奥斐卢斯[①]对此十分着迷——在俄罗斯人于9世纪采纳东方基督教的过程中扮演了决定性角色。(顺便一提,这些奇观——御座升空、金属夜莺、金属吼狮等——是这位拜占庭统治者从其波斯邻居那里借来的,只是做了些许改造。)

一件非常相似的事情也发生在“高门”(Sublime Porte),也即奥斯曼帝国,又称为穆斯林拜占庭。再次,我们有一个独裁制度,严重地军事化,而且还要更专制。绝对国家元首是帕迪沙赫[②],或称苏丹。然而,与他平起平坐的,尚有一个大穆夫提[③],该职位把精神权威与行政权威结合起来——事实上是把两者等同起来。整个国家由一个庞大而复杂的等级制度管理,其中宗教因素——或者更方便地说,牢固的意识形态因素——占主导地位。

纯粹地从结构上看,“第二罗马”与奥斯曼帝国之间的差别,只有用时间单位才分辨得出。那么它是什么?地理位置的精神?对这精神

---

① 狄奥斐卢斯(813—842):东罗马帝国皇帝。
② 帕迪沙赫:意为皇帝。
③ 穆夫提:伊斯兰教教法首席说明官。

产生坏影响的东西？恶劣拼写的精神——即俄语中的“porcha”？顺便一提，我们是从哪里承袭“porcha”这个词的？也许是源自“门”（porte）？这不重要。有一点是够清楚的，也即基督教和“bardak”连同“durak”都是从这个地方传下来给我们的，这地方的人们在5世纪皈依基督教，其皈依之轻松就如同他们在15世纪皈依伊斯兰教（尽管在君士坦丁堡沦陷之后，土耳其人并没有以任何方式迫害基督教徒）。两次皈依的理由是相同的：实用主义。然而，这与该地方无关，而是与人类这个物种有关。

33

啊，所有这些屠杀其前任、对手、兄弟、父母和后裔的不可计数的奥斯曼们、穆罕默德们、穆拉德们、巴耶济德们、易卜拉欣们、谢里姆们和苏莱曼们——就穆拉德二世，或三世（谁在乎呢？）的例子而言，连续十八个兄弟被杀——其规律性就如同一个男人在镜前剃须。啊，所有这些无穷尽、不间断的战争：针对异教徒们；针对他们自己除了什叶派之外的穆斯林，为了扩张帝国，为了报复一件错事，或没有任何理由，或为了自卫。还有，啊，那些禁卫军，军队中的精锐，最初是效忠苏丹，然后逐渐变成一个独立的阶层，心中只想着自己的利益。这一切是多么熟悉啊，包括屠杀！所有这些包头巾和胡须——头部制服——至于那些头，则只有一个想法：大屠杀，并且因为这个，而绝不是因为伊斯兰教禁止描绘任何人或任何活的东西，而完全难以区分彼此！也许“大屠杀”这说法正是因为全都如此相像，以至难以觉察到有什么损失。“我大屠杀，故我存在。”

宽泛地讲，事实上还有什么东西比线性原则、比不管朝着任何方向而只一味在一个表面上横行更贴近昨日的游牧民族的心？难道他们之中一个人，另一个谢里姆，不是在征服埃及期间说过，他作为君士坦丁堡的主人，是罗马帝国的继承人，因而有权统治所有曾经属于它的土地吗？这些话听起来像正当理由，还是像预言，还是两者都是？还有，难道四百年后同一个调子不是响彻于乌斯特里亚洛夫[1]和"第三罗马"的当代亲斯拉夫者们的声音中吗？这些当代亲斯拉夫者们的土耳其禁卫军斗篷式的红旗匀称地结合一颗星和那轮伊斯兰新月。还有那把锤子，难道它不是十字架的改造版吗？

这些不停顿、持续了一千年的战争，这些无穷尽的解释射箭艺术的小册子——难道它们不应对世界这个地区发展军队与国家合一、对政治作为另一种战争手段的继续这个概念，以及对导弹先驱康斯坦丁·齐奥尔科夫斯基那幻影式的、尽管从弹道角度讲是可行的幻想负责吗？

一个有想象力的人，尤其是一个没耐心的人，也许会受到激烈的诱惑，想肯定地回答这些问题。但也许我们不应过于匆促；也许我们应停一停，使它们有机会变成"受咒"的问题，即使这可能要花上几个世纪。啊，这些世纪，历史特别喜爱的单位，使个人免除了亲自评估过去的必要，并授予他历史受害者的光荣身份。

34

与冰河时代不同，文明，不管是哪一种文明，都是从南方移向北方，仿佛是为了填补后退的冰川造成的空白似的。热带森林正逐渐推翻针叶树和混合林地——即使不是通过落叶，也是通过建筑。你有时候会

---

① 可能是指民族布尔什维克主义先驱乌斯特里亚洛夫(1890—1937)。

觉得,巴罗克、洛可可以至申克尔风格无非是一个物种无意识的向往,向往赤道的过去。蕨类植物似的塔式寺庙也适合这个理念。

至于纬度,只有游牧民族沿着它们移动,且通常是从东方到西方。游牧民族迁徙只有在某个显著的气候区内才有意义。爱斯基摩人在北极圈内滑翔,鞑靼人和蒙古人在黑土地带范围内。蒙古包和拱形圆顶小屋的屋顶,帐篷和圆锥形帐篷的锥顶。

我见过中亚、撒马尔罕、布哈拉、希瓦的清真寺:真正是穆斯林建筑的珍珠。套用列宁的话说,我不知道还有什么比沙希津达清真寺更好的东西,①我在它的地板上度过几个晚上,因为没有其他地方可供我的头躺下。我那时十九岁,但我对这些清真寺保持温柔记忆则完全不是基于那个理由。它们是比例和色彩的杰作;它们见证了伊斯兰教的抒情。它们的光滑表面,它们的祖母绿和钴类颜料,印在你的视网膜上,尤其是与周围风景那黄褐色色调形成的对比。这种对比,这种对一个有别于真实世界的(至少是)着色师的世界的记忆,很可能也正是它们诞生的主要借口。你确实会在它们中感到一种殊异性,一种自我专注,一种要完成自己、完美自己的努力。如同黑暗中的灯盏。更准确些:如同沙漠中的珊瑚。

35

伊斯坦布尔的清真寺则是得意扬扬的伊斯兰。再没有比得意扬扬的教堂更矛盾的了——同样也没有比它更没品味的了。罗马的圣彼得大教堂也有这个缺点。但伊斯坦布尔的清真寺!这些冻僵的石头似的

① 列宁说过“我不知道还有什么比《热情奏鸣曲》更好的东西”。

巨型癞蛤蟆,蹲伏在大地上,动弹不得。只有宣礼塔,它们比任何东西(唉,可以预见)都更像地对空炮阵——只有这些宣礼塔表明灵魂一度想飞去的方向。它们那些令人想起炖锅盖或铸铁水壶的浅薄穹顶,根本无法设想它们该拿天空怎么办:它们保存它们所包含的,而不是鼓励你把眼睛投向更高处。啊,这帐篷阵!铺展在地面上的。纳玛孜[①]的。

它们背对太阳的轮廓,耸立在山冈上的轮廓,创造出一种强烈的印象:你不禁想伸手去拿相机,如同一个间谍发现一个军事设施时那样。确实,它们有某种胁迫的意味——阴森、非尘世、银河般的、绝对密封、贝壳似的。而这一切都涂上一层土灰色,如同伊斯坦布尔大多数建筑物,且全都在博斯普鲁斯那绿松石色的衬托下。

而如果你的笔没有摆出要责怪的姿态,责怪它们那些相信理当如此的无名建筑师是美学哑巴,那是因为这些死抱住地面、如癞蛤蟆又如螃蟹的建筑物的基调,是由圣索菲亚大教堂定下的,该教堂是最极致的基督教教堂。有人断言,该教堂是由君士坦丁奠基的;不过它却是在查士丁尼统治时期落成的。从教堂外部,根本看不出它与清真寺有任何分别,或清真寺与它有任何分别,因为命运对圣索菲亚大教堂开了一个残忍(或这是残忍的吗?)的玩笑。在某个无论其累赘的姓名是什么的苏丹的统治下,我们的圣索菲亚大教堂被变成一座清真寺。

跟一般改造相比,这次改造不需要多费功夫:穆斯林所要做的,只是在大教堂四面竖立四座宣礼塔。他们做了;于是我们看不出圣索菲亚大教堂与清真寺有什么差别。即是说,拜占庭的建筑标准已被推到其逻辑终点,因为巴耶济德、苏莱曼和蓝色清真寺的建筑家们,更别说

① 纳玛孜:伊斯兰教规定的一天五次祈祷。

他们那些水平稍差的弟兄,努力要模仿的,恰恰是这座基督教圣所那蹲着的雄姿。不过,他们不应因此而受责备,部分原因是在他们抵达君士坦丁堡的时候,在整个风景中最突显的就是圣索菲亚大教堂;然而主要原因还是,圣索菲亚大教堂本身不是罗马的产物。它是东方的——或者更准确些,波斯萨桑王朝的——产物。同样,指责那个不管是什么姓名的苏丹——是穆拉德吗?——把一座基督教教堂改造成一座清真寺,是没有意义的。这种改造反映了某种我们不必多加思考就可以将其视为东方对形而上学本质问题深深漠视的东西。不过,在现实中,支撑并且至今依然支撑这东西,并与圣索菲亚大教堂及其宣礼塔和基督教—穆斯林装饰大致相同的,是一种既由历史也由阿拉伯花边灌输的意识,也即在今生今世一切都是互相交织的——在某种意义上,一切无非是一张地毯的图案。踏在脚底下。

36

这是一个可怕的想法,但并非没有一定道理。因此让我们尝试了解它。在它的源头,是东方的装饰原则,其基本元素是一篇来自《古兰经》的诗,一句引自先知的话:缝、镂、雕在石上或木上,并且这些文字在形象上也与这缝、镂、雕的过程重合,如果你记得阿拉伯书法形式的话。换句话说,我们谈论的是书法的装饰性,句子、词语、字母的装饰作用——用纯粹视觉的态度来对待这些句子、词语、字母。让我们撇开这种对对待词语(还有字母)的难以接受的态度不谈,仅仅指出一个必然性,也即实际上以空间性的——因为是通过显著的空间手段来传递的——观念来对待神圣的引语。让我们注意这装饰对线条长度的依赖和对引语的说教特点的依赖,而引语本身常常已经够装饰性的了。让我们提醒自己:东方装饰的单位是句子、词语、字母。

西方装饰单位——主要元素——是刻度、符木,用来记录日子的消逝。换句话说,这种装饰是时间性的。因此它才有韵律,因此它才倾向于对称,因此它本质上才具有抽象特点,使形象表达屈从于节奏感。才有其极端的非反说教性质。才有其锲而不舍,坚持——通过韵律或重复这类手段——抽离其单位,抽离那已经被表达过的东西。简言之,才有其活力。

我还想指出,这种装饰的单位——日子,或关于日子的理念——把任何经验吸入它自身,包括神圣的引语。由此而产生了一个暗示,一个希腊瓮那精妙的小盾形花纹边缘优胜于一张地毯的图案。这反过来导致我们考虑谁更游牧,那在空间中漫游的人还是那在时间中迁徙的人。坦率地说,不管有关一切都是互相交织、一切只不过是被踏在脚下的地毯上一个图案的概念是多么有说服力(或实际上如此),它都屈从于有关一切都被抛在背后——包括那地毯和你踏在地板上的脚——的概念。

37

啊,我能预见反对之声!我看见一个历史学家或一个人种学家,手里拿着各种造型或陶器碎片,准备对上面所说的一切开战。我可以看到某个戴眼镜的人,拿着一个有回形波纹饰或横梁的印度或中国花瓶,如同希腊小盾形花纹边缘一样,然后宣称:“嗯,这又是怎么回事?难道印度(或中国)不是东方吗?”更糟糕的是,那花瓶或碟子很可能竟然是来自埃及或非洲某地,来自巴塔哥尼亚高原或来自中美洲。然后他们会拿出倾盆大雨般的证据和无可反驳的事实,证明前伊斯兰文化是具象的，并因此证明在这个领域西方根本就落后于东方，证明装饰原本就是非功能性的，证明空间优胜于时间。或者证明我无疑基于政治理由，以人类学来替代历史。诸如此类，或者更糟。

对此我能说什么呢？我有必要说什么？我拿不准，但无论如何，我要指出，如果我不预见这些反对，我就不会拿起笔——指出对我来说，那空间确实是愈来愈不如时间，也愈来愈不如时间亲切。不是因为它较小，而是因为它是一种事物，而时间是一个关于事物的理念。在一种事物与一个理念之间，我永远宁愿选择后者。

我还预见不会有什么花瓶、陶器碎片、碟子或某个戴眼镜的人。预见不会有人发表反对意见，预见沉默将高高在上地统治着。这与其说是一个同意的信号，不如说是一个漠不关心的信号。因此让我们有点儿粗率地对待我们的结论吧，并补充说，对时间的意识乃是一种深刻的个人主义体验。说每一个人在其一生中迟早要发现自己处身于鲁滨孙的位置，刻下一些刻度，然后在数到譬如说七或十之后，把它们划掉。这就是装饰的起源，不管在此之前的文明是什么，也不管这个特定的人属于哪种文明。这些刻度是极其孤独的活动，孤立这个人，迫使他理解即使不是他的独特性也至少是他在这世上的存在的自主性。正是这，构成我们文明的基础，也正是这，使君士坦丁离开，走向东方。走向地毯。

38

伊斯坦布尔一个正常的酷热、尘土飞扬、大汗淋漓的夏日。此外，这是星期日。一大群人在圣索菲亚大教堂的穹顶下闲荡。上面那高处，在眼力所不能及的地方，是一些画着国王或圣徒的镶嵌图案。下面，在眼力所能及但脑力所不能及的地方，是一些环形、看似金属的盾牌，盾牌有花边似的先知引言，镂金的，衬托着暗绿色珐琅。刻着蜷缩的文字的巨大浮雕令人想起杰克逊·波洛克或康定斯基的影子。现在我才开始意识到一种滑：大教堂在流汗。不仅地板，还有墙上的大理石。石头在流汗。我探问，并被告知，那是因为温度急升。我则认为那是因为我的在场，于是离开。

39

要获得一幅你的故国的好画面，你要么得去到它的墙外，要么摊开一张地图。但是如同前面说过的，如今还有谁会去看地图？

如果文明——不管是什么样的文明——确实像植被那样朝着与冰川相反的方向扩散，从南方到北方，鉴于俄罗斯的地理位置，则它怎么有可能会把自己隐藏在某个地方，远离拜占庭？不只是基辅罗斯，还有莫斯科公国，然后是顿涅茨河与乌拉尔山脉之间的其他俄罗斯。坦白说，我们真该感谢帖木儿和成吉思汗，感谢他们通过多多少少地冻结了——或者说，践踏了——拜占庭的鲜花而多多少少妨碍了这个进程。说俄罗斯扮演了欧洲挡箭牌的角色，从而保护西方免戴上蒙古人的枷锁，这是不对的。是当时仍担当基督教支柱的君士坦丁堡扮演了这个角色。（巧得很，在 1402 年，君士坦丁堡墙下出现一个局面，差点就变成基督教的大灾难，事实上差点变成整个已知世界的大灾难：帖木儿遇到巴耶济德。很幸运，他们干戈相向：似乎是种族内部的敌对促成了此事。要是他们联手攻击西方——即是说，朝着两人当时正在移动的方向——则我们现在将会用一只杏仁形、浅赤褐色的眼睛看地图。）

根本就没有任何地方可供俄罗斯逃离拜占庭——如同没有任何地

方可供西方逃离罗马。并且,正如西方随着时间推移而被太多罗马柱廊和合法性占领一样,俄罗斯碰巧也成为拜占庭的天然地理猎物。如果说在前者的途中耸立着阿尔卑斯山脉的话,后者则只是受到黑海的阻挠——黑海虽然深,但最后还是如履平地。俄罗斯从拜占庭手中接受,或者说拿来一切:不仅有基督教礼拜仪式,而且有基督教-土耳其权术制度(逐渐变得愈来愈土耳其化,愈来愈不脆弱,在意识形态方面愈来愈军事化),更别说其很大部分词汇。拜占庭在其通往北方途中唯一掉落的,是其瞩目的异教——其基督一性论者、其阿里乌斯派教徒、其新柏拉图主义者等——这些异教曾构成其文学生活和精神生活的根本。但话说回来,拜占庭向北扩张发生时,适逢新月逐渐取得支配地位之际,而"高门"那纯粹的有形力量对北方的催眠,远甚于日渐消失的批注者们的神学激辩。

不过,新柏拉图主义最终还是在艺术中得胜了,不是吗?我们知道我们的偶像来自哪里,我们同样知道我们的洋葱形圆顶教堂来自哪里。我们还知道对一个国家来说,再没有比为了自己的目的而采用柏罗丁的箴言更容易的了。柏罗丁说,一个艺术家的任务必须是解释各种理念而不是模仿自然。至于理念,已故的 M. 苏斯洛夫[①]或现时任何擦意识形态碗碟的人,在哪个方面有别于大穆夫提呢?总书记与帕迪沙赫——或者说,皇帝——差别在哪里?还有,是谁委任牧首、大维齐尔[②]、穆夫提或哈里发[③]?政治局与大枢密院的差别又在哪里?另外,

① M. 苏斯洛夫(1902—1982):苏共高官,长期监管意识形态。

② 维齐尔:奥斯曼帝国的首相称号。

③ 哈里发:阿拉伯国家和奥斯曼帝国国家元首的称号。

一个卧榻[1]与一个软垫凳[2]不是只有一步之差吗?

难道我的故国如今不是一个奥斯曼帝国吗——在幅度上,在军力上,在其对西方世界的威胁上?我们如今不是在维也纳墙下[3]吗?难道它不是因其脱胎于东方化得难以辨认的——不,太容易辨认了!——基督教而更具威胁性吗?难道它不是因其更有诱惑力而更强大吗?再者,我们从已故的米留科夫[4]在短命的杜马穹顶下的号叫中听到什么:“达达尼尔海峡将是我们的!”加图[5]的声音?一个基督徒对其圣地的向往?或者,依然是巴耶济德、帖木儿、谢里姆、穆罕默德的声音?而如果情况是这样,如果我们是在引述和解释,那么我们在康斯坦丁·列昂提耶夫[6]的假声,那穿透了恰恰是伊斯坦布尔的空气的假声里听到了什么,当他在伊斯坦布尔的沙皇大使馆任职时说“俄罗斯必须无耻地统治”?我们在这腐臭、预言性的宣称里听到什么?时代的精神?民族的精神?或地理位置的精神?

40

但愿上帝不允许我们进一步翻查土耳其语—俄语词典。让我们看看“çay”这个词,它在两种语言里意思都是“茶”,不管它源自哪里。土耳其的茶非常美妙——好过咖啡——而且如同擦鞋一样,在任何已知货币里都几乎是免费的。它很浓,透明砖头的颜色,但没有过分刺激的

---

① 这里“卧榻”(divan)与“枢密院”拼写完全相同。

② 这里“软垫凳”(ottoman)与“奥斯曼”拼写完全相同。

③ 维也纳多次被土耳其人围困。

④ 米留科夫(1859—1943):俄国政治活动家、历史学家。

⑤ 加图(前234—前149):古罗马政治家。

⑥ 康斯坦丁·列昂提耶夫(1831—1891):俄罗斯哲学家。

效果，因为它是用一只“巴达克”，一只五十克容量的玻璃杯盛的，如此而已。在我遇见的这种把阿斯特拉罕与斯大林纳巴德[1]混合起来的所有东西中，这是最好的。茶——还有看见君士坦丁的城墙。我能看见这道墙，完全是碰到好运气，因为我遇上了一个无赖出租车司机，不是载我直接去托普卡珀宫，而是在整座城市里兜圈。

你可以从墙的高度和宽度以及石工的素质来判断这位建造者的认真。因此，君士坦丁是极其认真的：那些你可以看到吉卜赛人、山羊和拿他们的温柔部分做交易的年轻人出没的废墟，哪怕是今天也能够抵挡任何军队，如果打的是阵地战的话。另一方面，如果文明被赋予植物的——换句话说，意识形态的——特征，则竖起这墙就纯粹是浪费时间了。在对抗反个人主义，至少可以说，对抗相对主义精神和顺从精神时，不管是墙还是大海都提供不了保护。

在终于抵达托普卡珀宫，细看了它的大部分内容——主要是苏丹们的长袍，它们在语言上和视觉上都呼应着莫斯科那些统治者的衣物——之后，我便直奔这次朝圣的目标：宫殿。悲哀的是，在这个世界上最重要的建筑的门前，迎接我的是一个告示，上面以土耳其语和英语写着：整修期间不开放。“啊，要是！”我在心内大呼，试图控制我的失望。

41

现实的性质，总是引向寻找一个元凶——更准确些，一个替罪羊。替罪羊群在精神的历史田野里吃草。然而，作为一个地理学家的儿子，

① 斯大林纳巴德：现称杜尚别，是塔吉克斯坦共和国的首都。

我相信乌拉尼亚比克利俄更老;[①]在记忆女神摩涅莫绪涅的众女儿当中,我认为她是最大的女儿。因此,出生在波罗的海边,在被认为是开向欧洲的窗口的地方,我总是感到对这个开向亚洲的窗口拥有某种类似既得权利的东西,毕竟我们与它共享一条子午线。基于也许不充足的理由,我们把自己视为欧洲人。同样地,我把君士坦丁堡的居民视为亚洲人。在这两个假设中,只有第一个被证明是可争议的。也许,我还必须承认,我心中模模糊糊地把东方与西方视为过去与未来。

除非你生于水边——并且就此而言,还是生于帝国的边缘——否则你很少会去操心这等区别。在所有的人当中,像我这样的人应把君士坦丁视为西方通往东方的载体,视为某个与彼得大帝不相上下的人才对:如同教会本身把他视为这样的人。如果我在那条子午线[②]上待久些,我会。但我没在那里待下去,也不想待下去。

在我看来,君士坦丁的奋斗,无非是把东方拉向西方的总拉力的一个插曲而已,这拉力既不是由世界某个地区被另一个地区吸引触发的,也不是由过去想吸取未来的愿望触发的——尽管在某些时候和某些地方(伊斯坦布尔即是其中之一)似乎是这种情况。这个拉力,我想,恐怕是磁力的、演进的;它大概与地球绕着其轴心转的方向有关。它是以被某个信条吸引的面目,以游牧民族的攻击、战争、迁徙和货币流动的面目出现的。加拉塔大桥并不是第一座架设在博斯普鲁斯海峡上的大桥,如同你的导游书会宣称的;第一座大桥是由大流士建造的。一个游牧部落成员永远朝着落日的方向骑去。

要么他游泳。那海峡约一英里宽,一头逃避朱庇特的愤怒配偶的

---

① 乌拉尼亚为九位缪斯之一,主管天文;克利俄为九位缪斯之一,主管历史。

② 子午线:指列宁格勒,也即彼得堡。

“白肤金发牛”[1]做得到的事情，一个黑黝黝的草原之子肯定也做得到。害相思病的勒安得耳[2]也做得到；厌倦爱情的拜伦也做得到，他溅起水花横渡达达尼尔海峡。博斯普鲁斯！破旧的狭长水带，唯一适合乌拉尼亚穿的衣服，不管克利俄做出多大的努力要穿上它。它保持皱纹，尤其是在灰色的日子，没人会说它被历史玷污了。它表面的急流在北方的君士坦丁堡附近把自己涤净——也许这就是为什么那个海叫作黑海。接着，它翻个筋斗沉入底部，并以深流的形式逃回马尔马拉海——大理石海——大概是为了漂白自己。净结果是那擦去尘埃的瓶子的绿颜色：时间本身的颜色。波罗的海之子很难不一眼就认出它，很难摆脱那古老的感觉，感觉这种滚动、持续不断、轻拍的物质是时间本身，或者是时间如果被浓缩或拍照时会有的样子。这，他想，就是使欧洲与亚洲分开的东西。他身上的爱国者则希望那海峡更宽些。

42

是结束的时候了。我已说过，没有从伊斯坦布尔或士麦那开出的蒸汽船。我登上一架飞机，越过爱琴海，穿过其居民一度不少于下面群岛上的居民的天空，在不到两小时之后着陆雅典。

在距雅典四十英里的苏尼翁，在一堵插入大海的悬崖顶端，耸立着一座献给波塞冬的神庙，其建造时间与雅典的帕台农神庙几乎同时——仅相差约五十年。它在这里已耸立了两千五百年。

---

① “白肤金发牛”：指伊娥，她与朱庇特相爱，在看到朱庇特之妻朱诺从远处来捉奸时，朱庇特把伊娥变成一头白牛，但朱诺强行带走白牛，并使它不能变回少女，还让一只牛虻日夜折磨她，她一路奔逃，来到如今的博斯普鲁斯海峡，跳进水里游泳过去。

② 据希腊神话，勒安得耳每夜横渡赫勒斯滂（达达尼尔海峡）与情人相会。

它比帕台农神庙小十倍。它比帕台农神庙美丽多少倍,则很难说;完美的单位如何计算,是说不清的。它没有屋顶。

周围没有一个人。苏尼翁是一个位于很远的底端的渔村,现在有两座现代酒店。那儿,在那黑色悬崖峰顶,神庙远远看去就仿佛它是被轻轻地从天上放下来,而不是从大地上竖起来的。大理石与云,比与地面有更多的共同点。

一个白色大理石基底,把十五根白柱连接起来,白柱之间距离相等。它们与大地之间,它们与大海之间,它们与古希腊的蓝天之间,没有人,什么也没有。

如同实际上在欧洲任何别的地方一样,在这里,拜伦也把他的名字刻于其中一根白柱的底座。步他的后尘,一辆巴士带来游客;稍后又把他们运走。那明显影响了白柱表面的侵蚀,与气候无关。那是凝视、镜头、闪光的痘疮。

接着,黄昏降临,愈来愈暗了。十五根白柱,十五个垂直的白色柱身间距均匀地竖立在悬崖顶,在广阔的天空下迎接夜晚。

如果它们算日子,将已经有一百万个这样的日子了。从远方看,在黄昏的薄雾里,它们垂直的白色柱身酷似一件装饰品,主要是因为它们彼此间隔相等。

秩序的理念?对称的原则?节奏感?偶像崇拜?

43

大概在出发去伊斯坦布尔之前拿几封推荐信,记下至少两三个电话号码,会更明智。我没有这样做。大概跟某个人交朋友,接触,从内部看这地方的生活,而不是把当地人口斥为陌生人群,在自己眼睛里充满心理尘埃的情况下看待别人,那会更明智。

谁知道呢?也许我对别人的态度,本身也带有一点儿东方的气味。假如追本溯源,则我是从哪里来的呢?不过,到了一定年龄,一个人会厌倦自己的同类,对胡诌他的意识和潜意识感到不耐烦。再来一个,或十个残忍故事?另十个或一百个人类卑劣、愚蠢、英勇的例子?毕竟,厌恶人类也应有一个限度。

因此,瞥一眼词典,发现“katorga”(强迫劳动)也是一个土耳其词语,就够了。在一张土耳其地图上发现在安纳托利亚或爱奥尼亚有一个叫作“尼代”(Nigde,俄语意为“乌有”)的城镇,也就够了。

44

我不是历史学家,或新闻记者,或人种学家。充其量,我只是一个旅行者,一个地理受害者。请注意,不是历史受害者,而是地理受害者。这就是依然使我与那个我注定要在那里出生的国家联系起来,与我们那著名的“第三罗马”联系起来的东西。因此我对当今土耳其政治,或阿塔蒂尔克[①]发生了什么事并不是特别感兴趣——他的肖像装饰着每一家咖啡馆的墙壁以及土耳其里拉,后者是不可兑换的,并代表着一种真实劳动的不真实报酬形式。

我来伊斯坦布尔是为了看看过去,而不是未来——因为这里不存在后者:如果还有任何未来的话,它也已经去了北方。这里人们只有一种不值得羡慕的、三流的现在,他们勤奋,但遭到本地历史的强度的掠劫。这里再也不会发生什么事了,也许除了街头骚乱或地震。或者,也

① 阿塔蒂尔克(1881—1938):即凯末尔,土耳其共和国首任总统。

许他们将发现石油:在金角湾有一股令人害怕的硫化氢恶臭,越过金角湾满是油污的水面,你可以获得这座城市光彩夺目的全景图。不过,发现石油的可能性依然不大。那恶臭来自穿过博斯普鲁斯海峡的那些锈迹斑斑、泄漏、近乎充满孔洞的油轮渗出的石油。仅仅是对这些漏油进行提炼,你也许就可以勉强度日。

不过,这样的项目,大概会使本地人觉得实在太过有事业心了。本地人天性较保守,即使他们是生意人或交易商;至于工人阶级,他们不大情愿但牢固地被那近乎给乞丐的报酬锁在传统、保守的心态里。一个本地人只需在当地街市那些无穷地交织着的——那图案酷似地毯或清真寺墙上的图案——网络状、有穹顶的长廊里,就能找到适宜他的环境,那街市是伊斯坦布尔的心、脑和灵魂。这街市是一座城中城;它也是为世世代代建造的。它不能被转运到西方、北方甚或南方。与这些地下墓穴相比,苏联国营百货商店、法国乐蓬马歇百货公司、美国梅西百货公司和英国哈罗德百货公司合起来再加上三次幂,也只能算是儿童的咿呀声。以一种奇怪的方式,主要是多亏那些一百瓦黄色灯泡形成的花圈和无穷尽扑面而来的铜、珠、镯、银和镶在玻璃里的金,更别说这里盛产的地毯和神像、茶炊、耶稣受难像等,这个伊斯坦布尔街市制造出一个印象,尤其是一个东正教会的印象,尽管绕来绕去、拐东拐西如同先知的引言。圣索菲亚大教堂的铺展版。

45

文明沿着子午线移动;游牧民族(包括我们的现代战士,因为战争是游牧民族直觉的回声)沿着纬度移动。这似乎是君士坦丁梦见的十字的又一个版本。两种移动都拥有一种自然的(植物或动物)逻辑,考虑这个逻辑时，你很容易处于一个无法因任何事情而责备任何人的位置。处于那种被称为忧伤——或者更确切些，宿命——的状态中。你可以把它归咎于年代，或归咎于东方的影响，或运用想象力，归咎于基督教的谦恭。

这种状况的种种优势是明显的，因为它们是自私的优势。因为该状况像所有形式的谦恭一样，总是以过去、现在和未来的历史的受害者那难以言说的无助为代价来达到的；它是千百万人的无助的回声。而如果你不是处于那样一种年龄，可以从鞘中拔出剑或费劲地爬上平台向万头攒动的人海大吼你对过去、现在和未来的憎恶；如果没有这样的平台或人海已干枯，也依然有脸和口，方便你那轻轻浮起的——由你内心或你肉眼拉开的景象挑起——鄙视的微笑。

46

用它，用嘴角那抹微笑，你也许可以登上渡轮，启程前往亚细亚喝一杯茶。二十分钟后，你可以在琴盖尔科伊下船，就在博斯普鲁斯岸边找一家咖啡馆坐下，叫了茶，吸入腐烂的海藻的气味，在没有改变上面提到的面部表情的情况下观看“第三罗马”的航空母舰慢慢穿过“第二罗马”的闸门，驶向“第一罗马”。

（由艾伦·迈尔斯和作者译成英文）

1985 年

一个半房间

致 L. K.

1

我们三个人所住的一个半房间(如果这样的空间单位在英语里讲得通的话)有镶木地板,母亲总是强烈反对家中男人尤其是我穿着袜子走在地板上。她坚持我们必须永远穿鞋子或拖鞋。当她为此责备我时,会求助于俄罗斯一个古老的迷信;她会说,这是凶兆,可能预示家中有人死亡。

当然,她可能只是觉得这习惯不文明,是明显的没礼貌。男人脚臭,而那是还没有除臭剂的时代。然而我觉得,你确实很容易在光亮的镶木地板上滑倒,尤其是如果你穿着毛袜子的话。而如果你年老体衰,那后果就会是灾难性的。因此,镶木地板与木、土等的密切关系,在我脑中便扩展至同城近亲和远亲们脚下的任何地面。不管是什么距离,地面永远是相同的。即使我后来在河对岸自己租一套公寓或一个房间住,也不能成为借口,因为那座城市到处是河流和运河。虽然它们中有些深得足以让出海的船通过,但是我想,死亡还是会觉得它们很浅呢,要不,按它那标准的地下方式,它也会从它们的底下爬过去。

现在母亲和父亲都死了。我站在大西洋海滨:在我与两个还活着的阿姨和我的表亲之间,隔着太多的水:一个真正的深坑,甚至足以使死亡也感到困惑。现在我可以随心所欲穿着袜子到处走,因为我在这块大陆上没有亲人。如今我会在家中招致的唯一死亡,大概就是我自己的了,尽管这将意味着误把发射器当作接收器。那种合并的可能性是极小的,而这也正是电子学与迷信的差别。不过,如果我没有穿着袜子大踏步走在这些宽阔的加拿大枫木地板上,那既不是因为这么有把握,也不是出于一种自我保护的本能,而是因为我母亲不许这样。我猜,我想使一切保持它们在我们家里的样子,既然我已是我们家里唯一剩下的人了。

2

我们三个人住在我们那一个半房间里:父亲、母亲和我。一个家庭,一个当时典型的俄罗斯家庭。那是战后,很少有人能负担得起超过一个孩子。他们之中一些人甚至负担不起父亲活着或在场:“大清洗”和战争在大城市造成大量人口死亡,尤其是在我生长的城市。因此我们自觉是幸运的了,尤其是鉴于我们是犹太人。所有的三个人全都在战争中幸存下来(我说“所有的三个人”,是因为我也是在战前,在 1940 年出生的);然而,父母还在 30 年代的“大清洗”中幸存了下来。

我猜,他们觉得自己是幸运的,尽管他们从不这么说。总的来说,他们不是很有自我意识,除了当他们年纪渐大,疾病开始困扰他们的时候。即使到那时,他们谈起自己和死亡时,也不会以那种会使听者害怕或引发听者同情的方式。他们只会发发牢骚,或自言自语地抱怨他们的疼痛,或长时间讨论这种或那种药物。母亲最接近于谈论这类事情的,是她指着一套精致的瓷器说,这东西会是你的,等你结婚,或等……这时候她就不再说下去了。我记得,有一次她在电话里跟她某位据说正生病的远方朋友说话:我记得母亲从街头电话亭出来,她那副玳瑁框眼镜背后那双熟悉的眼睛里流露出异样的眼神。我当时正在街头等她,于是朝她俯身(我那时已比她高很多了),问她那女人说了些什么,母亲茫然地望着前方,回答说:“她知道自己快死了,在电话里哭。”

他们对一切淡然置之:那个制度、他们的无能为力、他们的贫困、他们任性的儿子。他们只是尽力而为:确保桌上有食物——并且不管是什么食物,都把它变成一小份一小份;量入为出——而虽然我们总是勉强从发薪日维持到发薪日,他们还是尽可能省下几个卢布供孩子看电影、去博物馆、买书、买美味食物。我们的碗碟、器皿、衣服、内衣裤永远都是干净、光洁、熨过、补好、上浆过的。桌布总是一尘不染、清新,桌上的灯罩总是擦净,镶木地板闪亮、扫过。

令人惊叹的是,他们从不觉得沉闷。疲倦,是的,但不是沉闷。在家里,他们大部分时间站着:煮饭,洗涤,在我们公寓的集体厨房与我们的一个半房间之间来来去去,摆弄家中这件或那件东西。当他们坐下来时,那当然是吃饭,但我主要记得母亲坐在椅子里,弯身在那台“辛格”牌手动脚踏缝纫机上做活,缝补我们的衣服,把旧衬衫领子翻出来,补或改旧外套。至于父亲,他唯一坐在椅子里的时间是读报,要不就是在他的书桌前。他们晚上有时候会在我们那台 1952 年出产的电视机前看电影或音乐会。那时他们也是坐着的……就这样,一年前,一位邻居发现父亲坐在我们那一个半房间的一张椅子里死去了。

3

他比他妻子多活了十三个月。在她七十八岁和他八十岁的生命中,我只有三十二年跟他们在一起。我对他们如何认识,对他们的恋爱几乎一无所知;我甚至不知道他们哪一年结婚。我也不知道他们生命最后十一年或十二年,也即没有我的那些年间是如何生活的。由于我再无机会知道,因此我最好还是假设他们的日常生活还是老样子,假设他们在没有我的情况下也许过得更好:既就钱而言,也就他们不必担心我再被捕而言。

除了我不能在他们晚年帮助他们;除了我没有在他们临终时陪伴他们。我说这些,与其说是出于一种内疚感,不如说是出于一个孩子的利己主义愿望,希望跟随父母经历他们人生的所有阶段;因为每一个孩子总是以这样或那样的方式重复父母的轨迹。毕竟,我可以辩称,我们想从自己的父母那里了解自己的未来,自己的老年;我们还想从他们那里吸取那终极教训:如何死。即使我们不想要这些,我们也知道我们总是从他们那里学习,不管是多么不自觉地。"等我老了以后,我也会是这个样子的吗?这心脏病——或任何其他病——是遗传的吗?"

我不知道也永远无法知道他们在生命最后十余年是怎样想的。他们有多少次被吓坏了,他们有多少次感到自己就要死了,而当他们暂缓死期后,又怎样重燃那希望,希望我们三个人再次团聚。"儿子,"母亲总会在电话里说,"我今生唯一的愿望,就是再见到你。这是我还想活下去的唯一理由。"一分钟后:"你五分钟前在干什么,在你打电话前?""其实,我正在洗碗碟。""哟,这很好。洗碗碟是件好事。有时候可起到极好的治疗作用。"

4

我们那一个半房间,是一幢六层大楼北边一个巨大的多室套房的一部分,整个套房占全幢楼长度的三分之一。大楼同时面向三条街和一个广场，它是北欧本世纪初常见的、被称为摩尔风格的巨大饼形建筑物之一。它建于1903年，也即父亲出生那年，是彼得堡一座引起轰动的建筑物。阿赫玛托娃有一次对我说，她父母曾带她乘马车来看这个奇观。在其西厢，面向俄罗斯文学中最著名的一条大街——铸造厂大街，亚历山大·勃洛克曾拥有过一个公寓单位。至于我们那个套房，则住过德米特里·梅列日科夫斯基和季娜伊达·吉皮乌斯夫妇，他们曾是革命前俄罗斯文坛和后来20至30年代巴黎俄罗斯移民知识界的中心人物。恶鬼般的津卡[①]正是在我们那一个半房间的阳台上大声辱骂革命士兵的。

革命后，为了配合把资产阶级“密集化”的政策，那个套房被切成碎片，每个家庭一个房间。房间与房间之间用墙隔起来——最初是用胶合板。后来，经过很多年时间，木板、砖块和拉毛粉饰逐渐把这些间隔升级至建筑规范标准的地位。如果空间有其无穷尽的一面，那也不是其扩张而是其缩减。原因之一是空间的缩减——听起来很奇怪——总是更有条理。它被更好地结构，有更多的名称：小牢房、小房间、墓穴。扩张则徒有一个宽阔的姿势。

在苏联，人均最少居住面积是九平方米。我们应自觉是幸运的，因为鉴于我们那个套房属于我们的那一部分的古怪，我们最终分得了总共四十平方米。这个超量还与一个事实有关，也即我们获得这个地方，是父母放弃他们结婚前在市内不同地区两个不同的房间的结果。这个互换概念——或者说，交换（因为这是非换不可的）——是无法使某个局外人、某个外国人明白的。每一个地方的财产法都艰深晦涩，但有些

① 津卡：季娜伊达的昵称。

地方比另一些地方更艰深晦涩,尤其是如果你的房东是国家的话。例如,这完全与金钱无关,因为在一个极权国家里,收入级别相差无几——换句话说,大家都同样穷。你不是购置你的住所:你至多只是有资格获得和你以前拥有的相同的平方。如果你们是两个人,而你们决定生活在一起,那你们就有资格获得相当于你们以前的住所的总平方。决定你将获得什么房子的,是区财产办事处的职员。贿赂不顶用,因为那些职员的等级制也同样是极其艰深晦涩的,他们的原始冲动就是给你少些。交换需要多年时间,你唯一的盟友是疲劳,即你也许可寄希望于通过拒绝搬入某个少于你以前拥有平方数量的地方,而把他们搞得疲惫不堪。除了纯数字之外,他们在作出决定时考虑的,还有大量想当然的因素,却从来未曾在法律里讲明,包括你的年龄、国籍、种族、职业、孩子的年龄和性别、社会出身和籍贯,且不说你给人留下的印象,等等。只有那些职员知道有什么房子给你,只有他们判断那相同的面积,并可以在这里那里加减几平方米。那几平方米造成多大差别!它们可以用来摆一个书架,或者更好些,摆一张书桌。

5

除了多出十三平方米外,我们又非常幸运,因为我们搬进去的那个集体公寓非常小。也即,那多室套房中属于这个公寓的那一部分,包括六个分割得非常小的房间,仅可容纳四个家庭。包括我们自己在内,那里只住了十一个人。就标准集体公寓而言,六个房间的住户人数可轻易地达到一百。不过,平均来说,大概介于二十五人至五十人之间。我们的公寓几乎是微型的。

当然,我们大家都共用一个厕所、一个浴室和一个厨房。但那厨房却相当宽敞,厕所也非常体面和舒适。至于浴室,俄罗斯人的卫生习惯达到这样的程度,以至这十一个人无论是沐浴还是洗基本的衣服,都很少重叠。衣服都晾在两条走廊里,两条走廊把各房间与厨房连接起来,你心里很清楚哪套内衣裤属于哪个邻居。

邻居都是好邻居,既作为个人,也因为他们全都要工作,因此一天大部分时间都不在家。除了一个,他们都不向警察告密;就集体公寓而言,这是一个很好的百分比。但就连她,一个矮胖、无腰的女人,附近一家综合诊所的外科医生,也会偶尔给你提医疗建议,在买一些稀罕食物时替你排队,小心注意你正在煲的汤。弗洛斯特《劈星者》中那行诗是怎么说的?“因为懂得社交就是懂得原谅”?

尽管这种生存方式有其种种令人厌恶的方面,但是集体公寓也许也有其可取之处。它把生活裸露至最基本部分:它剥掉有关人性的任何错觉。你可以从放屁响声大小,判断是谁在蹲厕所,你知道他或她晚餐和早餐吃什么。你知道他们在床上的声音,以及女人们何时来月经。你常常成为你的邻居倾诉他或她的心声的对象,而要是你心绞痛发作或患了什么更严重的病,则是他或她打电话叫救护车。他或她有一天可能会发现你死在一张椅子里,如果你独居;或者相反。

当主妇们黄昏时分在集体公寓的厨房里煮饭时,无论是挖苦话或医疗和烹饪建议,或这家或那家商店突然间卖什么商品,有什么是她们不交锋或交流的呢!正是在这里,你学到了生活的精髓:用你耳朵的边缘,用你眼睛的角落。当某个人突然间不跟另一个人说话时,则他们之间正上演什么无声的戏剧!好一家滑稽剧演员学校!一条僵硬、愤懑的椎骨或一个冷冰冰的侧面可以传达怎样的情绪深度!在发辫般纠结的电线下,垂挂着一颗一百瓦的黄色泪珠,它周围的空气里飘浮着什么气味、香味、臭味！这个灯光昏暗的洞穴，有某种部落的东西，某种原始的东西——你也可以说是进化的东西；悬在煤气炉上的深锅浅锅则仿佛随时要变成铜锣似的。

6

我回忆这些，不是出于怀旧，而是因为这是母亲度过四分之一生命的地方。有家庭的人很少外出吃饭；在俄罗斯几乎从不。我回忆不起她或父亲坐在某家餐馆桌子的对面，或就此而言，坐在某家咖啡馆桌子的对面。她是我所知最好的厨师，也许除了切斯特・卡尔曼①；不过话说回来，他有较多的材料。我回忆她时，常常是看见她在厨房里，系着围巾，脸红红的，眼镜有点儿雾气，当我试图从炉子上拿取这样或那样食物时，她总是把我轰走。她的上唇闪烁着汗光；她那头浓密、染赤但在别的情况下灰白的短发凌乱地卷曲起来。“走开！”她喊着。“多没耐性！”我再也不能听到那喊声了。

我再也看不到那房门打开，（她双手拿着一锅炖菜或两个大深锅，怎么还能开门？是不是把它们降低到门把柄水平，然后借着它们的力把门打开？）而她端着我们的正餐/晚餐/茶/甜点翩然走进来。这时父亲会是在看报纸，我则不会离开我的书，除非被命令；而不管怎样，她都知道，她期望从我们这里得到的任何帮助都会姗姗来迟且笨手笨脚。她家里这两个男人所知道的礼貌要远远多于他们自己能够掌握的。哪怕他们都饿坏了。“你又在读你的多斯・帕索斯了？”她会一边说一边摆桌子。“谁会读屠格涅夫？”“你能期待他做什么？”父亲会附和道，收

---

① 切斯特・卡尔曼（1921–1975）：美国诗人、歌剧词作家，奥登的终身伴侣。

起报纸，“说游手好闲还差不多。”

7

我怎么有可能在这个场面里看见自己？然而我确实看见了；如同我能清楚地看见他们。再次，这不是对我青年时代的怀旧，对故国的怀旧。不，更有可能的是，如今他们死了，我看见的是他们当时的生活，而他们的生活包括我的。他们也将会这样想起我，除非现在他们全知全能，看见我现在的样子，坐在我从我任教的学校那里租来的公寓的厨房里，用一种他们不懂的语言写这篇文章，尽管他们现在应该是懂得所有语言的。这是他们看见我和看见美国的唯一机会。这是我看见他们和我们的房间的唯一途径。

8

我们的天花板约十四英尺高，如果不是更高，涂着同样的摩尔式灰泥装饰，这，再加上裂缝和楼上偶尔爆水管造成的污点，遂把它变成一幅高度详细的地图，描绘着某个不存在的超级大国或群岛。有三个非常高的弧形窗，我们从这些窗子里看不到任何东西，除了街对面的一所中学；幸好有中间那个窗子，它充当了通往阳台的门。从这个阳台，我们可以看到整条街道，街道那无可挑剔的典型彼得堡景观以圣潘捷列伊蒙教堂顶盖的侧面告终，或者——如果你朝右边望去——以那个大广场告终，大广场中央坐落着女皇陛下变容营救世主大教堂。

我们搬进这座摩尔式奇观大楼时，那条街已经改名为彼斯捷尔——被处死的十二月党人领袖。不过，它最初是以那座耸立在街道末端的教堂命名的：潘捷列伊蒙教堂大街。那条大街到了末端，会猛地绕过那座教堂,奔向丰坦卡河,越过警察桥,把你带进夏园。普希金曾在那段街道居住过,并在给妻子的信中提到:“每天早晨,我都穿着睡袍和拖鞋,越过那座桥,到夏园散步。整个夏园都是我的果园……”

我想他的门牌是十一号;我们的是二十一号,位于街道尽头,再往前便是大教堂广场了。然而,由于我们那幢楼位于那条街道与传奇性的铸造厂大街的交叉处,所以我们的邮址是:铸造厂大街二十四号二十八号公寓。这就是我们收到邮件的位置;这就是我写信给父母时信封上的地址。我在这里提到它,不是因为它有什么特殊意义,而是因为我这支笔大概永远不会再写到这个地址了。

9

奇怪的是,我们的家具与该幢楼的外部和内部很搭配。我们的家具与公寓楼正面的拉毛粉饰线脚,或从内部墙面凸出的、盘结着缀有某种几何形果实的塑料花环的镶板或壁柱一样处处呈弧线形,也一样有气势。外部和内部装饰都是有点像可可加牛奶的那种淡褐色。然而,我们两个雄伟的、大教堂似的五斗柜,则是乌亮的橡木;不过,它们与这幢楼本身一样,都属于同一个时期,即本世纪初。也许正是这,使邻居们从一开始就对我们怀有好感,尽管是不经意的。也许也是基于这个原因,在那幢楼住了仅一年之后,我们便觉得我们一直以来都住在那里。觉得那两个五斗柜找到它们的家——或者相反——多多少少使我们意识到我们也已安顿下来,意识到我们不会再搬走。

那两个十英尺高、两层的五斗柜(要搬动时,你得从那大象脚似的底部拿掉上了檐板的末端)放置了我们自从有了家以来敛集的几乎所有的东西。在别的地方由阁楼或地下室扮演的角色,在我们家里都由五斗柜承担。父亲的各式相机、显影和印相器材、照片本身、碟、瓷器、亚麻织品、桌布、装着对父亲来说已太小但对我来说仍太大的鞋子的鞋盒、工具、电池、他的旧海军制服上衣、双筒望远镜、家庭相册、发黄的插图增刊、母亲的帽子和披巾、一些银色的索林根剃刀片、不用能的手电筒、他的军队奖章、她各式各样的和服、他们两人的通信、长柄眼镜、扇子、其他纪念品——所有这一切都贮藏在五斗柜洞穴似的深处，当你打开其中的一道门时，就会涌出阵阵樟脑丸味、皮革味和尘味。在下部上端，仿佛在壁炉台上似的，是两个装着烈性甜酒的水晶卡拉夫瓶和一个表面光滑的陶制小雕像，陶雕中两名微醉的中国渔夫正在拽出他们的鱼。母亲每周会将它们擦拭两次。

从事后之明的角度看，两个五斗柜里的东西，可以比拟我们联合的、集体的下意识；不过当时我从未这样想过。至少可以说，这些东西是父母意识的一部分，是他们记忆的信物：关于基本上是在有了我之前的地点和时间的记忆，关于他们共同和各自的过去的记忆，关于他们各自的青年和童年的记忆，关于另一个时代、几乎是另一个世纪的记忆。同样基于事后之明，我想补充一句：关于他们的自由的记忆，因为他们出生和长成时，都是自由的，然后有了被那些愚蠢的败类称为革命的东西，但那革命对他们来说，如同对世世代代的其他人来说，意味着奴役。

10

我用英语写这篇文章是因为我想使他们获得若干自由空间：这空间的多少则取决于愿意读这篇文章的读者的数目。我想让玛丽亚·沃尔佩特和亚历山大·布罗茨基获得在“异域良心准则”[1]下的现实，我想让英语的运动动词描写他们的活动。这不会使他们复活，但英语语法也许至少可以证明是一条比俄语更好的逃跑路线，使他们逸出国家火葬场的烟囱。用俄语来写他们，只会进一步加强他们的被禁锢，进一步把他们变得微不足道，最终变成机械式的消灭。我知道，不应把国家与语言等同起来，但是当两个老人在无数的国家机关和部门穿梭，希望在他们死前获准去外国探访他们唯一的儿子时，却是俄语在连续十二年间被用于一遍遍告诉他们，国家认为这样的探访是“无意义”的。至少可以说，这种话语的一遍遍重复，证明国家与俄语之间有某种相似性。此外，即使我用俄语把这一切写下来，这些文字在俄罗斯也将不见天日。谁会读到它们呢？少数其父母在同样环境下死去或即将死去的侨民？这个故事他们太熟悉了。他们知道不准他们去看临终的父母是什么样的感觉；他们知道当他们提出要求紧急签证去出席某位亲人的葬礼的申请之后，那没有回音是什么感觉。接着是太迟了，于是一个男人或女人放下电话筒，出门，走进异国的下午，充满某种既不是语言可以形容的，也不是哀号足以表达的感觉……我有什么可以告诉他们的？我可以用什么方式安慰他们？没有任何国家像俄罗斯那样擅于摧毁其国民的灵魂，也没有任何手中握笔的人可以修补这些灵魂；不，这工作只有全能者才可以胜任，这也正是他终日在做的事情。因此，但愿英语可以告慰我父母的在天之灵。我随时准备用俄语读、写诗或信。不过，对玛丽亚·沃尔佩特和亚历山大·布罗茨基来说，英语提供了一种与死后生活更好的相似性，也许是除我本人之外唯一的相似性。至于我

① 语出奥登《悼叶芝》。

本人,用英语来写这篇文章就如同洗碗碟:可起到很好的治疗作用。

11

父亲是一位新闻记者——更准确地说,是一位摄影记者——尽管他也写文章。由于他主要是为在别处读不到的小报写的,因此他大部分文章的开头都是“阴沉、酝酿风暴的乌云悬挂在波罗的海上空……”,因为他相信我们这个地区的天气会使这样的开头有新闻价值或有相关性。他拥有两个学位:一个是从列宁格勒大学获得的地理学学位,一个是从红色新闻学校获得的新闻学学位。他攻读后一个学位,是因为他被清楚地告知,他去旅行特别是去外国旅行的机会不值得考虑:作为一个犹太人、一个印刷所老板的儿子和一个非党员。

新闻(在某种程度上)和战争(很大程度地)恢复了这个平衡。他涉足地球六分之一陆地(苏联领土的标准数量定义)和很多水域。虽然他被指派去海军,但对他来说,战争开始于 1940 年,那是在芬兰,终结于 1948 年,那是在中国;他与一批军事顾问一起被派往中国,帮助毛的努力,而那座微醉的渔夫陶雕和母亲要在我结婚时给我的那几套瓷器,正是从中国带来的。在这两者之间,他在巴伦支海护送盟军北极运输队,捍卫并失去了黑海港市塞瓦斯托波尔,加入——在他的鱼雷艇沉没之后——当时的海军陆战队。在列宁格勒围城战期间,他被派往列宁格勒前线,拍摄了我所见关于这座被围困的城市的最出色照片,并参与围困的解除。(我相信,这个阶段的战争,是他最揪心的,因为离他的家人、他的家太近。不过,即使他如此靠近,他还是失去了他的公寓和他唯一的姐妹:前者毁于轰炸,后者死于饥饿。)之后,他被派遣回黑海,在臭名昭著的小地[①]登陆,并坚守那里;然后,随着前线向西推进,跟第一支鱼雷艇特遣队赴罗马尼亚,在那里着陆,有一阵子甚至担任过康斯坦萨港的军事总督。“我们解放了罗马尼亚。”他有时候会夸耀说,然后回忆他与米哈伊国王的会面。那是他见过的唯一一位国王;毛、蒋介石,更别说斯大林,都被他视为暴发户。

12

不管他在中国搞什么骗人把戏,我们那小小的餐具室、我们的五斗柜和我们的四壁还是因此获益匪浅。在艺术品中,被挂出来的最后几件,都是源自中国:裱在软木板上的水彩画、武士剑、小丝网印制品。那座微醉渔夫陶雕,是一系列活泼的陶雕、玩偶、戴帽企鹅等人物动物中仅剩的,其他都逐渐消失了,要么是因为不小心弄坏了,要么是需要作为生日礼物送给各种亲戚。那些剑,也必须交给国家收藏,因为它们被视为潜在武器,普通市民不应拥有。这不失为一种合理的预防措施,尤其是有鉴于后来我屡次招来警察搜查我们那一个半房间。至于那几套即使在我这外行眼中也显得无比精致的瓷器——母亲绝不允许让哪怕一只美丽的茶碟摆上我们的桌子。“这不是粗俗人用的。你们是烂糟糟的粗俗人。”况且,我们正在使用的那些碟子都已经够高雅的了,当然也够坚固。

我记得 1948 年 11 月份某个寒冷黑暗的晚上,在战争期间和战争刚结束之后母亲和我住的十六平方米小房间里。那天晚上父亲将从中国归来。我记得门铃响了,母亲和我奔出来,原本就灯光朦胧的楼梯口

---

① 小地:苏联卫国战争时期发生过激烈战斗的一个小小的无名地点,位于俄罗斯南部黑海之滨。

突然因为海军制服而变暗了:父亲、他的朋友兼同事 F. M. 上校和一群士兵进入走廊,抬着三个巨型木板条箱,连同他们从中国带来的物件,四下里堆放着,还可以看到一个个章鱼似的中文大字。后来 F. M. 上校和我坐在桌前,父亲忙着从板条箱里取出东西,母亲穿着黄粉相间的中国绉纱连衣裙,踩着高跟鞋,拍着手,用德语——她童年时代在拉脱维亚的语言和她现在职业(德国战俘营口译员)的语言——欢呼:“啊呀,妙极了!”F. M. 上校,一个高瘦而结实、穿着一件解开纽扣的暗蓝色海军制服上衣的男人,从一个卡拉夫瓶里给自己斟了一杯酒,向我眨眼,如同向一个成年人。他们的皮带连同搭钩和装在枪套里的帕拉贝伦手枪则放在窗台上。母亲看见一件和服,便张口结舌。战争结束了,和平了,我年纪还小,不懂得眨眼回敬他。

13

现在,我的年纪正好是那个 11 月晚上父亲的年纪:我四十五岁,再次以一种不自然的、高清晰透镜似的眼光看到那个场面,尽管当时所有的参与者除了我之外都已经死了。我看得如此真切,以至我可以眨眼回敬 F. M. 上校……是否原本就注定要如此?在这相隔近四十年的两次眨眼之间,是否有某种含意,某种我看不到的意义?是否人生就是如此?如果不是,那为什么要有这种清晰性,它究竟为了什么?我想到的唯一答案是:为了这一刻的存在,为了连我也包括在内的演员离场时不被忘记。也许这样一来,你就可以明白那个场景多么珍贵:和平的抵达。一家团聚。同样地,这也是为了说明什么是时刻。不管只是某人父亲归来的时刻,还是打开板条箱的时刻。因此才有如此迷人的清晰性。或者,也许是因为你是一个摄影师的儿子,你的记忆无非是冲洗一个胶卷。用将近四十年前你自己的眼睛拍摄的。这就是为什么你当时不能眨眼回敬。

14

父亲在接下来的两年多还继续穿海军制服。这也正是我的童年热切地开始的时候。他是海军博物馆摄影部的负责人,该博物馆设在整座城市最美丽的建筑物里。那也等于说,整个帝国最美丽的建筑物里。那建筑物以前是交易所:一种比任何帕台农神庙更希腊化的东西,而且位置也好得多,在突入涅瓦河最宽阔处的瓦西里岛的末端。

在下午晚段,放学后,我会艰难地穿过城市,来到河边,越过冬宫桥,然后奔向博物馆去接父亲,与他一起走路回家。最美好的时光是他值晚班,博物馆已关门的时候。他会从那条大理石长廊里走出来,光彩夺目,左臂戴着值勤官的蓝、白、蓝袖章,右侧皮带下悬着那把装在枪套里的帕拉贝伦手枪,那不协调的秃头上戴着海军帽及其涂漆的帽舌和上面镀金的“色拉”。“敬礼,司令官。”我会说,因为那是他的军阶名称;他会以得意地微笑回应,由于他要再过约一个小时才下班,因此他任由我独自在博物馆里逛荡。

我深信,除了过去两百年的文学,也许还有这个前首都的建筑外,还值得俄罗斯骄傲的另一样东西是其海军的历史。不是因为其蔚为奇观的胜利,这方面倒是很少的,而是因为其事业所传达的精神的高贵。说它是习气也罢,说它是心理幻想也罢,但俄罗斯诸皇帝之中唯一有眼界者彼得大帝的这个发明物,在我看来确实是上面所说的文学与建筑的混合。它以英国海军为模式,但更多是装饰而不是实际功用,更多是以发现而不是以扩张为特征,更多是倾向于英雄姿态和自我牺牲而不是不惜一切代价生存下去。因此可以说,这支海军确是一种眼界:一种努力在世界海洋的水域上达到的、完美的、近乎抽象的秩序,因为它不能在任何俄罗斯土地上达到。

一个孩子永远首先是一个审美家:他对外貌、对表面、对形状和形式作出反应。我生命中喜欢的东西,几乎都无法跟那些胡子刮得干干净净的将军的外表和形象相比,他们那生辉的高大体形君临于渴望成为真实船舰的模型船舰森林般耸立的桅杆中间。他们穿着18世纪和19世纪的制服,连同带有饰边或高领的牛蒡似的穗状肩饰、假发套和横过胸前的宽阔蓝带,使得他们看上去酷似某种完美、抽象的理想的工具,其精确度不逊于周遭那些闪亮的铜框星盘、罗盘、罗经柜和六分仪。他们可以在星光下计算你的位置,其误差率比他们的船长还要小些!你真希望他们也能够统治人海:由他们那三角学的活力来统治,而不是由意识形态的劣质侧面法来统治;成为那视域的一个臆造物,也许是幻影的臆造物,而不是成为现实的一部分。到今日,我依然认为这个国家会做得不知好多少,如果它采用的国旗不是那恶心的双头帝国家禽或那笼统的共济会式的锤子加镰刀,而是俄罗斯海军的军旗:我们光荣的、无可匹比地美丽的圣安德鲁旗:洁白衬托下的蓝色对角线十字。

15

在回家途中,父亲和我会顺便逛商店,购买食物或照相材料(也许是胶卷、化学品),或在商店橱窗前驻足。当我们一路穿过市中心时,他会告诉我这座或那座临街建筑物的历史,讲述战前或1917年前这里或那里有什么。建筑师是谁,房屋主人是谁,住户是谁,他们发生了什么事,以及在他看来是因为什么。这位六英尺高的海军指挥官对平民生活了解颇深,我也渐渐开始把他的制服视为一种伪装;更准确地说,形式与内容之间差别的理念开始在我那学童的心底生根。他的制服产生的这种效应,一点不亚于他指给我看的临街建筑物当前的内容。在我那学童的心中,这种差距当然会折射为邀请你撒谎(不是因为我需要撒谎);不过我想,在更深层次上,它教导我一个原则,也即无论你内心正在发生什么事,都要维持外表。

在俄罗斯,军人很少改穿便服,哪怕是在家中。一部分原因是你的全部服装永远不会太多;但主要是因为与制服有关的,因而也是与社会地位有关的权威观念。尤其是如果你是一名军官。即使是退伍或退休的军官,也往往会在颇长一段时间内在家中和在外面穿戴这件或那件军人服饰:没有肩饰的制服上衣、长靴、军帽、外套,向大家表明(以及提醒自己)他们的所有物的级别:因为一日为官,便是终生为官。这有点儿像西方的新教神职人员;而就一名海军军官而言,这种相似性又因为他那白色的底领而愈益强烈。

我们五斗柜的上层抽屉里,有很多这类底领,塑料的和棉织的;多年后,当我读七年级,学校开始推行制服时,母亲会剪裁它们,然后缝在我那件老鼠灰制服上衣的竖领上。因为那件制服也是半军事式的:制服上衣、有搭钩的皮带、配套的裤子、有涂漆帽舌的帽子。你愈早把自己视为一个士兵,就愈是有利于那个制度。对此,我并不感到有什么不妥,只是我厌恶那颜色,它暗示那是步兵,或更糟糕,警察。它绝不能跟父亲那件黑漆漆的外套相比,那件外套有两排黄色纽扣,令人想起夜晚的林荫大道。当他解开纽扣时,你会看见里面那件暗蓝色制服上衣又有两排黄色纽扣:黄昏里一条灯光朦胧的大街。“林荫大道中的大街”——这就是我们从博物馆走路回家,我乜斜着眼望了望父亲时对他的印象。

16

我在这里,在我的南哈德利住所后院,有两只乌鸦。它们颇大,几乎有渡鸦那么大。当我驾车回家或离家时,首先看到的就是它们。它们是先后出现在这里的:第一只是两年前母亲逝世的时候,第二只是去年父亲刚逝世的时候。或者说,我碰巧是因此注意到它们的。现在它们总是一起出现或一起飞走,而对乌鸦来说,它们实在太沉默了。我试图不去望它们;至少,我试图不去观察它们。然而我注意到,它们往往逗留在那座松林里,松林以我的后院尽头为起始,沿着斜坡伸展了约四分之一英里,来到一片草地,草地毗邻一个小溪谷,小溪谷边缘有两块巨岩。我不再散步去那里,因为我预期会遇见它们——那两只乌鸦——在阳光中,在那两块巨岩顶休眠。我也不打算去找它们的巢。它们是黑色的,但我注意到它们翅膀内侧是湿灰的颜色。我唯一看不见它们的时候,是下雨天。

17

我想,父亲是在1950年根据政治局某个规定退伍的,那个规定说,犹太籍人士不应身居军队要职。如果我没弄错,那个规定是由安德烈·日丹诺夫提出的,他当时掌管武装部队的意识形态控制权。那时父亲已经四十七岁了,可以说必须开始新生活。他决定重返新闻业,做他的摄影报道。然而,要重返新闻业,必须有一家杂志或报纸愿意雇用他。这证明是颇为困难的:50年代是犹太人的坏年头。针对“无根的世界公民”的运动正如火如荼;接着,在1953年,发生了“医生案”,“医生案”没有以通常的流血告终，只是因为它的怂恿者斯大林同志本人在案件最严重的时刻突然蹬腿儿了。但在此之前很久，并且在此之后相当一段时间内，空气中充满了政治局计划对犹太人采取报复行动的谣言，说是准备把所有那些“第五段”[①]生物迁去西伯利亚东部，那个靠近中国边境，叫作比罗比詹的地区。甚至流传着一封由最著名的“第五段”人士——国际象棋冠军、作曲家和作家——签名的信，内容包括恳求党中央委员会以及恳求斯大林同志本人允许我们犹太人在偏远地区以艰苦劳动抵偿我们给俄罗斯人民造成的巨大伤害。这封信现在随时都有可能刊登在《真理报》上，作为驱逐我们的借口。

然而，刊登在《真理报》上的，却是斯大林的死讯，尽管那时我们已准备好远行，并且已经卖掉我们的立式钢琴，因为不管怎样我们家没人会弹（虽然母亲曾请来一位远房亲戚教我：可我完全没有这方面的才能，更没有那种耐性）。不过，在那样的气氛中，一个犹太人和非党员被一家杂志或报纸雇用的前景还是暗淡的；于是父亲便上路了。

在多年时间内，他根据与莫斯科全苏农业展览馆的合约，以自由职业者身份跑遍全国。于是乎，我们桌上偶尔会有些奇迹——四磅重的马铃薯或杂交的苹果梨；但是报酬却微乎其微，我们一家三口全靠母亲作为区发展局职员的工资度日。那是我们非常艰苦的年头，也就是那个时候，父母开始生病。尽管如此，父亲依然显示出他那爱交际的自我本色，常常带我到城市各处看望他的海军战友，他们现在要么经营一个游艇俱乐部，要么看管旧船坞，要么训练青少年。这些人倒是不少，而他们都无一例外地乐意见到他（总的来说，我从未遇见过任何人，不管

① “第五段”：指苏联护照第五段注明持证者的出身。

是男人还是女人,对他有什么不满)。其中一个是商船局地区分局下属的一份报纸的主编,一个其名字听上去像俄国人的犹太人,他终于雇用了父亲。从此,父亲为这家设在列宁格勒港的报纸工作至退休。

似乎,他一生大部分时间都用于走路("记者像狼一样,都是靠爪子活命"是他经常说的话),在船舰、水手、船长、起重机、货物中间。背景永远有波纹状锌板似的水面、桅杆,仍残留着船籍港名字前几个或最后几个白色字母的巨大黑色金属船尾。除了在冬天,他总是戴着那顶有涂漆帽舌的黑色海军帽。他喜欢亲近水,他崇拜大海。在那个国家,这是你最接近自由的方式。有时候哪怕仅仅望着它也够了,而他一生大部分时间都望看它,拍摄它。

18

在不同程度上,每一个儿童都渴望成年,巴不得快点离开他的屋子,离开他那压抑的窝巢。出去!进入真正的生活!进入广大的世界。以他自己的方式进入生活。

迟早他会完成他的夙愿。然后有一段时间,他会专注于新景观,专注于构筑他自己的窝巢,制作他自己的现实。

接着有一天,当新现实被掌握了以后,当他自己的方式实行了以后,他突然间发现他的旧巢不见了,发现那些给了他生命的人都死了。

那一天,他感到自己像突然没有了因的果。这失去之巨大,使得它变得难以理解。他心灵被这失去裸露了,收缩了,于是又进一步增加那失去的幅度。

他意识到他青年时代对"真正的生活"的追求,他的离巢,已使那巢变得毫无防御。这已经够坏的了;不过,他仍然可以把这归咎于自然。

他无法归咎于自然的，是他发现他的成就，也即他以自己的方式制作的现实，不如他放弃的巢有效。发现如果他生命中有任何现实的话，恰恰就是那个压抑、窒息、他原本恨不得逃离的巢。因为它是由别人构筑的，由那些给了他生命的人构筑的，而不是由他，而他太清楚他自己的劳作的斤两了，他在某种程度上只是在使用这被给予的生命而已。

他知道他制作的一切是多么任性，多么一厢情愿，打多么如意的算盘。知道这一切最终是多么暂时的。即使它是持久的，他充其量也只能把它当作他的技能的证据来使用，而他大可以吹嘘自己的技能。

然而，不管他有什么技能，他都永远无法重建曾经听见他呱呱坠地的哭声的那原始、结实的巢。他也无法重建那些把他安置在巢里的人。他是一个果，无法重建他的因。

19

我们最大的家具——或者说，占据最大空间的家具——是父母的床，而我想我这生命全拜它所赐。那是一张巨型的、特大号的床，再次，它的雕纹在某种程度上与其他家具相匹配，然而在风格上更现代化。当然，是同样的植物主题，但其技巧摇摆于“新艺术”与商业版构成主义之间。这张床是母亲特别自豪的对象，因为那是她与父亲结婚之前，在 1935 年以非常低廉的价钱购得的，当时她在一家二流的木工店发现它，而且发现有一个匹配的三镜式梳妆台。我们的大部分生活都被吸引到这张低矮的床上，而我们家最重要的决定，都不是三个人围坐在桌子边，而是在那个广阔表面上作出的，而我就坐在父母脚边。

按俄罗斯标准，这张床是真正的奢侈品。我常常想，正是这张床说服父亲结婚,因为他喜欢耽搁在床上远胜于喜欢任何事情。即使当他与母亲发生可能是最激烈的尖酸刻薄的争拗,主要是因为家庭预算问题("你总是不顾一切把所有现金都掷在杂货店!"他那愤愤不平的声音越过那些把我的"半"个房间与他们的"一"个房间分隔开来的书架。"你三十年的恶臭毒害、毒害了我!"母亲答道),即使在那种情况下,他也不大情愿从床上起来,尤其是在早晨。有些人曾以非常可观的出价想买那张床,它实在占去我们住所太多的空间了。但无论我们多么入不敷出,父母也绝不考虑这个选择。那张床显然是一种过度,而我相信他们恰恰是因此而喜欢它。

我记得他们侧卧着睡在床上,背对背,中间隔着压皱的毛毯。我记得他们在床上阅读、说话、吃药、与这种或那种疾病搏斗。在我眼里,那张床勾勒出了他们在最安稳和最无助时刻的形象。那是他们非常私人的藏身处,他们的终极岛屿,他们自己在宇宙中除我之外不可侵犯的位置。无论它如今坐落在什么地方,它都是作为世界秩序内部的一个真空。一个长七英尺宽五英尺的真空。它是用光洁的淡棕色槭木做的,从来不会嘎吱作响。

20

我那半个房间由两个巨大的、几乎有天花板那么高的拱门与他们的房间连接,我老是试图用各种书架和皮箱合起来填塞这两个拱门,把自己与父母隔开,以便获得一定程度的隐私。你只可以说一定程度,因为这两个拱门的高度和宽度,再加上它们顶端的摩尔式构造,排除了任何完全成功的想法。当然,除非你用砖块填塞它们,或用木板遮挡它们。但这是违法的,因为这将导致我们有两个房间而不是区房屋法令所规定我们应得的一个半房间。除了我们那幢楼的管理员颇为频密的巡视之外,邻居们,不管他们与我们相处多么好,也会及时向有关当局报告我们的情况。

你得设计某种权宜措施,而这正是我从十五岁起忙于做的事情。我做过各式各样难以想象的安排,有一次甚至想过建造一个十二英尺高的嵌入式水族馆,中间将有一道把我那半个房间与他们的房间连接起来的门。不用说,这个建筑盛宴超出我的知识范围。于是乎,结果变成我这边书架愈来愈多,父母那边一层层的垂褶布愈来愈厚。不用说,他们既不喜欢这样解决问题,也不喜欢问题的性质本身。

然而,女孩们和朋友们数目的增长,比书籍慢;此外,后者都是要住下来的。我们有两个大橱柜,它们门内都镶有全身镜,别的方面则很不起眼。但它们颇高,于是它们便承担了大半任务。我在它们周围和上面建造那些架子,留下一个狭窄的豁口,父母便通过那个豁口挤进我那半个房间,相反亦然。父亲对这个安排很不爽,尤其是因为他在我那半个房间的最尽头建造了他自己的暗房,那是做他的显影和冲印工作的地方,也是我们大部分生计的来源。

我那半个房间的尽头有一个门。当父亲不在暗房里工作时,我便会利用那个门进出。"这样我就不会打扰你们了。"我对父母说,但实际上我是为了避免他们的监视和避免必须向他们介绍我的客人,或者相反。为了使那些来访的性质变得含糊,我弄来了一个电唱机,于是父母也逐渐恨起 J. S. 巴赫来了。

再稍后,当书籍和对隐私的需要戏剧性地增加后,我便进一步瓜分我那半个房间,重新摆放那两个橱柜,最终把我的床和书桌与那个暗房分隔开来。在两者之间,我把闲置在走廊里的第三个橱柜也塞了进去。

我把它的背板拆掉，把它的门完整地保留下来。结果是，客人必须通过两道门和一道帘子进入我的自由活动空间。第一道门是通往走廊那道门；然后你会发现自己站在我父亲的暗房里，然后揭开帘子；接着是打开那个被改装的橱柜的门。我把我们所有的皮箱都堆到那些橱柜顶上。皮箱很多，不过仍然达不到天花板。净效果是一道屏障；不过，屏障背后，那个顽童感到安全了，而某位玛丽安妮可以不止裸露她的乳房。

21

父母对这些转变所持的黯淡态度，在他们开始听见我那隔板墙背后传来打字机咔嗒咔嗒的响声时，便有些明亮起来了。那垂褶布大大地但不是完全地减低打字机的响声。那台有俄语字面的打字机，也是父亲从中国搜罗来的东西的一部分，尽管他没有预料到它会被儿子拿来用。我把它摆在我的书桌上，那书桌塞进那道从前把我们的一个半房间与那个套房其他房间连接起来的，现已被砖块堵塞的门所形成的凹处。这就是那额外的一英尺带来的妙用！由于我的邻居在这道门的另一边摆放他们的钢琴，我便构筑我这边的防御工事，用一个坐落在我书桌上的书架当作墙来挡住他们女儿的“筷子”曲调，那书架正好丝毫不差地塞进那个凹处。

一边是两个有镜橱柜和它们之间的那条过道；另一边是遮起的高窗，其窗台刚好位于我那个颇为宽大的褐色无靠垫沙发上端两英尺处；那个拱门背后，书架一直堆至其摩尔雕饰边缘；塞入凹处的书架和书桌和那部“皇室昂德伍德”牌打字机就在我的鼻尖前——这就是我的自由活动空间。母亲会清洁它，父亲会在他来来往往于他的暗房时穿过它;偶尔他或她会在另一轮口角之后来我这里,坐在我那张破旧但可以把身体深深埋进去的扶手椅里避避难。除此之外,这十平方米是我的,而它们是我所知最好的十平方米。如果空间有自己的思想并产生自己的分配,那么这十平方米的其中一些,可能也会怀着深情想起我。尤其是此刻,在另一双脚下。

22

我准备相信,俄罗斯人接受断绝关系,要比任何其他人困难。毕竟,我们是一个非常安居的民族,比起其他欧洲大陆人(德国人或法国人)就更安居了,因为后者到处走动要多得多,原因之一是他们有汽车且谈不上有什么国界。对我们来说,一个公寓单位是要待一生的,一座城市是要待一生的,一个国家是要待一生的。因此永久感也更强烈;同样强烈的,还有丧失感。然而一个在五十年间把近六千万生灵丧失给国家的民族(包括两千万死于战争),肯定有能力将其稳定感升级。原因之一是那些丧失是为维持现状而招致的。

因此,如果说你老是想着这一切,那不一定就是遵照故国的心理构成。也许导致这种发作的,恰恰是相反的东西:现在与记忆中的事物的不可兼容性。我认为,记忆反映你的现实的质量,一点不逊于空想。我面对的现实,与那一个半房间及其两个与我相隔一个大洋并且现在已不存在了的居住者没有关系,也没有相似之处。就选择余地而言,我想不出还有比我现在置身的地方更戏剧性的了。这种差别,是两个半球之间,夜与日之间,城市风景与乡村之间,死与生之间的差别。仅有的共同点是我自己的精神状态和一部打字机。而且还是不同的构造和不同的字面。

我想,如果父母生命最后十二年间我在他们身边,如果他们临终时我在他们身边,夜与日之间或俄罗斯一座城市里一条街道与美国乡村一条小巷之间的对比就不至于这么强烈;记忆的鲜明就会让位给空想的不着边际。那纯粹的折腾就会使五官迟钝得足以把这场悲剧视为自然的悲剧,并以自然的方式把它抛诸脑后。然而,有些事情要比事后回顾起来时权衡你的选择更徒劳;同样地,一场人为悲剧的好处是,它会使你注意那人为的诡计。穷人往往会利用一切。我利用我的内疚感。

23

这是一种很容易理解的情绪。毕竟,每个孩子都对父母怀有内疚感,因为他多少知道,他们将先他而死。因此,他只需要让他们死得自然就可以减轻他的内疚感:死于疾病,或年老,或两者。不过,你可以把这种承认有罪以获轻判扩大至一个奴隶之死吗?一个生而自由但其自由被更改的人?

我收窄这个有关奴隶的定义,既不是基于学术理由,也不是因为缺乏大度。我愿意承认,一个生于奴役的人,要么是通过遗传了解自由,要么是通过知识了解自由:通过阅读或者道听途说。然而我必须补充说,他对自由的遗传性渴求如同所有的渴求一样,在一定程度上是不连贯的。它不是他的思想或四肢的实际记忆。因此才会有见诸很多革命的残忍和盲目的暴力。也因此,它们才会失败,也即导致独裁。死亡对这样一个奴隶或其亲属来说,似乎是一种解放(小马丁·路德·金著名的“自由! 自由! 终于自由了!”)。

但一个生来自由却以奴隶身份死去的人又是什么情况?他或她——暂且让我们不去考虑与基督教会有关的概念——会认为这是一

种安慰吗？嗯，也许吧。更有可能的是，他们会认为这是终极侮辱，是对他们的自由难以逆转的终极窃取。这就是他们的亲属或子女会认为的，而事实上也是如此。最后的窃取。

我记得有一次母亲去买一张前往南方的火车票，想去矿泉水疗养院。她在区发展局连续工作了两年之后，有二十一天假期，而她要去那家疗养院是因为她的肝病（她从不知道那是癌症）。在市售票处，在她已花了三小时等待的长队里，她发现她用来买火车票的四百卢布被人偷去了。她悲痛欲绝。她回家，站在我们的公共厨房里，哭个不停。我把她领进我们那一个半房间；她躺在她的床上，继续哭。我之所以记得这件事是因为她从来不哭，除了在丧礼上。

24

最后，父亲和我凑出这笔钱，她便去了疗养院。然而，她哭的不是那笔失去的钱……眼泪在我们家里是少见的；在某种程度上，整个俄罗斯也是如此。“把眼泪留给更严重的场合吧。”我小时候她会这样告诉我。而我想，恐怕我做的比她想要我做的更成功。

我想，大概她也不会同意我写这些。当然，父亲也不会同意。他是一个骄傲的男人。当某件应受斥责的或可怕的事情逼近他时，他的面孔就会显露出一种难受但同时挑战的表情。仿佛他在对某种他一开始就知道比他强大的东西说：“来试我吧。”“你还能期待这个败类做什么?”是他在这类场合会说的话，说罢这句话，他会不再去计较，而是顺从。

这不是某种牌子的斯多葛主义。在那时的现实中，根本没有任何采取其他姿态或哲学的余地，不管那是多么极小化主义的姿态或哲学。

那现实迫使你放弃任何信念或良心不安，因为它会要求你绝对服从这些信念或良心不安的对立面的总和。（只有那些没有从劳改营回来的人才称得上是顽固的；那些回来的人的每一根骨头都跟其他人一样易弯。）然而，这也绝非犬儒主义，而只不过是在完全耻辱的情况下试图挺直你的腰板；试图睁大你的眼睛。这就是为什么眼泪是不可能的。

25

那一代的男人，都是非此即彼的男人。对他们那些更擅长于拿良心来交易（有时候非常有利可图）的子女来说，这些男人常常显得像笨蛋。一如我说过的，他们不是很有自我意识。我们，他们的子女，在成长的过程中——或者说，在自我成长的过程中——都相信世界的复杂性，相信细微差别的复杂性、弦外之音的复杂性、灰色地带的复杂性、这个或那个之心理方面的复杂性。现在，我们已达到使我们与他们平起平坐的年龄，获得了同样的体形和穿着同样尺寸的衣服，我们也发现事情全部都归结到同样的非此即彼，归结到是与否的原则。我们花了将近一辈子才懂得他们似乎从一开始就知道的：这世界是一个非常粗劣的地方，并且不配更好。那“是”与“否”很好地、一点不剩地包括了那复杂性，而那复杂性我们还在津津有味地发现和建构，并且几乎使我们丧失我们的意志力。

26

如果他们要找一句格言来描述他们的存在，他们可能会从阿赫玛托娃的《北方哀歌》中摘取几行诗：

如同一条河流

我被我强壮的时代改道。

他们换掉我的生命:变成一条不同的河谷,

经过不同的风景,它继续滚动。

而我不认识我的河岸,也不知道它们在哪里。

他们很少跟我谈起他们的童年,他们各自的家庭,他们的父母或祖父母。我只知道,我的外祖父是那个帝国的波罗的海省份(立陶宛、拉脱维亚、波兰)的一个“辛格”牌缝纫机推销员,祖父是圣彼得堡一家印刷所的老板。这种缄默,与其说跟遗忘症有关,不如说跟在那个强大时代隐藏他们的阶级本源以便于生存有关。虽然父亲善于讲故事,但他一提到中学时代的奋斗,就立即被母亲的灰眼瞟来的警告信号制止。母亲自己要是在街头听到或从我某些朋友那里听到一句法语,甚至不会眨一眼,尽管有一天我看见她在读我的诗集的法语版。我们对望了一下;接着,她便默默地把那本诗集放回书架,离开我的自由活动空间。

一条改道的河流奔向其陌生的、人工的三角洲。谁可以把它消失于这个三角洲归咎于自然原因呢?而如果你可以,那么它的水道呢?那么人类被那外部力量缩减和误导的潜能呢?有谁来解释它是怎样被改道的?可有任何人?我在问这些问题的时候,并没有对一个事实视而不见,也即这种有限和被误导的生命可能会在其过程中产生另一种生命,例如我的,这另一种生命如果不是恰恰因为那被缩减的选择,则根本就不会发生,也就没有什么问题可问。不,我知道可能性的法则。我并不希望我父母不相识。我问这些问题恰恰是因为我是一条被转向、被改道的河流的一个三角洲。最终,我想,我是在跟自己说话。

那么,我问自己,自由变成奴役,是在何时何地获得这种不可避免的地位的?它是何时变成可接受的,尤其是对一个不知就里的旁观者来说?在什么年龄改变自己的自由状态最无害?在什么年龄这种改变最不会在自己的记忆中留下痕迹?二十岁?十五?十?五?在子宫里?这是一些修辞性的问句,不是吗?不完全是。一个革命者或征服者至少应知道正确答案。例如成吉思汗就知道。他只是把任何其人头达到马车轮毂以上的人斩掉。那么就算是五岁吧。但在 1917 年 10 月 25 日,我父亲已经十四岁了;我母亲十二岁。她已经懂一些法语;他懂一些拉丁语。这就是为什么我问这些问题。这就是为什么我是在跟自己说话。

27

在夏天晚上,我们的三个高窗都打开着,来自河上的微风试图在窗纱中获得一个物体的地位。河不远,距我们大楼仅十分钟路程。一切都不太远:夏园、艾米尔塔什博物馆、战神广场。然而,即使父母年纪尚轻时,也很少去散步,无论是一起还是单独。经过一整天走路,父亲不是太热心于再上街。至于母亲,在八小时办公室工作之后排长队,也产生同样的结果;此外,她在家里有很多事情要做。如果他们难得出去一趟,那也主要是为了出席某位亲戚的聚会(生日或结婚周年纪念日),或看电影,但极少去看戏剧。

我一直都生活在他们身边,一点也不觉得他们渐渐老去。现在我的记忆穿梭于数十年间,可以看见母亲从阳台上俯视丈夫在下面拖着脚走路的身影,低声嘀咕道:“一个真正的老头,不是吗?一个真正十足的老头。”而我听见父亲那句“你就一心想着把我赶进坟墓里”,作为他们在60年代期间争吵的结束语,而不是50年代的猛力关门声和他远去的脚步声。而我现在刮胡须时,会看见我的下巴上有他的胡茬。

如果说我的心灵现在被他们作为老人的形象吸引过去,那大概也是因为记忆习惯于尽可能完好地留住最后的印象。(再加上我们对线性逻辑的癖好,对进化原则的癖好——于是乎照相术的发明就变得不可避免了。)但我想,我自己朝那里去,朝老年去,也扮演了一定的角色:你甚至很少梦见你自己的青少年时代,譬如十二岁。如果说我对未来有任何概念,它也是按他们的形象创造的。他们是我未来的"基尔罗伊在此",至少视觉上是这样。

28

如同大多数男性,我更像父亲而不是母亲。然而小时候我与她在一起的时间更多——部分是因为战争,部分是因为战后父亲过着漂泊的生活。她在我四岁时教我阅读;我猜,我大多数姿态、语气和行为方式,都是她的。还有些习惯,包括抽烟。

按俄罗斯人的标准,她是颇高的,五英尺三英寸,皮肤白皙,略胖。她有一头淡茶色的金发,并且一生都留短发,还有一对灰眼。她特别得意于我继承了她那个笔直的、几乎是罗马人的鼻子,而不是父亲那弯起的鹰钩巨鼻,尽管她觉得它有趣极了。"啊,这个鹰钩!"她会这样打开话题,小心地把话说得一板一眼,"这种鹰钩"——停顿——"天空里有卖"——停顿——"每个六卢布"。虽然这个鹰钩很像皮埃罗·德拉·弗兰切斯卡[①]的斯福尔扎[②]侧面像,但它明显是犹太人的,而她有理由

① 皮埃罗·德拉·弗兰切斯卡(1420—1492):意大利文艺复兴时期画家。

② 斯福尔扎(1452—1508):米兰摄政者,极力保护文艺复兴时期的画家。

高兴我没有这个东西。

尽管她有那个娘家姓(她结婚后保留着),但是“第五段”对她而言扮演了比通常较次要的角色:由于她的外表。她明显地非常有吸引力,有一种总的来说是北欧人——我会说,波罗的海人——的气质。在一定程度上,这是一个赐福:她找工作没问题。然而结果却是,她在其有意识的一生中都必须工作。大概是因为未能掩饰她那小资产阶级的出身,她被迫放弃接受高等教育的希望,将其一生全部消耗在各种办公室里,要么当秘书,要么当会计。战争带来改变:她成为一个德国战俘营的口译员,并获得内政部部队少尉的军阶。当德国签字投降后,她在内政部系统里获得了一次晋升和一份职业的机会。她不太想入党,于是拒绝,重返方格纸和算盘。“我不想先向丈夫敬礼,”她对上司说,“我也不想把衣柜变成武器库。”

29

我们叫她“玛鲁夏”、“玛尼娅”、“玛涅奇卡”(我父亲和她的姐妹们对她的昵称),还有“玛西亚”或“奇莎”,后两个是我的发明。随着时间的推移,后两个称呼用得更多,就连父亲也开始这样称呼她。除了“奇莎”,所有这些绰号都是她的名字玛丽亚的昵称。“奇莎”是对雌猫的稍微亲昵的叫法,而有好一阵子她拒绝这称呼。“你竟敢这样叫我!”她会愤怒地惊呼,“还有,平时你们也不要讲这类猫科宠物话! 否则你们最终会变成猫脑子!”

那是指我小时候喜欢用模仿猫叫来念某些其元音在我看来似乎应受这样对待的字眼。“肉”是其中一个,而到了我十五岁的时候,我们家里这类“喵喵”声已经很多了。父亲证明他较容易受感染,于是我们开始以“大猫”和“小猫”来互指。“喵”或“呼噜喵”或“呼噜咕噜喵”覆盖了我们的情感光谱的很大部分，表示同意、怀疑、不理不睬、无奈、信任。渐渐地，母亲也开始使用，但主要是用来表示冷淡。

然而“奇莎”黏着她不放，尤其是她真正老了的时候。圆而胖，裹着一两件褐色披巾，连同她那非常善良、柔软的脸，她看上去非常可爱，让人想拥抱她，而且显得十分自足。仿佛她可以发出猫似的呼噜声。但她并非如此，而是会对父亲说：“萨沙，你交了本月电费了吗?”或自言自语道：“下周轮到我们打扫公寓了。”那是指擦洗各走廊和厨房的地板，以及清洁浴室和厕所。她自言自语，因为她知道得做这件事的人是她。

30

他们在最后十二年如何操持这些家务，尤其是搞清洁，我完全没有概念。当然，我的离开意味着少做一个月，而他们可以时不时请个人来做这些事情。不过，鉴于他们的预算(两份微薄的退休金)和母亲的性格，我怀疑他们不会请人。此外，在集体公寓，人们很少这样做：毕竟，邻居们天生的施虐欲望需要一定程度的满足。也许他们会允许某个亲戚来做，但不会允许请零工。

虽然我变成大财主，有大学薪金，但他们不想听到把美元兑换为卢布。他们把官方汇率视为一种抢劫；而他们对任何与黑市有关的交易又都很小心和害怕。也许最后这个理由最有说服力：他们记得在1964年，当我被判五年徒刑时，他们的退休金怎样被撤销，他们不得不再找工作。因此，我主要寄给他们衣物和画册，因为后者可以高价卖给藏书家。他们很喜爱那些衣物，尤其是父亲，因为他一向很讲究衣着。至于画册,他们留下来自用。在七十五岁还要擦公寓地板之后,可以把它们拿出来翻阅。

31

他们的阅读口味非常广泛,母亲尤其喜爱俄罗斯经典。她和父亲对文学、音乐、艺术都没有明确意见,尽管他们青年时代都认识列宁格勒的很多作家、作曲家和画家本人(佐先科、扎博洛茨基、肖斯塔科维奇、彼得罗夫-沃德金。)他们只是读者——更准确地说,晚间读者——他们总是小心延长借书证的有效期。下班回家时,母亲那装满马铃薯和卷心菜的网线袋里总有一本从图书馆借来的书,包在用报纸做的封套里,以防弄脏。

我十六岁时,在工厂干活,是她建议我去市立公共图书馆登记的;而我想,她并不只是为了防止我晚上在街头游手好闲。另一方面,就我所知,她希望我当画家。不管怎样,位于丰坦卡河右岸那坐由医院改造的图书馆的藏书室和走廊,是我堕落的开始,而我还记得我在那里借的第一本书,那是母亲建议的。它是波斯诗人萨迪的《蔷薇园》。原来,母亲喜欢波斯诗歌。我借的第二本书,也是我自己想借的书,是莫泊桑的《泰利埃公馆》。

32

记忆与艺术的共通之处是偏爱选择和嗜好细节。这个观察对艺术(尤其是散文艺术)来说也许显得像恭维,但对记忆来说,应该是显得像侮辱才对。然而,这种侮辱是很应得的。记忆恰恰包含细节,而不是整个画面;也不妨说,亮点,而不是整场演出。我们以为我们多少是在以一种地毯式的无一遗漏来回忆整件事情,这个使人类得以继续其生活的信念其实是毫无根据的。记忆比任何事情都更像一个按混乱的字母顺序查阅的图书馆,并且没有任何人的全集。

33

就像别人用铅笔在厨房墙上画刻度来标记他们孩子的成长,每逢我生日,父亲总会把我带到阳台上,在那里给我拍照留念。背景是一个铺鹅卵石的广场,连同女皇陛下变容营救世主大教堂。在战争年代,教堂地下室被指定为当地的防空洞,空袭期间母亲会把我放在那里,藏在一个写有追念文字的空棺里。这是我欠东正教的一份情,而它与记忆有关。

大教堂是一座六层楼高的古典风格建筑物,四周是一个颇大的花园,充满着橡树、椴树和枫树。它是我在战后年代的游乐场,我记得母亲去那里接我(她拉扯我,我则磨蹭和尖叫:一个各有打算的寓言),拖我回家做功课。现在我仍能以同样的清晰度看见她、祖父和父亲,在这个花园里的一条小径上,试图教我骑两轮自行车(一个共同目标的寓言,或运动的寓言)。在大教堂后部的东墙,用厚玻璃盖住,有一幅巨大、黯淡的圣像,描述变容:基督在空中飘浮,下面是一群身体向后倾,完全被这幕景象慑住的人。没人能够向我解释那幅画的意义;即使现在,我也不敢说我完全理解它。圣像中有很多云团,而不知怎的,我总会把它们与当地的气候联系起来。

34

花园被一道黑色的铸铁栅栏围起来,栅栏由一组组间隔相等、颠倒过来的大炮承托着,这些大炮是在克里米亚战争中由变容营士兵从英军那里夺取的。栅栏除了用大炮装饰之外,还装饰着炮管(三管一组,在花岗岩石块上),炮管用沉重的铸铁链条连接起来,孩子们在链上狂野地荡秋千,既享受可能跌在下面的尖铁上的危险,又享受那铿锵声。不用说,那是严格禁止的,教堂看守人会整天追逐我们。不用说,栅栏远比教堂内部有趣多了,尤其是教堂散发着熏香味,而且其活动要静态多了。“看见那些了吗?”父亲问道,指向那些沉重的链条,“它们使你想到什么?”我在读二年级,我说:“它们像数字 8。”“没错,”他说,“你知道数字 8 象征什么吗?”“蛇?”“差不多。它象征无限。”“什么是无限?”“那你最好到那里去问。”父亲咧嘴而笑,指向大教堂。

35

然而是他光天化日之下在街上撞见我逃学之后,要求我解释,并在我告诉他我受可怕的牙痛折磨时立即带我去牙科诊所,于是我为自己的谎言付出了连续两小时恐怖的代价。然而,再次,又是他在我因纪律问题而即将被学校开除时,在教学委员会面前站在我一边。“你好大胆! 亏你还穿着我们陆军的制服!”“是海军,女士,”父亲说,“我保护他是因为我是他父亲。这一点也不奇怪。就连动物也保护它们的崽儿。就连布雷姆①也这样说。”“布雷姆? 布雷姆? 我……我会报告你们单位的党组织。”当然,她确实这样做了。

36

“你生日那天或新年,必须永远穿点什么绝对新的东西。至少,袜

① 布雷姆(1829—1884):德国动物学家。

子。”——这是母亲的声音。“永远要吃过了再去见某个上级：你的上司或你的官员。这样你才会有点优势。”（这是父亲在说话。）“如果你刚离开你的屋子，又因为你忘记什么必须转回来，那么在你再次离开屋子之前，要先照照镜子。否则你会遇到麻烦。”（又是她。）“不要操心你用多少。要想你能赚多少。”（那是他。）“在城里走路一定要穿件夹克衫。”“你有一头红发很好，不管他们说什么。我是深褐色头发，而深褐色头发更容易成为目标。”

我听到这些告诫和指示，但它们是碎片、细节。记忆背叛每一个人，尤其是那些我们最了解的人。它是遗忘的盟友，它是死亡的盟友。它是一张渔网，只有一点儿渔获，而水已经漏掉了。你不能用它来重建任何人，哪怕在纸上。我们大脑里那数百万著名的细胞怎么啦？帕斯捷尔纳克那“伟大的爱之神，伟大的细节之神”怎么啦？你必须准备好多少细节才算数？

37

我能非常清晰地看见他们各种表情的脸，他的和她的——但这些也是碎片：某些时刻、某些事例。这些要好过他们有着难以忍受的笑容的照片，然而照片也同样零散。有时候，我开始怀疑我的心灵试图创造一个累积的、笼统化的父母形象：一个标记、一个方程式、一个可辨认的草图；试图使自己满足于这类东西。我想我大概可以做到，而且我充分明白到我抗拒的理由是多么无稽：这些碎片缺乏延续性。你不应对记忆寄予如此厚望；你不应期待在黑暗中拍摄的影片会显出新影像。当然不。可是，你仍会责备一部在你生命的白天里拍摄的影片缺了某些镜头。

38

大概关键在于根本就不应有延续性:任何东西。在于记忆的失败无非是生物从属于自然规律的证明。没有任何生命是要被保存下来的。除非你是一个法老,否则你不会希望自己成为木乃伊。不妨假定你回忆的对象拥有这类清醒,这也许可以使你接受你记忆的质量。一个正常人不会期待任何事情持续下去,他甚至不期待自己或他的工作的延续性。一个正常人不会去记住他早餐吃了什么。具有例常性、重复性特质的事情,原就是要被忘记的。早餐是其中一项,至亲至爱者是另一项。最好的态度莫过于把这归因于节省空间。

于是你可以利用这些谨慎节省下来的脑细胞来反思记忆的失败是不是我们一个怀疑的无声表达,也即怀疑我们都只是彼此的陌生人。怀疑我们的自治意识远远强于整体意识,更别说强于因果意识了。怀疑一个孩子回忆不起父母是因为他总是向外发展,做好奔向未来的准备。大概他也在节省他的脑细胞,供未来之用。记忆愈短,寿命愈长,谚语如是说。换句话说,未来愈长,记忆愈短。这是推测你长寿前景、分辨未来老家长的一个办法。不过,缺点是,不管是否做了老家长,不管是否自治或紧密联系,我们也都是重复性的东西,而某个伟大全能者则为了节省他的脑细胞而不去想我们。

39

既不是对这类形而上学的反感,也不是对未来的不喜欢——我记忆的质量明显地确保不是这样——使我不断思量记忆,而不顾那微薄的回报。一个作家的自我欺骗,或对被指不惜牺牲我父母来与自然规律合谋的担忧，也与此没有什么关系。我只是觉得，自然规律拒绝给予任何与记忆缺失（或伪装成记忆缺失）合作的人延续性，是符合国家利益的。就我而言，我可不想为增进国家利益而努力。

当然，十二年破灭、重燃、再破灭的希望，引领一对非常老的夫妻出入无数办公室和官署的门槛，最后来到国家火葬场的火炉，这本身也是重复性的，尤其是如果不仅考虑到他们的情况持续的时间，而且考虑到同类案件之数目的话。然而相对于最高存在者节省他的脑细胞，我并不在乎我在这单调上浪费我的。不管怎样，我的已被严重污染了。此外，回忆哪怕是微不足道的细节、碎片，更别说用英语回忆它们，并不符合国家利益。仅此，就足以使我继续下去。

40

还有，这两只乌鸦已有点儿太肆无忌惮了。现在它们已落在我的门廊，在旧木柴堆边闲荡着。它们乌黑，虽然我避免望着它们，但我注意到它们的大小有点不同。一只矮些，如同我母亲只及父亲肩头；然而它们的喙是一样的。我不是鸟类学家，但我相信乌鸦是长寿的；至少渡鸦是长寿的。虽然我无法推断它们的年龄，但它们似乎是一对老夫妻。正在作短途外游。我没有勇气嘘走它们，也不能以任何方式跟它们沟通。我还似乎记得，乌鸦不迁徙。如果神话学的起源是恐惧和孤立，那好吧，我是孤立的。而我不知道从现在起，将会有多少东西会使我想起父母。即是说，有这类访客，谁还需要好记忆呢？

41

它的缺失的一个标记是它保留奇数的东西。例如我们的第一个电话号码,当时是五位数,那是我们在战争刚结束时就拥有的。它是265-39,而我猜,我仍能记得它是因为那电话安装时,我正在学校背乘法表。现在它已经没有用了,如同我们最后一个电话号码,也即我们那一个半房间的电话号码已经没有用了一样。我记不住它,那最后一个,尽管在过去十二年间我几乎每周都打它。由于不能自由通信,我们只好打电话:显然,监听电话要比彻底检查然后送一封信容易。啊,那些每周打往苏联的电话!国际电话电报公司从来没有这么好过。

我们在电话中没有交流太多,我们必须寡言少语或拐弯抹角或委婉含蓄。主要是谈天气或健康,不提任何人的名字,很多饮食方面的建议。一件主要的事情,是听对方的声音,以这种动物的方式使我们对彼此的存在感到放心。它几乎是非语义学的,难怪我想不起任何特别的细节,除了父亲在母亲住院第三天的回答。“玛西亚怎样?”我问。“嗯,玛西亚已不在了,你知道。”他说。之所以使用“你知道”,是因为在这个场合,他也试图保持委婉。

42

要不然,就是一把钥匙浮上我心灵的表面:一把长长的不锈钢钥匙,带在我们口袋里非常难受,然而却可以轻易地放在母亲的钱包里。这把钥匙用来开我们那道白色高门,而我不明白为什么现在想起它,因为那个地方已不存在了。我怀疑,此中并没有什么性欲象征,因为我们三人各配了一把。就此而言,我也不明白为什么我会想起父亲前额、下巴上的皱纹,或母亲那微红的、有点儿红肿的左脸颊(她管它叫作“植物神经官能症”),因为不管是那些标志或他们的其他特征,也都已不再存在了。只有他们的声音还多少留存在我的意识中:大概是我自己的声音混合了他们的声音,如同我的外貌必然混合他们的外貌。其余——他们的肉体、他们的衣物、那个电话、那把钥匙、我们的私人物品、家具——全都不存在了,也永不会再找到,仿佛我们那一个半房间被炸弹击中。不是被中子弹,因为中子弹至少会把家具完整地保留下来,而是被时间炸弹,它甚至会粉碎你的记忆。那座大楼依然耸立着,但那地方已被打扫得干干净净,新住户,不,军队,搬进来占据它:这就是时间炸弹的功用。因为这是一场时间战争。

43

他们喜欢歌剧咏叹调、男高音,以及他们青年时代的电影明星,对绘画不是太在乎,对“古典”艺术有所了解,享受解开猜字游戏之谜,对我的文学追求则感到迷惑和困扰。他们觉得我错了,担心我正在走的路,但尽他们所能支持我,因为我是他们的孩子。后来,当我能够在这里那里发表作品时,他们感到高兴,有时候甚至感到自豪;但我知道如果我仅仅是一个书写迷和失败者,他们对我的态度不会有什么不同。他们爱我胜于他们自己,并且很有可能一点也不理解我对他们的内疚感。主要问题是餐桌上的面包、干净的衣服、保持健康。这些是他们的爱的同义词,而这些同义词要比我的好。

至于那场时间战争,他们勇敢地战斗。他们知道一个炸弹即将爆炸,但他们从来不改变战术。只要他们是直立的,他们就会到处走动,给那些卧床不起的朋友、亲戚购买和送去食物;为那些偶尔处境比他们糟糕的人送去衣服或他们能够凑出来的钱,或提供庇护。就我记忆所及,他们总是这样;而他们这样做并不是因为心里觉得如果他们对某些人好,会以某种方式被老天知晓,于是有一天也会得到同样好的对待。

不,这是性格外向者的自然而不计较的慷慨,这种慷慨现在也许会因为我——它的主要对象——已走了而变得更明显。而这也是那最终有助于我接受我的记忆的质量的东西。

他们希望在死前见我一面,与冀求或企图回避那爆炸无关。他们不想移民,在美国度过余生。他们感觉自己太老了,无法承受任何种类的改变,而美国对他们来说充其量也只是一个他们可以跟儿子见面的地方的名字。只有当他们怀疑一旦他们获准出国,他们是否有能力旅行时,美国对他们来说才真实起来。然而,这两个衰弱的老人试图与那些掌管批准出国的败类玩的是什么游戏!母亲会独自申请签证,以表明她不打算叛逃美国,表明她丈夫会留在国内充当人质,以保证她会回来。然后他们会互换角色。然后他们会有一段时间停止申请,假装他们对此事已失去兴趣,或向当局证明他们明白在美苏关系这种或那种气候下批准他们出国有多困难。然后他们会申请仅在美国逗留一周,或申请去芬兰或波兰旅行。然后她会前往首都,求见那个国家里相当于总统的人,敲那里外交部和内政部所有的门。一切全是徒劳:那个制度,从最上层到最底端,从不犯哪怕一个错误。就制度而言,它真足以自豪。但话说回来,无人性永远比任何别的东西都容易建构。这个工作,俄罗斯从来不需要进口什么技术。事实上,唯一使那个国家变富的办法,是出口这技术。

44

它确实这样做了,而且量不断增加。然而你也许可从一个事实获得某种安慰,尽管未必是希望。这个事实就是,最后的笑属于你的基因密码;如果不是最后的笑,那么也是最后的话。因为我不仅感激母亲和父亲给我一个生命,而且感激他们没有把他们的孩子养成一个奴隶。他们尽他们所能——哪怕仅仅为了保护我免遭我生下来就置身的社会现实的侵害——想把我变成国家的一个顺服、忠诚的成员。他们没有成功,他们必须为此付出他们的眼睛不是由儿子来合上而是由国家的无名之手合上的代价这个事实,并不是见证他们的懒散,而是见证他们基因的质量,因为他们的基因的融合产生了一个该制度觉得异样得足以把它驱逐出去的身体。想想吧,你能从他和她的忍受能力的综合力量中期待什么别的东西吗?

如果这听起来像吹嘘,那就当作吹嘘吧。他们的基因的混合,值得吹嘘一番,原因之一是它证明它是抗国家的。不仅是国家,而且是人类历史上第一个社会主义国家,如同它喜欢如此自称的:特别擅长基因剪接的国家。这就是为什么它的双手总是沾满鲜血,因为它总是在实验如何分离和瘫痪那个负责你的意志力的细胞。因此,鉴于国家的出口量,今日如果你想建立一个家庭,你应当不只问清楚你的伴侣的血型或嫁妆,你还应当问清楚她或他的DNA。也许这就是为什么某些民族会对异族通婚持怀疑态度。

有两张父母拍摄于他们青年时代、他们二十多岁时的照片。他站在一艘蒸汽船的甲板上:一张微笑欢畅的脸,背景是一个烟囱;她站在一节火车厢的踏脚板上,娴静地挥着戴小山羊皮手套的手,背后是列车长制服的纽扣。他们都还未意识到彼此的存在;当然,他们也都还不是我。何况,你不可能把任何客观地、有形地存在于你自己的皮肤外的人设想成为你自己的一部分。"……但妈和爸/不是两个别人",如同奥登所说的。虽然我无法重新活一遍他们的过去,哪怕是作为他们任何一人最可能小的部分,但既然他们都已客观地非存在于我皮肤外,那还有什么可以阻止我把我自己视为他们的总和,视为他们的未来呢?至少,这样一来,他们现在就自由如他们出生时一般。

那么我是否应当拥抱自己,设想我正在拥抱母亲和父亲?我应否满足于把我头颅中的内容当作他们在尘世上剩下的东西?很可能。我大概有能力消受这唯我论的盛宴。而我想,我可能也不会抗拒他们收缩至我那比他们小的灵魂的尺寸。假如我可以这样做。那么我是否也要对自己喵,在说了“奇莎”之后?还有,在我现在居住的三个房间中,我应选择奔向哪一个房间,使这喵喵声听起来比较可信?

我是他们,当然;如今我是我们一家。然而由于没人知道未来,我怀疑四十年前,在 1939 年 9 月某夜,他们心头是否想过他们正在孕育他们的出路。我想,至多他们只会想到要有一个孩子,建立一个家庭。他们还相当年轻,此外还生来就是自由的,他们不会意识到在他们出生的国家,如今是国家决定他们有什么样的家庭,以及决定他们是否要有一个家庭。当他们意识到这点时,一切都已经太迟了,除了希望。这正是他们直到死时都在做的:他们希望。他们是有家庭观念的人,不可能不这样做:他们希望、计划、尝试。

45

为了他们,我愿意想象他们不允许自己把希望构筑得太高。也许母亲会允许自己这样;但如果是这样,那也是因为她本性善良,而父亲不会错过任何向她指出的机会。(“没有什么东西,玛鲁夏,”他常常反驳说,“比自我投射更不费钱的了。”)至于他,我想起我们两人在某个阳光灿烂的下午一起走进夏园,那时我已经二十岁了,或者也许是十九岁。我们在一个木盖亭子前驻足,海军乐队正在里面演奏古老的华尔兹:他想给这个乐队拍照。这里那里耸立着一些白色大理石雕像,点缀着豹斑和斑马斑式的阴影,人们沿着沙砾路面曳步而行,儿童们在池畔尖声叫喊,而我们在谈论战争和德国人。我发现自己一边望着军乐队,一边在问他,在他看来,哪种集中营更可怕:纳粹的还是我们的。“至于我本人,”他答道,“我宁愿在火刑柱上一下子就烧死,也不想慢慢死去并在那过程中发现什么意义。”接着,他继续拍他的照片。

1985 年

译后记

布罗茨基的《小于一》，陪伴我已经二十多年了，这二十多年来我时不时会冒出一个念头：我应该译这本书。随之而来的，是一个自我推荐的念头：这本书应该由我来译。现在，我的愿望终于实现了。

在20世纪重要的诗人批评家中，我最喜爱的是瓦莱里、艾略特、曼德尔施塔姆、奥登、布罗茨基、希尼。当然，还得加上"诗人批评家"形象不那么鲜明但可能更值得挖掘和细味的叶芝和米沃什，他们的诗论和文论都夹杂在他们众多的散文随笔中，他们的批评都超出文学范围，探讨宗教和哲学问题——当然，作为叶芝的后辈，艾略特和奥登的批评也都指涉这些问题。

布罗茨基这本《小于一》置于这些大师的批评著作之中，其特别令我着迷和心仪之处是他的文体，以及这本书的"书体"。他文章的语调，近于中立，并且由于他自称写英语是为了"取悦一个影子"也即取悦奥登，因此还很克制和谦逊，而谦逊在本质上是自信——或者反过来说，我们首先听到的是自信，并发现它其实是谦逊——这使得他的语调特别有说服力，进而使得他的眼界，或者说真知灼见，在这语调的控制下光芒四射。

至于这本书的"书体"，我认为它无论是作为一本作家随笔集，还是作为一本诗人批评家的随笔集，都是独一无二和无可匹比的。首先，它不是一部纯粹的批评著作，也即不是纯粹的批评文章结集或专著，而是结合了自传成分，而由于布罗茨基的经历极具传奇性，因此这自传成分不仅包含了对诗歌的评论，还有对社会和政治的评论，尤其是对极权制度的评论。而我个人认为，散见于布罗茨基文章中的这些评论，是特别值得中国读者尤其是中国作家重视的。我说“评论”而不说“抨击”，必须解释一下。布罗茨基写这些文章的时候，他本人已在美国，但是他绝不像大多数流亡者那样利用或推广自己的流亡身份，以此捞取无论是什么好处，包括名与利。相反，他尽可能地淡化自己的经历（是的，与他的俄罗斯诗歌前辈们的经历相比，他算得了什么呢），而且深入语言和诗歌内部，并从那里发来报道，包括——尤其是——向西方读者介绍俄罗斯那些圣徒、烈士似的现代诗人。他原可以用公共语言和措辞大肆抨击那个政权，但是他不屑于这样做，而仅仅是或常常是在谈论自己的成长和谈论诗歌或诗人时顺便一提，略加评论，这反而使他的评论更具深度和洞察力。他这种不屑，不是一般的傲慢姿态，而是“一个诗人对一个帝国”的高度。而这个高度，又源自于他的一个信念，认为语言高于一切，甚至是时间崇拜的对象，而诗歌是语言的最高形式。

其次，这是一部以长篇文章为主的随笔集，夹以若干短文，原书五百页，仅十八篇文章，其目录刚好占一页。除了标准的“诗人批评家”的长篇文章例如评论阿赫玛托娃、卡瓦菲斯、蒙塔莱、曼德尔施塔姆夫妇、沃尔科特、茨维塔耶娃和奥登的文章外，还有几篇短则三四十页、长则五六十页的“超文章”，包括分别对茨维塔耶娃和奥登各一首诗的细读；对20世纪俄罗斯散文（主要指小说）的无情裁决（《空中灾难》）；对自己的成长（《小于一》）、对父母（《一个半房间》）和对他的城市（《一座改名城市的指南》）的回忆；以及历史笔记和游记（《逃离拜占庭》）。

如果说布罗茨基在长篇文章中展示了其视力和能力的话,《论独裁》和《毕业典礼致词》这两篇短文则证明他同样有过人的浓缩和压缩能力,也证明他在探讨诗歌、语言问题和顺便对社会制度略作评论之外,同样可以单刀直入地批评独裁政权和剖析善恶。而另一篇短文《自然力》则以真正"随笔"的方式谈论陀思妥耶夫斯基。事实上,我建议初次接触布罗茨基的读者先读这三篇短文,不是作为开胃小菜,而是接受当头棒喝。

布罗茨基这本书中的文章,篇篇精彩,再加上我所称的文体和"书体"的独特,遂形成一本完美之书。相对而言,他的另一本篇幅相当的随笔集《论悲伤与理智》尽管绝对是一流的,也是任何布罗茨基读者不能错过的,但其"书体"就不像《小于一》这样多元化和综合化,而更像一本标准的诗人批评家随笔集。但我得说,即使是我这样的布罗茨基迷,在初读《小于一》中的三篇"超文章"《论奥登的〈1939 年 9 月 1 日〉》、《一首诗的脚注》和《逃离拜占庭》时,还是会觉得冗长而烦琐。但根据我多次通读和校对译文的经验,这三篇文章是值得细嚼的,只要你付出耐性,一定会有回报。例如《逃离拜占庭》,一方面是历史笔记,一方面是游记,可以说是最无文学味的,诗歌和文学读者可能会不太感兴趣,但是文章中布满各种奇思妙想和犀利洞察,你在其他关于历史的文章和游记中是碰不到的。

总之,我个人认为,布罗茨基这本《小于一》是 20 世纪最好的随笔集,而不仅仅是一位诗人批评家的随笔集。任何读者都可从这本书中获得很多东西,不仅可作为文学力量和人格力量的参照系,而且可作为一个高标准,来衡量自己和别人写作的斤两。至少,受到这本书的洗礼,我们就不会对那些不管是流行作家还是精英作家的文章太过在意,这可省去我们很多时间。

这本书的翻译头头尾尾耗时两三年，其间译者经历了离婚、父亲逝世、卖房子、搬家，从工作了近二十五年的岗位上辞职，再从香港迁居深圳等人生重大变故，仿佛译者也必须以实际行动对原作者表示一定敬意似的。不过，我认为应该反过来说才对，是翻译和漫长的校对工作帮助我度过这些原应是艰难的时刻。

这里，我要衷心地感谢曹洁女士为铺平我翻译《小于一》的道路而作的努力；感谢责任编辑郭贤路先生和出版社校对细心的审阅和宝贵的修改意见，我在别处曾说过，没有英汉词典，我的译文将布满漏洞，我在这里也要说，没有编辑和校对把关，我的译文也将布满漏洞。

最后，感谢乔直（George O'Connell）先生在我就原作中若干可能的语法错误向他请教时，为我作了不厌其烦的解释和探究。

译者，2014 年 7 月 28 日，深圳洞背村

原书名：Less Than One
作者：Joseph Brodsky

版权合同登记号：图字：11-2011-123 号

图书在版编目（CIP）数据
小于一／［美］布罗茨基（Brodsky，J.）著；黄灿然译. —杭州：
浙江文艺出版社，2014.9（2015.2 重印）
ISBN 978-7-5339-3960-1
Ⅰ.①小… Ⅱ.①布… ②黄… Ⅲ.①散文集—美国—
现代②文学评论—美国—现代 Ⅳ.①I712.65 ②I712.06
中国版本图书馆 CIP 数据核字（2014）第 069592 号

小于一
作　　者：［美］约瑟夫·布罗茨基
译　　者：黄灿然
责任编辑：曹　洁　郭贤路
装帧设计：棱角视觉
浙江文艺出版社　出版发行
地址：杭州市体育场路 347 号
网址：www.zjwycbs.cn
经销：浙江省新华书店集团有限公司
印刷：杭州富春印务有限公司
版次：2014 年 9 月第 1 版　2015 年 2 月第 6 次印刷
开本：880 毫米×1230 毫米　1/32
插页：5
字数：331 千字
印张：13.875
书号：ISBN 978-7-5339-3960-1
定价：45.00 元（精）